李乃庆 著

汲黯传

作家出版社

汲黯乃太史公最得意人，故特出色写之。当其时，势焰横赫如田蚡，阿谀固宠怀诈饰智如公孙弘、张汤等，皆太史公所深嫉痛恶而不忍见者，故于灌夫骂坐，汲黯面诋弘、汤之事，皆津津道之，如不容口，此太史公胸中垒块借此一发者也。

——《史记评注》

图书在版编目（CIP）数据

汲黯传 / 李乃庆著. -- 北京：作家出版社，2020.4
ISBN 978-7-5212-0777-4 （2023.2重印）

Ⅰ. ①汲… Ⅱ. ①李… Ⅲ. ①长篇小说 – 中国 – 当代
Ⅳ. ①I247.5

中国版本图书馆CIP数据核字（2019）第264696号

汲黯传

作　　者：李乃庆
责任编辑：宋辰辰
装帧设计：意匠文化·丁奔亮
出版发行：作家出版社有限公司
社　　址：北京农展馆南里10号　　邮　　编：100125
电话传真：86-10-65067186（发行中心及邮购部）
　　　　　86-10-65004079（总编室）
E-mail:zuojia@zuojia.net.cn
http://www.zuojiachubanshe.com
印　　刷：唐山玺诚印务有限公司
成品尺寸：152×230
字　　数：340千
印　　张：25.25
版　　次：2020年4月第1版
印　　次：2023年2月第3次印刷
ISBN　978-7-5212-0777-4
定　　价：55.00元

主要人物表

刘　启——汉景帝，西汉第六位皇帝。

刘　彻——汉景帝第十子，汉武大帝。

卫　绾——汉武帝时第一任丞相。

汲　卫——汲黯父亲，汉文帝、汉景帝大臣，位列九卿。

田　蚡——汉武帝舅舅，太尉、汉武帝第四任丞相。

汲　黯——太子洗马、谒者、中大夫、东海郡太守、主爵都
　　　　尉、右内史、淮阳郡太守。

汲　仁——汲黯弟弟，汉景帝侍从、中大夫、骑都尉、诸侯
　　　　国相。

司马安——汲黯表弟，太子洗马、淮阳郡太守、河南郡太守。

田　莺——汲黯妻子。

司马相如——辞赋家，武骑常侍、郎官。

司马谈——司马迁之父，太史令。

郑当时——太子舍人、中尉、济南郡太守、江都相、右内史、
　　　　詹事、大司农、汝南郡太守。

窦　婴——吴国国相、大将军、太子太傅、汉武帝第二任丞相。

董仲舒——思想家、政治家、教育家，博士、江都国相、胶西
　　　　国相。

东方朔——文学家，常侍郎、太中大夫。

刘　安——汉武帝堂叔，淮南王、《淮南子》编著者。

刘　陵——刘安之女。

严　助——辞赋家、中大夫、会稽郡太守。

灌　夫——中郎将、淮阳郡太守、代国国相。

卫　青——汉武帝第二任皇后的弟弟、大将军、长平侯。

许　昌——汉武帝第三任丞相。

张　汤——太中大夫、廷尉、御史大夫。

王温舒——御史、广平都尉、河内郡太守。

公孙弘——左内史、御史大夫、汉武帝第六任丞相。

主父偃——谒者、中郎、中大夫、齐国国相。

张　骞——外交家、探险家、旅行家、太中大夫、博望侯。

薛　泽——汉武帝第五任丞相。

朱买臣——中大夫、会稽郡太守、主爵都尉。

李　蔡——轻车将军、乐安侯、汉武帝第七任丞相。

目 录

第一章　盛世幸遇任子令

大汉皇帝刘启（汉景帝）七年（公元前150年）四月丁巳日，即四月二十九日，京城长安一改数日阴雨连绵之气，乌云不知隐居何处，天空只留下一缕缕、一片片柔若棉絮的白云。透过那一缕缕、一片片白云，是遥无边际、深不可测的湛蓝。湛蓝把白云映衬得更白，白云也把湛蓝映衬得更蓝。太阳微笑于湛蓝的空中，透过淡淡的白云，无声无息地抛撒着融融的暖意。阵阵微风轻歌曼舞，亲昵地吹拂着城中的一草一木，让那些游移于草中的虫子和嬉戏于树上的鸟儿激动得又唱又跳。居民们纷纷走上街头，放松连日来郁闷的心情，并洒下阵阵朗朗的欢笑之声。

皇城未央宫的景象更是让人艳羡不已。它依据前朝后市、左祖右社的规制而建，即前面是帝王上朝听政之处；后面是都城商业交易之地；东边是太庙，为帝王们祭祀祖先之处；西边是社稷坛，为帝王们祭祀土地和五谷之神的地方。宫中的前殿、宣室殿、温室殿、清凉殿、麒麟殿、金华殿、承明殿、高门殿、白虎殿、玉堂殿、宣德殿、椒房殿、昭阳殿、长乐宫、柏梁台、石渠阁、天禄阁等四十余座恢宏的殿宇，在阳光的照耀下，比往日更显现出它们的瑰丽壮观。

今天是皇帝册立刘彻为太子的日子，天空又呈现出吉祥之气，不知是天意，还是巧合。

册立太子就是确定未来的皇位继承人，立一国之储君，历来是朝廷的大事。所以，宫廷早在几日前就做好了准备。先是派出使臣四出祭告诸神和祖庙，文臣也已早早地把策书撰写好，一切准备就绪，就等今天这个吉日良辰了。因此，参加册立仪式的文武百官都早早地来到了未央宫宣室殿前。

宣室殿以清香名贵的木兰为栋椽，以纹理雅致的杏木做梁柱，屋顶椽头贴敷有金箔，门扉上有金色的花纹，门面有玉饰，装饰着鎏金的铜铺首，镶嵌着各色宝石。回廊栏杆上雕刻着清秀典雅的图案，窗户为青色，雕饰着古色古香的花纹。殿前左为斜坡，以乘车上，右为台阶，供人拾级而上。础石之上耸立着高大木柱，紫红色的地面，金光闪闪的壁带，间以珍奇的玉石。整座建筑，煞是壮观。

此时，最忙碌的当数掌管宗庙礼仪、官居太常之位的汲卫，因为整个仪式要由他指挥。加上他身材高大，举止不凡，笑容里带着自豪和自信，那神情，好像是他的儿子汲黯将被册封为太子似的，所以格外引人注目。

当然，最得意的是皇后王娡，因为她能从众多的妃嫔中击败对手，争得宠幸，被册立为皇后，是一件很不容易的事情。其次是田蚡，因为他是王娡的弟弟，刘彻是他的外甥。虽然他和王娡同母异父，但王娡待他特别亲，姐姐是皇后，外甥是将来的皇帝，他在朝中的地位就不言而喻。所以，他奔前跑后，合不拢嘴。

最沉稳的是刘彻，尽管他才七岁，马上就是太子，不仅没有一点骄慢，反而十分谦恭，令此时见到他的大臣们无不惊讶。

官员们到齐后，依照礼仪，丞相周亚夫、魏其侯窦婴、御史大夫刘舍、廷尉张欧、太子少傅王臧、太子舍人郑当时、武骑常侍司马相如等文官头戴进贤冠，外穿皂袍，腰束鞶带，列队东侧。中尉卫绾、侍奉官李息、太中大夫程不识、中郎将灌夫、中尉郅都等武官头戴鹖冠，外穿绛袍，腰束鞶带，左佩剑，列队西侧。

大臣们正表情肃穆地等待着仪式开始，田蚡忽然也奔过来站在文臣的队列里。本来在册立刘彻为太子的这件事上大臣们就心存芥蒂，看到田蚡不知高低，居然出现在大臣们的行列之中，每个人脸上的表情都骤然变得复杂起来，欢喜者有之，忧虑者有之，不安者有之，鄙视者也有之。田蚡虽然其貌不扬，但善于辞令，巧舌如簧，又因为他的姐姐是皇后，所以，没有人敢直接说什么。大臣们的表现，田蚡看得一清二楚，但他对不安者和鄙视者却故作不知，视而不见，依然一脸的笑靥，似乎在说：眼下你们虽然高高在上，但我姐姐是皇后，是太子的母亲，我是太子的舅舅，我田蚡虽然暂时还没有什么官位，但是日后必定能平步青云。

然而，心情最复杂的当数皇帝刘启，因为太子的废立是君主政体最薄弱、最危险的一环，稍有不慎，就会导致宫中各种矛盾爆发。他有十六个儿子，却没有一个是正宫所生。他的正宫薄皇后，是祖母薄太后的娘家孙女，是在他做太子时由祖母指定包办的。薄皇后虽然天资聪颖，姿色俊美，遗憾的是却未能给他生出一男半女。因此，妃嫔们为了能把自己的骨肉推上储位，每日每时都在煞费苦心，明争暗斗。

所以，皇帝刘启自登上皇位那天起，无时不为储君问题煞费苦心，尽管如此，还是应了《晏子春秋》里的一句话：智者千虑，必有一失。可是，他失的不仅仅是一次，而是两次。

第一次是他朝宴胞弟梁王刘武，因为喝醉了酒，对刘武说："朕千秋之后当传位于梁王。"皇帝刘启说的虽然是醉话，但也是因为感激弟弟而情不自禁。汉文帝末年，他们刘姓诸侯王国的势力已经发展到了同朝廷分庭抗礼的地步。刘启即位的第二年，为了改变这一局面，接受御史大夫晁错的建议，推行削藩策，以加强皇权，引起诸侯王的强烈不满。吴王刘濞串通楚、赵、胶西、胶东、淄川、济南六国刘姓宗室诸侯，发动叛乱。叛军至梁国，梁王刘武奋力迎击，阻止了叛军的西进。在之后的平定七国之乱中，梁王刘武也立下大功。梁王刘武听了皇帝刘启的话，喜不自禁，就停留在京城，等待册封。然而，到了第二天上朝，窦婴责问皇帝刘启道："汉法之约，传子嫡孙。今陛下何以得传弟，擅乱高祖约乎？"刘启惊悟失言，十分后悔，再不提此事。结果，兄弟两个从此反目不识。第二次是他即位的第四年立宠妃栗姬之子刘荣为太子。三年后，也就是前不久，因栗姬不能善待其他妃子与她们的儿子，他不仅废掉栗姬的皇后之位，还废掉刘荣太子之位，诛杀栗姬宗亲，逼死栗姬。接着，皇帝刘启又突然册封妃嫔王娡为皇后。大臣们还未明白过来，他又突然诏令册立刘彻为太子。太子的废立从来就不仅仅是皇家的私事。当年汉高祖刘邦因想废掉太子刘盈，改立自己心爱的戚夫人之子刘如意，而引发朝臣们的集体反对，最后退让。这次，他皇帝刘启居然没有和群臣商议，就改立刘彻为太子，因此，在宫中引起轩然大波，很多朝臣极为不满。

大臣们之所以感到震动和不满，因为刘彻是在刘启登基当年所生，不仅不是长子，而且排在其子的第十位。其母亲王娡进宫前曾经嫁过一夫，并生有一女，嫁给今上时仅是一妃嫔，如今违背汉法，废长立幼，大臣们怎能不一片哗然？第一个站出来反对的是曾任太子太傅的窦婴，其次是丞相周亚夫。周亚夫在七国之乱时，以中尉代行太尉的官职统帅汉军，领兵向东进击吴、楚，三个月平定了叛军。皇帝刘启对他十分欣赏，先命他为太尉，今年二月又升任他为丞相。窦婴和周亚夫不仅搬出昔日汉高祖刘邦立太子时如何听取大臣们意见的做法，还搬出刘邦的话说："人之至亲，莫亲于父子，故父有天下传归于子，子有天下尊归于父，此人道之极也。"他们这里说的"子"特指长子。但是，皇帝刘启都没有为之所动。于是，不少大臣私下议论说他是贪恋女色，要美女不要江山。有的说，此举后患无穷，宫廷定会生乱。

皇帝刘启对这些议论心知肚明，但都漠然置之，视若无睹。

皇帝刘启在两次立储失败后做出这样的抉择，并非一时感情冲动，而是经过深思熟虑后的一个选择。刘彻本名刘彘，刘彘三岁时的一天，皇帝刘启抱刘彻于膝上，问道："乐为天子否？"刘彘不假思索道："由天不由儿，愿每日居宫垣，在陛下跟前戏弄。"小小的刘彘，信口而应的回答，让皇帝刘启十分惊讶，从此对刘彘刮目相看。第二年，即刘彘四岁时，便册立他为胶东王。刘彘不仅聪慧异常，还特别爱读书，尤其喜爱读书中古代圣贤和帝王的篇章，而且过目不忘。诵伏羲以来群圣，所录阴阳诊候龙图龟册数万言，无一字遗落。皇帝刘启见他圣彻过人，今年初把他的名字改为刘彻，萌生出立他为太子的念头，认为大汉江山交给刘彻，自己才能放心。不久，他不和任何人商议，突然下诏废掉太子刘荣。为了名正言顺，四月乙巳日，即十七日，立其母王娡为皇后，相隔仅十二天时间，即诏令今日为刘彻举行册立仪式。

皇帝刘启如此迅捷的一废一立，又不和大臣们商议，怎能不引起宫廷震动和朝臣们的热议？

在册立刘彻为太子一事上，支持者也很多。汲卫是大臣中强力支持者之一，而且多次在众臣面前直言敬重圣意，不怕他人说三道四。汲卫这样做绝非阿谀逢迎，而是站在大汉朝的江山社稷上来审视权衡。

汲卫是濮阳西南白马县人。白马县即秦朝时的白马津，秦之前属卫国。卫国是周朝分封的一个姬姓诸侯小国，却是诸侯国中立国最长的一个国。秦始皇统一天下时，其他诸侯国都给灭掉了，因为卫国人商鞅、吕不韦都对秦国作出过极大贡献，秦始皇却还把它保留着，直到秦二世时才把它灭国。但是没有几年，秦朝就被汉朝取代。汲卫的祖先曾受卫国国君恩宠，几代人都在朝中官居卿大夫之职。汉高祖夺得天下后，广招天下贤士，汲卫的父亲因为有贤德，被招到长安，做了刘邦的卿大夫，汲卫跟随父亲到长安也做了一个不小的官。汉文帝刘恒在位时，官位至卿大夫。今上刘启即位后，官居太常。为了铭记自己的母国卫国，他初入长安时便给自己取名汲卫。到了他这一代，汲氏家族已经第六代为卿大夫。汲卫作为经历汉朝几任国君的大臣，最能体会国君在太子问题上的抉择，因此，他是皇帝刘启册立刘彻为太子的最有力的支持者之一。

举行册立仪式的时辰到了，皇帝刘启健步从温室殿来到宣室殿前。当他看到汲卫的神情时，不仅瞩目良久，还报以亲切的微笑。

汲卫望着皇帝刘启，想着他的重大举措，不由得一阵感慨：高祖刘邦建立汉朝后，废除秦朝苛法，豁免徭役，减轻田租，十五税一，与民休息，冠服大都承袭秦制。君臣朝会之服依然沿袭秦朝的黑色和服饰，没有多大改变。文帝即位后，依然遵从高祖的治国之策，励精图治，也依然躬修节俭，车骑服御之物都没有增添，平时的穿戴都是用粗糙的黑丝绸做的衣服，并屡次下诏禁止郡国贡献奇珍异宝。而今皇帝刘启在位已经七年，大汉天下也已五十多年，国力强盛了，他仍然承袭高祖刘邦、文帝刘恒的惠民之德，君臣朝会之服依然十分素朴，也用黑色，用料也和大臣们没什么两样，只是在领袖部分缘以绛边。冕冠依然是竹皮冠。因为高祖刘邦做沛县泗水亭长时以竹皮为冠，此冠被称为刘氏冠，及至他做了皇帝，仍然戴此冠。

汲卫想到此，忍不住自言自语道："对比秦王朝及其之前历代各国君王，有几人能如此？这样的皇帝难道不足以让人尊崇？"

皇帝刘启不知道汲卫在想什么、说什么，也无暇顾及这些，昂首挺胸，拾级而上，走进宣室殿。文武大臣也随着走进殿内。

皇帝刘启走进殿内御座前，转身扫视一下众臣，站了片刻，缓缓落座。这时，专司宫中礼仪引导的谒者引领着刘彻向汉景帝刘启面前走去。

刘彻宽宽的额头，浓浓的眉毛，高高的鼻梁，深深的眼窝下一双大眼像两汪深潭，偏瘦的身材配着曲裾深衣，更显得修长。他虽然年幼，此时却表现得极其老成：步履稳健，神情端庄。走到皇帝刘启面前三步远的地方，恭敬肃立。

这时，御史大夫刘舍站在太子的西北，向东侍立，宣读汉景帝刘启策书道："朕奉遗诏，君临天下，仰瞻天文，俯察民心，军国重务，百姓衣食，夙夜兢兢。政未加善，侧身践行。未至倦勤，不敢自逸。自古帝王继天立极，抚御寰区，懋隆国本，必立元储。爱子刘彻，天资聪颖，志向高远，圣彻过人。为大汉万年之统，授以册宝，立为皇太子。钦此。"

策书宣读完毕，刘彻屈膝跪地，左手按住右手，拱手于地，头也缓缓至于地，向父皇行三稽首礼。

礼毕，汲卫手持太子玺绶，缓步走向刘彻，神情庄重地把玺绶呈送到刘彻面前。刘彻先与汲卫碰了一下眼神，然后捧住玺绶，向父皇再拜。

礼毕，皇帝刘启宣布大赦天下令，赦免犯人。汉高祖在位十二年，曾大赦天下九次；汉文帝在位二十三年，曾大赦天下四次；刘启在位才七年，已大赦天下三次。尽管这是皇帝登基、皇帝驾崩、皇帝生子、册立皇后和太子、打了胜仗等之惯例，但是，这次却显得不同寻常。

让文武百官意想不到的是，宣布了大赦天下令后，皇帝刘启接着又颁布了一道《任子令》："吏二千石以上，视事满三年，得任同产若子一人为郎。"

这就是说凡官秩在二千石以上，任职满三年者，其同母兄弟或子一人，不需要其他任何条件，都可获得委任为官的资格。

册封刘彻为太子在宫中引起震动，这道《任子令》引起的震动更大，因为它牵涉到众多官吏家族和子孙的切身利益。

汲卫听完，不由得感慨万千：想当年高祖刘邦一统天下后，下求贤诏，令从郡国推举有治国才能的贤士大夫，使大汉王朝拓疆开土，天下大治。汉文帝刘恒即位的第二年就效仿高祖，下诏举贤良方正能直言极谏者，十五年又诏令诸侯王、公卿、郡守举贤良能直言极谏者，使汉朝强盛安定，百姓富裕。刘启在位才七年，先是推行"削藩策"，削诸侯封地，平定七国之乱，勤俭治国，发展农耕，减轻赋税，今日又立德才兼备的刘彻为太子，颁《任子令》，各位重臣岂能不为朝廷尽心尽力？大汉能不迎来盛世？汲氏家族已六世为国朝大臣，代代为百姓谋福祉，我今虽已老，但膝下有二子，长子汲黯，次子汲仁，还有妹妹的儿子司马安，他们皆胸怀大志，何不举荐给皇上，一展汲氏报国为民之志？

因为激动和兴奋，汲卫记不清是怎么离开未央宫回到自己的宅第的，直至到了门前，才意识到到家了。

汲卫的宅第是一座三进院落，分前院、中庭、后院，周有角楼。前院为仆人居所。中庭建于高台之上，为重檐庑殿式，上层是他的寝室，下面是会客的客厅。后院是书房和厨房。两侧还有东西厢房。

汲卫进了院子，没有顾上歇息片刻，便直奔书房。

汲卫到了书房门口，看到里面正在读书的不仅有汲黯和汲仁弟兄两个，还有外甥司马安。最近妹妹带着司马安来看望他，特意让他们多住几天，意在让司马安也像汲黯、汲仁一样，养成爱读书的习惯。他们三人看到汲卫，立即起身施礼。汲卫点了一下头，随即打个手势，让他们随着到客厅去。汲黯明白父亲有话要训示，立即放下手中的书卷，离开书桌。汲仁和司马安也起身离开书桌，随着汲黯离开了书房。

汲黯，字长孺，因为祖上数代为卿大夫，老家被封有大片田园，衣食无忧，家族显贵，但他从不张扬自诩，自幼意守平常，却心存高远，立志成为一个能为社稷百姓造福的人，所以，这几年就和弟弟汲仁来到京城读书，期待能有崭露头角的机会。他知道父亲去参加册立太子仪式了，这时父亲叫他们，一定是要向他们弟兄二人和司马安讲述册立刘彻为太子等国事，所以，毫不迟疑地与弟弟汲仁和司马安到了客厅。

汲卫端坐在客厅中央，并没有让他们弟兄和司马安坐下，而是让他们恭恭敬敬地站立着。汲卫端详着他们，迟迟不语。

汲黯感到有些奇怪，忍不住问道："父亲有何训示？"

汲卫忽然笑道："尔等曾经立下誓言：若上天赐予良机，定报效社稷，躬身为民，光宗耀祖。此言能兑现乎？"

汲黯一向神情严正，此刻变得更加肃穆，道："汲氏世代躬身为民，吾辈岂能玷辱祖上？"

汲仁也正色道："社稷之福乃百姓之福，君王的江山乃百姓的社稷，百姓衣食无忧，君王江山稳固。能为大汉江山社稷效力，也是吾辈之责也。"

司马安笑笑道："莫非舅父有喜事要告诉吾弟兄三个？"

汲卫把皇帝刘启的《任子令》复述一遍后，汲黯、汲仁、司马安都很激动。但很快汲仁和司马安都面色凝重起来。

汲黯问父亲道："何谓任子？"

汲卫笑笑道："任子，即保举，就是因父兄的功绩得保任授予官职。"

汲仁扫了一眼汲黯，垂下眼帘：我兄弟二人，而朝廷只许一人，那一人岂不是兄长？

司马安尴尬地一笑，把头扭到了一边，心想：朝廷只准许保举这些官吏的兄弟和儿子，我的身份是外甥，能有那福分？我这不是空喜一场？

汲卫看着他们的神情，立即意识到他们在想什么，笑道："当今皇上有高祖之风、文帝之德，既然此时颁布《任子令》，证明求贤若渴，期望大臣多为朝廷效力。此乃厚民元气、养国命脉之举——"

未等汲卫说完，汲仁即插话道："此诏令一出，乃大汉律法，仁儿认为如此还不够严谨：仅二千石以上的官吏才享有此优遇，二千石以下者会有何感想？即使同是二千石以上者，兄弟子女也多少不一——"

汲卫打断他道："皇上是宽厚之人，此令刚刚颁布，二千石以下官吏的兄弟子女确有德才者，皇上日后定会考虑。"

汲仁听了，似乎看到眼前现出一道亮光，喜悦道："明日父亲到皇帝面前给吾弟兄三人多美言几句，盼都能被保举。"

说罢，特别扫了表弟司马安一眼。司马安也会心地笑了笑。

依照《任子令》，汲卫原打算只保举汲黯一人，听了汲仁的话，当夜很久未能入睡：他们三个都很优秀，怎么能让汲黯一人欢欣，而挫伤汲仁和司马安？

第二天，汲卫把汲黯、汲仁和司马安叫到跟前道："汲黯、汲仁皆吾亲生，司马安身上也流淌着汲氏的血。此次保举，吾不偏向哪一个，各自要凭借自身的才略，由皇上挑选。"

汲仁、司马安听了，激动异常。对他们来说，这机会太难得了。

汲卫看着他们高兴的样子，又道："过些日子，等皇上接受保举，即带尔等入朝。"

汲黯扫了汲仁、司马安一眼，然后望着父亲，意味深长地对父亲道："父亲大人，为何要等些日子？皇上刚刚册立太子，正是心情舒畅之时，何不趁此机会，及早举荐？"

汲卫拍了拍汲黯的肩膀："黯儿言之有理。"

汲卫说罢，立即带着他们走出家门，向未央宫而去。

未央宫的四面各有一个司马门，东面和北面门外有阙，称东阙和北阙，诸侯来朝入东阙，士民上书则入北阙。汲卫领着汲黯、汲仁、司马安则从东阙门而入。

进了未央宫，汲卫带着汲黯等三个人直接进了宣室殿。汉景帝刘启像高祖和文帝一样，大臣来见，从来不讲究过多礼节，直接进殿觐见即可。

此时，皇帝刘启正在批阅奏章。不知是奏章里的事让他忍俊不禁，还是因为依然沉浸在册立刘彻为太子的喜悦之中，眼睛里弥漫着微笑。看到汲卫，急忙放下手中的奏章，起身迎接。

未等皇帝刘启发话，汲卫快步上前，忙施以君臣之礼道："遵陛下《任子令》，微臣带来两个儿子、一个外甥，由陛下挑选。"

皇帝刘启笑道："《任子令》准许保举同母兄弟或子一人，汲君居然带来三个。"

汲卫赔笑道："三人皆才学洽闻，臣实在不知保举谁为好。"

皇帝刘启听了，十分高兴："都非同寻常？那就给朕一一讲来。"

汲卫转身示意身后的汲黯前走一步道："此乃臣长子汲黯，字长孺。忠果正直，志怀霜月，见善若惊，疾恶如仇。善读书，一览成诵。尊尚贤德之人和爱民帝王。"

皇帝刘启听着，眼睛紧紧地盯着汲黯，目光有些发直，忙问道："汝都是读谁的书？"

汲黯随口道："喜欢读黄老之学的书籍……"

皇帝刘启忙问："都是哪些书籍？"

汲黯如数家珍道："《黄帝内经》《老子》《管子》《韩非子》和汤相的《伊尹》、纣臣的《辛甲》、齐国的《太公》、楚国的《蜎子》……"

皇帝刘启打断他道："汝都是尊尚哪些贤德之人？"

汲黯不假思索道："齐国的曾子和丞相晏婴，秦国的国君秦穆公……"

没等他说完，皇帝刘启忙问他道："为何尊尚这几人？"

汲黯谦虚地笑笑，道："陛下定会知道这些人的故事。"

汉景帝刘启没有笑，道："朕想听汝细说这几人的故事。"

汲黯收住笑，滔滔不绝道："一天，曾子的夫人到市井上去，儿子哭着要跟随，夫人对儿子说：在家等吾，回来杀猪给汝吃。夫人到家，见曾子要捉猪杀猪，说：不过是和孩子开玩笑而已，怎能当真？曾子正色道：不可开此玩笑。他如今不懂世事，只听从父母之教。母亲欺子，子则不信其母。遂把猪杀了。齐国齐景公丞相晏婴，体躯短小，惟才干超人，名闻诸侯，而其御者体甚魁梧。一日车夫挥马鞭过其门，状甚自得。其妻窥状，至为感叹，是夜，把他叫回家。夫问其故，妻说：丞相身高不及六尺，名闻天下，诸侯敬仰，尚能谦逊，而君身高八尺，为晏婴驱车，竟扬眉得意，前程岂有可为？御者愧甚，从而改变，谦逊和蔼。晏婴称奇，追问其故，乃告以受妻激之实情。晏婴以知过能改为由，升御者为大夫。昔日秦国君穆公丢失一匹马，岐山下三百多百姓将其捕获，并把它分吃了。官吏追捕到这些人，要绳之以法。秦穆公说：有德之人不会因牲畜而伤害人，吾听说吃马肉不喝酒会伤身体，不如给他们一些酒。于是，又给他们酒喝。三年后，晋国攻打秦国，把秦穆公围困住了。那三百人听说后，个个拿起武器，为秦穆公拼死作战，以此报答秦穆公。于是，秦穆公俘获了晋侯，回到秦国。"

皇帝刘启对汲黯如此博学多识很为惊讶，又问他道："汝尊尚哪些帝王？"

汲黯答道："第一个是秦始皇嬴政，统一天下，开疆拓土，一生功绩卓著，且礼贤有才之士，知错必纠。其次乃大汉高祖，出身农家，能伸能屈，宽明而仁恕，知人而善任。再次乃文帝，克勤于邦，克俭于家，为人宽容平和，以德服人……"

皇帝刘启听着，喜不自禁，未等他再说下去，就急忙问道："汝认为朕当如何？"

汲黯也不谦虚，道："大汉初兴时，四海一片焦土，民生凋敝，几十年来，虽国力强盛，百姓尚未真正安居乐业，臣下以为君主应省苛事，薄赋敛，尊崇黄老之学，无为而治，安民为本，通过无为而达到有为。"

皇帝刘启听完，忍不住"哈哈"笑了几声："此言正合朕意。"

汲卫又转身示意汲仁向前走了一步道："此乃臣次子汲仁，机敏过人，勤于思辨，做事谨慎。善推析历代官吏成败得失，见解独到。"

皇帝刘启端详了一下汲仁，乐道："想来必得益于汲氏先祖真传矣。"

汲卫又示意司马安向前一步，介绍道："此乃臣外甥司马安，黯之表弟。安喜读历代律法，学究其条规……"

没等他继续说下去，皇帝刘启便问司马安道："汝评判一下《任子令》，如何？"

汲卫向司马安递了个眼色，想让他说话谨慎，可司马安没有注意到，于是，把他与汲仁在家中的话和盘托出："二千石以上官吏才享有此优遇，二千石以下者会有何感想？即使同是二千石以上者，兄弟子女多少也不一样，才识也不尽相同，也不乏品行不端之人，岂可一成不变？以司马安之见，凡有识之士，皆可用之。"

皇帝刘启不仅没有表现出不悦，反而连连点头赞许道："说得有理。然，诏令已出，暂且为之，日后可再完善之。"

汲卫见已经向皇上举荐完毕，扫了一眼汲黯、汲仁、司马安，便欲告退。不料，未等他迈出一步，皇帝刘启却向汲卫打个手势，微笑道："汲黯、汲仁、司马安，朕皆用之。"

汲卫和汲黯、汲仁、司马安以为听错了，半天没有反应过来，忍不住面面相觑，稍后，异口同声道："谢陛下！"

皇帝刘启扫了汲黯、汲仁、司马安一眼："尔等愿做何职？"

汲黯、汲仁、司马安再次异口同声道："愿听陛下吩咐。"

皇帝刘启略有所思，然后挥了一下手，道："太子刘彻刚刚册立，需侍从官，出行要有马驱。刘彻酷爱读书，身边需善读书者辅佐，教政事、文理。汲黯、司马安就做专司其职的太子洗马吧。"

汲黯、司马安躬身施礼道："谢陛下恩宠。"

皇帝刘启看了一眼迫不及待的汲仁道："汲仁机敏过人，就在朕身边做近卫为是。"

汲仁心中窃喜，却不形于色，忙躬身施礼道："谢陛下恩宠。"

第二章　太子洗马侍刘彻

宫廷给人的感觉总是森严而冷酷，此时，汲卫却感到是那么柔和与妩媚。他领着汲黯、汲仁、司马安离开宣室殿，直至未央宫东大门，因为过于激动，一路居然都没有一句话，待出了未央宫，这才放慢脚步。

汲卫回头看了汲黯、汲仁、司马安一眼，欣喜地松了一口气，自言自语道："能选任一个已知足矣，未承想尔等皆被选用。"

汲仁深情地望了父亲一眼，得意道："没想到父亲在皇上跟前有如此威名。"

汲黯沉思片刻，感慨道："祖上世代心系社稷百姓，厚德载物，吾辈是受祖上阴德护佑所致，也是皇上仁慈大德，怀安天下。"

司马安眨眨眼，忽然掩口笑道："当时不知从何来的胆子，一股脑儿就把汲仁兄的一番话全盘托出。说完，脊背禁不住一阵发凉。"

汲卫拍了拍他的头："当时舅父真的为汝捏把汗，万一皇上不悦，那就吉凶难测矣。"

汲黯挺了一下胸脯道："既然想入朝为官，就要心系江山社稷，敢说真话，不然，当官作甚？不如回家耕田也。"

汲卫大笑道："黯儿说得好。"

由于心中高兴，一家人一路谈笑风生，不知不觉就到了家门。

到了家门，不知何故，汲卫看到院里院外那些柳树、桃树、杏树等枝叶异常嫩绿，树枝上那不绝于耳的鸟叫声异常响亮，犹如筝瑟之声那般动听。

晚上，汲卫特别备酒设宴，一家人开怀畅饮，好不热闹。

酒喝到正欢处，汲仁起身对汲黯和司马安道："今日如此高兴，何不对酒设乐，来个'雅歌投壶'的游戏？"

雅歌投壶是春秋战国时期诸侯宴请宾客时才有的礼仪，司马安感到此时此景这个建议非常之好，别有一番意味和情趣，立即叫好响应，但又忍不住问汲黯："投壶我知道，何谓雅歌？"

汲黯笑笑道："雅歌谓歌《雅》诗也，《雅》诗即《诗经》中风、雅、颂中的雅……"

没等汲黯再说下去，司马安便打断他道："为弟明白矣。"

这时，汲仁捧住一个广口大腹、壶颈细长的酒壶放到几案上，并给汲黯和司马安一人一把用棘木做成的二尺长的矢，自己也抓了一把，以壶口为目标，投中者为胜，负者为败，除喝酒一杯外，再吟诵《诗经》中的雅诗一首。

汲卫也为汲仁的这个主意而喜悦，在一边当司射，进行监督。

第一轮，汲仁没投中，饮酒一杯后，吟诵《行苇》道："敦彼行苇，牛羊勿践履。方苞方体，维叶泥泥。戚戚兄弟，莫远具尔。或肆之筵，或授之几……"

第二轮，汲黯没投中，饮酒一杯后，吟诵《生民》道："厥初生民，时维姜嫄。生民如何？克禋克祀，以弗无子。履帝武敏歆，攸介攸止。载震载夙，载生载育，时维后稷……"

第三轮，司马安没投中，饮酒一杯后，吟诵《既醉》道："既醉以酒，既饱以德。君子万年，介尔景福。既醉以酒，尔肴既将。君子万年，介尔昭明……"

他们雅歌投壶至深夜，这才作罢。

次日，汲黯、汲仁、司马安准备外出游玩几天，以示对他们马上入朝为官的庆贺。他们正收拾行囊准备出行，朝中使者突然来到他家中，并宣读皇帝刘启的诏书，令他们当即赴朝。

汲黯、汲仁、司马安不敢怠慢，急忙重新整衣束冠。

他们虽然没有为官的经历，但受汲卫的耳濡目染，对入朝为官之道并不生疏，甚至可以说是胸有成竹。但是，汲卫依然不放心，走到他们跟前，嘱咐道："汝等既入朝，当谨记人臣之道：作为人臣，对君忠心不贰，君王不对，为臣者不能陷君王于不义。"

汲黯笑道："儿子早已熟记于胸。"

汲卫又道："荀子云：大者不能，小者不为，是弃国捐身之道也。墨子云：谄谀在侧，善议阻塞，则国危矣。孟子云：士贵立志，志不立则无成。贾谊云：为人臣者，以富乐民为功，以贫苦民为罪。"

汲黯垂首道："孩儿记下了。"

汲仁、司马安也垂首道："谨遵教诲。"

汲卫依然不放心似的，又道："太子刘彻喜爱读书，且睿智过人，皇上已拜喜欢黄老学说的卫绾为太子太傅，拜儒生王臧为太子少傅，太子洗马是太子太傅、太子少傅的属官，做前驱威仪，即随从。虽是如此，但也不尽然，有时还要辅佐和教导太子。因之，黯、安也要多读书。入朝后，若有不懂之处，当向武骑常侍司马相如、太子舍人郑当时请教。"

汲黯忍不住问道："司马相如、郑当时有何长处？"

汲卫忙向他介绍道："司马相如是蜀郡成都人，原名司马长卿，因仰慕赵国名相蔺相如而改名。他少年时代喜欢读书练剑，二十多岁时以赀为郎——即出钱捐官——入仕做了皇上的武骑常侍，随车驾游猎。但这些并非其所好，因而有不遇知音之叹。他工辞赋，辞藻富丽，结构宏大，散韵相间。出游梁地时为梁王刘武写的《子虚赋》，很有名气。学辞赋，当求教于他。"

汲黯问道："他年长我几岁？"

汲卫道："他今年三十来岁，长汝十来岁。"

汲黯忙问："郑当时有何长处？"

汲卫道："郑当时，字庄，乃郑桓公十九世孙，淮阳郡陈县人，因是良家子孙，被皇上选任为太子舍人，先是服侍刘荣，如今服侍刘彻。虽年少官薄，以仗义行侠为乐事，每逢休沐时，常在长安的城郊备置马匹，问候老朋友，拜访或答谢宾客，夜以继日，通宵达旦，结交的都是祖父一辈的人和天下知名的人士。郑当时喜好黄帝、老子之言，人品高尚。”

汲黯、汲仁、司马安正欲随使者而去，汲卫又对他们三个道："还有一个人，虽年纪比汝等还小一两岁，也当向他求教。"

汲黯忙问："此何人也？"

汲卫道："此人叫司马谈，左冯翊夏阳人。其父司马喜，因家中富足，出粟买爵，有第九等爵位，为五大夫。前不久以赀选，让司马谈入朝做了官。司马谈曾跟从天文大家唐都学天文历法，跟从著有《易传杨氏》的杨何学《易》，还习道论于黄子，很有学问和修养。若有时机，也当向他求教。"

汲卫如此教导一番，这才放下心来，并催他们立即随使者前往未央宫。

汲黯、汲仁、司马安到了未央宫宣室殿前，恰好汉景帝刘启在侍从的簇拥下从殿内走下台阶。汉景帝刘启见他们到来，朝他们微微一笑，对身边的一位侍从道："郑当时，带汲黯、司马安去见太子。"

汲黯听到"郑当时"三个字，不由得一阵惊喜：太子舍人虽然是侍从，都是选良家子孙任职，家父临行前嘱咐多向他请教，一定人品高尚，没想到刚入宫就能与他相见。遂投去敬佩的目光，并仔细地打量了他一番：身材高挑，目光深邃，面带笑容，步态稳健。

郑当时走到他们跟前，亲切地笑了笑，然后朝着汲黯问道："三位谁是汲黯？"

汲黯忙答："在下是也。"

郑当时笑出声来："想到汝就是，果不其然。"

郑当时说着又看了一眼汲仁和司马安，然后分别指着说："汝是汲仁，汝是司马安。"

汲仁忍不住问道："郑君是如何知道吾等名字的？"

郑当时依然笑着，道："从面相即可看出。"

身为表弟，司马安过去倒没有去注意这些，听了郑当时的话，看看汲黯和汲仁，忍不住笑了：他们弟兄两个的长相确实有相似之处，不仅都大眼浓眉，且都耳高过眉。

于是，汲仁留下，走向皇上的侍从之位，郑当时则带领汲黯、司马安走向椒房殿，去见太子。

汲黯、司马安在郑当时的引领之下，很快到了椒房殿前。郑当时让他们停下，欲进殿先通报，还没走上一步，汲黯却好奇地问郑当时道："此殿为何称椒房殿？"

郑当时笑道："此殿是皇后所居之所。之所以名为椒房殿，是因宫殿的墙壁上使用花椒所制成的粉末进行粉刷，颜色呈粉色，具有芳香的味道，又有防蛀虫之效。又因为椒者多籽，取其'多子'之意，故名'椒房殿'。太子年纪尚小，故与其母后住在这里。"

汲黯听了，禁不住微微地一笑。

郑当时进殿不一会儿，一个两眼炯炯有神、穿戴整齐、年方七岁的少年，随着郑当时大步走了出来。汲黯一看便知道他就是太子刘彻。

郑当时引领着刘彻走到汲黯和司马安前面，首先指着汲黯向刘彻介绍道："此乃太常汲卫之子汲黯，字长孺。"

太子刘彻不语，眼睛转向司马安。郑当时忙介绍道："此乃汲黯表弟司马安。两位都是遵《任子令》，由太常汲卫保任入朝，由皇上选定来辅佐太子……"

太子刘彻打断他道："这个本宫知道。"接着问汲黯道，"汝名是河岸的'岸'，还是按兵不动的'按'？"

汲黯道："是黑暗的'黑'加一音律的'音'字。"

刘彻问道："为何取名'黯'？"

汲黯笑着回答道："黯，黑色也。大汉建立以来，尚节俭，依然沿用秦朝服饰的尚黑之风，故取名黯。"

太子刘彻笑了，又问："为何字长孺？"

汲黯又笑着道："孺，指读书人。臣喜欢读书，讨厌征战，怜惜百姓，故字长孺。"

太子刘彻又转向司马安道："汝是否与司马谈、司马相如一脉？"

司马安忙回答道："司马，一支源于西周，以官职为姓，一支出自春秋时期司马穰苴。司马穰苴即田穰苴，春秋末期齐国人，是田完的后代，也即陈完的后代，源于陈姓。臣这一支则源于陈姓。"

汲黯看到刘彻一见他们就喜欢探究如此深厚的学问，对往日传闻中刘彻的好学更加深信不疑，并暗暗称奇：此等年纪的人，当一身玩耍之气，他居然像个成人似的，眼神里虽然有一种傲气，但不是颐指气使的那种，而是一种自信。不由得对刘彻更高看一眼。

太子刘彻听了司马安的回答，沉思了一会儿，忽然问他道："汝说的陈姓，其得姓始祖是否建陈国、筑陈城的陈胡公？"

司马安忙回答："正是。"

太子刘彻又问："古陈国是否即今日的淮阳郡？"

司马安忙回答："正是。"

太子刘彻笑笑道："本宫知道了。"

太子刘彻笑罢，道："近日本宫读书很累，本打算外出游猎，忽然又不想去了，今日想在宫里转悠一番，其他人也不带了，就汝等相陪，可否？"

汲黯回答道："愿听储君吩咐。"

汲黯、司马安陪同刘彻出了椒房殿前面的院门，刘彻举目扫视了一眼未央宫，边走边问汲黯道："汝可曾知道未央宫何时修建，由谁修建？"

汲黯对这一问题早有了解，立即回答道："建于高祖七年，由高祖丞相萧何监造，在秦章台的根基之上修建而成。初竣时，仅仅立东阙和北阙，造其前殿，作武库，营太仓。高祖征战韩王信返回长安后，见未央宫甚为壮丽，心有不能承受之恸，斥萧何道：'天下匈匈，苦战数岁，成败未可知，是何治宫室过度也？'萧何回道：'天下方未定，故可因遂就宫室。且夫天子以四海为家，非壮丽无以重威，且无令后世有以加也。'高祖觉得丞相萧何说得有其道理，便意转欣然。后经几代人扩充，方如此壮丽。"

太子刘彻看看汲黯，问："汝以为此宫已经够壮丽乎？"

汲黯不知道他的意思，忙答："是。"

太子刘彻摇摇头："我认为还远远不够。"

汲黯忍不住吃惊地看了刘彻一眼。

太子刘彻又问："知道皇宫为何取名未央宫乎？"

初来乍到，汲黯本不想显露自己，但又不得不回答道："'未央'一词最早出自《诗经·小雅·鸿雁之什·庭燎》：'夜如何其？夜未央，庭燎之光。'其意即没有灾难，没有殃祸，也即平安、长寿、长生之意。"

太子刘彻听了很高兴，于是，大步向前而去。不觉间，他们走到了石渠阁前。刘彻停下来，问汲黯道："知道石渠阁是何用途否？"

汲黯尴尬地一笑，因为他没有来过，不知道是作何用处，忙回答道："不知。"

太子刘彻指了指石渠阁和阁下的导水渠，道："这是藏书之所，因阁下有石为渠导水，故名石渠阁。想当年高祖率军进占咸阳后，萧何广收秦宫的律令图书典籍，后来均收藏于此阁。我常来这里读书。"

汲黯听了，禁不住惊讶地"啊"了一声。

太子刘彻说完，立即走向石渠阁。

汲黯、司马安急忙紧紧跟随，并赶到前面引路。

进了石渠阁，汲黯发现里面有两个人正在埋头细心读书。听到脚步声，这两人抬起头来，当看见是太子刘彻来了，急忙都站起身。

那年长者道："司马相如恭迎储君。"

另一个稍微年轻一些者道："司马谈恭迎储君。"

叫司马相如者接着又对太子刘彻道："今日吾与司马谈适逢休沐，故来读书。没想到与储君相遇。"

汲黯听到这里，知道他们就是父亲提到的两个人，不禁对他们肃然起敬，忙跨前一步，躬身施礼道："汲黯在此遇见二位，十分荣幸。汲黯初来乍到，还望多多赐教。"

司马相如望了太子刘彻一眼，然后转向汲黯，有些惊讶地问：

"汝是汲黯？汝父乃太常汲卫？"

汲黯点头道："本人姓汲，名黯，字长孺。"

司马相如微笑道："汲大人常向吾等提起汝，没想到这般器宇轩昂，气度不凡。更没想到今日在此相见。请问何时进的未央宫？"

汲黯回答司马相如道："蒙《任子令》，得皇上恩宠，今日刚刚入朝……"

未等汲黯继续说下去，司马相如便"呵呵"一笑，对汲黯道："汲大夫在朝中威名大振，令人仰慕。汲黯之名久有所闻，只是未见真人。吾乃司马相如，字长卿，本名司马长卿。"

汲黯道："久仰久仰。"

司马相如用手指了一下自己的鼻子，眯了一下眼："吾还有一个名字，是乳名，叫'犬子'。"

司马相如的幽默风趣，引得太子刘彻和汲黯、司马安都大笑起来。

太子刘彻趁机道："目下，大臣们很多人谦称自己的儿子为犬子，是否源于汝名？"

司马相如得意地笑道："然也。"

司马谈忙跟汲黯搭讪道："常听汲舅父讲起兄长，仗义行侠，刚直不阿，非常钦佩。不愧名门之后也。"

汲黯忙回敬道："过誉了。"

接着，他们相互询问了年龄，原来司马相如长汲黯十岁，司马谈与汲黯是同岁，只是生月不同而已。

太子刘彻与他们交谈了一会儿，走到司马相如和司马谈跟前，分别看他们在读什么书。发现司马相如面前放的是屈原的《离骚》和宋玉的《高唐赋》，司马谈面前放的是左丘明的《春秋左氏传》，他没有谈论这些书，却先赞美司马相如道："吾读过汝的《子虚赋》，以为是古人之作，可惜不能与汝同岁。"

司马相如谦虚道："《子虚赋》写的只是诸侯王打猎的事，子虚、乌有为假托人物，设为问答，放手铺写，算不了什么。听说储君喜欢狩猎，如若储君喜欢司马相如的辞赋，日后臣可为储君作一篇狩猎的赋，名字已想好，叫《上林赋》。"

太子刘彻不仅喜欢辞赋，还喜欢狩猎，因为听说过秦始皇修建的上林苑，多次欲到那里去狩猎，只是因为年纪小，皇帝刘启一直没有让他去。但他曾经说过：我要超过秦始皇，将来要建一个比秦始皇上林苑更大的林苑。此时，听司马相如这么一说，不由得面容严肃地问司马相如："此话当真？"

司马相如恳切地回应道："一诺千金。"

太子刘彻又问司马谈："汝曾学天官于唐都，受《易》于杨何，如今为宫中掌管法典图籍之官，又在读以前各国史书，日后有何筹算？"

司马谈笑道："以前各国史书，只记载本国之事，如今天下一统，当有一部通史，臣想完成它。今生不能，让儿子接着完成。"

太子刘彻笑道："汝有儿子了？"

司马谈笑道："刚完婚不久，还没有。"

太子刘彻大笑着取笑他道："还没有儿子就这么立志，可敬。如若有了儿子，取何名字？"

司马谈也大笑道："已想好了。"

太子刘彻本是开玩笑，不料司马谈却如此回答。忙收住笑，问道："打算取何名？"

司马谈笑道："叫司马迁。"

太子刘彻好奇地问："为何要取名'迁'？"

司马谈自嘲道："《诗·小雅·伐木》曰：伐木丁丁，鸟鸣嘤嘤。出自幽谷，迁于乔木。嘤其鸣矣，求其友声。相彼鸟矣，犹求友声……"

汲黯听了，十分会意，忍不住笑道："这是想让他与先生勠力同心，完成通史。"

司马谈笑笑，表示认可。

听了司马相如和司马谈的一番谈论，太子刘彻十分愉悦，感到与他们有说不完的话，很久才离开这里。

走出石渠阁，太子刘彻回味着与司马相如的对话，由于心里高兴，禁不住边走边吟咏起司马相如《子虚赋》里的诗句来："王车驾千乘，选徒万骑，田于海滨。列卒满泽，罘罔弥山，掩兔辚鹿，射麋脚麟……"

太子刘彻边走边吟咏，把汲黯和司马安等太子洗马都给忘在了一边。就在这时，汉景帝刘启在侍从的护卫下，从他们的不远处朝麒麟殿走去。麒麟殿是皇上宴饮亲属和朝中大臣的地方。太子刘彻知道他的父皇今天要宴饮大臣，为了不相扰，立即朝天禄阁方向而去。太子刘彻一边朝天禄阁走，一边又看了一眼他的父皇。忽然，笑着问汲黯："知道父皇的冕冠丝带上的两耳处，各垂一颗珠玉，那珠玉叫何名字乎？"

汲黯面色禁不住有些红红的，笑笑道："不知。"

太子刘彻忽然嬉笑道："那冕冠为十二旒，玉制，颜色以黑为主。冕冠两侧各有一孔，用以穿插玉笄，以与发髻拴结，并在笄的两侧系上丝带，在颌下系结。丝带上两耳处的珠玉，叫'允耳'，不塞入耳内，只是系挂在耳旁，其意乃提醒切忌听信谗言也。"

汲黯歉意地笑道："原来皇上的冕冠还有如此多的讲究。"

司马安一直没得机会说话，这时也趁机道："此寓意允耳不闻也。"

太子刘彻忽然又问汲黯："汝虽然刚刚入朝，然汲氏世代为卿大夫，对朝廷的大臣必定皆有所闻，汝最喜欢谁？"

汲黯过去虽然常听父亲讲述刘彻聪慧异常，喜欢读书，古代圣贤和帝王的篇章过目不忘，圣彻过人，只是听讲，今日第一次见面，他竟然像对待相处很久的太子洗马一样，没有一点生疏的味道，所问的知识和问题都远远超出他的想象。虽然过去常常听父亲讲述朝中大臣之事，但是毕竟没有身临其境和接触，现在刘彻突然问起这样的话题，也不知刘彻喜欢谁，一时不知如何回答是好。但是，仅仅是一闪念，汲黯立即就打消了最为讨厌的在权贵面前投其所好的念头，直言道："臣最喜欢的当数袁盎和晁错。"

晁错是颍川人，任博士时，上《言太子宜知术数疏》，陈说太子应通晓治国方略，得到汉文帝赞赏，拜为太子家令。由于晁错能言善辩，深得时为太子的刘启的喜爱和信任。汉景帝刘启即位后，任晁错为内史，后迁至御史大夫。晁错向刘启陈述诸侯的罪过，请求削减封地，收回旁郡，提议削藩，引起以吴王刘濞为首的七国之乱。袁盎是楚地人，吕后时期，为吕禄的家臣。汉文帝即位后，被任为中郎。袁盎因多次直言劝谏，不能久留宫中，被调任陇西都尉。到任后，袁盎对士兵们非常仁慈，爱护有加，士兵们都为他舍身效命。汉景帝刘启即位后。升袁盎为齐国相，随后，又调到吴国为相。袁盎和晁错素来不和，一方在，另一方就离去，二人从来不在一起对话。袁盎趁机奏请斩晁错以平众怒，汉景帝刘启批准了袁盎的奏章，晁错被腰斩。可是，晁错被斩后，叛乱并未因此而止息。叛乱平定后，袁盎被封为楚相，却因反对立梁王刘武为储君，遭到梁王刘武忌恨，派刺客将袁盎杀害。

　　他们两个都是刘彻的父皇喜欢的人，但他们两人却互为眼中钉，对他们的评价直接牵涉到刘彻的父皇和他的叔父梁王刘武，此时直言喜欢他们，岂不是引火烧身？汲黯说喜欢他们，是喜欢他们都敢言直谏，而没有顾忌其他。说罢，不禁感到有些后悔：刚刚入朝，怎能就这样侃侃谔谔，毫无顾忌？他正等着太子刘彻发怒，不料，刘彻静静地盯了他很久，眼神中却带着赞赏之意。

　　汲黯看到太子刘彻并无不悦之意，心中的一块石头这才落了地，脸上不觉间也流露出几分得意之色。汲黯正兴致勃勃地随太子刘彻朝天禄阁走着，太子刘彻忽然停住脚步道："不再去天禄阁。"

　　汲黯正诧异间，太子刘彻转身对司马安道："唤其他洗马前来，一起出宫。"

　　司马安虽然和汲黯是表兄弟，对朝廷的为官之道、君臣之礼，相对懂得较少，又刚刚来到，一时不知道怎么办为好。刘彻也是根据日常习惯，信口开河。为了不让刘彻小瞧，司马安忽然灵机一动，快步返回到石渠阁，请教司马相如和司马谈。司马安听了他们的安排，快步走向椒房殿旁边太子洗马的就寝处，把十几位太子洗马都引领到了刘彻跟前。

太子刘彻扫了一眼身边的十几位太子洗马，道："备马，去上林苑。"

说罢，便径直朝宫外走去。他虽然没有指令谁，其中一个已经招呼其他几个人奔赴马厩。

汲黯不知道太子刘彻说的上林苑是什么地方，又初来乍到，加上看到他那颐指气使的神情，只得和司马安跟着他朝宫外走。汲黯一边走一边忍不住问道："储君，上林苑在何处？"

太子刘彻转身看了他一眼，样子很吃惊似的，但很快悟出什么，道："就是秦始皇时修建的那个皇家园林。"

汲黯听了，忍不住笑了笑道："微臣明白矣。"

汲黯知道秦始皇的上林苑，但是，现在已经不是什么上林苑，而是一望无际的丛林和废墟。他初来乍到，不便多问，只在心里思忖：太子忽然想去上林苑，是否因为司马相如说日后要为他作一篇《上林赋》？是否认为他既然已经是太子，以后要继承皇位，就已经是天子？故先到那里巡视一番？

汲黯正思索着，其他几个太子洗马已经牵着十几匹马来到刘彻跟前。两位太子洗马扶太子刘彻上了马，四位为先导，其他人则都跟从在后面或两侧。汲黯和司马安分别在左右两侧，徒步而行。走出未央宫，刘彻见先导迟疑，挥手朝西南方向一指说："上林苑在西南，是秦始皇修建的。不，是秦始皇还是秦王时兴建的，方圆几百里。秦始皇做了皇帝后，在那里修建了阿房宫。"

几位先导听了，依然一头雾水。

太子刘彻不知道是没有看出先导的神情，还是故作不知，忽然又笑笑道："父皇讲，高祖还是沛县泗水亭长的时候，曾经带领服徭役的沛人修建阿房宫。后来，高祖起兵反秦，攻入咸阳灭掉秦朝，但没有毁坏那里的一砖一瓦。后来，项羽带兵来到，焚烧了阿房宫。项羽若不放火烧毁，岂不更值得一观？"

汲黯听到这里，明白了太子刘彻要去的具体位置，于是，对他道："储君这么一说，臣下明白了，臣下曾经去过那里，还登上过人们常说的所谓阿房宫磁石门门址。其实那不是一座门址，是秦始皇上林苑内的一座高台宫殿旧址。那上林苑早已不存，如今只是一片废墟和一片杂树林。"

太子刘彻惊讶道："是吗？"

汲黯笑道："的确如此。"

太子刘彻得意地大声道："既然如此，本宫要先看看。"

汲黯对刘彻凭一时高兴就令洗马陪他去所谓的上林苑的做法很不悦，感到他太任性了，于是，摇摇头，直言道："储君，臣下以为此时去很不是时候。"

太子刘彻不悦道："为何？"

汲黯回答道："臣下以为，那里距离未央宫还有几十里路程，且又时至午时，不如改日前往。"

太子刘彻不服气道："几十里路算甚？在马蹄下不是一会儿即到？"

汲黯想：你太子骑马，而很多洗马却是要步行，怎么能一会儿即到？再劝道："因为事前没有措置，又没有安排膳食，恐怕到那时饿着储君。"

太子刘彻嘲笑他道："没有膳食好办，到时猎下野兽，就地以柴烤之，岂不是美味？"

汲黯不以为然，继续坚持道："臣今日虽刚刚入朝服侍储君，当从今日起就要尽力把储君服侍好。储君说的那个上林苑，路途坑洼不平，十分难行。况且，今日天上阴云密布，如若遇上大雨，让储君淋出病来，乃是大事。臣下想，为了让储君玩得开心，不如等臣改日前去探路，为储君选好路径，做好一应操持，再去为宜。"

太子刘彻望了汲黯一阵，想了想，道："汝说得有道理，那就改日再去。"

十几位太子洗马看到汲黯第一天来到太子身边就大胆直言，并能把太子说服，不由得都向他投去敬佩的目光。

往回走的时候，太子刘彻对汲黯道："有朝一日，本宫要重建上林苑，超过秦始皇。"

汲黯听了，不由得暗自慨叹：小小年纪就如此雄心勃勃，来日执掌皇权，势必威震乾坤。于是，笑了笑道："储君气贯长虹，令人钦佩。"

太子刘彻自信地翘起下巴，对汲黯道："早做料算，本宫想尽快成行。"

第三章　谈文论道天禄阁

天气有阴晴，季节有冷暖，但其中的滋味却会因为每个人的心情不同而千变万化。昨天，刘彻要去上林苑，因为汲黯的阻挠而没有成行。天气的变化也应验了汲黯的判断，下午就下起了大雨。不少人感到这场雨十分讨厌，而太子刘彻却十分高兴，因为他没有去上林苑，若去了，遇上如此大雨，必会狼狈不堪。望着这哗哗的雨水，太子刘彻的眼前禁不住再现出汲黯那阻止他的神情。

太子刘彻初见汲黯，像对待其他太子洗马一样，只是把汲黯当作一位出行时的前导，或者是跟从在两边的威仪，通过第一次与汲黯交流，尽管时间很短，却忘怀不下，感到汲黯不仅博闻广记，通古博今，而且直言不讳，为人谦善。不觉间便对他刮目相看。于是，没有几天便不再让汲黯像其他洗马一样做侍从，而是把汲黯当作太傅，教自己读书。

此时的太子太傅是卫绾，卫绾是代郡大陵人，年轻时因有弄车之技，当上郎官，服侍汉文帝刘恒，后来成为太子刘启的太傅。因累积功劳，被升为中郎将。刘启即位，其长子刘荣为太子时，卫绾兼做太子刘荣的太傅。刘彻被册立为太子后，他又兼做刘彻的太傅。卫绾年事已高，且曾经是刘荣的太傅，尽管卫绾性情敦厚谨慎，没有其他杂念，太子刘彻却感到他没有什么惊人之处，心里十分不爽。加上卫绾没有汲黯知识广博，于是，便喜欢上了汲黯，常常求教于汲黯。

汲黯认为，父亲按《任子令》保举他入朝为官，能实现自己的远大抱负，是想让他像祖上一样为天地立心，为生民立命。入朝前，他总是把皇宫看得十分神圣、神秘，对那些身居高位的朝官敬慕不已，认为都是旷世逸才。入朝后，尽管时间很短，且仅为太子洗马，因为善于观察思辨，已感到不少位高权重的人并非都是德才兼备者，有的不仅没有多少德才，甚至不乏小人。因此，曾经为自己仅做太子出行时的前导威仪，不能一展宏志，而感到失落，并在父亲面前慨叹说：栋梁之材，如若遇上了建筑宫殿的建筑师，一定会成为栋梁。如若遇上的是一个搭建猪舍马厩的泥瓦匠，就会被截成条木板块，最后成为朽木，难成大器。此时，他虽然没有被汉景帝刘启命为太子太傅，当太子刘彻把他当太傅对待时，不由得有些激动，感慨道：汲黯虽无经世济民之才，能教太子治国之本，为太子出谋划策，平安天下，也不枉这次被保举入朝，因此，每每教刘彻政事、文理，乐此不疲。

汉朝建立后就制定了官员五日一"休沐"的休假制度。汲黯入朝的第六天，本来也该休假一天，想到自己刚刚入朝，就没有提出休假，依然陪伴在太子刘彻身边。太子刘彻虽然心高气盛，但也知道自己才七岁，比起汲黯，则显得寡见少闻，犹如坎井之蛙。于是，先让汲黯教他《论语》，接着又让讲解《道德经》。两部书虽然都是汉室很珍贵的宫中藏书，不少人教他诵读，汲黯却能讲出和别人不一样的味道，令他欣喜不已。

这天下午，太子刘彻又邀汲黯在天禄阁探讨道家和儒家学说。谈兴正浓，刘彻忽然想起什么，对汲黯道："去石渠阁，看看司马相如、司马谈是否在那里。若在，让他二人一起到此。"

太子刘彻才七岁，汲黯虽然从心理上一直把他当作小孩，但毕竟他是太子，汲黯不得不听命。汲黯走向石渠阁，只是为应付刘彻，不料，到了石渠阁，司马相如、司马谈居然都在那里。司马相如、司马谈听说太子召唤，立即和汲黯前往天禄阁。

路上，汲黯忍不住好奇地问司马相如："长卿君本是文人骚客，怎么做起了跟从皇上车驾游猎、射杀猛兽的武骑常侍？"

司马相如仰面而笑道："吾虽然喜欢辞赋，但壮健捷疾，能驰骑穀射，前后左右，周旋进退，越沟堑，登丘陵，冒险阻，绝大泽，勇猛无敌也！"

汲黯笑道："所言并非如此吧？"

司马相如左右扫了一眼，小声对汲黯道："实不相瞒，吾这个官是以赀为郎，也即是用钱换来的。如若没有这个官，就来不了未央宫，吾等也不得相识，呵呵。来到京城后，皇帝得知吾剑法出众，就让做了武骑常侍一职。虽不喜欢，但也别无他法。不久，皇上的弟弟梁王刘武带着门下的邹阳、枚乘、庄忌来朝，与他们相遇，一起谈辞论赋，成为好友。后来吾因病退职，前往梁地，成为梁王的宾客，常与邹阳、枚乘、庄忌唱和，《子虚赋》就是在那时为梁王写的。没有想到的是，后来梁王因储君之事不能释怀，抑郁而死。吾回到京城后，因皇上不好辞赋，依然没有得到赏识，仍旧做武骑常侍一职。吾虽然仰慕蔺相如，改名相如——名相如，实不相如也。"

汲黯听了，从他的话中感受到了不遇知音之叹，半天无语。接着，汲黯又边走边问司马谈道："司马君年纪轻轻能入朝执掌宫中图书典籍，并有治史之作，不能不让人敬佩也。"

司马谈笑道："吾与司马相如一样，也是靠赀选入朝。"

汲黯道："能在宫中博览群书，日后必有大的作为也。"

司马相如叹道："为臣的命运如何，靠的不仅是才气，而在于君主喜欢什么，一切均游走于操控的指掌之间。"

汲黯虽然感到司马相如是情之所至，言谈无忌，本想倾诉一番自己的感受，但是想到自己初来乍到，笑了笑，欲言又止，忙在前面引路，向天禄阁而去。

天禄阁与石渠阁同为汉宫御用收藏图书典籍的地方，所不同的是石渠阁有阔大的厅堂，文人墨客常聚集在这里，谈古论今，开展交流。而天禄阁则相对较小，也安静一些。

司马相如、司马谈进了天禄阁，只见太子刘彻正襟危坐在几案前，正等着他们的到来。司马相如、司马谈见状，施礼毕，立即在刘彻面前坐下。汲黯也挨着司马谈坐下，一脸的肃穆之色。

太子刘彻望了司马相如、司马谈一眼道："适才与汲黯学《论语》，又论《道德经》，深感对儒道学说知之甚少，虽喜欢辞赋，却不得要领，想请教二位如何？"

司马相如、司马谈同声道："储君过谦了。"

太子刘彻先问司马相如："辞赋最早是谁所创？"

司马相如见刘彻如此相问，微微一笑，立即侃侃而谈道："储君所问的辞，当是楚国诗人屈原以南方民歌为根柢，以楚国方言所创的——楚辞。赋，是由楚辞衍化而来，受屈原、宋玉楚辞之教化，写得爽朗而通畅，是一种有韵之文体。最初的诗、辞都能歌唱，而赋却不能歌唱，只能朗诵。汉兴以来，以贾谊的《吊屈原赋》《鹏鸟赋》《旱云赋》《簴赋》最为著名。其次是枚乘。枚乘曾做过吴王刘濞、梁王刘武的文学侍从。七国之乱前，曾上书谏阻吴王起兵；七国叛乱中，又上书劝谏吴王罢兵，吴王依然不听。七国之乱平定后，枚乘因此而显名，被皇上拜为弘农都尉。此职因非其所好，故以病去官。枚乘著赋九篇，最为有名的当数《七发》《柳赋》《菟园赋》。"

太子刘彻忍不住问："枚乘现在何处？"

司马相如回答道："回了淮阴老家。"

太子刘彻听了，脸上露出惋惜之色，接着又问："除了贾谊、枚乘，还有谁的辞赋写得最好？"

司马相如笑而不答。

太子刘彻笑道："是否就是司马相如？"

汲黯也忍不住笑了。

司马谈道："当下再无人能和司马相如相比也。"

司马相如忙自谦道："不敢当，不敢当。"

太子刘彻接着道："长卿承诺要为本宫写一篇《上林赋》，可不能食言。"

司马相如笑道："微臣不会食言。"

太子刘彻接着又问司马谈道："听说司马君学天官于唐都，受《易》于杨何，习道论于黄子。黄子是谁？他有何高论？"

司马谈忙回答道："黄子就是黄生。他好黄老之术，是臣下的老师。黄老之术形成于秦统一中原前战乱不止的年代，创者尊黄帝和老子为始创人，并纳阴阳家、儒家、法家、名家、墨家等要旨，故而得名。"

太子刘彻笑道："本宫以为是黄生之术呢。"

司马谈也忍不住笑道："此乃巧合罢了。"

太子刘彻收住笑，又问司马谈道："司马君对儒学有何见地？"

司马谈侃侃而谈道："儒家序君臣父子之礼，列夫妇长幼之别，不可易也。但儒者以六艺为法，六艺经传以千万数，累世不能通其学，当年不能究其礼，因此用儒家治国只能是劳而少功。"

太子刘彻很为惊讶，又问道："对道家有何见地？"

司马谈立即道："道家不仅使人精神专一，动合无形，赡足万物，而且因阴阳之大顺，采儒墨之善，撮名法之要，用它来治国只能是事少而功多。臣以为，道家之术最为高明、最为完备。"

太子刘彻接着问汲黯道："汲君对儒、道之术有何见解？"

汲黯立即回答道："微臣以为司马谈说得甚好。世事在变，当审时度势而定国策。儒家学派形成于春秋之时，乃孔子所创。那时，诸侯争霸，天下动荡，讲求智、信、圣、仁、义、忠六德，孝、友、睦、姻、任、恤六行，礼、乐、射、御、书、数六艺，提倡君君臣臣、父父子子，是一统天下之需，无可厚非。儒家的忠君，似乎忠君即忠于国家，其实也不尽然。若君是昏君，愈对他忠，岂不愈误国？汉朝建立以来，天下归一，偃武修文，与民休息，百姓生计日渐好转，所以臣民拥戴汉室。故微臣认为，当今应推崇道家的无为而治，倡导黄老之学，国家应少做扰民之事。民安则天下安……"

太子刘彻未等汲黯说完，便笑道："长孺啊长孺，长孺不尊儒，名黯实不黯。"

汲黯立即笑着答道："储君过奖了。"

太子刘彻又扫了一眼司马相如和司马谈，再次笑道："蔺相如司马相如，名相如实不相如。司马谈什么都谈。"

说罢，几个人都大笑起来。

笑声未落，门外传来响亮的问话："何人、何事笑得如此开心？"

众人一听，立即都收住笑，站了起来：皇上驾到。几个人忙站起身去门口迎接。他们还没有走到门口，皇帝刘启已经走进门来。

皇帝刘启面带微笑，而且笑得轻松自得，大家都意识到他今日心情很好。自册封刘彻为太子后，他心情一直很好，今日更甚。他的身边跟随着郑当时、汲仁等。郑当时望了汲黯一眼，脸上露出赞许的笑颜。

皇帝刘启坐下，也示意大家坐下，问道："汝等在谈论何事，如此开心？"

太子刘彻忙回答："回父皇，在谈论儒家和道家学说。还有辞赋。"

皇帝刘启会意地点点头道："朕刚刚接到边关捷报，匈奴数千骑兵在上郡欲进攻汉军，飞将军李广仅带一百骑兵，用计破敌，免除一场恶战。朕欣喜不已，走出宣室殿，闲步至此，又听到汝等的笑声，朕甚是高兴。"

提起匈奴，无不痛恨，听说打了胜仗，又都十分激动，心中都钦佩起李广来。

李广的祖上是秦朝名将李信，曾为秦始皇统一天下立有不少战功。其家族世代传习射箭，并都是位居诸官之长的仆射一职。李广老家在长安西部的槐里县，后迁徙到陇西成纪。汉文帝前元十四年（公元前166年），匈奴大举入侵萧关，李广以良家子弟的身份从军抗击匈奴，因为精通骑马射箭之术，斩获匈奴首级无数，被任为汉中郎。李广曾经随从汉文帝出行，多次冲锋陷阵，抵御敌寇和与猛兽搏斗。汉文帝刘恒感慨地对他说："可惜呀，汝没遇到时机，假如生在高祖之时，封个万户侯不在话下！"刘启即位后，先任李广为陇西都尉，不久又改任骑郎将。吴楚七国之乱时，任李广为骁骑都尉，随太尉周亚夫反击吴楚叛军。在昌邑城下，李广夺取叛军军旗，立下大功，从此名声显扬。但因梁王刘武仅授给他将军印，还师后，没有给予封赏，后调为上谷郡太守，每天与匈奴交战，从不畏惧。主管属国的公孙昆邪哭着对皇帝刘启说："陛下，李广的才气，天下无双，他屡次与敌虏肉搏，长此下去，恐怕会失去他。"皇帝刘启听公孙昆邪这么一说，怕失去李广，很快调李广为上郡太守，后来转任边郡太守。李广曾为陵西郡、雁门郡、代郡、云中郡太守，都因在那些地方与匈奴奋力作战而声名显赫。前不久，匈奴大举入侵上郡时，皇帝刘启派最亲近的宦官跟随李广整训士兵，抗击匈奴，也意在保护李广。

太子刘彻听了父皇的话，大声道："父皇，儿臣好想听一听李广智退匈奴的故事。"

汲黯、司马相如、司马谈也都十分高兴，异口同声道："臣等也很想知道。"

皇帝刘启看到太子刘彻和汲黯、司马相如、司马谈急切的神情，笑了笑，看了一眼郑当时道："既如此，就由郑当时给汝等陈说。"

郑当时见皇上让他来讲，甚为高兴，扫了他们几个人一眼，立即兴致勃勃地讲述起来："那位被皇上派去跟随李广练兵的宦官刚到李广麾下没几日，便带上几十名骑兵纵马驰骋练兵。这天，他正练兵之际，忽然看到三个匈奴人出现在阵前，朝汉军射了一箭，伤了宦官。宦官和汉军还没反应过来，三个匈奴人又朝汉军齐射，把几十名骑兵几乎射杀将尽时，宦官等人才向北成功逃窜。宦官回到军营报告给李广，李广立即道：这三人一定是射雕者。于是，李广带一百名骑兵急追。那三个匈奴人虽是徒步行走，却走得很快，李广领兵追了几十里才追上。看到他们，李广命令骑兵散开，从左右两面包抄，并亲自射击，结果射死二人，活捉一人。这三个人果然是匈奴射雕的人。待捆绑好俘虏上马，李广远远地望见匈奴有数千骑兵追来。"

汲黯、司马相如、司马谈和太子刘彻正为李广捏把汗的时候，郑当时却忽然停了下来。郑当时虽然看到几个人急不可耐，却好半天才接着道："匈奴骑兵看见李广，以为是引诱匈奴的汉朝骑兵，无不吃惊，立即上山布阵。李广的一百骑兵看到这种阵势，也很恐慌，想奔驰转回。李广立即阻止道：'匈奴善射，汉军与匈奴骑兵相距仅几十里，匈奴若追上来，汉军则完矣。若留下，匈奴一定以为是为大军来诱敌，必不敢来袭。'李广不仅不退，反而令骑兵前进。到了距匈奴阵地二里许才停下来，又下令道：'都下马解鞍！'骑兵们大惊，不安地问：'敌多，且离得很近，敌若来攻，何以应对？'李广道：'那些匈奴兵以为汉军会走，如今不仅不走，反而都解鞍，一定更坚信是来诱敌者。'果然，匈奴骑兵不敢进攻。有个骑白马的匈奴将军，出阵监护他的兵卒，李广上马与十几名骑兵奔驰前去，射杀了这个白马将军，然后又返回到他的骑兵中间，解下马鞍，命令士兵把马放开，随便躺卧。这时刚好天黑，匈奴兵更感奇怪，不敢出击。夜半时，匈奴兵还以为汉军有伏兵在附近，马上会袭击他们，于是，很快全部快速撤走。"

汲黯、司马相如、司马谈听完，都忍不住开心地大笑。

太子刘彻笑了一阵，忽然怒道："想当年秦朝初立，秦始皇派遣大将蒙恬，带领秦军北击匈奴七百里，匈奴多年不敢犯边。而今大汉朝已五十多年，国力远超秦朝，匈奴人居然屡犯不止，而朝廷一再奉行和亲之策，此乃大汉朝的耻辱，有朝一日，吾要把匈奴人赶尽杀绝！"

听了太子刘彻的话，所有人都不禁一愣。皇帝刘启也露出惊诧之色。汲黯看了刘彻一眼，笑笑道："储君，秦始皇建立秦朝时，匈奴才从一个四分五裂的部族凝结成强悍的团体。后来，才与东之东胡、西之月氏，并立为北部高原上的三雄。头曼单于是匈奴王国的开基者，就在他完成王业、图谋南下拓展之时，遇上了秦始皇这一强大的帝王。头曼单于本来雄心万丈，意欲与秦朝争雄，但面对秦始皇这个强大的对手，不得不离开祖先的土地，向北迁徙。也就是在此时，头曼单于开始培养他的儿子，以报复大汉朝廷。他把大儿子冒顿送到月氏，学习月氏人的长处，强大骑兵。冒顿后来用以训练骑兵的鸣镝，就是从月氏人那里学来的。就是在这几十年里，匈奴强大起来，且那里出产良马，如汗血宝马，头高颈细，四肢修长，皮薄毛细，力大、速快，而汉军的战马相比之下却很少，且不及匈奴马快……"

太子刘彻听着汲黯的话，脸上现出不悦之色。他虽然年幼，但对汉朝与匈奴的那些事也常听朝中大臣们讲，早已牢记在心：秦朝灭亡后，冒顿单于趁汉朝根基未稳之际，多次带兵南下袭扰汉边，其中规模最大的一次用兵，是汉高祖六年秋在雁门郡马邑城迫降韩王信。次年又以四十万大军将汉高祖刘邦包围在平城白登山。同年十二月，冒顿单于再攻汉之代郡，身为代王的刘邦之兄刘仲弃城而逃。此后，西汉被迫采取和亲之策，奉宗室女公主为单于阏氏，岁奉匈奴絮缯、酒米食物，约为昆弟。此后，冒顿单于虽不再大规模入侵，但双方边境地区小规模的战斗始终未断。刘邦死后，吕后执政。冒顿单于致信吕后，称：陛下独立，孤偾独居，两主不乐，无以自娱，愿以所有，易其所无。提出愿与吕后结亲。吕后大怒，欲发兵击匈奴，被诸将劝止，复与匈奴和亲。汉高后八年（公元前180年），吕后死，汉文帝即位，继续对匈奴和亲。

汉文帝前元三年（公元前177年），匈奴右贤王背弃和亲之约，率数万大军侵占河南地，并进袭上郡，杀掠汉民，威胁长安。汉文帝急令丞相灌婴将车骑八万迎击匈奴，自率诸将至甘泉宫，作为应援。匈奴右贤王见汉军大队来攻，遂退往塞外。双方虽未交兵，但这次用兵是西汉自白登之围后对匈奴第一次大规模的军事行动。

汉文帝前元六年（公元前174年），冒顿单于死，其子稽粥即位，号老上单于。老上单于初即位，汉文帝复遣宗室女公主为单于阏氏，派宦者燕人中行说为护送使者。中行说不愿去匈奴，被强令出使。中行说愤恨上路，到匈奴即投降老上单于。老上单于对他亲信备至。中行说在匈奴，千方百计破坏汉匈的和亲关系，鼓动老上单于伺机南下攻汉。

汉文帝前元十四年（公元前166年）冬，老上单于亲率十四万大军进攻北地郡，侵占朝那、萧关、彭阳，烧毁中宫，前锋直抵雍县、甘泉，距长安仅二百里，直接威胁西汉王朝的统治中心。文帝得报，命中尉周谷、郎中令张武为将军，发车千乘，骑十万，屯驻长安附近，防卫京师。又拜昌侯卢卿为上郡将军，宁侯魏邀为北地将军，隆虑侯周灶为陇西将军，东阳侯张相如为大将军，成侯董赤为前将军，发兵上郡、北地郡、陇西郡等地，迎击匈奴。苦战月余，老上单于方退往塞外。从此，匈奴更加骄横，经常犯边。汉朝深以为患，不得不遣使者复与匈奴修好和亲。汉文帝后元四年（公元前160年），老上单于死，其子军臣立为单于，仍以中行说为亲信。

汉文帝后元六年（公元前158年），军臣单于绝和亲之约，以六万骑兵，分兵两路，每路三万，分别侵入上郡及云中郡，杀戮甚众。汉文帝急忙以中大夫令勉为车骑将军，率军进驻飞狐。以原楚相苏意为将军，将兵入代地，进驻句注。又派将军张武屯兵北地。同时，置三将军，命河内守周亚夫驻屯细柳，祝兹侯徐厉驻棘门，宗正刘礼驻霸上，保卫长安。此时，匈奴骑兵已进至代地句注边，边境烽火警报连连告急。汉军经数月调动，方抵边境地区。匈奴见汉军加强了守备，遂退往塞外。第二年，文帝死，景帝即位，为了汉室的安稳，不得不依然采取和亲之策，通关市，给遗匈奴，遣公主，如故约。匈奴对汉虽然也有侵扰，不再有大规模的入侵，战少和多，以和为主。今上刘启虽然采取和亲之策，但每次能击败匈奴，都异常开心。

太子刘彻深知，祖父汉文帝和父皇虽然采取和亲，那是为了大汉江山的安定，并非甘于忍受屈辱。

皇帝刘启听了刘彻的话，沉吟了一会儿，然后走到刘彻跟前，拍拍他的肩膀："彻儿有此雄心壮志，父皇很高兴。父皇之所以沿袭祖上的和亲之路，并非是怕匈奴，一是汉朝力量暂时还不够强大，二是父皇不想让更多的人死于非命。彻儿年纪尚小，等长大后会懂得父皇的良苦用心。"

太子刘彻虽然心中很不服气，见父皇这么说，也只得作罢。

皇帝刘启说罢，望了太子刘彻一会儿，又望望汲黯、司马相如、司马谈、郑当时，蓦然转身面向门外，自言自语道："都惧皇帝威，谁知其中味？都言皇帝狠，谁知其中苦？不威无人惧，大计难施；不狠贼作乱，天下纷纭。该忍而不忍，则乱大谋也。想当初吴、楚、赵、济南、淄川、胶东、胶西七王皆刘姓宗室诸侯，先帝在世时王国即有叛乱，朕即位后更有恃无恐，无视朝廷。晁错是朕倚重的大臣，其削藩是利于朝廷之策，削之亦反，不削亦反。削之，其反亟，祸小；不削之，其反迟，祸大。可是，为了天下免于战火，朕不得不接受袁盎的谏言，为平息叛乱，含泪诛杀晁错。朕知道，有不少人骂朕无情无义，可谁能理解朕当时和如今的滋味？"

汲黯、司马相如、司马谈、郑当时听了都不禁为之一愣，不知如何回应是好。

未等他们说话，皇帝刘启又叹道："匈奴屡犯汉边，朕何以沿袭先帝和亲之策，和多战少？忧民不得安宁，生灵涂炭，忧国力不济，事倍而功半也。"

正当大家不知如何回应时，皇帝刘启蓦然笑了笑道："今日各位在谈论儒道和辞赋，谈兴正浓，又有边关喜讯，朕不该谈这些。"

汲黯、司马相如、司马谈、郑当时立即也笑脸附和，以不使气氛尴尬。

汲黯十分赞赏皇帝刘启的治国之谋略，不顾自己刚刚入朝，且是一太子洗马，大胆进言道："陛下，微臣有话不知当讲否？"

皇帝刘启大笑道："但讲无妨。"

汲黯面色凝重道："匈奴之所以敢如此犯汉，是其有彪悍快捷之骑兵，拥有较好之战马。马者，甲兵之本，国之大用。安宁则以别尊卑之序，有变则以济远近之难。高祖时，相国萧何作汉律九章，创加厩律。吕后时，又禁止母马外流，以防止军资遗敌。文帝即位后，曾因养马费粮，一度限制饲养马匹。晁错发现后，马上谏言：令民有车骑马者，可免除三个人的徭役，鼓励民间养马。文帝接受他的谏言，下令用免役之策促使民间养马，民间养马之风再兴。微臣以为，当下应施行马政，增益苑囿，造厩而养马以广用，同时扩大边境军马牧场，并鼓励各郡国及民间饲养马匹，以积蓄战力。"

皇帝刘启听了汲黯的话，甚为高兴，道："此言正合朕意。"接着又转换话题道："今日不再说国事，各位继续谈论儒道和辞赋。"

太子刘彻不知是为了让父皇高兴，还是为了表达心志，立即吟诵起高祖的《大风歌》："大风起兮云飞扬，威加海内兮归故乡，安得猛士兮守四方！"

司马相如深悟皇帝刘启的情怀，也欣赏太子刘彻的壮志，为了助兴，吟咏自己《子虚赋》中的句子道："王车驾千乘，选徒万骑，田于海滨。列卒满泽，罘罔弥山，掩兔辚鹿，射麋脚麟……"

汲黯听着，为了活跃气氛，也跟随司马相如吟诵起来："臣闻楚有七泽，尝见其一，未睹其余也。臣之所见，盖特其小小耳者，名曰云梦。云梦者，方九百里，其中有山焉。其山则盘纡茀郁，隆崇嵂崒；岑岩参差，日月蔽亏；交错纠纷，上干青云；罢池陂陁，下属江河。其土则丹青赭垩，雌黄白坿，锡碧金银，众色炫耀，照烂龙鳞。其石则赤玉玫瑰，琳瑉琨吾，瑊玏玄厉，瓀石武夫……"

司马谈也不失时机，故意带着几分夸张地"呵呵"笑了几声，道："司马相如的赋虽然有着浓厚的虚静为君的黄老道家色彩，却也道出了我大汉的强大之势和雄伟气魄，辞藻丰富，描写工丽，散韵相间，堪称佳作也。"

皇帝刘启虽然不善辞赋，但《子虚赋》写的是昔日楚国的富庶广大，大汉的建立者是刘姓，刘姓是楚国人。刘启听着，笑道："辞赋原是吾楚国之文体，朕虽不善辞赋，是国事使然也。彻儿聪慧，喜欢辞赋，长卿当好好教他。"

司马相如欣喜道："微臣当学而不厌，诲人不倦。"

汲黯道："天下有耕田，始生万物；天下有文章，才见光明也。

汲黯虽不才，亦当仁不让。"

太子刘彻听了他们的话，禁不住激动道："说得好。"

皇帝刘启回味着汲黯的一番话，很为自己适时推出《任子令》，并为选拔出汲黯这样胸怀天下的贤德之士而高兴，脸上洋溢着喜悦之情。他望了汲黯一阵，忽然问他道："汲黯已是弱冠之年，可曾娶妻否？"

汲黯笑了笑，道："回陛下，还没有。"

司马相如笑着插言道："陛下莫不是想给汲黯找一个美艳的宫女？"

皇帝刘启没有回应司马相如，继续关切地问汲黯："可曾有了意中之人？"

汲黯不好意思地回答道："有了。"

汉景帝刘启似有所思，又问："何地人？"

汲黯笑道："一起长大的乡邻，儿时的玩伴。"

皇帝刘启故意瞪着眼睛问："是哪家窈窕淑女？"

汲黯样子很得意地笑笑道："不是窈窕淑女，是绣女，忙时绣田，闲时绣花。"

太子刘彻现出惊讶之状，问道："在家耕田？"

汲黯也做出惊讶之状，反问太子刘彻道："耕田不好？"

皇帝刘启没等太子刘彻说话，马上笑起来："好，好。等汝大婚时，朕要前去祝贺。"

皇帝刘启这么一说，司马相如、司马谈、郑当时也随声附和，说一定要前去祝酒助兴。蓦然之间，因为刚才议论国事的沉闷之气，一下子变得如一池清澈透明的湖水被一阵清风吹出阵阵涟漪，天禄阁再次响起爽朗的笑声。

第四章　田园莺歌别样鸣

皇帝刘启因为心中喜悦，晚上又特别设宴款待汲黯、司马相如、司马谈、郑当时。酒宴上，觥筹交错，推杯换盏，吟诗诵赋，十分热闹。

汲黯走在回家的路上，已是夜色深深，家家关门闭户，只有一些不知名的虫子躲在墙缝里低吟短唱。他带着几分醉意走到家门口，打开大门，却看到厅堂里还在亮着灯光。他屏气轻脚走进厅堂，发现是父亲还在灯光下伏案读着什么。

汲卫听到脚步声，便知道是汲黯，抬起头，放下手中的竹简，没有平常的微笑和关切，而是静静地看着汲黯，无言无声。

汲黯十分不解，但也没有多想，忙问候父亲道："父亲还没安歇？"

汲卫抬手示意他坐在对面，算是回答。汲黯坐下，凝视着父亲的眼睛。汲卫依然没话，却把手中的竹简推到了他的面前。汲黯双手捧起竹简，未及打开，先向父亲讲了一番论道天禄阁的情景。见父亲对此事反应不大，这才打开竹简。一看开头，就忍不住问："是母亲的来信？"

汲卫点点头，作为回答。

汲氏虽然已经几代人做了卿大夫，却有一条不成文的规矩：男人入朝做官，夫人一律不得跟随；夫人在家，不得仗势欺人、横行乡里，否则，逐出汲家。至今，汲黯的母亲也依然在老家种田。还有一条家训：父慈子孝，兄友弟悌，善待乡邻。汲黯来京后，虽然每年都回家几次，但在家时间都很短暂。入朝为太子洗马后，仅仅给母亲写了一封家书，还不曾回家探望，听父亲说母亲来信，想到不能在母亲跟前尽孝心，忍不住两眼红红的，急忙展卷阅读。汲黯看着，激动地诵读起来："欣闻黯儿、仁儿、安儿皆应诏入朝，母亲不胜欣慰，汲氏如此显贵，四邻皆欣悦。若有出头之日，掌握权柄，当碧血丹心，心系社稷，造福百姓。如此，方不辱祖上，母亲入黄泉亦笑颜长存也。"

汲黯读到这里，忍不住两眼含泪，脑海里全是母亲站在门口张望京城，微笑期待的目光。许久，才又读下去。读着读着，脸色一下子变得惶恐不安起来，再也读不出声："黯儿和父亲虽然常年不在母亲身边，但母亲知道尔等皆在做郡国大事，尽管长夜难眠，虽苦犹甜。何况田莺每日都来家中，在母亲跟前奔前跑后，犹如对待生母，母亲每日都十分开心。只是，她自得知黯儿做了太子洗马，将来必有作为，自愧身居农家，怕误黯儿前程，欲毁约另寻郎君……"

汲黯读不下去了，急忙问父亲道："黯儿入朝才不久，在给母亲的信中特别对母亲说，不让告诉田莺。老家距长安又这么遥远，田莺怎么就知道了？"

汲卫笑道："这个还需问？常言道：位卑声高无人听，位尊声细也远扬。咱汲家数代显贵，家乡皆以为荣，尽管历来低调做事，各郡县岂能不知？能传不到咱白马县？"

汲黯不解道："吾对田莺一直笃厚恭谨，她为何要背吾而去……"

汲卫又笑道："汝已入朝为官，已不是昔日在村头玩耍的孩童。"

汲黯自嘲道："区区太子洗马，何足挂齿。"

汲卫正色道："太子洗马虽然官职不大，却是太子属官，是未来皇帝身边之人，汝如何视之，是汝的事，世人高看亦是必然也。"

汲黯忙问："事已至此，当如何是好？"

汲卫不仅没有回答，反而问他道："汝有何打算？"

汲黯道："本打算等些日子请假亲自回老家向她报喜，并商议成婚大事，不承想她竟然如此看待黯儿……"

汲卫不语，让汲黯继续说。

汲黯叹道："汲家和田家世代为邻。年幼时就与她村头嬉戏，总角之宴，言笑晏晏，相呴以湿，相濡以沫。后来吾二人约定：她嫁吾为妻，吾娶她为妇。都信誓旦旦。而今，黯儿虽入朝为官，并未有高人一等之感，若这样两相分离，岂不有辱汲家声名？岂不成了被世人唾弃的薄情寡义之人？"

汲卫看出汲黯对田莺依然一片真情，脸上露出欣慰之情，也叹了一声，道："位尊不鄙民，身贵不负情，不愧汲家后代。"

汲黯也看出了父亲的态度，忙问道："黯儿刚刚入朝，事情又如此紧急，当如何是好？"

汲卫思忖良久，道："既然皇上问起汝婚姻大事，吾明日即替汝在皇上和太子面前直陈此事，若皇上准假，汝就立即回老家一趟……"

没等父亲说完，汲黯借着几分酒劲，道："若皇上和太子不准，黯儿宁可辞官不做。"

汲卫忍不住呵呵笑起来："也可先写一书信给她，言明真情不变，怎能为此而辞官？"

汲黯忍不住也笑起来："黯儿这就给她写信。"

汲卫笑着阻止他道："明日再说。"

汲黯见父亲这么说，只得回到自己的房间。

这一夜，汲黯躺在床上，辗转反侧，寤寐思服。迷迷糊糊中，他回到了老家。他刚刚走到村头，就听到一阵童谣声，那童谣跟他小时候与田莺在一起唱的一模一样。他循声而去，果然看到是田莺在一个人唱："小老鼠爬灯台，偷油吃，下不来。大的哭，小的叫，一听狸猫喵喵，叽叽喳喳全跑掉。"

这童谣他太熟悉了，叫《老鼠偷油》，过去他们常在一起唱这首童谣。他奔向田莺，大声喊道："莺莺，阿兄回来了，一起唱吧。"

田莺看到汲黯，惊喜地跳起来："兄长，这些日子去了哪里？为何不见兄长了？小妹好想兄长也。"

汲黯没有回答她，但不知道为什么没有回答她，却拉住她的手，又蹦又跳。然后，双手捂住嘴，"蛐蛐、蛐蛐"学起蛐蛐的叫声来。田莺在一边笑着，一边唱起他们儿时的童谣《逗蛐蛐》："小蛐蛐肚子大，站在墙上说大话：皇帝来了也不怕。忽然来了一公鸡，蛐蛐看见吓趴下。"

不知什么时候，天色暗了下来，圆圆的月亮升到了头顶。他们都叫月亮为月姥娘。于是，他们望着月姥娘，一起唱起来："月姥娘亮光光，照着老娘洗衣裳。洗得白，洗得亮，打发小小上学堂。读四书，做文章，旗杆儿竖在家门上。"

唱完，汲黯忽然问田莺："知道吾父为何给汝取名田莺乎？"

田莺笑道："是吾说话的嗓音像莺鸟的叫声一样好听。"

汲黯眨了一下眼："不对，莺也叫黄鸟、黄鹂，个子纤细瘦小，眉毛黑，嘴巴尖尖，叫声好难听……"

田莺忽然悟出什么，"噗嗤"一笑，抬手便去打汲黯："阿兄坏，阿兄坏。黄鹂好看，叫声也好听。"

汲黯边跑边笑边学莺的叫声："唧、唧，唧唧啾啾唧唧，啾唧啾唧……"

汲黯跑着叫着，忽然田莺追了上来，拧住了他的耳朵，先是拧住左耳，接着又拧住了右耳，拧得好疼好疼……

汲黯给疼醒了。他睁开眼，原来是表弟司马安和小弟汲仁一人拧住他的一只耳朵，并用一只手捂住嘴嗤嗤地笑。他抬头看看窗外，只见天色已经大亮，并有霞光透过窗外的树枝，照射到他的床前。

汲黯打了个呵欠，伸伸懒腰，急忙翻身起床。盥洗毕，匆忙吃过饭，立即与司马安和汲仁向未央宫奔去。

汲黯与司马安到了未央宫，太子刘彻一改往日先去读书的习惯，而是让十几位洗马跟他玩"蹴鞠"的游戏。蹴鞠起源于春秋战国时期的齐国故都临淄，秦统一六国后，蹴鞠运动一度沉寂。汉朝建立后，又复兴盛。汉朝把蹴鞠视为"治国习武"之道，不仅在军中广泛展开，而且在宫廷贵族中普遍流行。这也是刘彻最喜欢的一种游戏。

太子刘彻玩了一阵，忽然停住，要汲黯陪他去见陈阿娇。汲黯很奇怪，想问他为什么不去读书了，但是，话到嘴边，猛然想起刘彻与陈阿娇的故事，只得打住。

皇帝刘启的薄皇后由于没有嫡子，开始时不得不遵照"立长"的传统，立自己的庶长子刘荣为太子。皇帝刘启的妹妹刘嫖，其封邑在馆陶县，被称馆陶公主。馆陶公主希望自己的女儿陈阿娇将来能成为皇后，想把女儿许给太子刘荣，不料遭刘荣生母栗姬无礼拒绝。馆陶长公主震怒，遂起废太子之心。这时，刘彻的名字还叫"刘彘"，其母亲王娡虽然只是汉景帝刘启后宫里一个地位普通的美人，却十分聪敏。她得知馆陶长公主讨厌栗姬，便经常找机会百般讨好馆陶长公主。王娡知道皇帝刘启喜欢刘彘，每次去馆陶长公主那里，都要带着刘彘。一日，馆陶长公主抱着刘彘问："彘儿长大了要讨媳妇乎？"刘彘说："要啊。"于是，馆陶长公主指着左右宫女侍女，问刘彘："想要哪一个？"刘彘看了看，摇摇头说："都不要。"最后，馆陶长公主指着自己的女儿陈阿娇问："你看阿娇好不好？"刘彘不知如何回答，就看了母亲王娡一眼，王娡急忙点了点头。于是，刘彻就笑着回答道："阿娇姐好。若能娶阿娇姐做妻子，彘儿一定造一座金屋子给她住。"后来，刘彻能从弟兄十几个中被立为太子，这也是重要原因之一。刘彻与陈阿娇的婚事也就这样定了下来。

汲黯想想太子刘彻，想想自己，不由得一阵伤感：太子刘彻与陈阿娇也是早早就定了亲事，两人相亲相爱，卿卿我我，耳鬓厮磨，想见就能见，而自己却与之相反，不仅不能随时相见，反而田鸢却要背他而去，不由得更加不悦。

太子刘彻发现汲黯闷闷不乐，不由得诧异道："汲黯，今日何故郁郁寡欢？"

汲黯忙赔笑道："没有啊。"

太子刘彻不高兴道："不要相瞒，本宫看得出来。"

汲黯怕他误解，只得把他与田茑的事如实相告。

太子刘彻虽然年少，但想到自己与陈阿娇常常在一起的嬉戏欢笑，也常常想念阿娇，便能理解汲黯。他忍不住问汲黯："田茑长得好看否？"

他的话把汲黯给问笑了，汲黯忙回答道："好看。"

太子刘彻又问："喜欢她否？"

汲黯又笑笑："喜欢。"

太子刘彻立即道："本宫准汝提前休沐，明日就回老家去吧，这里少一人也不妨事。"

就在这时，皇帝刘启与汲卫来到了他们面前，也就是要与刘彻说汲黯的事。还没有等皇帝刘启开口，太子刘彻竟然先说起此事。皇帝刘启听了，不由得大笑道："彻儿竟然和朕想的不谋而合。"

皇帝刘启接着又对汲黯道："田茑还没来过长安，汝回去后不妨把她接来。哦，对，汝母也极少来京，顺便把她也接来住上一些日子，朕要好好款待她一下，是她生了汝这个好儿子。"

汲黯得到皇帝和太子的恩准，第二天上午便离开宅院回濮阳。更让汲黯没有想到的是，皇帝刘启居然又给他派了一辆供年老的高级官员及贵妇人乘用的安车。汲黯乘上车，立即令驭手驱车驶向长安大街，朝着濮阳老家的方向而去。

由于心情高兴，汲黯坐在车上，忍不住一边走，一边观赏长安街的街景。只见一座座宫殿、衙署、仓库、兵营、监狱等错落有致，民居栉比，门巷修直。汲黯观景、遇事总爱思考，爱联想，此时，不由得又浮想联翩：长安本秦朝时之乡名，是秦始皇的兄弟长安君的封地，后被称为"长安"。那时，仅有兴乐宫，且规模不大。汉高祖五年，置长安县。七年，刘邦确定定都于此，开始在渭河南岸、阿房宫北侧、秦兴乐宫的基础上重修宫殿，命名为长乐宫。不久，又建未央宫。这时，都城才从栎阳迁到长安。惠帝元年至五年，朝廷修筑城墙，使长安城更显巍峨。汉文帝以来，虽然没有大规模的修建，但是，由于轻敛薄赋、与民休息之策的实施，并且奖励生产，减轻刑罚，提倡节俭，等等，长安城一派繁荣。今上刘启即位后，对大臣们道："农，天下之本也。黄金珠玉，饥不可食，寒不可衣，以为币用，不识其始终。"所以，禁止大兴土木，并多次下令郡国官员以劝勉农桑为首要政务。如今，长安城的人口大增，到处热闹非凡。汲黯看到这一景象，十分欣慰，又想到很快就能见到心上人田莺，内心不由得一阵喜悦。

不知什么时候，他的车已经出了长安城，到了郊外。

时节正值五月，田野一片葱绿，路边树木虽然枝叶各异，却都是一个颜色：茂盛嫩绿。天空中各种鸟儿或成双成对，或者成群成行，鸣叫着，自由地飞翔着。因为未婚妻的名字与鸟有关，所以，汲黯特别注意天空中的鸟儿。当看到有一群黄鹂盘旋着飞来，忍不住学起它们的叫声来。驭手听着，一边驾车，一边忍不住开怀大笑。驾车的红马不知道是因为汲黯的鸟叫之声，还是因为看到了一望无际的田野，忽然变得任性起来，"吐噜噜"爆出一阵响鼻，欢悦无比。

经过几天的奔波，汲黯终于回到了相距长安一千余里的濮阳。他的家在濮阳西南四十多里白马县汲村。该村因为有他们家族的显贵而取名汲村。他的村子和其他地方一样，地势平坦，桑树遍野。他家的田园也和其他田园一样，不仅出入有野兔、狐狸、獾、鼠、黄鼬、刺猬等动物，也飞翔着莺、雀、燕、布谷、鸽子、画眉、猫头鹰、啄木鸟等鸟类。

一踏上故土，一种亲切感和自豪感油然而生。他令驭手放慢车速，放眼环视，瞻前顾后，不由得思绪万千：濮阳古称帝丘，五帝时期，颛顼部落兴盛于此。春秋时期为卫国，城濮之战、铁丘之战等都发生在这里。百姓于"桑间濮上"创造的诗歌"卫郑新声"，风靡华夏。战国时期因位于濮水之北而得名濮阳。张氏始祖张挥、军事家吴起、儒商子贡、贤人柳下惠、改革家商鞅、政治家和大商人吕不韦、外交家张仪都出生在这里。这里可谓人杰地灵，是一块宝地也。想到这里，汲黯又深深自责起来：祖上六世为卿大夫，我汲黯今年已二十岁，尚碌碌无为，愧对先祖也。

不觉间，已经到了汲村村头。他抛开烦乱的思绪，急忙下车步行。乡亲们看到他，纷纷拥上来，嘘寒问暖。汲黯面对前来相迎的乡亲，一一施礼。等走到自己的宅院，闻讯赶来的乡亲们已经围了一大片。

汲黯的母亲正在家中打扫院子，听到外面的欢笑之声不绝于耳，以为别人家有了喜事，急忙走了出来。当她看到是汲黯回来时，不禁又惊又喜，以致语无伦次："黯儿，也不让人先捎个口信，怎……突然间就回来了？"

汲黯笑着道："若是先捎信，能回来得如此之快？"

母亲责怪似的瞥他一眼："刚入朝不久，怎可思乡恋家？"

汲黯笑笑："母亲，别人不知，您老还能不晓？"

母亲有些惭愧地叹道："都怨母亲处事不周。"

汲黯羞红着脸道："母亲这样说，儿子愧天怍人矣。"

母亲继续解释道："母亲也是无奈，才差人送去家书。"

汲黯不想让母亲再说什么，急忙挽着她的胳膊朝院子里走去，并故意带着孩子气地笑道："儿子千里迢迢回来了，也不让儿子先进屋歇息歇息，一直唠叨，一点也不心疼儿子。"

乡亲们见状，都止住了脚步。尽管汲黯和母亲都招呼大家到院里坐，大家却都慢慢各自散去。

汲黯和母亲回到院子内，走进屋，母子对面坐下，相视良久无语，都感到是那么亲切温馨。最后，汲黯忍不住先挑起话题，问起母亲衣食住行。但聊没几句，母亲便把话题扯到了田莺身上："乡亲们听说黯儿回来，都来迎接，田莺家距咱家也就几十步，怎不见她的影子？"

汲黯听了母亲的话，忽然也意识到了这一点，更感到田莺是有意避之。心下道：今不远千里，跋山涉水而回，就是为了见她，向她表明愿与她共一世风霜之意，她也应该明白，怎么能执意背我？

母亲看出了汲黯的心事，道："过去黯儿每次回来，她都惊喜得泪水盈盈。今火速回来，凭她的聪明，一定明白意思，这是故意避而不见。"

汲黯十分费解地问母亲："汲、田两家早就为吾二人确定了婚事，她突然反悔，岂不是对汲黯不相信？"

母亲既惋惜又不安，道："田莺长得俊美不说，心地也善良，聪明伶俐，才虽不及黯儿，可在这十里八村的，再也找不到第二个。若是真的这样分手了，乡亲们会以为是汲家富贵骄人、倚强凌弱，以后人家将怎样看待汲家？"

汲黯起身道："黯儿之所以这样火速回来，就是此意。黯儿这就去找她。"

母亲见汲黯这样说，也催促他快去。汲黯起身走出屋，直奔田莺家而去。

田莺的宅院在汲黯宅院的东侧，虽然和汲黯家的宅院不能相比，但也是一个坐南朝北的两进院。一进院有不大的门房和东厢房，二进院有宽敞的主房和西厢房。院前有一水井，圆圆的石磨和内圆外方的石臼，还有一个平坦的编织草席和麻布的编织台。院外有一椭圆形的池塘，池塘周围种有成片的桑麻，田埂疏密有致。桑麻的外面是田野，与汲黯家的田园相连。

田莺的父母自汲黯进村的那一刻就知道了，只是因为田莺已经向汲黯母亲表白了与汲黯解除婚约的事，深感有愧于汲家和汲黯，所以，此时正在家中为此心烦意乱，并埋怨田莺做事太任性。他们正说着，忽然看到汲黯来到家中，又惊又喜：一是没想到汲黯会亲自到他们家来；二是感到汲黯能来，说明汲黯不愿舍弃田莺。汲黯看到他们，忙施礼问安："叔父、叔母一切安好？"

田莺父母同声道："一切安好。汝何时回来？"

汲黯忙回答："才到家片刻。"接着问道，"田莺在家否？"

田莺父母表情十分尴尬，不得不如实回他的话道："不多时还在家，这会儿不知去了哪里。"

汲黯忙道："吾去找她。"

汲黯说罢即朝外走去。田莺父母看着他的背影，既有欣慰，也有不安。

汲黯先去了他们儿时常去的几个玩伴的家。结果，都没有找到。于是，便向他们过去常在一起玩耍的地方而去。结果，也没有找到。最后，他走向村外的那个池塘。在家的时候，田莺常陪他在那里钓鱼。汲黯走到距离池塘还很远的地方，就看到田莺正坐在池塘边望着池塘发呆。汲黯本想叫她一声，给她一个惊喜，但他忍住了，而是慢慢走过去，不声不响地站在了她的身后。

田莺因为发呆，没有察觉，并捡起身边的土块往池塘里扔。一块，又一块。那土块被扔进水里后，先是"嗵"的一响，接着是一片水花。水中的鱼儿不知发生了什么，因为受到惊吓，忽然跃出水面，然后又一头扎入水中。那鱼儿有大鱼，也有小鱼，有白鲢，也有鲤鱼。

汲黯看了一会儿，见地上有一瓦片，立即捡起来，弯着腰，尽力让手中的瓦片与水面保持平行，用力朝池塘里一甩，那瓦片擦着水面快速弹跳飞行，带出一溜水花和无数个点击水面的点。这是一种名叫"打水漂"的游戏，在家时常与田莺和村里的玩伴们比赛，看谁的水漂飞得远，瓦片点击水面的次数多。

田莺正望着池塘里的水发呆，被这突然出现的水漂给吓了一跳，猛地转过身来。当看到是汲黯在她的身后时，禁不住一惊，惊得张着嘴，半天没有合上。等恢复了平静，带着不安和无奈的眼神，慢慢站起来，道："黯兄怎么回来了？"

汲黯面无表情地反问道："没想到汲黯会回来？"

田莺勉强地笑笑："没想到。"

汲黯不仅没有笑，反而冷冷地道："是有人相逼也！"

田莺一愣："是谁相逼？"

汲黯"哼"了一声："是一个叫田莺的。"

田莺惊诧地问："田莺何时相逼？"

汲黯故意黑着脸："很会装糊涂。"

田莺不觉间红了脸："没有……"

汲黯冷笑了一声，问田莺道："以为汲黯在朝中做了官，会得鱼忘筌，背信弃义……"

田莺低下头："黯兄，田莺这是为阿兄好。"

汲黯气愤道："这是在羞辱汲黯。"

田莺急忙解释："不，是怕拖累阿兄……"

汲黯未等她说完就打断她道："何出此言？"

田莺也毫不掩饰道："田莺一个耕田之女，虽然也读书识字，但那也是汲家言传身教。阿兄如今身在朝廷，京城美女才女如云……"

汲黯再次打断她道："若为自己享乐，汲黯不会去做官，凭汲家的基业，也够享受一生。若为了找一个名门贵妻，早就会找一个显贵之家的女子，为何与汝不离不弃？今又急速回乡？"

汲黯一席话说得田莺哑口无言。最后，忍不住问："阿兄真的不嫌弃田莺这个农家女子？"

汲黯反问她道："汲黯现在虽然入朝为官了，过去不是也和汝一样？难道农家女子就不能有大的作为？相夫教子难道不是作为？"

田莺不解地望着他，不知道说什么。

汲黯问她道："知道孟子否？"

田莺点点头。

汲黯望着她的眼睛："孟子生有淑质，幼被慈母三迁之教，后来功名显赫。虽与孔子相隔百年，与孔子同为儒家文化大师，被称为'亚圣'。孟子幼年和孔子一样，在母亲的教导下成长，其《鱼我所欲也》《得道多助，失道寡助》《生于忧患，死于安乐》《寡人之于国也》是传世之作。若没有这样的母亲，孟子能有后来的声望？孟母不算有为？"

田莺听了这话，更加敬佩汲黯，两眼不由得盈满了泪水："阿兄真的不嫌弃田莺？"

汲黯伸手拉住她的手，紧紧地握了握，道："孟子云：君子有三乐，而王天下不与存焉。父母俱存，兄弟无故，一乐也；仰不愧于天，俯不怍于人，二乐也；得天下英才而教育之，三乐也。"

田莺再次问:"汝不怕田莺拖累?"

汲黯再次紧握了一下她的手:"有汝为妻,汲黯在京才心安,何言拖累?"

田莺禁不住笑了,笑得如含苞待放的莲花,几分羞惭,几分欲放,几分清纯。

汲黯看到田莺心回意转,勉励她道:"濮阳古为卫国,史书记载,这里曾出过中原最早的女诗人,以汝之才智,谁敢说不能成为第二个?"

田莺忘记了回答汲黯,惊喜地问道:"那女诗人就是卫国人?叫甚名字?过去怎没听阿兄讲过?"

汲黯耐心地给她讲道:"她的名字叫许穆夫人,姬姓,是五百多年前卫国卫公子顽和宣姜的女儿,出生于卫国都城朝歌。长大后嫁给许国许穆公,故称许穆夫人。有一年,北狄侵卫,许穆夫人闻知祖国被亡的消息,异常悲痛,决然驰驱至漕,归唁卫侯,并要控于大邦,拯救卫危。半路上,被许国的大夫追上,被迫回国。许穆夫人对此十分愤怒,赋《载驰》一诗,痛斥了许国那些鼠目寸光的庸官俗吏,表达了一个女子敬爱祖国、拯救祖国的信念。当齐国的齐桓公得到这一消息后,立即派公子无亏率兵救援卫国,使卫国避免了一场灾祸。此后,卫国又得到复兴。"

田莺听了许穆夫人的故事,忘记了与汲黯婚事的不快,禁不住对许穆夫人敬佩至极,忙问汲黯道:"阿兄能否吟咏她的《载驰》,让田莺一听?"

汲黯道:"不仅她的《载驰》,她的《竹竿》《泉水》等诗篇,也能吟咏。"

田莺穷追不舍道:"那阿兄就吟咏一下,田莺很想听。"

汲黯忽然笑道:"需答应为兄一件事,方能吟咏。"

田莺处于兴奋之中,忘记了汲黯此次回来的正事,忙问:"何事?"

汲黯收住笑,别有一番意味地吟咏起《诗经·邶风·击鼓》里的诗句道:"死生契阔,与子成说,执子之手,与子偕老。"

田莺听了，眼里盈满了泪花，一头扑到汲黯的怀里，紧紧地抱住了汲黯。

汲黯也紧紧地抱住田莺。停了一会儿，吟咏《载驰》道："载驰载驱，归唁卫侯。驱马悠悠，言至于漕。大夫跋涉，我心则忧。既不我嘉，不能旋反。视尔不臧，我思不远。既不我嘉，不能旋济。视尔不臧，我思不閟。陟彼阿丘，言采其蝱。女子善怀，亦各有行。许人尤之，众稚且狂。我行其野，芃芃其麦。控于大邦，谁因谁极？大夫君子，无我有尤。百尔所思，不如我所之。"

汲黯吟咏完《载驰》，拉住田莺的手便往回走。田莺却故意不动，道："还有《竹竿》呢。"

汲黯只得站住，道："许穆夫人远嫁许国，欲归不能，于是，写下《竹竿》一诗，以抒发思父母、念故园之情：籊籊竹竿，以钓于淇。岂不尔思？远莫致之。泉源在左，淇水在右。女子有行，远兄弟父母。淇水在右，泉源在左。巧笑之瑳，佩玉之傩。淇水滺滺，桧楫松舟。驾言出游，以写我忧。"

汲黯吟咏完《竹竿》，再次拉住田莺的手欲往回走，田莺却依然坚持让他再吟咏《泉水》。汲黯正欲吟咏，这时，一群莺鸟朝他们飞来。汲黯灵机一动，学起了莺鸟的叫声："唧、唧，唧唧啾啾唧唧，啾唧啾唧……"

田莺很久没有看到汲黯这样高兴过了，听着汲黯那逼真的叫声，忍不住笑出眼泪。

那一群莺鸟此时正飞往汲黯宅院的方向，汲黯忽然拉紧田莺的手，追逐着鸟群，学着鸟叫，向家里奔去。田莺知道这是汲黯有意拉着她回家，也只得跟着跑步而行。他们似乎又回到了孩童时代。

这时，那群莺鸟不知是被汲黯的叫声所吸引，还是为他们的真情而感动，竟放慢飞行的速度，在他们的头顶盘旋着，并随着他们跑步的声音，一起欢叫起来：唧、唧，唧唧啾啾唧唧，啾唧啾唧……

第五章　京城长安定终身

汲黯与田莺走到离家还很远的时候，已被在大门口等候很久的母亲看见。母亲见他们如此亲密，知道已经尽释前嫌，于是，微笑着折身返回院内。

母亲返回院内，直接走进了厨房，她要为汲黯和田莺准备一顿好饭，一是汲黯很久没有吃她做的饭了，二是为他们庆贺一番。往日，家里用的勺子、耳杯、盘子都是绿釉的，这时，全部改为只有来了贵客才舍得用的漆盘、漆耳杯。这些餐具底为赭红色，其余为黑色，上面刻有彩绘纹和针刻纹，十分精美。不仅如此，往日用的淘菜陶盆，这时也换成了只有来了贵客才用的铜盆。

她刚把餐具刷洗完，端起菜盆准备洗菜，汲黯和田莺走了进来。见状，汲黯帮母亲从水缸里取水洗菜，田莺则蹲到炉灶前烧火。

饭做好，汲黯立即走向客堂，将芦席铺在几案边，又把菜肴端到案上。田莺如在自己家中一样，操起筷子往每个人的盘子里夹菜肴。菜肴分好，先请母亲跽坐于主席，然后才与汲黯在侧席上跽坐。他们两个人好似已成夫妻似的，配合十分默契。

汲黯一边吃，一边对母亲道："母亲，明日儿子就要返京了。"

母亲听了，不禁一愣：她原想汲黯要在家中住上几日，没想到他这么快就要走。她正准备劝说汲黯在家多住几日，话还没说出唇，汲黯接着又道："这次母亲和田莺都要去。"

母亲听了又是一愣，禁不住瞪大了眼睛。更惊愕的是田莺：她以为是听错了，先是看了汲黯一眼，接着又看了汲黯母亲一眼，红着脸，不知道说什么、怎么说。汲黯见状，忙对母亲解释道："这不仅是黯儿的意思，也是皇上的意思……"

听到这里，汲黯母亲和田莺几乎是同时都惊诧道："皇上的意思！不会吧？"

汲黯把回家前向皇帝刘启和太子刘彻告假的情况，以及皇帝刘启的话讲了一遍，她们才不得不相信。

汲黯的母亲想的不仅仅是到长安看风景，更多的是想去看看汲黯的父亲。她知道汲卫一切都很好，但总是有一种不见面就放心不下的感觉。多少年来，她虽然曾经去过长安几次，但是，这次却和过去有着不一样的感觉：夫君官至太常，如今两个儿子一个做了太子洗马，一个做了皇帝的侍从，外甥司马安也做了太子洗马，都在服侍当今的皇帝和未来的皇帝，将来也必定是呼风唤雨的人物，作为母亲怎么能不为之骄傲？怎么能不想在京城、在朝臣面前也露露脸，显示一下她这个做母亲的骄傲？

汲黯母亲想到很快就要去长安见到日思夜想的夫君，不禁笑起来。接着看了田莺一眼，道："莺莺还没去过京城，皇上这样安排真是再好不过也。"

田莺不好意思道："吾就不去了。"

汲黯愣了一下："为何？"

田莺没有立即回答。作为一个乡间之人，哪个不想去长安看看？那是京城，是真龙天子皇帝住的地方，谁不向往？她去了，不仅仅是能看到那些渴望已久的宫殿，更是因为这一去就意味着她和汲黯永不分离。但是，这对她太突然了，感到有些受宠若惊。于是，又弱态含羞道："吾与汝只是总角之交，一块进京，如何是好？"

汲黯忙反问她："汝与吾仅是总角之交？"

田莺不好意思地低下头。

汲黯正色道："汲黯是一诺千金之人，吾与汝婚姻大事久已定下，岂能是出乎尔者，反乎尔者也？"

田莺见汲黯此意已决，匆匆吃了一点东西便告辞回家，一是为了向父母告知这一大好消息，二是做好明日赴京的准备。

次日早饭后，汲黯与母亲、田莺坐上车，在田莺父母和众乡亲的欢声笑语中，一路向西，奔长安而去。

西去的路经过汲黯家一望无际的田园。路两旁，生长着大片大片供养蚕用的桑树，还有一排排甚是好看的木瓜树、桃树、梨树、桂花树。汲黯眼望着家乡的美景，想象着这片昔日的卫国的风土人情，望了望身边的田莺，遥想着不久就要到达长安，忍不住对田莺道："很快就要离开濮阳，吾二人吟咏一下《诗经·卫风》如何？"

田莺笑笑道："《卫风》有十篇，先吟咏哪一篇？汝先吟咏。"

汲黯立即吟咏起《诗经·卫风·河广》来："谁谓河广？一苇杭之。谁谓宋远？跂予望之。谁谓河广？曾不容刀。谁谓宋远？曾不崇朝。"

这首诗写的是一位离开家乡、栖身异国的游子，由于某种原因，虽然日夜苦思归返家乡，但终未能如愿以偿。但汲黯则是借这首诗以表达长安距离家乡虽远，也阻隔不了对家乡和母亲、田莺的思念之情。母亲和田莺听着，都忍不住微微笑起来。

汲黯望了一眼田莺，又吟咏《诗经·卫风·氓》道："氓之蚩蚩，抱布贸丝。匪来贸丝，来即我谋。送子涉淇，至于顿丘。匪我愆期，子无良媒。将子无怒，秋以为期……"

这是一首弃妇自诉婚姻悲剧的长诗，诗中的女主人公以无比沉痛的口气，回忆了恋爱生活的甜蜜，以及婚后被丈夫虐待和遗弃的痛苦。汲黯则是借此以表达他们过去的甜蜜和两小无猜，而田莺却多虑，让他千里迢迢赶回来，虽怨无悔。

田莺最能理解汲黯此时的心情，正不知道如何表达自己对他的爱慕，忽然看到眼前的木瓜树，想起小时候汲黯教她的《诗经·卫风·木瓜》，以及汲黯对她的一片深情，深情地望了汲黯一眼，立即吟咏起来："投我以木瓜，报之以琼琚。匪报也，永以为好也。投我以木桃，报之以琼瑶。匪报也，永以为好也。投我以木李，报之以琼玖。匪报也，永以为好也。"

汲黯听着，禁不住紧紧拉住了田莺的手。田莺似乎感到还不尽意，想赞美汲黯一番，又不好意思直言。于是，想到了《诗经·卫风·淇奥》，这是一首赞美男子形象的诗歌，它借绿竹的挺拔、青翠、浓密来赞颂君子的高风亮节。于是，又吟咏道："瞻彼淇奥，绿竹猗猗。有匪君子，如切如磋，如琢如磨。瑟兮僩兮，赫兮咺兮。有匪君子，终不可谖兮。瞻彼淇奥，绿竹青青。有匪君子，充耳琇莹，会弁如星。瑟兮僩兮，赫兮咺兮。有匪君子，终不可谖兮。瞻彼淇奥，绿竹如箦。有匪君子，如金如锡，如圭如璧。宽兮绰兮，猗重较兮。善戏谑兮，不为虐兮。"

他们吟咏着，欢笑着，不知不觉中，已经远离家乡。田莺西望长安，想象着在那里与汲黯漫步长安街头的甜蜜，嘴角始终挂着微笑。汲黯在想象皇帝刘启与太子刘彻见到田莺，会为田莺的美丽和才情而赞不绝口的情景，眼神里充满自信。汲黯母亲则想象着尽快让汲黯和田莺成婚，及早抱上孙子，享受天伦之乐。她似乎已经看到孙子正跑步朝她奔来，脸上洋溢着一阵阵红晕。

行至河内郡修武县，田莺忽然对河内郡的郡名很感兴趣，问汲黯道："有河内郡，是否也有河外郡？"

汲黯听了，不由得笑起来，道："没想到小妹还很风趣。"

田莺却没有笑："田莺是真心求教，不是风趣。"

汲黯忙认真道："在这修武县往南不远有一条大河，因为泥沙很多，河水浑浊，人们都叫它浊河。如今，也有人因为河水发黄，叫它黄河。人们习惯上称河以南、以西为河外，以北为河内。汉高祖即位时把河北一带十八个县置为殷国，次年置为河内郡。把河南岸原来秦朝时的三川郡，置为河南郡。但没有置河外郡。"

田莺又问道："这里为何叫修武县？"

汲黯笑笑，道："汝想考阿兄否？这里周代之前称宁邑，商末武王伐纣，大军途经宁邑时，遇暴雨三日而不能行，武王下令就地驻扎，修兵练武，故改宁邑为修武。"

田蚡很为汲黯的博闻而骄傲，不由得羡慕地看了他好一阵。接着，又有意给他出难题道："河内郡有多少户，多少人？"

汲黯笑笑道："河内郡共二十四万一千二百四十六户，一百零六万七千零九十七人。"

田蚡诧异道："吾是跟阿兄开玩笑，没想到阿兄都知道。阿兄是怎么知道的？为何要记住这些？"

汲黯再次笑笑道："刘彻虽然才七岁，才册立为太子不久，却已像皇帝似的，常问一些郡国大事，吾虽然仅是太子洗马，太子却视为太傅，不得不对各郡国之情了然于胸。既然入朝为官，当对天下事系之于心，这也是黯的本分。不然，愧对天下百姓也。何况，家父每日都给黯讲天下之事，耳濡目染，怎能不知？"

说话间，他们已经来到一个汲黯曾经路过的村子，汲黯想到这个村子名字很有意思，忽然笑着问田蚡道："知道前面的这个村庄的名字否？"

田蚡故作不悦道："没有来过这里，怎能知之？"

汲黯忽然又不笑了："这个村庄叫爬庄。"

他不笑，田蚡却忍不住笑起来："叫爬庄？爬地的爬？"

汲黯的母亲也忍不住笑起来。

汲黯回答田蚡道："对，就是爬地的爬。"

田蚡好奇地问："怎会有这样的村名？"

汲黯反问道："想知道否？"

田蚡忍不住笑道："当然。"

汲黯给她讲述道："战国时，有一孕妇从柏壁寨外出讨饭，讨到该村师祖庙的舞楼下时，生下一子，取名司马卯。卯母死后，葬于庙后。司马卯长大成人后，成为赵国的将军。楚汉战争时，司马卯因为数有功绩，被项羽立为殷王。司马卯被封为殷王后，不忘母亲养育之恩，时常来此祭祀。每次祭祀，很远即下马行叩头礼，而且匍匐在地。后人为传扬他的高贵品德，把他开始下马叩头的地方命名为爬庄，将他出生、成长的地方取名为孝敬村。该村人为纪念司马卯生于此，并扬其美德，在村中的四个十字街口，各立一尊石羊，以让后人铭记和仿效。"

田莺听了，唏嘘不已，两眼禁不住泪光闪闪。

汲黯母亲忍不住道："司马卯是一孝子，黯儿当如此也。"

汲黯没有告诉母亲，他之所以让车夫走这里，就是为了重温这个故事，不忘父母养育之恩。听了母亲的话，汲黯颔首道："儿子记下了。"

进了村子，日头已经到了头顶。也就在这个时候，一阵饭香飘来。闻着这饭香，每个人的肚子都咕咕叫起来。恰在这时，汲黯看到有一村妇朝他们走来，忙下车问农妇道："大嫂，村子里可有卖饭的？"

村妇往前指了指："前面五十步，有一家卖油茶的。"

田莺强笑道："吾等是饿了，要吃饭，不喝茶。"

村妇道："这油茶也是饭。"

汲黯看村妇样子很真诚，也不再追问什么，就令车夫驱车前往。到了村妇说的那卖油茶的棚子前面，汲黯下了车，看到棚子下边放置有一口锅，锅里是一锅像米粥一样的东西，只是那粥里面还有豆类、果仁等很多东西，却没有米粥的甜味，而是一种香味。棚子的一边挂着一个牌子，上书"油茶"。汲黯正想问什么，店主人已经看出他的疑惑，忙告诉他道："客官，好喝的油茶，不可错过也。"

汲黯母亲早已被油茶的香味所吸引，忙对卖油茶者道："先盛一碗尝尝。"

店主先给汲黯母亲盛了一碗。然后，又分别给汲黯、田莺和车夫各盛了一碗。田莺刚刚喝了一口，便禁不住赞美道："好喝，此茶当属美食也。"

汲黯喝了一口，也连连夸赞，忍不住问店主人这油茶的来历。店主人告诉他："秦末楚汉相争时，汉高祖刘邦受了重伤，走到这里时，住在了一个吕姓的家里。吕家以膏汤枳壳茶供刘邦食之。三个月后，刘邦伤愈。刘邦很感激吕家，赋诗云：'佳膳出武德兮，膏汤胜宫筵。'刘邦做皇帝后，在长安思食膏汤不得，即召吕某入宫，封为五品油茶大师，封油茶为御膳。那膏汤即是这油茶。既是饭，又是茶，香气馥郁，浓而不腻，有益肝、健胃、润肺、补肾、提神生津、强身之效。此油茶就是那时流传下来的。"

汲黯母亲和田莺听了，不由得都笑起来："原来油茶是这样来的，还有这么动人的故事。"

喝过油茶，解除了饥饿，都倍感精气神十足。于是，又急忙驱车上路。

走了不知多少里，他们到了一个叫牛庄的村子。往常，不一会儿就会出村，这次却走了很久还没有走出去。汲黯禁不住让车夫停车，并下车步行，对这个村子慢慢察看起来。经询问村里人，才得知这个村子有一千多户人家。他走过很多地方，很少见过这么大的村庄。汲黯看到，这个村子不仅大，而且家家户户房屋毗邻，除少数是瓦顶外，多数都是茅草屋顶。从屋顶茅草的新旧可以看出，都是刚刚建好还没有几年。透过家家不太高的土墙，可以看到院子里都堆放着用以做饭的庄稼秸秆、晒干的树枝等柴薪。从这些，汲黯感到这个村子每家每户都比较富庶。汲黯看到这些，不由得一阵感慨：这都是汉文帝和当今皇上采取黄老无为而治之术，实行轻徭薄赋、降低田租、与民休息，百姓才住上好房子，才有今天平安温饱的日子。将来刘彻继位做了皇帝后，一定要谏言他沿袭汉文帝和他父皇的治国之策，让百姓过上更好的日子。

当天，汲黯从牛庄往南驶出修武县境，再进怀县境，然后从怀县南，连同车马，一块乘船渡过黄河，进入河南郡。

河南郡郡治在雒阳，领河南、荥阳、京、索、阳武、缑氏、卷、巩、新城、启封、成皋、宛陵、新安、宜阳、渑池、陕、梁、平阴等县，有二十七万六千四百四十四户，七十四万二百七十九人，是京畿范围内的一个郡，级别高于河内郡。汲黯每逢下车歇息和吃饭，都要把当地百姓吃住、劳作等情况询问一番，所见所闻，都要熟记于胸。他的细心爱民，让母亲和田莺都为之动容。

不几日，汲黯和母亲、田莺到了长安。

听说汲黯回到长安，还带着母亲和未婚妻，汲卫、汲仁、司马安都喜不自禁。郑当时、司马相如、司马谈听说后，都赶来看望。

郑当时、司马相如、司马谈对汲卫仰慕已久，早就想登门拜访求教，考虑到自己职位低微，一直未敢登门。因为汲黯的入朝，并相互成为好友，一听说汲黯带着未婚妻回到京城，都忍不住兴致勃勃地结伴而来。

汲黯向母亲和田莺——介绍了他们三人，而后特别向他们三人介绍田莺。田莺虽然在汲黯家见过不少官吏，因为这是第一次来长安，又一下子见这么多京官，不免有些腼腆。

晚上，汲卫在家置上酒席，为夫人和未来的儿媳田莺接风洗尘，既是对妻子心情的表达，也是对田莺第一次到长安表示欢迎。汲黯为了进一步向田莺表白自己的爱慕之情，与田莺相依而坐，田莺也落落大方，笑脸盈盈。郑当时、司马相如、司马谈、汲仁、司马安看着他们亲昵的表情，忍不住投以赞美和羡慕之情。不大的院子里呈现出从来没有过的温馨和热闹气氛。

酒宴开始时，都不免有些拘谨。酒过三巡后，一向带有豪放之气的司马相如，为了活跃气氛，也是想逗田莺一笑，借助几分酒意，先扫一眼田莺，然后问汲黯道："司马相如愿为这位美人吟咏一篇拙作，如何？"

汲黯笑问道："是何大作？"

司马相如并不回答，而是直接吟咏起来："窃慕大王之高义，命驾东来，途出郑卫，道由桑中。朝发溱洧，暮宿上宫。上宫闲馆，寂寞云虚，门阖昼掩，暧若神居。臣排其户而造其室，芳香芬烈，黼帐高张。有女独处，婉然在床。奇葩逸丽，淑质艳光。睹臣迁延，微笑而言曰：'上客何国之公子！所从来无乃远乎？'遂设旨酒，进鸣琴。臣遂抚琴，为幽兰白雪之曲。女乃歌曰：'独处室兮廓无依，思佳人兮情伤悲！有美人兮来何迟，日既暮兮华色衰，敢托身兮长自思。'……"

没等他吟咏完，汲黯、郑当时、司马谈都大笑起来。原来，司马相如吟咏的是他为梁王刘武的宾客时所写的《美人赋》。虽然是移花接木，此情此景，可谓恰到好处。

司马谈怕田蚡听不明白，也是为了取乐，又用家常话解释了一遍："吾仰慕大王的高尚胸襟，驱车东来，路过郑国、卫国和桑中等淫乐成风之地。早上从郑国的溱洧河出发，晚上住在卫国的上宫。上宫空着房间，寂寞到空有云雾，白天也关着门窗，幽暗不明像神仙住所。吾推开房门，造访室内，香气浓郁，帏幔高挂。有个美女独身居住，娇柔地躺在床上，奇花般安娴美丽，性情贤淑，容光艳丽。看到吾就恋恋不舍，微笑着问：'贵客是哪国公子，是从很远的地方来此乎？'于是摆出美酒，进献鸣琴。吾乃弹琴，弹出《幽兰白雪》的曲调，美女则在一边歌唱：'独住空房啊无人相依，思念佳人啊心情伤悲！有个美人啊来得太迟，时间流逝啊红颜衰老，大胆托身啊永远相思。'"

田蚡开始时对司马相如的赋有些云遮雾罩，似懂非懂，这次完全明白司马相如是借《美人赋》，说她因为汲黯在长安，自己在家独身居住，十分思念汲黯。而今，汲黯驱车长途跋涉回到老家看她，并把她接到长安，可见感情至深。看似在开玩笑，其实是在夸她，也忍不住笑起来。

汲黯趁机对司马谈、司马相如道："二位何时也把爱妻接到长安来，让弟兄们一睹贵妇人的靓丽芳容？"

司马谈和汲黯很相似，也没有结婚，未婚妻也在老家，只是老家在长安东北左冯翊的夏阳，距离长安仅四百里，尽管比汲黯回老家方便得多，但依然两相分离。听了汲黯的话，看到田蚡和汲黯在一起如此甜蜜，不由得想起身在老家的未婚妻，虽然口头答应，却禁不住神情黯然。

司马相如苦笑一下，没有回答。汲黯好奇怪，却没有再问。

司马相如老家在蜀郡成都，那里距离长安更远。司马相如少年家贫，虽然好读书，喜击剑，并不得志，又因父母双亡，不得不寄住在好友临邛县令王吉家里。临邛富豪卓王孙有一个女儿叫卓文君，年十七岁，眉色远望如山，脸际常若芙蓉，皮肤柔滑如脂，琴棋书画，无所不通，文采亦非同一般，卓王孙视为掌上明珠。卓王孙本来已把卓文君许配给某一皇孙，不料那皇孙短命，未待成婚便匆匆辞世。卓王孙与临邛县令王吉多有往来，时值司马相如来到王吉家，王吉在宴请司马相如时，亦请了卓王孙陪坐。卓王孙知道司马相如与王吉关系非同一般，为巴结县令，第二天便请司马相如到他的家中做客。为了进一步讨司马相如欢心，让他多在王吉面前美言，席间附庸风雅，邀司马相如一起作赋奏乐。司马相如得知其女卓文君美貌非凡，更兼文采，于是奏了一首自己创作的琴曲《凤求凰》。卓文君躲在帘后偷听，不仅为司马相如优美的弹奏所折服，还听出了琴中的求偶之意。于是，卓文君便爱慕上了司马相如。司马相如对卓文君也情有独钟。之后，两人便时常约会，一起吟诗作赋。卓王孙得知后，认为司马相如不过一穷酸文人，强烈阻挠，再不让司马相如到他家，并不允许卓文君再与司马相如相见。司马相如很受打击，于是，奔赴长安。皇帝刘启虽然不喜欢辞赋，但因得知他善击剑，便让他做了武骑常侍。如今，司马相如虽然在皇帝身边，在别人看来非常荣耀，他却时常闷闷不乐。加上思念卓文君，做事走神，常常被皇帝刘启训斥。只是，汲黯对此并不知晓。

司马相如苦笑之后，忽然问汲黯道："相如再为汝奏一琴曲如何？"

汲黯心情愉悦，也想让田莺更加欢欣，立即答应。于是，让汲仁从书房搬来古琴，放到司马相如身边。郑当时、司马谈见此情景，在一边呼应助兴。

司马相如在琴前坐定，双手抚琴，再次弹奏起《凤求凰》，并边奏边吟咏："凤兮凤兮归故乡，遨游四海求其凰。时未遇兮无所将，何悟今兮升斯堂！有艳淑女在闺房，室迩人遐毒我肠。何缘交颈为鸳鸯，胡颉颃兮共翱翔！凰兮凰兮从我栖，得托孳尾永为妃。交情通意心和谐，中夜相从知者谁？双翼俱起翻高飞，无感我思使余悲。"

汲黯父母在他们几个年轻人饮酒吟咏之时，为给他们尽兴的机会，托辞离开了酒桌。此时，听到司马相如的弹奏和吟咏，禁不住再次来到几个年轻人面前。司马相如控制不住自己感情，把他与卓文君的爱恋一股脑儿全抖搂出来。众人听了，都为司马相如对卓文君一片深情唏嘘不已。

田莺听着，想到汲黯对自己的忠贞，不由得泪水盈盈。

司马相如、郑当时、司马谈雅兴大发，一边喝酒，一边吟唱，时至深夜方才离开。

第二天中午退朝后，汲黯想找个机会约司马相如再聚一次，不料，司马谈却告诉他说：司马相如因为思念卓文君，称病辞官，离开长安回了蜀郡成都。

汲黯听了，心中久久不能平静，不禁生出一种负疚感：这都是我接来田莺，勾起他对卓文君的思恋。但同时又对司马相如更加敬佩：为了知己，可以放弃皇帝的武骑常侍而不做，一般人谁能做到？我汲黯原以为自己所为已经是常人所不能为，与司马相如相比，远不及也。只是，皇帝刘启和太子刘彻并不知真实内情。太子刘彻还说，等他回来继续向他学写辞赋。

汲卫因有功于朝廷，且清廉勤政，在大臣中，皇帝刘启对他很偏爱，常常劝他把妻子接到长安，汲卫却迟迟未接。得知汲黯接来母亲和田莺的消息后，加上汲黯、汲仁、司马安也都在宫中服侍他和太子，于是，特别设宴款待他们一家。并令太子刘彻作陪。

田莺听到皇帝在宫中宴请的消息，十分惊讶。在她的想象里，皇帝都是高高在上，远不可及，过去每逢听到皇帝二字就心生畏恐，做梦也不敢想能见皇帝，而今却能在宫中相见，并一起宴饮。她恍若做梦，惊讶之中又充满自豪。

汲黯母亲过去虽然来过长安，但没有进过未央宫。她不是不想到这里看看，是汲卫不让她进。今天，一家人来到未央宫东门，汲黯在前面带路，田莺挽着她的胳膊随后。为了让母亲和田莺见识一下未央宫的宏大，汲黯有意多绕几段路，并一路给她们介绍。

宴席设在麒麟殿。席间，汲黯借机向皇帝刘启讲述了一路的见闻，并对如今百姓安居乐业的情况，也一一详述。

皇帝刘启听了，不仅为汲黯对田莺如此深情给予称赞，更对他一路上不忘关心百姓、不忘国家社稷之举而感动，对汲黯更加欣赏。

汲黯母亲和田莺在长安住了几日，不仅在汲黯的陪同下看了长安的主要街道、未央宫的各座宫殿，还到驻守未央宫的南军、北军两座巨大的军营外看了一番。其中南军的军营邻近长安城的南墙，其北侧有一条大道直通距离未央宫最近的城门——西安门，出入长安城非常便捷。汲黯母亲和田莺看后，都赞叹不已。

看了一遍长安的风景，汲黯很想让母亲和田莺在京城多住些日子，并在京城与田莺完婚。不料，几日后父亲便嘱咐汲黯把母亲和田莺送回老家。汲卫看夫人有些不解，对她道："黯儿刚刚入朝，太子也才被册封不久，要以朝廷大事和服侍太子为重，以国事为重。明年的这一天，让黯儿与田莺完婚。"

第二天，汲黯便向太子刘彻告假，送母亲和田莺回濮阳。太子刘彻十分惊奇，立即把此事报告给了父皇。汉景帝刘启听说后，很为他们父子对朝廷的忠诚而感动，亲自与太子刘彻为他们送行，并问汲卫道："别的朝臣都把妻儿老小搬到了京城，显贵养尊，汲君长安有宅院，朝廷有官位，为何只身在京为官？"

汲卫笑笑道："做官是短暂的，家是永久的。"

皇帝刘启又问汲黯道："汝为何亦选娶百姓女为妻？"

汲黯道："家在百姓中，才能时常想到百姓。"

皇帝刘启和太子刘彻听了，望着他们，目光中都流露出一种无法言表的钦佩。直到送行的车远去，他们还站在原地，久久不肯离去。当汲卫提醒他们该回宫时，皇帝刘启才与太子刘彻转身往回走。

走了没有几步，皇帝刘启忽然止步，望着身边的太子刘彻，别有一番意味地对他道："汲黯，为子，母爱之；为夫，妻爱之；为朋，友爱之；为官，民必爱之。将来必是社稷之臣。"

太子刘彻听了父皇的话，禁不住又转身朝着已经远去的汲黯眺望了一眼。

第六章　直议朝臣不讳言

汲黯信守诺言，第二年在濮阳老家与田莺完婚。

按照习俗，从定亲到完婚，必有"六礼"，即纳采、问名、纳吉、纳征、请期、亲迎。因为他们是乡邻，又是总角之交，婚期早已定下，六礼只剩下"亲迎"一礼：完婚这天，汲黯备了彩舆，亲自到田莺家迎娶，然后摆上宴席，请全村人饮酒作乐，即完成婚礼，没有一点官宦之家的气派和场面。

又过了一年，汲仁和司马安也都相继结婚，妻子也都在老家耕田。

皇帝刘启中元五年（公元前145年）三月，即汲黯入朝第五年的三月，汲黯得一子，取名偃。到了四月，汲仁和司马安也都各得一子。汲氏家族喜气盈门，老少其乐融融。

巧合的是，这一年，汲黯的好友司马谈也得一子，取名迁。汲偃和司马迁不仅同年，又是同一个月出生。一时间，在朝廷传为佳话。

这五年里，汲黯在休沐期从不休息，一直陪侍太子刘彻，或者教他读书。汲黯之所以不过休沐假期，一是因为太子刘彻离不开他；二是为了把休沐期集中起来，等朝中相对清闲时，回老家看望母亲、田莺，多陪她们。因为儿子汲偃的出生，汲黯提前告假回了老家。

汲黯每次回家的路线都不一样。他每经过一地，都要把了解到的郡情、县情和民情记录下来，回到京城后，立即报告给太子刘彻和皇帝刘启，并在治理郡县和富民方面，坦言直谏，并常有独到之见解。因此，汲黯在皇帝刘启的心目中占据重要一隅，每逢汲黯探家回京，便立即召见他，与他谈论国事，听他的谏言。

中元五年（公元前145年）五月十日，汲黯休假从老家刚刚回到长安，皇帝刘启听说后，未等他歇息，当日即把他召进未央宫。

过去，汲黯都是提前一到两日回到京城，这次因为有了儿子，不仅没有提前，反而延误了两日。汲黯来到宣室殿，以为皇帝刘启要责问他逾期回京的事，不料，皇帝刘启不仅没有责问，依然像过去一样和蔼地问他一路的见闻。汲黯如实讲述了一遍，正欲告辞，汉景帝刘启忽然笑了笑，转换话题道："汝已入朝五年，对朝臣和天下之事，了如掌中之物，朕想问汝对朝臣的识察，能直言否？"

汲黯笑道："陛下过誉矣。在下入朝虽已五载，对朝中之事有所识察，也是以管窥天，以蠡测海，但会直抒己见。"

于是，皇帝刘启问他道："朕即位时丞相是申屠嘉，他是先帝在世时的丞相。申屠嘉死后，朕起用的第一位丞相是高祖的功臣陶舍之子陶青。第二位是汉朝开国功臣周勃之子周亚夫，当下的丞相是刘舍，汝对这几任丞相如何称道？"

汲黯原以为皇帝刘启仅仅是让他评价一下一般的朝臣，没想到一下子问到对丞相的评判，心下道：自己仅是一太子洗马，怎么能去评判丞相？他迟疑片刻后，忽然想到了孔子的话："人而无信，不知其可也。大车无輗，小车无軏，其何以行之哉？"于是，直言道："申屠嘉以一个能拉强弓硬弩的武士跟随高祖攻打项羽，因军功升任一个叫作队率的小官。跟随高祖攻打黥布叛军时，被升任为都尉。惠帝时，升任淮阳郡守。陛下即位的第二年，任用了与申屠嘉有隙的晁错为内史。晁错多次单独觐见陛下，议论国家大事，陛下对他言听计从，宠信程度超过了九卿，许多法令都是经他修改订立。申屠嘉因看不惯陛下对晁错的重用，气愤吐血而死。申屠嘉死后，陛下又升任晁错为御史大夫，位列三公。申屠嘉一生经历了汉高祖、汉惠帝、汉高后、汉文帝和陛下五朝，为人廉洁正直，是为臣者之模范。"

汲黯这样说，既赞美了申屠嘉，也有指责皇帝刘启过失之意。皇帝刘启不仅没有不悦，反而点头称是。汲黯接着对陶青评价道："晁错任御史大夫后，进言强行削藩，致七国之乱。七国之乱发生后，陛下和晁错商议出兵事宜。晁错谏言御驾亲征，而他却留守京城。丞相陶青与中尉陈嘉、廷尉张欧联名上书弹劾晁错，将晁错满门抄斩，陛下准奏，腰斩晁错于东市。三年后陶青因年老多病而退。两年前陛下拜周亚夫为丞相。周亚夫在平定七国之乱时统帅汉军，三个月即平定叛军，拯救了汉室江山。后因反对窦太后的哥哥和封侯投降汉朝的五个匈奴将军，其谏言没被陛下采纳而辞官，辞官后又被冤下狱，闭食自尽。周亚夫守正不阿，是一忠臣，陛下失之可惜也。"

皇帝刘启听了，半天无语，既为失去周亚夫而惋惜，也为汲黯的大胆直言而惊诧，心下道：一个太子洗马，居然敢指责皇上的过失，不惧个人得失，忠臣也。接着，又问道："当下丞相刘舍如何？"

刘舍是战国时楚国大将项燕的孙子，楚国项地人，父亲项襄是项燕最小的儿子。项羽败亡后项襄归顺汉高祖刘邦，被赐为刘氏，封为桃侯。汉文帝十年（公元前170年）项襄去世，谥号"桃安侯"，刘舍被袭封为桃侯。汉景帝五年（公元前152年）任太仆，不久升为御史大夫。两年前周亚夫死后被拜为丞相。

汲黯道："高祖和项氏都是楚国人，联手灭掉了秦朝，刘舍与项羽同为项燕之孙，而项羽有违约之名，杀义帝之负；于人之功无所记，于人之罪无所忘；战胜而不得其赏，拔城而不得其封；非项氏莫得用事；为人刻印，刓而不能授；攻城得赂，积而不能赏。天下畔之，贤才怨之，而莫为之用，故天下之士归于汉。刘舍和其父项襄能不计高祖灭项羽之前嫌，归顺高祖，公而忘私，足见其大义也。高祖能对项氏用之不疑，并赐刘姓，今陛下又能拜刘舍为丞相，足见高祖和陛下胸襟之宽广也。"

皇帝刘启听了，不由得会心地一笑。接着又问道："汝认为窦婴为人如何？"

汲黯对皇帝刘启这样问他对皇亲国戚的看法更感吃惊，一时不知如何回答。这对汲黯来说确实是个难题：窦婴是汉文帝皇后窦氏的侄儿，是皇帝刘启的表兄，如今窦氏是皇帝刘启的皇太后。吴、楚七国之乱时，刘启任他为大将军，守荥阳，监齐、赵之兵，在平定七国之乱中是立下大功的人，所以被封为魏其侯。但是，在废除太子刘荣时，窦婴因为是太子刘荣的太傅，多次为刘荣争辩，但都未成功。于是，就推说有病，隐居在蓝田县南山下，以表达对皇帝刘启的不满。后来，许多宾客、辩士来劝他，都没有能说服他回到京城。后来，梁地人高遂听说后，去劝解窦婴道："能使君富贵的是皇上，能使君成为朝廷亲信的是太后。太子被废黜，君力争不能成功，又不能去殉职，却托病引退，拥抱着歌姬美女，退隐闲居而不参与朝会。假如皇上和太后都加害于君，那君的妻子儿女都会一个不剩地被杀害。"窦婴认为高遂说得很有道理，于是，这才出山回京，像过去一样朝见皇帝刘启。

汲黯不顾皇帝刘启对窦婴的褒贬，直言道："窦婴虽然当初没有顺应陛下，不主张废太子刘荣，因为'立长'是祖上定下的规矩，无可非议。之前他也反对陛下立梁王为储君，足见他不是为个人得失，而是为陛下的江山着想。看一个大臣，不能只看他是否顺应陛下的旨意，而要看他是为自己还是为江山社稷。臣下以为，窦婴还要重用之。"

皇帝刘启听了汲黯的话，虽与自己对窦婴的看法不相一致，却对汲黯的敢言而钦佩，忍不住投去赞赏的目光。接着，又问他道："汝认为中郎将灌夫如何？"

灌夫，字仲孺，颍川郡颍阴人，本姓张，因父亲张孟曾为颍阴侯、汉文帝丞相灌婴的家臣，被赐姓灌。吴、楚七国之乱之时，灌夫率领一千人跟随父亲灌孟从军，数立战功。父亲战死，灌夫没有返乡葬父，而是英勇杀敌报仇，被封为中郎将。

汲黯知道，皇帝刘启问的都是在朝中有争议的人物，这是汉景帝刘启在检验他判断是非的能力，也是在洞察他的内心世界。汲黯想到对窦婴这个外戚都直言不讳了，对灌夫的看法也没必要隐瞒。于是，又直言道："灌夫为人刚直不阿，好任性使酒，并讨厌田蚡的阿谀奉迎之态，与田蚡多有嫌隙。他对贵戚中有权有势、地位在他之上的人，不愿意多加礼敬，而对一般的士人，地位在他之下者，愈是贫贱，他愈是恭敬，并以平等的礼节与他们交往。不仅如此，在大庭广众之下，灌夫常常喜欢表彰奖掖后辈，而不张扬自己。所以，士人都很称颂他、推崇他。他不爱当面阿谀奉承别人，常醉酒失态，滋生事端，自有他的不足。但他黑白分明，坦坦荡荡，这样的人，要比口是而心非者好。"

皇帝刘启听了汲黯的话，很有同感，连连点头，对汲黯更是厚爱有加。

汲黯入朝的第七年，即皇帝刘启后元元年（公元前143年），做了四年丞相的刘舍因为年高多病辞官。这时，窦太后多次向汉景帝刘启推荐窦婴，希望窦婴当丞相。一天，皇帝刘启又把汲黯召到跟前，问汲黯希望谁做丞相，汲黯列举了很多窦婴的优点后，直言道："卫绾年事已高，希望窦婴能做丞相。"

然而，这次皇帝刘启没有听取汲黯的谏言，却向他大谈御史大夫卫绾。卫绾是代郡大陵人，因有弄车之技，入朝当上了郎官，服侍汉文帝刘恒。卫绾性情敦厚谨慎，没有杂念，累积功劳逐渐升为中郎将。汉文帝刘恒临逝前嘱咐太子刘启道："卫绾是个忠厚长者，要好生对待他。"可是，太子刘启即位后，曾经一年多对卫绾不闻不问。原来，刘启做太子时，曾召请皇上左右近臣宴饮，卫绾却装病不去。于是，刘启便对他记恨在心。一次，皇帝刘启前往上林苑，命卫绾作为护卫共乘一车。回宫后，皇帝刘启问卫绾道："晓得为何能和朕同乘一车吗？"卫绾说："吾乃代郡的戏车之人，侥幸因功升为中郎将。吾不知为何。"皇帝刘启问他："朕做太子时召请你，为何不肯赴宴？"卫绾回答道："真是死罪，不该在那时生病。"皇帝刘启听了，深感内疚，于是赐剑给卫绾。卫绾道："先帝已赐给在下六柄剑了，臣不敢再接受赏赐。"皇帝刘启道："剑是容易被人拿去交换的，难道汝还把那些剑保存至今？"卫绾回道："都保存着。"皇帝刘启让他取来看，果然六柄剑都在鞘中，不曾取用过。从此，皇帝刘启便改变了对卫绾的看法。卫绾的下属郎官有过失，他总是遮掩，也不与别人争执，有了功劳，总是谦让给他人。皇帝刘启认为他清廉忠实，不久任命他为河间王太傅。吴、楚七国之乱时，皇帝刘启令卫绾为将，领河间兵讨伐叛军，因立下功劳，被升任为中尉。三年后，又因军功封为建陵侯。皇帝刘启废除太子刘荣，杀太子的外家亲属栗卿等人时，本该交给卫绾审捕，因为卫绾年老德高，不仅没有劳驾他，反而赐他告假还乡，另派中尉郅都审捕栗氏。郅都是河东郡杨县人，汉文帝时任郎官，为文帝侍从。刘启即位后被拜为中郎将，因敢于向朝廷直言进谏，使人折服，不久被拜为济南郡太守。郅都任济南郡太守后，济南郡路不拾遗。不久，被调升为中尉。他执法不畏权贵和皇亲，连彻侯和皇族之人见到他，都要侧目而视。等郅都把太子的外家亲属栗卿等人杀掉，刘彻被册封为太子后，皇帝刘启才召卫绾回京，命卫绾为太子太傅，不久又升职为御史大夫。

窦太后见皇帝刘启迟迟不答复，很是生气。皇帝刘启不顾这些，最后依然坚持己见，对窦太后道："魏其侯踌躇满志，爱自我欣赏，做事草率轻浮，难以出任丞相。"

最终，皇帝刘启没有任用窦婴，而是任卫绾为丞相。

自任用卫绾为丞相后，汲黯很久闷闷不乐。皇帝刘启虽然看出了汲黯的不快，但遇事时依然征询汲黯的看法。汲黯也没有因为这次的谏言不被采纳而放弃直谏，依然直言不讳。

太子刘彻看到父皇经常询问汲黯对朝臣和朝政的见解，于是，也经常在汲黯陪他读书和出行时，询问汲黯。太子刘彻问什么，汲黯也同样不隐瞒自己的观点和看法。一日，汲黯和其他几位太子洗马陪着太子刘彻出宫去狩猎，巧遇田蚡。田蚡看到太子刘彻，弓腰垂首，满脸堆笑。

田蚡离开后，刘彻忽然问汲黯道："田蚡如何？"

汲黯不像其他人说田蚡个子低矮、相貌丑陋的话，而是直接评价他的为人，道："田蚡读过《盘盂》之类的书籍，能言善辩，口才很好，王太后认为他有才能。魏其侯窦婴当大将军，田蚡还是个郎官时，他来往于魏其侯家中，陪侍宴饮，跪拜起立像魏其侯的子孙辈一样。如今刚刚做了太中大夫，就不可一世，不把大臣们放在眼里。魏其侯没有做上丞相，他认为魏其侯年高，不会再有升迁的可能，因此对魏其侯不再恭敬。臣下认为他的品德低下。他是你的舅舅，不可不用，但臣下以为应慎而重之。"

太子刘彻又问他："王臧这个人怎样？"

汲黯听了，感到确实难以回答。没有想到他也像他的父皇一样，去问他对朝中重臣的看法。而且，所问的人，不是皇亲，就是皇太后和皇上有争议的大臣。王臧是一儒生，贬斥黄老学说，因与喜欢儒学的田蚡交好，受田蚡的力荐，做了太子刘彻的少傅，因此常常很自负。而窦太后喜欢黄老学说，奉行老子的无为而治，加上田蚡善于阿谀谄媚，窦太后则不喜欢田蚡，因此也不喜欢王臧。因为这些矛盾，朝臣无所适从，遇到他们，都如蚁附膻，曲意逢迎，大多不敢表达自己的真实看法。汲黯很讨厌这些貌合神离、尔虞我诈者，常常对他们不予理睬，结果被这些人说成是因世代尊贵而目中无人。想到这里，联想到丞相卫绾的性情敦厚，却谨小慎微，直接说出自己看法道："卫绾过于谨慎，王臧过于自负。"

太子刘彻听了，十分佩服汲黯的大胆直言，忍不住呵呵笑了好一会儿，道："汝不怕得罪丞相和太中大夫？"

汲黯也呵呵一笑，道："胸怀社稷，与人无私，有何惧哉？"

汲黯对田蚡、卫绾、王臧的评判很快被其他太子洗马传了出去，朝臣们相互传递，成为朝中备受关注的人物。从此，贤臣对他敬之，佞臣对他畏之。

皇帝刘启没有想到，正在他进一步谋划富国强兵之计时，后元三年（公元前141年）正月初，就是他在位的第十六年，刘彻被册封为太子的第九年正月初，却突然患病，久治不愈，且病势越来越重。皇帝刘启自知已不可救治，于正月二十日，不顾身体举步维艰，让祭祀官准备好祭祀天地、祖先的供品，然后引领着刘彻进太庙祭告天地、祖先。然后，让汲卫依次为刘彻加冠礼。

汲卫对皇帝如此敬重他，十分感激。于是，恭恭敬敬地以程序首先为刘彻戴上用黑麻布材质做的缁布冠，表示从此有了参与朝政的资格。接着，再加上一项用白鹿皮做的皮弁，就是军帽，表示可以调兵保卫社稷疆土。最后加上的是红中带黑的素冠，是通行的礼帽，表示从此可以参加祭祀大典。

加冠典礼结束，皇帝刘启嘱咐刘彻道："加冠礼本是二十岁时才举行的礼节，彻儿今才十六岁，父皇就给行了加冠礼，就是昭告天下和朝臣：彻儿已是成年人，大汉江山即将交付于彻儿也。"

太子刘彻道："彻儿深知父皇对儿臣的厚望。"

皇帝刘启听了，点点头，而后慢慢扫了一眼身边的大臣，最后，目光却落在了一直服侍在刘彻身边的汲黯身上，带着几分悲切之情道："朕在位十六年，起初疲于应对诸侯国生乱，稳固四方，后来这些年虽倾心于强国富民，国有所盛，民有所乐，但远不及朕之愿也。朕抱恨苍天，死难闭目也……"

汲黯安慰他道："陛下为国为民，道不远人，自在人心，功德自有后人评说。"

皇帝刘启有气无力地对刘彻道："彻儿虽聪明睿智，毕竟还很年少，应知己知彼知机知止，学会识人用人之道。汲黯，为人严正，敢于直谏，爱护百姓，是难得之臣，要重用之。"

太子刘彻涕泪交加道："儿臣记下了。"

皇帝刘启接着又对汲黯道："汝服侍太子九年，太子之成长，汝功莫大焉。朕去后，当对太子不遗余力，鼎力相助。"

汲黯一向敬佩汉景帝刘启的强国富民之道，对他在如日中天的时候却将撒手人寰，无比悲痛，含泪道："臣虽不才，愿辅政济民，为大汉江山和百姓肝脑涂地。"

三月，在位十六年的刘启驾崩于未央宫温室殿，年仅四十七岁。年仅十六岁的太子刘彻，在丞相卫绾、魏其侯窦婴、太中大夫田蚡和汲卫等大臣的服侍下，在皇帝刘启灵柩前即位，是为汉武帝。

刘彻即位后，把先帝刘启安葬于阳陵，谥号"孝景"，尊其母为太后，尊太后窦氏为太皇太后。

汉景帝刘启在位时，窦太后一直摄政，册封刘彻为太子时，窦太后也多有不满，朝廷因此而满城风雨，而今汉景帝刘启英年早逝，刘彻才十六岁，能支撑大汉天下吗？能左右得了窦氏外戚的摄政吗？朝臣们无不忧心如焚。

刘彻的母亲王娡为了刘彻的皇位，殚精竭虑，煞费苦心，每日周旋于窦太皇太后及朝中重臣之间，洞察秋毫，见机行事，不断为刘彻扫平前路的障碍。

刘彻知道，此时只能依靠母后，不然就难以掌控朝廷，因此，只得按照其母后的旨意，先封舅舅田蚡为武安侯，借以打压窦氏等外戚势力。

第七章　建言献策怀社稷

刘彻初为皇帝，又因年少，宫内宫外，大事小事，都要禀奏太皇太后，经她准许后才能实施。刘彻自幼就心高气盛，面对这种情景，心里十分窝气。他看到汲黯、司马谈都是有识之士，对朝廷忠心耿耿，于是，没有经过禀奏，直接任命汲黯为谒者。谒者秩比六百石，除了负责接待、传达诏命外，还有守卫宫廷诸门的职责，掌宾赞受事，即举行典礼时导引仪式。另外，还让汲黯兼有掌管国君授职凭证的使节一职。任司马谈为太史令，掌天文、历法、撰史。

刘彻不经禀奏而升任汲黯、司马谈的官职，一是他们忠于朝廷，二是借以试探窦太皇太后对他的态度。当看到窦太皇太后没有斥责之声后，感到底气十足，不由得欣喜非常。因为心情愉悦，一向喜欢辞赋、乐于舞文弄墨的刘彻，忽然想起要写写辞赋，以抒发自己当皇帝后独立行事的快感。可是，思索了半天却怎么也写不出来。这时，他忽然想起司马相如，感到司马相如辞官太突然和蹊跷了，就问汲黯。汲黯就毫不隐瞒地把汉景帝不喜欢辞赋，司马相如常有不遇赏拔之叹，以及思念卓文君的事，如实相告。刘彻听了，立即令汲黯传达诏命，召司马相如回长安。

不几日，诏令即传到成都临邛。司马相如知道刘彻喜欢辞赋，想到将来在京城定能一展才华，接到诏令后，立即急速奔向长安。

不久，司马相如回到长安。刘彻一见他，心中立即畅快了许多，禁不住笑问他道："汝敢欺骗先帝，称病还乡，胆子够大矣。"

司马相如坦然一笑道："士为知己者死，女为悦己者容，吾其报知氏之雠矣。"

刘彻又问他："是因为先帝不喜欢辞赋，还是因为思念卓文君？"

司马相如直言道："二者皆有之。"

刘彻又问："汝来京了，爱妻卓文君现在何处？意欲如何？"

司马相如诙谐地一笑："老家开有一个酒肆，她在家卖酒。"

原来，司马相如回到老家，直接去找卓文君。此时，卓文君也正日夜思想司马相如。卓文君看到司马相如，喜出望外，也不跟父亲打招呼，收拾细软走出家门。卓王孙得知这一情况后，暴跳如雷，发誓不给卓文君钱财。卓文君并不在乎，与司马相如回临邛之后，面对家徒四壁的境地，大大方方地在临邛老家开起了酒肆。卓文君坐柜台打酒，司马相如穿上围裙，端酒送菜，洗碗刷碟。日子虽然清苦，但两人相敬如宾。过了一些日子，卓王孙在朋友的劝说下，才消了怒气，给了卓文君一些钱财，并送去了奴仆。

刘彻听了他们的故事，对司马相如更加欣赏，拜他为郎官，让他时常跟随身边，做护卫陪从，随时建议，备顾问差遣。

一日，刘彻问汲黯道："朕虽年少，但朕不想做一个平庸的皇帝。汝认为，朕眼下当如何做？"

汲黯看到刘彻这么重用自己，思考了一会儿，直言道："汉朝开国以来，重臣都是高祖手下的功臣，譬如丞相，高祖时先后是萧何、曹参、樊哙、吕产，及至惠帝、吕后、文帝时的王陵、陈平、周勃、灌婴等，都是由开国功臣担任丞相。到灌婴这一任，功臣当丞相者到此为止。先帝在位时，任命了四任丞相，第一任陶青，第二任周亚夫，第三任刘舍，第四任卫绾。后两位丞相既没参加反秦，又没参加灭项，已经都不是功臣。与功臣有关的丞相是周亚夫和刘舍，一个是功臣周勃之子，一个是功臣刘襄之子，都是功臣的后人。如今，功臣和他们的后人也都老去。陛下若想振兴大汉，再创盛世，人才是当务之急。没有人才，天下必衰微也。"

刘彻听到这里，拍案而起："黯之所言，正是朕之所虑也。"

建元元年（公元前140年）十月，即刘彻即位的当年十月，刘彻接受汲黯的谏言，下诏给丞相、御史、列侯、中二千石、二千石、诸侯相：举贤良直言极谏之士，广纳天下才俊。没能被官府举荐，自认是贤能、良善有才者，也可以自荐。

汲黯看到自己的谏言能被刘彻采纳，并如此快捷，激动不已：如此重视人才，前无古人也！长此下去，朝廷必会人才济济，大汉朝岂有不兴盛之理？

各郡国接到诏令，奔走相告，乐此不疲，士人、儒生纷纷被举荐。一些自认有才学者，也纷纷上书自荐，无不庆幸自己赶上了盛世，遇上了好皇帝。

第一个来到京城的是平原郡厌次县人东方朔，字曼倩，他写了三千片的竹简，直接上书刘彻。这些竹简，汲黯和另外两个人才扛得起来。这些竹简中，第一卷特别精致，字体也挥洒自如，是东方朔的自我介绍：

> 臣朔少失父母，长养兄嫂。年十二学书，三冬，文史足用。十五学击剑。十六学《诗》《书》，诵二十二万言。十九学孙吴兵法，战陈之具，钲鼓之教，亦诵二十二万言。凡臣朔固已诵四十四万言。又常服子路之言。臣朔年二十二，长九尺三寸，目若悬珠，齿若编贝，勇若孟贲，捷若庆忌，廉若鲍叔，信若尾生。若此，可以为天子大臣矣。臣朔昧死再拜以闻。

汲黯一看东方朔的自我介绍，忍不住对他称奇。于是，立即呈送给了刘彻。

被举荐和自荐者来到京城，根据朝廷的安排，要先住在公车署中等待召见。东方朔自恃才高，以为刘彻会立即召见他。可是，等了几日也没有见上刘彻。

东方朔很是不满。为了尽快得到刘彻的召见，这天，他见到几个给刘彻养马的侏儒，忽然灵机一动，走上前吓唬他们道："皇帝说，尔等既不能种田，又不能打仗，更没有治国安邦的才华，对国家毫无益处，因此打算杀掉尔等。尔等还不快去向皇帝求情！"

侏儒们听后大为惶恐，哭着向刘彻求饶。刘彻问明原委，即召来东方朔责问。东方朔终于有了一个直接面对刘彻的机会。东方朔到了刘彻面前，风趣地对刘彻道："臣是不得已才这样做。侏儒身高三尺，吾身高九尺，然而，吾与侏儒所赚俸禄却一样多，总不能撑死他们而饿死小臣吧！圣上如若不愿意重用东方朔，干脆放东方朔回家，东方朔不愿再白白耗费京城的粮食。"

刘彻听后捧腹大笑。于是，命令东方朔在金马门等待诏命。金马门是学士待诏之处，因门旁有铜马，故谓之金马门。东方朔哪里知道，刘彻花了两个月的时间才读完他的自荐书，所以，迟迟没有召见他。

这时，会稽郡吴县人严助，因为善辞赋，被郡守举荐。严助带着他的《相儿经》《严助赋》等三十五篇著作来到京城。汲黯热情接待后，立即把他的作品呈送到了刘彻面前。刘彻用了两天时间，读完他的作品，十分欣赏。

也就在这个时候，传来一个消息：刘彻的堂叔，好读书、善文辞、乐于鼓琴的淮南王刘安为了给刘彻助威，特从淮南赶来长安，为喜欢辞赋的刘彻献上了他刚刚编著好的《淮南子》一书。太尉田蚡因与刘安原有交情，亲自到霸上迎接。

刘安此举表面上是在为刘彻助威，实则是借以声援喜欢黄老学说的窦太皇太后，也借机把他十分宠爱的女儿刘陵安置在京城，以结交天下贤良和刘彻的左右大臣，为他赢得更好的声望。刘彻并不知道刘安的真实用意，读了《淮南子》后，感到文采斐然，特别喜欢，遂按照刘安的意图，给刘陵安排了一处宅邸。

刘安献来《淮南子》没几天，齐地举荐来一个叫辕固的人。辕固又名辕固生，是齐地腄县人，因为研究《诗经》，汉景帝时曾经做过博士。因为极力推崇儒学，一天，因为说窦太后喜欢的《老子》不过是"家人言耳"，窦太后大怒，将他投入猪圈里去与猪搏斗。汉景帝刘启知道辕固并无罪过，暗中给辕固一把利刃，辕固才把猪刺死，免于被猪伤害。窦太后没理由再对他治罪，只得作罢。过了不久，汉景帝刘启认为辕固廉洁正直，拜他为清河王刘承的太傅。后来，辕固因病被免官。这次刘彻的诏令送达齐地后，齐地人认为辕固贤良，不顾他已经九十多岁，又举荐了他。

那些喜好阿谀逢迎的儒生，嫉妒辕固的才华，纷纷在刘彻面前诋毁辕固，并说："辕固已如此岁数，岂可再用？"刘彻听了这些话，看他岁数确实太高，就没有再用他。

就在辕固准备离开未央宫回家时，遇上了一个从齐地菑川国举荐来的名叫公孙弘的人，他们既是同乡，又相识。公孙弘少时家境贫寒，曾为富人在海边牧豕维持生计。年轻时，公孙弘曾任过薛县的狱吏，因无学识，常发生过失，故犯罪免职。为此，公孙弘立志在麓台读书，苦读到四十岁，又随老师胡母子始修《春秋公羊传》。此时公孙弘虽然已经六十岁，但与辕固相比，还相差很远。公孙弘看到辕固，知道辕固品德高尚，且自己的才学与辕固相差甚远，不敢正视。辕固看了公孙弘一会儿，道："公孙子，务正学以言，无曲学以阿世！"公孙弘听了，不由得面红耳赤。

公孙弘来到未央宫，把自荐书奉到汲黯面前。汲黯接过公孙弘的自荐书，立即进殿呈送给了刘彻。

几个月后，各郡国先后举荐的人士和自荐者达一百多人。刘彻把这一百多人的举荐书和自荐书通读一遍后，让汲黯把他们召集到宣室殿，进行"策问"，即以经义或政事等设问，要求解答以试士，而后按低到高下授官。

刘彻认为严助的对策最好，因此特意命严助为中大夫。认为东方朔气概不凡，且深谙《易》，便命他为常侍郎，掌守宫廷门户，充当车骑随从。认为公孙弘博学，命他为博士。

就在这时，从匈奴传来一些让刘彻很不愉快的消息：说汉室赠送他们的絮、缯、酒、食等没有往年多，让汉室再次赠送。刘彻知道是匈奴得寸进尺，就派遣公孙弘出使匈奴，以说服匈奴不要贪得无厌。然而，公孙弘到了匈奴后，不仅没有说服匈奴，反而替匈奴说话。刘彻认为公孙弘徒有虚名，没有才能，遂对他冷落。公孙弘知道刘彻对他不满，因此称病不上朝。刘彻得知他居然敢在自己面前任性，更为不满，立即免去了他的官职。于是，公孙弘又回到了家乡。

不少郡国初见刘彻的求贤诏书时，很不以为意，认为他这么年轻，不一定能真正做到。当看到以上被举荐者都委以重任，于是，也陆陆续续地举荐了本郡国的不少人才。

刘彻即位之初，因为年轻，朝臣都对他忧心忡忡。下诏广招天下贤士后，朝野上下到处是赞美之声，从此都对他另眼相看。刘彻看到自己很短的时间内就赢得了如此威名，便想到了广招天下人才的谏言者汲黯，更对汲黯高看几分，每逢朝中大事总是询问汲黯，并征求汲黯在郡国治理上的方略。

汲黯恪尽职守，时时为国之大计而着想，在献计广招天下贤士后，又在郡国的治理和人才的使用上，不断向刘彻谏言。一日，向刘彻谏言道："长安东南有一淮阳郡，是伏羲、女娲、神农三皇建都之地，西周时建陈国。今淮阳城即昔日陈国都城，楚灭陈后，曾为楚都。秦朝时为陈郡，也是当年陈胜、吴广揭竿而起建立'张楚'国的都城。高祖领兵西进攻打咸阳时曾经此地，得淮阳人相助。高祖与项羽楚汉相争时的固陵之战就发生在那里，并在淮阳城西部的鸿沟划定楚河汉界，位置十分重要。故高祖十一年置淮阳国，封其子刘友为淮阳王，领淮阳郡、颍川郡二郡……"

没等汲黯讲完，刘彻便流露出惊讶之色，道："如此说来，此地是一宝地也。"

汲黯接着道："惠帝元年淮阳王刘友改封赵王，淮阳国被改为郡，归属朝廷。高后元年四月，复置淮阳国，惠帝封其子刘强为淮阳王，领淮阳郡。高后五年刘强薨，其弟刘武改封淮阳王。高后八年，周勃、灌婴等功臣和齐王刘襄杀诸吕外戚，称刘武不是汉惠帝之子，应当废黜。淮阳国再次除国为郡，归属朝廷。文帝四年，复置淮阳国，改代王刘武为淮阳王。文帝十二年，刘武被改封梁王，淮阳国又一次除国为郡，归属朝廷。先帝即位的第二年，复置淮阳国，封其子刘余为淮阳王。三年，刘余改封鲁王，淮阳国又一次除国为郡，归属朝廷。"

刘彻忍不住叹道："郡、国如此更迭，足见其位置非同一般。"

汲黯接着又道："的确如此。淮阳郡领地最多时有陈县、阳安、汝阳、汝阴、南顿、长平、新蔡县、慎县、柘县、平舆县、阳夏、新郪、新阳、阳城、榆县、朗陵、陉山、西平、上蔡、成阳、安阳、召陵、固陵、寝县、项县、安陵二十六县。如今虽辖地有所缩减，但这里土地肥沃，是汉室粮仓，且可以觊觎东南各诸侯国，更是通往楚地要道，乃汉室天下军事要地。因此，淮阳郡守一职，请陛下深思之。"

刘彻忙问他道："汝认为谁任淮阳郡太守为宜？"

汲黯见刘彻征求他的意见，此时不由得想到了好友，也是他敬佩的人——灌夫，于是，直言道："灌夫敢作敢为，为大汉江山生与死皆置之度外，臣下认为由灌夫做郡守为宜。"

刘彻听了，立即采纳汲黯谏言，不久便下诏把灌夫从代国相改任为淮阳郡太守。

想到淮阳郡，汲黯又想到了淮阳郡陈县人郑当时，再次向刘彻建言道："陈县人郑当时，仗义行侠，不谋私利，也应委以重任。"

刘彻听了，认为汲黯言之有理，立即采纳汲黯的谏言，任郑当时为鲁国中尉。

就在灌夫任淮阳郡太守、郑当时任鲁国中尉不久，颍川郡举荐了一个叫冯唐的人。举荐书上说：冯唐的祖父是战国时赵国人，到他的父亲时，移居到了代地。汉朝建立后，又迁到赵国时魏国附庸国安陵国，现为颍川郡的鄢陵县。冯唐以孝行著称，曾被举荐做了中郎署长，侍奉汉文帝。后做车骑都尉，掌管中尉和各郡国的车战之士。汉景帝即位后封他为楚国国相，由于他为人正直无私，敢于进谏，不徇私情，反对楚王拥兵自重，专制一方，所以遭到排挤陷害，被免职，赋闲在家。后来，以吴王、楚王为首的七国之乱发生，足见冯唐胸怀天下。冯唐如此忠臣，一腔抱负，却无用武之地，实在可惜，请朝廷重用之。

汲黯久闻冯唐的大名，对他非常崇拜，只是未曾相见。现在能被举荐，可见他的声名和威望。冯唐来到未央宫时，汲黯亲自到宫门去迎接。汲黯见到冯唐，如对父母般亲近，立即把他引荐到刘彻面前。

刘彻早知道他，不仅很喜欢他的为人，也知道他的才智，想到辕固来应召时就遭到很多大臣的反对，但看到冯唐和辕固一样也已九十岁，十分惋惜道："冯公年事太高，恐心有余而力不足矣。"

冯唐听了，知道被重用无望，不由黯然神伤。刘彻看到他失落的神情，想到他曾经侍奉过文、景二帝，功不可没，忙问："冯公可有子嗣？"

冯唐道："有一子，名遂，字王孙。"

刘彻忙问："冯遂现在何处？"

冯唐道："在家耕田。"

刘彻立即道："为表达朕对贤良之人的敬重，让冯遂来京先为郎官，日后朕再做安排。"

冯唐虽然为儿子能入朝为官而欣喜，但不得不为生不逢时而神情黯然。他看到汲黯人品端正，对他又十分爱慕，谦虚地求教汲黯道："吾年事已高，难以得志，羞于在京，想找个宜居之地颐养天年。汝认为哪里为好？"

汲黯看冯唐对自己如此信任，想到好友灌夫现在是淮阳郡守，并且那里四季分明，物产丰富，风景也好，他的老家安陵距离淮阳郡也很近，他到了那里，灌夫定会好好照应，就建议他到淮阳郡去。

冯唐听了汲黯的话，没几日就离开长安回到老家，然后去往淮阳郡。

汲黯自谏言刘彻广招天下贤良后，结识了来自各郡国的很多有识之士，也从中学到很多东西，长了很多见识，每日回到家里，总是笑容满面。

汲卫看到汲黯入朝后的所作所为，十分喜悦。这天，汲卫把汲黯和汲仁、司马安叫到跟前，对汲仁和司马安道："黯儿身为谒者，对朝廷却做了难以估量的成就。如今尔等都在朝中为官，当不失时机，多向贤良之士求教。以后官职不论大小，都要以国为重，以民为本。"

汲黯、汲仁、司马安听了，纷纷道："谨记教诲。"

就在汲卫借汲黯的作为教导汲仁、司马安的第二天，又有一大臣举荐了一个叫董仲舒的，举荐书上说：董仲舒，广川郡人，以研读《公羊春秋》出名，先帝在世时得知他的学识，任他为博士。他曾走出家门，设坛教授，课讲得十分精彩，弟子很多，一举一动都很注意礼节，一般学者都很尊重他。他讲学时，只有一部分学生能够直接听到，许多学生只能从其他学生中辗转听得。有的人当了他几年学生，却没见过一面。人才难得，盼朝廷委以重任。

汲黯早已闻知其人，只是不曾见过。看了举荐书，立即把举荐书呈送到了刘彻面前。可是，董仲舒被推举后，没有直接来面见刘彻，而是托人转来了他给刘彻的书信。汲黯把董仲舒的书信呈给刘彻，刘彻看后，让汲黯也看了一遍。董仲舒在书信中说：高祖不喜儒学，使儒家的学说源流几乎断绝。道家的黄老无为而治在汉初值得提倡，而今经过文帝、景帝的与民休息，大汉朝呈现盛世，应由无为到有为，由道家到儒家。《公羊春秋》之大一统是天地之常经，古今之通谊，而当下则师异道，人异论，百家之言宗旨各不相同，朝廷法制数变，百家无所适从。当今朝廷应推崇儒学，重视教化，以安天下。

刘彻等汲黯看完，问汲黯道："董仲舒的上书如何？"

汲黯道："既然陛下广招天下贤才，不妨对他策问。"

刘彻笑道："好，速召他进宫，朕要对他进行策问。"

不久，董仲舒来到长安未央宫。

这天，刘彻在宣室殿召见了董仲舒。刘彻一见他，策问道："朕身为皇帝，欲闻大道之要，至论之极，使大汉天下长治久安。如何为之？"

董仲舒对策道："臣下以为：教化乃为王道，是治国大务。所谓王道，即尧、舜、禹、汤、文、武、周、孔相传之道，其核心是礼以及与之相适应的仁义教化。圣王已没，而子孙长久安宁数百岁，此皆礼乐教化之功也。"

刘彻感到董仲舒见解超群，没几天，又召他进行策问。刘彻道："朕即位以来，亲耕藉田以为农先，劝孝悌，崇有德，使者冠盖相望，问勤劳，恤孤独，尽思极神，功烈休德未始云获也。"

董仲舒道："尧之所以能垂拱而治，在于诛逐乱臣，务求贤圣，是以得舜、禹、咎繇。众圣辅德，贤能佐职，教化大行，天下和洽，万民皆安仁乐谊，各得其宜。秦王朝不乏能干之官吏，为何很快灭亡？是没有勉励砥磨、勤于治道的士大夫相辅佐。那些官吏外有事君之礼，内存背上之心。因此，臣下认为：人才是治国中坚。"

刘彻忙问："如何才能得到众圣辅德、贤能佐职？"

董仲舒道："太学养士，实试求贤，重教易俗，改变秦朝遗留下来的以贪狼为俗的恶俗。"

刘彻对董仲舒的对策十分欣赏，不几日，又召他举行第三次策问。这次，董仲舒提出，大汉应统一于孔子的儒术，进一步阐述他给刘彻书信中的观点道：《春秋》大一统者，天地之常经，古今之通谊也。今师异道，人异论，百家殊方，指意不同，是以上亡以持一统；法制数变，下不知所守。臣愚以为诸不在《诗》《书》《礼》《易》《春秋》《乐》六艺之科、孔子之术者，皆绝其道，勿使并进。邪辟之说灭息，然后统纪可一而法度可明，民知所从矣。"

刘彻明白了他的主张，进一步问："董公是说：凡是不在六艺之科、孔子之术的各家学说，都要从博士官学中抑黜出去？"

董仲舒道："臣就是此意。"

丞相卫绾听完，当即向刘彻提出要采纳董仲舒的对策，道："申不害、商鞅、韩非、苏秦、张仪等人之言论，扰乱国政，已不适宜在汉朝流传，请全部抑黜。"

不久，刘彻采纳丞相卫绾的建议，颁布诏令：抑黜百家，表彰《六经》。

就在这时，一个叫吾丘寿王的赵地人自荐来到长安。他自荐书上说，他聪明好学，善于下棋。刘彻感到此人虽然才气不大，但对他善下棋很好奇，就被召为待诏。令他跟董仲舒学习《春秋》。

汲黯没有想到，他谏言刘彻"举贤良直言极谏之士，广纳天下才俊"，在举荐和自荐即将结束时，忽然又杀出一个董仲舒，而且完全左右了刘彻。他一向推崇黄老之学，如今刘彻却完全接受董仲舒的主张，把黄老学说也列入抑黜对象，他的见解被甩到了边缘。

汲黯搅动了旋涡，却又被卷入了危险的旋涡中心：各郡国初举荐人才时，窦太皇太后也很高兴，认为这是兴国之举。当得知刘彻颁诏"抑黜百家，表彰《六经》"把黄老学说也列入抑黜对象，不列为治国之策后，大为光火。窦太皇太后为了不让刘彻这一举措得逞，不使自己喜欢的黄老学说被抑黜，依仗她的威势，准备任命她的侄儿窦婴为丞相，以此掣肘刘彻。让窦太皇太后没有想到的是，刘彻的母亲王太后也很想像她当年那样，能独揽朝政，王太后不仅支持刘彻抑黜百家，为了掣肘她，欲让田蚡做丞相。卫绾虽然在景帝时就任了丞相，此时已经三年，因为既不是刘姓亲戚，也非皇室外戚，所以，窦太皇太后和王皇后在更换丞相的问题上又想法一致，卫绾成了她们打压的对象。

田蚡为了能做丞相，极力贬低卫绾，每天都在太后和刘彻面前说卫绾的坏话："卫绾既无拾遗补阙之功，更谈不上兴利除弊之绩，只是守道而已。再继续让卫绾做丞相，于朝廷百害而无一利。"

几日后，田蚡不见刘彻有罢免卫绾的反应，又向刘彻进谗言道："当初先帝卧病之时，卫绾作为丞相，朝廷之事本应由他来处理，可是，官府中有很多无辜受冤的囚犯，他本该及时为之申冤，没想到他却以料理卧病的皇上为名，不去为之申冤，以致朝野怨声载道。"

卫绾听说田蚡在皇上面前对他如此恶语中伤，义愤填膺，大病了一场，很长时间卧床不起。年少的刘彻顶不住太皇太后、母后和田蚡的压力，于是，以卫绾因病不能理政为由，免去卫绾的丞相。

汲黯对这一变故很为吃惊，想到田蚡对地位高的人阿谀逢迎，对平级及以下的人却傲慢无礼，他若做了丞相，必误国误民。于是，就找到田蚡的一个名叫籍福的门客，向籍福如此这般地交代一番，让籍福劝说田蚡不要与窦婴争丞相之位。籍福认为汲黯是心系大汉江山，答应立即按他的安排，说服田蚡。

籍福原来是窦婴的门客，以能言善辩而享誉京城，前不久又到了田蚡的门下。籍福根据汲黯的意图，又加上自己的辩才，这天来到田蚡的府上，规劝田蚡道："魏其侯显贵已经很久，天下有才能的人一向归附他。今武安侯初兴，怎能和魏其侯相比？就是皇上命武安侯做丞相，也一定要让给魏其侯。魏其侯当丞相，武安侯一定会当太尉，和丞相的尊贵地位相等。这样，武安侯不仅在太皇太后、太后和皇上面前三面讨好，还能在朝野上下得到让相位给贤者的美名。如此好事，何乐而不为？"

田蚡听籍福这么一说，认为他说得很对，就通过他姐姐转告给刘彻，不再争丞相之位。这样，窦婴做了丞相。田蚡虽然没有当上丞相，却做了太尉，官位仅次于丞相。

汲仁看到汲黯善于洞察世事，但遇事直言不讳，很担心他如此下去迟早成为别人刀俎下的鱼肉，一日，在家中对汲黯道："哥哥虽然是谒者，却不同于别的谒者，除了掌管接待、传达诏命外，还有守卫宫廷诸门、掌宾赞受事的职责，还兼有掌管国君授职凭证的使节一职。弟弟现在是掌守宫廷门户，充当车骑随从皇帝的侍郎。虽然都是皇帝身边的人，但都不是刘姓宗室，也不是国戚，看似都很风光，其实都像旋涡边沿的水珠，一不小心就会被甩得远远的。还是谨言慎行为好。"

汲仁言外之意是说朝廷复杂多变，劝他不要再像以往那样直言善谏，要学会明哲保身。不料，汲黯不仅没有赞美他的好意，反而怒道："身为朝廷命官，若像摆放在朝堂之上的一根枯木，既不生根，也不发芽，朝廷要吾等作甚？"

汲黯的一番话说得汲仁面红耳赤，头不敢抬。

然而，让刘彻没有想到的是，正当他为自己的治国举措洋洋得意的时候，却发生了一连串让窦太皇太后震怒的事：窦婴做了丞相后，向刘彻推荐儒生赵绾当了御史大夫。御史大夫是协助丞相综理大政、劾奏不法大臣、奉诏收缚或审讯有罪官吏的高官，与丞相、太尉被称为朝中三公。田蚡为了扩大自己的势力，推荐儒生王臧当了守卫宫殿门户的郎中令。窦婴任用赵绾、田蚡任用王臧都没有向窦太皇太后奏请，且赵绾、王臧都是儒生。不仅如此，赵绾、王臧上任后还一起上书刘彻，要把鲁国人申培迎到长安来，准备设立明堂，并建议不要让列侯们都聚集在宫中干预朝政，应回到自己的封地上，去治理一方。还建议废除关禁，按照礼法来规定吉凶的服饰和制度，以此来表明太平的气象。同时，还检举谴责窦氏家族和皇族成员中品德不好的人，建议开除他们的族籍。

多年以来，诸多外戚中的列侯，大多娶公主为妻，已经形成一种强大的势力，都想在宫中享乐，而不想回到各自的封地中去。因此，列侯们毁谤魏其侯窦婴、御史大夫赵绾、郎中令王臧的言语，每天都传到窦太皇太后的耳中，并说任用赵绾、王臧是窦婴、田蚡的主意。窦太后喜欢黄老学说，而窦婴身为自己的侄子，又是她干预朝政才把他推上丞相之位，他居然和田蚡、赵绾、王臧等人努力推崇儒家学说，贬低道家学说。窦太皇太后早已因此而不喜欢他们，这时，更加不喜欢窦婴等人，常常对他们大加训斥。

赵绾、王臧以为自己深得刘彻的信任，进一步向刘彻谏言道："陛下如今是皇上，是天子，哪能像过去那样事事都向太皇太后禀奏？她年岁那么大，已经糊涂了，朝政大事当由陛下做主才是。"

窦太皇太后早想拿掉他们，只是一时找不到有力的借口，得知此事后，忍无可忍，立即下令罢免了赵绾、王臧的官职，并把他们囚禁于牢狱。接着，又解除了窦婴的丞相和田蚡的太尉官职，任命柏至侯许昌当了丞相、武强侯庄青翟当了御史大夫。

赵绾、王臧任职不到一年即被罢免，且被下狱治罪，知道这是窦太皇太后的旨意，日后不会有好的下场，不久，二人相拥而泣，在狱中含愤自杀而死。

许昌是汉高祖功臣柏至侯许温之孙，汉文帝时袭爵柏至侯，他支持窦太皇太后的黄老治国之策。庄青翟是汉高祖时武强侯庄不识之孙，汉文帝时袭爵武强侯。窦太皇太后知道刘彻举贤良之策是汲黯的谏言，认识到汲黯本身没错，加上汲黯一直坚持黄老学说，且无私欲，所以，对汲黯不仅没有贬斥，反而高看一眼。

刘彻为了保护董仲舒，只得让董仲舒远离京城，做了江都王刘非的国相。江都王刘非是刘彻的哥哥，吴楚之乱后，所置王国皆削减为一郡之地，唯江都国例外。刘非粗暴蛮横，是一介武夫，刘彻即位后，更是素骄好勇，因此，刘彻便把郑当时调回京城，派遣董仲舒做江都相，以辅助刘非，时加匡正。

至此，"推明孔氏、表彰《六经》"也因此半途而废。

通过宫中的变故，刘彻对汲黯更加信任，对他举荐的人才也更放心。于是，把仅做了一年淮阳郡太守的灌夫调入京城，担任太仆，掌管他的车马，想让他一直陪伴在身边。

让汲黯没有想到的是，就在这时又发生了一件让他意想不到的、惹怒窦太皇太后的事：灌夫回到京城没几日，长乐宫卫尉、窦太皇太后的弟弟窦甫，看到刘彻对汲黯、灌夫十分厚爱，为了讨好刘彻，便在一天晚上，邀请汲黯和灌夫一起到他的府上饮酒。

灌夫因为喝多酒，大醉。窦甫也喝多了，看到灌夫的醉态，便口无遮拦地取笑灌夫道："灌将军，当年父亲战死，不肯随同父亲的灵柩回乡，又披上铠甲，手拿戈戟，与叛军作战，身上受重创十多处，还要再战，怎么像个傻子？"

灌夫一听，感到受了侮辱，大怒，拉起窦甫狠狠地打了一顿。

第二天，此事便传到窦太皇太后的耳朵里。窦太皇太后大怒道："一介武夫，居然敢欺负吾太皇太后的弟弟，真是肆无忌惮，可恶至极！"

刘彻得知后，怕窦太皇太后杀了灌夫，于是，立即将他远调到长安东北距长安两千余里的燕国，任燕国国相。

第八章　视察东越忤圣命

窦婴、田蚡虽然被罢官，但享受的封赐不变，仅是以列侯的身份，闲居家中。

窦婴虽然曾经是丞相，因为年事已高，不少人认为他不会再有出头之日，除了汲黯常常去看望他以外，很少人光顾他的府邸，门庭一日比一日冷落。因此，窦婴不由得对太皇太后怀恨在心。

田蚡虽然暂时没有了官职，因为王太后的缘故，且又比较年轻，那些趋炎附势的官吏和士人认为丞相之位以后非田蚡莫属，便都归附田蚡，田蚡的家里每日宾客盈门。田蚡看到这一景象，消沉了没有几日，又骄横起来。刘彻年少，又有王太后在背后摄政，多次议论政事，田蚡皆不召而至，并放言如初，刘彻看在他是舅舅以及太后的分上，也大多接受。

面对朝中如此微妙的明争暗斗，很多大臣每日都如履薄冰，惶恐不安。汲黯不管别人如何对待自己，因为心无杂念，一切皆无所畏惧，所以宠辱不惊，淡然处之。

雄心勃勃、精力旺盛的少年天子刘彻，第一次想独掌朝纲就这样失败了，心情压抑，常常因为不能一展鹏翅而长吁短叹，郁郁寡欢，也常常思念他的父皇汉景帝。

汲黯看他这样，十分同情。多次劝解，刘彻依然不得开心。这天，汲黯对他道："国人每逢春秋两季，有至水滨举行被除不祥的祭礼的习俗，春季常在三月上旬的巳日，洗濯去垢，消除不祥，叫被

090

禊，被称为上巳节，就是古时候的除恶之祭。近来朝廷很不平静，陛下何不在上巳节到霸上被禊，以消除不祥？"

刘彻对此不太了解，忍不住问："巳日是何日？为何选择上巳日？"

汲黯给他解释道："古时，人们认为天无形而地有质，把天分为甲、乙、丙、丁、戊、己、庚、辛、壬、癸，称为十天干，把地分为子、丑、寅、卯、辰、巳、午、未、申、酉、戌、亥，称为十二地支。十干和十二支依次相配，轮流相对应组合，每六十年轮回一次。每一个地支对应一个属相。后来用于纪年历法，也用于纪月与纪日。巳日一共有五个：己巳、辛巳、癸巳、乙巳、丁巳。上巳是三月的第一个巳日。因为此时正当季节交换，阴气尚未退尽而阳气蠢蠢摇动，人容易患病，所以应到水边洗涤一番。"

刘彻接受汲黯的建议，于即位的第二年，即建元二年（公元前139年）三月上巳日，令汲黯等陪同，去霸上被禊，以祈福除灾。

按照上巳节礼仪，汲黯安排一巫女来执掌仪式，陪同的成年人六人，童子六人，带上香薰的草药，分乘几辆车，前往霸上。

到了霸上的河边，巫女先把香薰的草药倒入水中，然后令每人手执一束兰草，入水洗濯身体。洗濯仪式之后，巫女让刘彻和汲黯等分坐在河边，每个人面前都放置着酒和酒杯。然后到河的上游放置几个空酒杯。酒杯顺流而下，到了谁的面前，谁就取杯饮酒，意为除去灾祸不吉。刘彻连饮了几杯酒，十分高兴。

被禊结束回宫时，刘彻顺路去看望当时嫁给平阳侯曹寿的大姐——平阳公主。虽然刘彻自七岁为太子时娶妇至十六岁即位，已经数载，却并无子嗣。平阳公主早想效仿姑姑馆陶公主，择良家女子欲以进献刘彻。此时，平阳公主见刘彻来到，认为是一个很好的时机，便把先前物色好的，并留在家中的十几个女孩，精心装扮，令她们拜见刘彻。不料，刘彻看后都不满意。于是，平阳公主不得不命这十几个女孩全部退下。

中午筵席开筵前，平阳公主令府中的几个歌女上堂献唱。刘彻看着这几个歌女，忽然眼前一亮，问平阳公主道："歌女中最前面的那个叫甚名字？"

平阳公主告诉他道："叫卫子夫。"

平阳公主知道刘彻喜欢上了卫子夫，便把卫子夫叫到跟前，在刘彻起身更衣准备开筵时，平阳公主则让卫子夫跟随去侍候。在更衣的轩车中，卫子夫得到了刘彻的初幸。

刘彻回到筵席前，非常高兴，赐给了平阳公主千金。

筵席结束，平阳公主奏请刘彻将卫子夫送入宫中，刘彻欣然答应。

汲黯十分关心这件事，就向平阳公主询问卫子夫的身世。经询问得知：卫子夫是河东平阳人，出身寒微，是平阳侯府的歌女。卫子夫上有一兄二姐，长兄卫长君，长姐卫孺，次姐卫少儿，卫少儿有一子，叫霍去病。卫子夫又有同母弟三人，即卫青、卫步、卫广。

卫子夫被召进宫时，她的弟弟卫青也跟随进宫，在正在建设的建章宫当差。可是，卫子夫进宫一年多的时间里，再也没有得到过刘彻的召幸。这时，刘彻再次选择宫中年迈体弱等无用处的宫人释放出宫，卫子夫听说后，哭着请求刘彻释放她出宫回家。刘彻想到一年前对卫子夫的喜爱和初幸，对卫子夫起了恻隐之心，不仅没有放她回家，并再一次临幸了她。卫子夫因为这次被临幸，怀了身孕。刘彻得知后，喜不自胜，对卫子夫的宠爱也一天胜过一天。

刘彻这时的皇后陈阿娇是馆陶公主刘嫖之女，当初刘彻为胶东王时，刘嫖为立刘彻为太子出了大力，陈皇后也因此而骄横高贵。当她听说卫子夫受到大幸而怀孕，自己却数年没能生子，便嫉妒卫子夫。其母刘嫖便派人去抓捕在建章宫当差的卫青，欲杀卫青以恐吓卫子夫。所幸，卫青的朋友公孙敖带领一干壮士及时相救，使卫青免于一死。公孙敖是北地郡义渠县人，最初以骑郎的身份侍奉刘彻，自卫青跟随姐姐卫子夫来到京城，看到卫青为人很好，就结为挚友。

汲黯看到这一情况，对刘彻道："陛下与陈皇后婚后数年，至今未能生子，陛下既然喜欢卫子夫，且怀下身孕，眼下卫子夫处境极其不佳，能否为陛下生下孩子尚不可知。为了陛下的后代，何不给卫子夫一个正常的名分？"

刘彻听汲黯这么一说，便命卫青为建章监的官职，并加侍中一职，可以出入禁中、顾问应对，其位仅次于掌管刘彻的车、轿、衣服、器物的常侍的官职，也是刘彻的近臣。卫子夫的兄长卫长君也得到显贵，亦加为侍中。数日之内，刘彻赐给卫家的赏金累计千金。而后，卫子夫被封为夫人。

建元六年（公元前135年）初，即刘彻即位的第六年，七十一岁的窦太皇太后病逝于东宫长乐宫。时年二十二岁的刘彻操办葬礼，将窦太皇太后与汉文帝合葬于霸陵。

没有了窦太皇太后的干涉，刘彻摆脱了束缚，于是放开手脚，大刀阔斧，立即罢免了许昌和庄青翟的官职。尽管刘彻对田蚡多有微词，因为一时找不到合适的人选，加上王太后的干预，田蚡又善于在他面前言笑晏晏、信誓旦旦，便任田蚡为丞相。

在正式下诏的前一天，田蚡看到朝臣们还都是一副讨好的笑脸，刘彻的诏书一下，他认为朝廷除了刘彻，就是他的地位最高，其他朝臣都是他的属下，立即变得趾高气扬，见了大臣们皆目不斜视，一脸冷酷。

田蚡虽然身材矮小，相貌丑陋，但这丝毫不影响田家门楣的迅速升温，竞相攀附者趋之若鹜，纷纷前往他家去拜谒。田蚡对于前来拜谒的官员，包括两千石的高官，也都趾高气扬，概不答理。

汲黯对刘彻任田蚡为丞相很感意外，也很伤感。尤其是看到田蚡做丞相前后判若两人，很为朝廷担忧，连续数日茶饭不思、卧不安席。

刘彻任命田蚡为丞相不几日，便令各位朝臣集体上朝，朝议郡国大事。因为这是丞相揽政后第一次上朝，朝臣们都提前到了未央宫宣室殿前。汲黯身为谒者，更是早于朝臣们提前来到。朝臣们来到宣室殿前，一个个伫立在殿前的台阶前，等着丞相田蚡的到来。

很快，田蚡出现在众臣的面前。大臣们一见，纷纷双膝着地，两手拱合，俯头到手，匍匐于地，行跪拜大礼。田蚡则视若无睹，挺胸前行。

汲黯看到这些大臣如此奴颜婢膝，十分厌恶，甚至为他们脸红。这时，田蚡走到他的面前，他依旧头颅高耸，满脸昂然，只是拱拱手而已。田蚡看汲黯仅仅行了一下拱手礼，脸色瞬间变得冰冷。但就在这一瞬间，他发现汲黯的眼神里有一种比烈日还刺目、灼热的目光，把他的两眼刺得生疼，他眼睛中的冷冰瞬间又被融化，并反过来给了汲黯一个微笑，拱手答礼。但是，汲黯却没有笑，目光坚毅如初。

朝会本来要商议国家大事，大臣们等在门外时刻等着召唤。汲黯肃立殿门口内侧，时刻等着传令。可是，田蚡走进殿内，碎步走到刘彻跟前，跽跪于席，一直跟刘彻说个没完没了。大臣们，尤其是一些老臣，站得两腿发酸，但又无可奈何。

汲黯很为众大臣着急，但也只得忍着。

田蚡开始声音很小，慢慢就提高了嗓门，对刘彻道："太皇太后在世时，不少朝臣对陛下多有不敬。如今乾坤掌于陛下一人，若不对那些人狠狠整治，不用礼法使之屈服，天下人就不会对陛下服帖。"

刘彻回应道："朕自有打算。"

田蚡如此献策后，又开始推举他的很多亲信，都要提拔到二千石级的职位，刘彻全都答应下来。田蚡还没完，想了一会儿，又道："陛下喜欢文人贤士，臣下也喜欢。臣下既已做了丞相，就要为大汉朝不遗余力，因此，也想找一个协助臣下管理文书等事务的丞相史。"

刘彻问他道："丞相的意思是已找到合适的丞相史？"

田蚡献媚道："陛下英明。臣下物色到一个人，他叫张汤，又名张固，杜陵人。他的父亲曾任长安丞。一次，他的父亲出外，张汤作为儿子，在家守护家舍。他的父亲回来后，发现家中的肉被老鼠偷吃了，大怒，鞭笞张汤。张汤很窝气，于是，掘开老鼠洞，抓住了偷肉的老鼠，并找到了吃剩下的肉。然后，像狱吏办案一样，立案拷掠审讯这只老鼠。一审之后，又传布文书再审，并把老鼠和吃剩下的肉都取来，罪名确定，将老鼠在堂下处以磔刑。他的父亲看见后，把他审问老鼠的文辞取来看过，发现如同办案多年的老狱吏，非常惊奇，于是，让他书写治狱的文书。他的父亲死后，张汤继承父职，为长安吏，已任此职很久，臣下想任他为丞相史。"

刘彻答应道："好吧，朕答应你。"

田蚡接着又推举了几个人，刘彻都一一答应。田蚡还不满足，又要推举，刘彻终于忍耐不住："丞相推举任命完了否？朕也想任命几个！"

田蚡听了这话，看刘彻脸色有变，这才作罢。刘彻松口气，于是，让汲黯传令，让大臣们进殿。

大臣们进殿后，三年前因为上书刘彻修上林苑被升任侍中中郎，并为上林苑监修的吾丘寿王首先奏报道："陛下即位的第三年修上林苑，承蒙陛下厚爱，由微臣监修，三年来，苑中已建好三十六苑、十二宫、三十五观。三十六苑中有供游憩的宜春苑，供御人止宿的御宿苑，为陛下设置招待宾客的思贤苑、博望苑。宫城有建章宫，还有演奏音乐和唱曲的宣曲宫，观看赛狗、赛马和观赏鱼鸟的犬台宫、走狗观、走马观、鱼鸟观，饲养和观赏大象、白鹿的观象观、白鹿观。这些都已大功告成，恳请陛下近日前往巡视。"

刘彻爱好狩猎，喜欢游乐，为太子时就发誓要修上林苑，即皇帝位的第三年就颁诏修建，如今仅三年时间就修建了这么多的宫苑，十分高兴，答应尽快成行。

接着，又一大臣奏报道："陛下，臣下奏报的是一个不好的消息……"

刘彻不由得一愣，脸色陡变。

此大臣一时不知如何是好。刘彻急忙道："快给朕如实讲来。"

此大臣战战兢兢地道："张骞出使西域途中，被匈奴所俘……"

刘彻大惊："汝是怎么知道的？"

此大臣道："他的一个随从伺机逃了出来，昨夜才到长安……"

刘彻不安地问："张骞吉凶如何？"

此大臣摇摇头道："吉凶难测……"

刘彻猛地一拍几案，大怒："朕要血洗几十年来的耻辱！"

自汉高祖刘邦建汉以来，屡屡受到北方匈奴的掠夺羞辱：刘邦有"白登七日"之困的遭遇，吕后受冒顿单于书信之辱，汉文帝十四年（公元前166年），匈奴十四万骑从萧关进犯，一度略地至长安附近的甘泉，以及匈奴频频对汉朝边郡和百姓的烧杀劫掠等，几十年来，匈奴可谓是汉朝的心腹大患。

汲黯心里清楚，刘彻胸怀大志，即位后就废除了与匈奴的和亲之策，虽不曾与匈奴公开交战，表面上依然承继先帝与民休息之策，但暗中已在悄悄地为抗击匈奴做准备。先是委派李广等名将带兵镇守边郡要塞，征调士卒巩固边防，同时采取措施鼓励养马，以寻找和等待时机。建元二年（公元前139年），刘彻从一个叫甘父的匈奴俘虏口中得知西域有个大月氏国，其国王被匈奴单于杀死，还把他的头颅做成酒器。大月氏人忍受不了匈奴的奴役，便迁徙到天山北麓的伊列河流域。后又受乌孙国的攻击，只得再向西南迁到妫水流域。大月氏王一心想报杀父之仇，但苦于势单力薄，又无人相助。刘彻了解这些情况后，立即燃起胸中的复仇之火：联合大月氏，以断匈奴右臂，为以后惩治匈奴做好筹谋。于是，决定派使者出使大月氏，说服大月氏国，与之联手，共击匈奴。张骞以郎官身份应募，被刘彻看中，定为使者，出使大月氏。建元三年（公元前138年），张骞由匈奴人甘父做向导，率领一百多人，浩浩荡荡从陇西出发。刘彻亲自为他们送行，并万般叮咛。

这位大臣详细奏报说，张骞一行朝行暮宿，风餐露宿，备尝艰辛。不料，中途被匈奴所俘，并押送至匈奴王庭。匈奴为笼络、软化张骞，为他娶了妻子。如今，张骞已被困于匈奴王庭两年多。

刘彻了解到这一情况，十分难受，很久才平静下来。

田蚡忙笑着讨好道："陛下，不就是张骞和他那一百多人吗？陛下不必为之过于伤心。"

汲黯听了他的话，不由得愤愤地瞪了他一眼。

这时，又有一大臣奏报道："番阳令唐蒙，曾经上书开通夜郎道，被陛下任为中郎将，奉命出使夜郎。唐蒙受命开通夜郎及其西面的僰中，征发巴、蜀二郡的官吏士卒上千人，西郡又为唐蒙征调陆路及水上的运输人员一万多人。不料，唐蒙用战时法规杀了大帅，巴、蜀百姓大为震惊恐惧，如今那里很不安宁。"

刘彻听到这里，感到此事不可小觑，必须立即派人前去平息。想了一会儿，正为不知派谁去为好时，忽然想到司马相如是蜀郡人，在那里很有名望，便把目光投向了司马相如，道："此事非相如前往不能平息巴、蜀。朕派汝前去责备唐蒙，趁机告知巴、蜀百姓，唐蒙所为并非皇上的本意。如何？"

司马相如看到刘彻如此看重自己，立即回应道："微臣明白。请陛下放心，微臣到那里后，先发布《谕巴蜀檄》，采取恩威并施之策，不久当化险为安。"

接着，一大臣奏报道："河南郡连续数月无雨，荥阳县一带更为严重，庄稼多枯死……"

田蚡没等他说完，便笑笑道："朝廷只管天下，管不了天上。"

刘彻想说什么，好半天没说出来，最后道："朕知道了。"

接着，又有一大臣奏报道："启禀陛下，东越的闽越人和瓯越人再次发生攻战，遍地烽烟，双方死伤皆很严重。"

刘彻问他道："三年前不是曾经相攻过一次？"

大臣回应道："是这样。也是陛下巧借会稽郡水师，未动一刀一枪，将此事件平息。"

刘彻又问道："如今为何又相互攻伐？"

大臣脸红道："微臣也不知详情。"

刘彻听了这话，陷入沉思：建元三年（公元前138年），也即三年前，闽越举兵围东瓯，东瓯向汉廷告急。当时，用来调兵的兵符还掌握在窦太皇太后的手中，她要求刘彻不用刀枪平定事端。刘彻只得派中大夫严助征调会稽郡的水师救东瓯。汉兵未至，闽越王郢即自动撤兵。东瓯王因怕闽越军再次攻打，便主动向汉廷请求移民。刘彻得知后，答应了请求，于是，东瓯把举国四万多人迁移于庐江郡。这时，窦太皇太后看到刘彻把此事处理得很好，感到刘彻已经长大，才把汉景帝刘启交给她的兵符交给刘彻。三年来，闽越和东瓯相安无事，如今又起战事，且没有一方向朝廷求救，是何缘故？

田蚡看出刘彻的不解，马上谏言说："陛下，不如派使臣前往探个明白，而后再做廷议。"

刘彻问他："东越距离长安遥远，一路非常劳顿，派谁为好？"

田蚡想到汲黯一向无视自己，如今做了丞相也不跪拜，很久就想报复他，却一直没有找到借口和报复的机会，于是，向刘彻建议道："汲黯身为谒者，还兼有使节一职，臣以为派汲黯最为适宜。"

刘彻听了，十分高兴，对汲黯道："黯君为人刚正，善辨是非，此次朕命汝为使者，持符节代朕前往视察之，若郡县官吏不作为，可当即罢免。"

汲黯明白田蚡的用意，但是，想到这是做了谒者后皇上第一次命他作为使者持节视察，只得应诺。

次日，汲黯乘车一路向东南，奔向东越。司马相如乘车一路向西南，奔向巴蜀。

与司马相如不同的是，汲黯这次去东越不是前去处理平息，而只是作为皇帝的使者，去调查事实真相，以便日后由朝廷处理越人相攻事宜。刘彻很看重汲黯此行，特赐乘由四匹马驾驭的安车。此车是坐乘，本是供年老的朝中重臣及贵妇人乘用，或者是高官告老还乡，以及征召有众望的人，才能乘坐此车。刘彻能赐汲黯乘安车，足见对此事和汲黯的重视。同时，又派了几名护卫。这也是刘彻考虑到东越正在相互攻打，为了汲黯的安全而特意安排的。

在其他大臣看来，皇帝如此安排，汲黯应该感到很体面。可是，汲黯并没有这样认为，一是感到这是田蚡看他不顺眼，有意给他的颜色；二是认为东瓯人已经迁居庐江郡，此事应由庐江郡守赴京上奏朝廷，没必要皇帝亲自派使者前往视察。

汲黯尽管感到有很多的不愉快，但考虑到刘彻刚刚独立执掌权柄，又是第一次命他做使者代皇帝出京巡视，他作为谒者，不能不奉命，于是，还是急若星火地驶出未央宫，赶往东越。

汲黯一行驶出长安，一路东行，不久即进入河南郡。所经之地，郡守、县令都亲自迎接，通令各个驿站，盛情款待，安排歇息，更换驾车的马匹。这一切，让汲黯感受到了从来没有过的荣耀。但是，一旦坐上车，汲黯的脑子里便全是入朝为官后的一应经历和耳闻目睹的宫廷大事。刘彻即位前的事，在脑子里一晃而过，而刘彻即位后的事，总是挥之不去。特别是在扩修上林苑和对田蚡的重用上，忍不住对刘彻有些耿耿于怀：

建元三年（公元前 138 年），刘彻经常以平阳侯的身份出游狩猎，出游的时间也从开始的一天，逐渐延长到五天。后来，时间更长。一路上，车马、护卫，浩浩荡荡，毁坏很多田园，当地百姓十分厌烦。刘彻得知后，便萌生了扩修上林苑的想法。在令人估算了修苑囿所占农田的价值之后，又派人划出占地所属县的荒地，以抵偿农民。刘彻作此决策之时，东方朔恰好在场，便向刘彻谏言说："上林苑所处之地，物产富饶，地势险要，若修以林苑，非富国强民之计。"并列出不可修建上林苑的三个原因。又举出殷纣王、楚灵王、秦始皇大兴土木导致天下大乱的例子。最后献上《泰阶六符》，希望刘彻能够观察天象的变异，而自省自己所做的事情。刘彻这时很欣赏东方朔，接受谏言停止扩修上林苑，并拜东方朔为秩比一千石的太中大夫之官职，加给事中之衔，赏赐黄金百斤。可是，到了第二年，却依然扩修了上林苑。

建元三年，闽越出动军队围攻东瓯，东瓯向汉朝告急求救。当时刘彻不到二十岁，就此事问太尉田蚡。田蚡说："越人互相攻击，对他们来说是经常的事，秦朝时就把那里抛弃了，已不隶属中国，又多次反复背叛汉朝，不值得烦劳中国前去救援。"中大夫严助反问田蚡道："这是担忧力量不够救援，德行不够覆盖。如果能够，为何抛弃那里？秦朝连国都咸阳都抛弃了，哪里只是越地？现在小国因走投无路，才向大汉朝廷求救，如果天子不救助，他们还能到哪里去求助，天子又何以统治万国？"刘彻听了严助的话，立即道："此事不值得与太尉商议。虎符在太皇太后那里，吾刚即位，不想拿出虎符到郡国调兵。"于是，派遣严助凭节杖到会稽郡调兵。会稽郡太守根据汉朝的律令，以严助没有调兵的虎符为由，予以拒绝，不派一兵。严助大怒，杀了一个司马，然后宣告汉武帝的意旨。会稽郡太守再不敢怠慢，立即调动军队，从海上前往救援东瓯。

想到这里，汲黯不由得对田蚡更加憎恨：你既然不承认东越，为何又让我汲黯前往探查？你这是讨好皇帝，还是有意在报复我汲黯？我仅仅不向你行跪拜之礼就报复我？你这样的人值得我去跪拜？我不仅这次不跪拜，以后永远也不会跪拜！刘彻呀刘彻，你是皇帝，是天子，当初颁诏天下，让举荐贤良方正、直言极谏之人，深得朝野称赞，而没有几年的光景，却任用田蚡为丞相！田蚡是这样的人才吗？他没有显贵的时候在窦婴面前奴颜婢膝，看见其他大臣也都是满脸堆笑，刚一做丞相，就颐指气使，为了自己受宠，极尽甜言蜜语、曲意逢迎，哪里谈得上贤良方正、直言极谏？他虽然是你的舅舅，但是既没有济世安民之才，又没有为国之诚、为民之心，怎么可以坐上丞相的位置？你刘彻未能独掌乾坤时，信誓旦旦，要大展宏图，而今怎么也食言而肥？

汲黯越想越烦，最后居然烦起自己来：你仅仅是一个谒者，国家大事是你左右得了的？想到这里，索性什么也不想了，就眯上眼睛，在嘚嘚的马蹄声和车身的摇摇晃晃中睡着了。睡梦中，他看到了很久不见的田莺和儿子汲偃远远地朝他走来，忍不住两眼盈满泪光。

就在这时，驭手告诉他，他们进入了淮阳郡。他知道这里是三皇之首太昊伏羲氏和女娲、神农的建都之地，曾经是陈国、楚国的都城，也是道家的创始人李耳的家乡，即道家文化的发祥地，是一个很大的郡，很想在这里停留几日，看看风景，拜拜人文始祖，养养道家之气。可是，考虑到时间紧迫，只得放弃，令驭手继续前行。

几日后，汲黯到了会稽郡吴县境内。不料，忽然天降大雨，车不能行。汲黯为了减轻车的压力，下车而行。结果，被大雨淋得浑身湿透，连连打了几个喷嚏。

郡守和县令得知消息，急忙出城迎接。会稽郡郡治和县治均在吴县县城。汲黯进了郡治，郡守急忙给他找来衣服更换。衣服虽然换上了，但不一会儿，就感到额头发热，浑身发冷。汲黯不顾这些，立即召郡守和县令到跟前，询问东越的闽越人和瓯越人发生攻战之事。

郡守是个善读书的人，他没有先回答汲黯的问话，而是先滔滔不绝地讲起闽越的历史来："闽越，商朝末年为'勾吴'。西周初，武王克商后封泰伯五世孙周章为吴子，吴国自此始名列诸侯。周敬王六年，即吴王阖闾元年，伍子胥筑阖闾大城。周元王三年，即吴王夫差二十三年，越王勾践灭吴，吴地属越国。周赧王九年，即楚怀王二十三年，楚国灭越，设郡江东。秦始皇二十六年，秦国建置吴县。汉高祖十一年，高祖惧怕江东人士不服他的皇权，故而封侄子刘濞为吴王，吴县改属吴国。孝景帝时，刘濞叛乱被诛，吴国废，吴县仍属汉之会稽郡。"

汲黯因为第一次到这里来，虽然这些不是他所要的，但还是让他尽情地讲，以对这里有个更详细的了解。

郡守接着又道："越族是江水以南的一个古老民族。夏朝时称'于越'，商朝时称'蛮越'或'南越'，周朝时称'扬越'和'荆越'。战国时因有越常、骆越、瓯越、瓯皑、且瓯、西瓯、供人、目深、摧夫、禽人、苍吾、越区、桂国、损子、产里、海癸、九菌、稽余、北带、仆句、区吴，被称为'百越'。自楚威王六年楚国夺取越国大片土地后，越国灭，越王子孙分散到海滨一带，各据一方，或称王，或为君，互不统属。一个叫'无诸'的越人，建闽越国，自称为闽越王。并仿效中原，筑城建都。因为这里是偏远之地，毒蛇很多，人们敬畏蛇，蛇又被称为长虫，就以虫为义，把这里称为闽。故称闽越国。一个叫'摇'者，建东海国。一个叫'织'者，建南海国。闽越王无诸及东海王摇，是越王勾践的后裔，都称为越人。"

县令也想在汲黯面前显示一下，抢过话题道："秦始皇统一天下，灭掉楚国时，派大将王翦率大军进攻越地，废除无诸的王号，降为君长，并在闽越故地设立闽中郡。秦二世时，陈胜、吴广反秦，无诸和摇率领闽越军参加反秦，接受鄱阳令吴芮的指挥。后又佐汉高祖攻楚，非常勇武。高祖登帝后，先后封无诸、摇、织为王，有十三人被封侯。汉高祖五年起，先后把闽中地分封给闽越王无诸、东瓯王摇、南海王织。因为他们居于中国东部，中原人统称他们为东越人，细分，又称闽越、瓯越。"

郡守又抢过话题道："瓯越人生活在沿海，潮湿温暖，不像中原人那样穿衣、戴帽、履鞋，以御寒冷。商周时，中原人的鞋子已有履、舄之分。履，是用草、麻、葛等编制的单底鞋，《诗经》中的'纠纠葛屦，可以履霜'，写的就是这种履。舄，是双底鞋，有各种画料颜色，一般为贵族所穿。而瓯越人则都是'跣行'，即赤脚走路。《韩非子》记录过这么一个故事：鲁国有个人擅长编织麻鞋，他的妻子善于纺织生绢，二人要搬到越国去住。有人劝阻道：'这样会倒霉的。'鲁国人问：'为何呢？'那人道：'麻鞋是供人穿的，但越国人都是赤着脚走路。生绢是用来做帽子的，而越国人都是披发，从不戴帽子。这样，以你所擅长的，去一个用不到的地方谋生，难道不倒霉？'"

汲黯看他们扯远了，笑笑道："过去的事就不要再讲，就讲一讲当下闽越人和瓯越人相攻之事，这是皇上急于知道的。"

郡守忙赔笑道："当年吴王刘濞发动吴、楚七国之乱时，东海王也是同谋，后来，吴王刘濞兵败，东海王乘机将刘濞诱杀，并将他的头装起来，派一传车飞快地送给孝景帝，将功赎过，从而得到了孝景帝的宽恕。因此，刘濞的儿子对东海王怀恨在心，经常鼓动闽越王进攻东海王，以报当年杀父之仇。东海王也奋力反击。所以，不断相互攻打。只是这次攻打为时已久，互不退让。"

汲黯反问道："就是说，闽越人和瓯越人不是针对朝廷？"

郡守忙回答道："是他们窝里斗。"

汲黯听了，心下道：越人之间的打打杀杀，已习以为常，且又源于对朝廷不忠，根本不值得大汉天子的使者前去查问。同时又想到刘彻派他来是田蚡的恶意报复，忽然来气：一个朝廷命官连这种事也管，太掉价了，岂不是羞辱人吗？于是，不再问什么，立即令郡守安排歇息。

第二天，郡守、县令正准备陪他去东越视察，汲黯却对他们道："本使者已知内情，不必再去。"

郡守、县令听了，十分惊讶，但也不敢再问。

于是，汲黯不顾浑身发热、头疼咳嗽，当天就离开郡治，折返而归。

郡守、县令等欲送汲黯到城外，汲黯正色道："为官者重在尽职尽责，不必搞那些伤形费神、愁心劳意的所谓礼节。"

汲黯回到长安，并没有立即进宫，而是先回到家里看望父亲。汲卫得知他奉命出使却没有到达东越，忍不住为他捏把汗。弟弟汲仁、表弟司马安也埋怨他不该中途折返。

汲黯回到长安的消息很快就传到刘彻的耳朵里，立即派人传令召见他。

汲黯接到诏令，不得不离开家朝未央宫而去。他不急不缓地走到未央宫，环顾了一下分别多日的宫殿，感到特别的新鲜，好似第一次来到这里一样。他优哉游哉地欣赏了一阵，这才走向刘彻召见大臣的宣室殿。

刘彻因为等他，没有再召见其他大臣，一个人在殿堂里，手里翻着竹简，却没有看进去一个字，只是不停地翻着，翻得竹简哗啦哗啦响。汲黯走进殿内，拱手施礼后，微微地笑了一笑。

没等他开口，刘彻便急忙问他道："这么快就回来了？是何情况？"

汲黯忽然咳嗽起来，咳嗽得满眼流泪。他擦擦眼，而后笑着直言道："回陛下，微臣没到东越。"

刘彻立即变了脸色："朕令汝持符节代朕前往视察，汝未到即返，这是……"

汲黯没等刘彻说完，故意又咳嗽了一阵。

刘彻看他这样，也不好意思再发怒，忙问："是因为病了？"

汲黯忙回答道："微臣不会因为有病而不为国履职。"

刘彻忽然又变了脸色，不满道："那是为何？"

汲黯没有因为第一次出使就忤逆圣命而心生怯惧。他先是把会稽郡太守讲的复述一遍，接着，又绘声绘色地把战国时善于编织麻鞋和纺织生绢的鲁国人要去越国的故事讲了一遍。接着，表情严肃地讲了吴王刘濞和东海王同谋发动吴、楚七国之乱的事，讲得刘彻一愣一愣的，并有了怒色。

汲黯看刘彻对东越人有了不满的情绪，最后道："东越民风彪悍，生性好斗，他们原本是同族，却相互仇视，今日你欺我，明天我辱你，打打杀杀，此乃民俗使然，没什么大不了的，不值得烦劳天子的使臣前去过问。"

刘彻听了，半天无言。尽管他说的也是实情，又合乎情理，这毕竟是违背旨意，心中不由得生出几分记恨，却无计可施，加上看到汲黯病恹恹的样子，"哼"了一声，没有再说什么。

汲黯退出宣室殿，迎面碰上田蚡和韩安国匆忙上殿，汲黯不由得一愣。他正诧异间，田蚡问汲黯道："东越情况如何？"

汲黯笑笑道："越人互相攻击，对他们来说是经常的事，从秦朝时就抛弃了那里，不隶属中国，不值得烦劳中国前去救援。"

田蚡一听，这正是他三年前的话，一脸的尴尬，没有说出一个字来。

汲黯说罢即往前走去，没有再理会他们二人。但不由得心下嘀咕起来：这个田蚡，凡是对他有利的人，不论是否有德有才，都要一个个重用，如此下去，大汉朝廷岂不危矣？韩安国是梁国成安县人，后迁徙睢阳。韩安国自幼博览群书，成为远近闻名的辩士与学问家，后到梁孝王刘武幕下任中大夫，成为梁孝王刘武身边的得力谋士。因为在平息吴、楚七国叛乱时有功，后又在为梁孝王刘武出使朝廷时，在汉景帝面前替梁孝王刘武辩护，因而受到窦太后的赏识。韩安国虽然为人精明，工于心计，不久却因犯法免官入狱。但是，由于窦太后的关照，竟一下子从狱中的囚徒提升为二千石级的梁国内史。刘彻即位后，韩安国看到王娡摄政，武安侯田蚡担任太尉，便拿了价值五百金的东西送给田蚡，对田蚡极力讨好巴结。于是，田蚡便向王太后和刘彻夸赞韩安国贤能。王太后听信田蚡，让刘彻对韩安国予以重用。很快，刘彻让韩安国做了北地郡都尉。不久，又被调入京城，升为大司农。如今田蚡带他觐见刘彻，岂不又要重用之？

汲黯叹息一声，大步向宫外走去。走了很远，又忍不住回头瞥了一眼。

第九章　矫诏赈灾河南郡

正如汲黯所料，过了不久，即元光元年（公元前 134 年）初，也即刘彻即位的第七年初，韩安国被重用为御史大夫，负责监察百官，代表皇帝接受百官奏事，管理国家重要图册、典籍，代朝廷起草诏命文书等，位居三公，其地位仅次于丞相、太尉。

一连几天，汲黯心中愤愤不平：工于心计与阿谀奉迎者总能互相勾结，且能处处志得意满。胸怀天下、忧国忧民者，总是被人嫉恨，如履薄冰，是天之不平还是人心叵测？他苦闷了几天，自己对自己感到可笑：芸芸众生，形色各异，岂能以自己意志为转移？君子固穷，不坠青云之志，做好自己所能为的，问心无愧，足矣！

元光元年六月七日，汲黯上朝刚到未央宫东门，只见一匹快马飞奔而来。汲黯一看，便知是一匹驿马。传递官一见汲黯，跳下马来，立即把奏章呈给汲黯，说是河内郡发生了火灾，绵延烧及一千余人家。汲黯听了，不由得吃了一惊。

汲黯到了宣室殿，立即把奏章呈到刘彻面前。

刘彻看了奏章，又看了一眼汲黯，道："河内郡已经奏报，如果朝廷不闻不问，岂不更显得朕不关心百姓疾苦？"

汲黯道："朝廷当过问之。"

刘彻道："应派一朝廷命官前去视察，这样才能体现出皇恩溥、洪德施。"

可是，在择选谁去视察的时候，又再三斟酌，想了半天还是觉得汲黯最能体察民情，视百姓为父母，尽管上次视察东越时不至而返，也是为朝廷考虑，还是他最为合适，于是，当即令汲黯道："汝尽快代朕前去视察，看看是何情状。"

汲黯想到千余家房屋失火，是事关百姓生死存亡的事，虽然未必由朝廷亲自处理，刘彻作为皇帝能知道关心百姓，十分欣慰，立即领命。

次日一大早，汲黯简单地吃了一点东西，换上朝服，便走出家门，准备先到未央宫，然后乘车去河内郡。

汲黯刚到门口，看到司马谈带着一个少年来到了他的大门前。汲黯看到司马谈身边的少年身姿挺拔，神态俊逸，想到司马谈曾经说过要把司马迁接到京城来，便意识到这少年就是司马迁，随即对司马谈笑道："这是迁儿？"

司马迁躬身施礼道："晚辈司马迁拜见汲大人。"

司马谈笑道："接来已有一些日子，早想带他来看你，知道近来朝中一片纷纭，故未来打扰。"

汲黯看着司马迁，笑道："迁儿与偃儿今年均十岁，然，迁儿的个子比偃儿高出许多。"

司马谈道："最紧要的不仅是长个子，而且要长知识。"

汲黯朝院内打个手势道："里面请，里面请。"

司马谈谢绝道："看兄长匆匆忙忙的样子，一定是有要务在身，吾父子还是改日再来为宜。"

汲黯把皇帝令其赴河内郡视察的事一说，司马谈立即道："这是民生大事，不得延误，吾先告辞了。"

汲黯只得歉意道："那好，等吾从河内郡回来再叙。"

司马谈劝慰他道："汲兄为了大汉社稷，慕先贤，绝情欲，夙兴夜寐，实在可嘉。汲兄自视察东越染肺病，至今未愈，今又千里迢迢去河内郡，路上请多多保重为善！"

汲黯谢过司马谈，只得与他分手。临别，汲黯抚了一下司马迁的头，道："好男儿当志存高远，心怀天下。"

司马迁躬身施礼道："谢前辈指教。"

汲黯笑了笑道："等吾回来后，也把汲偃接来，尔等相互砥砺。"

汲黯说罢，与司马谈、司马迁挥手告别。

汲黯到了未央宫，坐上朝廷急命宣召者和使者所乘、由两匹马驾驶的辎传车，很快驶出未央宫，奔向长安大街，然后一路向东。

路上，虽然因为马车行驶较快而颠簸不止，但没有影响汲黯的思绪翻滚。这是他的一种习惯，一旦坐上车或者静下来，脑子总是不停地思考朝廷和郡国的大事。汉景帝刘启在世的时候，思考最多的是汉景帝刘启。刘彻即位后，则都集中在刘彻身上，先是他即位之初窦太皇太后干政，把持虎符，不授予调兵之权，凡事都向她奏请。为了他皇位的安稳，母亲王太后周旋于朝廷上下内外，与窦氏争权夺尊，他常常处于尴尬境地。他即位时年十六岁，几年来，一个少年天子，能在夹缝中推行举贤良方正直言极谏之策，广纳才俊，不久又派张骞出使大月氏国，做抗击匈奴的长远谋划，强国固本，实属有着远见卓识的皇帝。

想到张骞，汲黯心中久久不能平静，很为张骞的处境担忧：现在张骞一行百余人全部被匈奴抓获押送至匈奴王庭，吉凶难测不说，匈奴会不会借此又大肆侵犯汉边，则是更值得忧虑的。现在刘彻已经做好了与匈奴交战的准备，如果双方交战，以刘彻的个性，汉朝必定与匈奴大战。大战，汉朝能有多少胜算？如果不能胜，汉朝将有多少将士和百姓要死于战火？等回来后，还是劝谏刘彻，与匈奴能和亲还是和亲为好，不到万不得已，切勿交兵。

不知走了多长时间，他脑子里正翻来覆去地思考着来日如何劝谏刘彻，驭手忽然说："汲君，已进入河南郡。"

汲黯听到驭手的声音，回过神来。他举目朝前方望了望，看到道路正朝着东北方向，不由得忽然思念起家乡来：到了河内郡，已距离老家濮阳不远，很长时间没有回家看望母亲、妻子和儿子了，到时候是否顺便到老家看看？想到这里，眼前忽然出现一种幻觉，他看到母亲、田莺和汲偃伫立在村口，都望眼欲穿地朝着长安的方向凝视着，母亲向他挥手，田莺向他微笑，汲偃在泪眼蒙眬地叫着："父亲，偃儿很久不见您了，好想好想您啊，何时回来？偃儿想让父亲抱抱……"想到这里，汲黯的眼里忍不住流下一串热泪。

车的一阵颠簸，把他的思绪拉回到了眼前。想到已在河南郡的辖地，又思索起河南郡的事情来：该郡秦朝时为三川郡，汉高帝二年（公元前205年）因为位居黄河之南而改称河南郡。该郡地形东西狭长，形状像个瓠子，是京畿范围内的一个郡，东部与淮阳郡接壤。它不仅能够拱卫京都，也是汉朝的粮仓……想到此，汲黯不由得想起去年该郡上奏连续几个月大旱，庄稼几乎绝收，因为田蚡无视百姓疾苦，说出"朝廷只管天下，管不了天上"的话，朝廷因此也没有再过问此事，不由得叹息起来：河南郡遭受旱灾朝廷没人过问，河内郡有村庄失火，居然令使者代朝廷前往视察，孰大孰小？

汲黯知道，每逢有涝灾，第二年就会有旱灾。夏季有旱灾，往往秋季有涝灾。有些年份夏秋连旱，更有甚者，连年旱灾或者涝灾。汲黯叹息过后，不由得注意起沿路的田地和庄稼，看到地里的谷子都比往年同期低矮得多，而且半数以上都长到一筷子高就干枯了。一些成活了的，谷穗也细细的，不及手指粗，比往年要细得多。他下了车，走到谷地里，拔掉一谷穗细看一番，只见多数都是秕子。看到此，哀叹道：河南郡连续遭受旱灾，朝廷怎么没人过问？怎么不见有赈灾举措？

汲黯往前又走了一段路，看到一片种植蔬菜的地块，可是，地里的萝卜、芹菜、韭菜，都不像样子，叶子都干瘪着。看到这一情况，汲黯意识到：河南郡不仅去年遭受了旱灾，今年也发生了旱灾。想到这里，忍不住恨恨地骂道："这么大的灾情，不上奏朝廷，郡守罪当罢官！"

汲黯本想在这里多停留一些日子，多了解一些情况，想到上次视察东越不至而归，这次不能再像那次一样，必须尽快赶到，问清情况，及早回京复命，所以，便没有过多地停留查问，心下道：等到了河内郡，弄清失火的原因，把那里处理好，返程时再详细了解灾情。

一坐上车，汲黯的脑子里又是朝廷大事、社稷大事、边郡大事，也为刘彻抱不平：即位之初，上有窦太皇太后揽政，外戚相互争权掣肘，内部人才匮乏，青黄不接，刘氏宗亲诸侯国都想雄踞一方，外部匈奴犯边欺辱。窦太皇太后去世后这不到一年的时间里，太后处处专权，田蚡横行霸道，一个才二十三岁的皇帝，面对内外上下诸多荆棘，决断失误，考虑不周，也是能够理解的。

但是，他这样为刘彻辩解了一会儿，又对刘彻愤愤然起来：你是皇帝，被尊为天子，天下都是你的，你的话一出即是圣旨，所有人都不得违背，社稷安危，百姓生死，皆系你一身，这是有史以来的规矩，也都习惯了这一规矩。什么是天下？上为天，按照你推崇的儒家学说，君权神授，你就代表天。下是什么？下是地，是百姓，天地是相对而言的，没有地，天何存焉？没有百姓，皇帝何存焉？你既然坐在了皇帝的宝座上，就要以百姓为重，百姓不能因为你的年龄让你任性而为。百姓可以原谅你谋事不周，我汲黯作为朝臣，也可以原谅，当建言献策，但不能原谅你不纳谏。《诗经》里有言："白圭之玷，尚可磨也；斯言之玷，不可为也。"其他朝臣能否这样我管不了，我汲黯必定要做到。我不做官够不上与你说话，既然做官，还是你的近臣，每日都在你的身边，就要对得起身上的朝服，凡是看到你有忤百姓所望之处，一定直言切谏。

汲黯一路走，一路不停地念叨，等他感到头脑发蒙的时候，已经到了河内郡境内。因为时间紧迫，他令驭手奔向郡治所在地——怀县。

汲黯到了怀县城外，守城的兵卒看到是朝廷的车马，一边打开城门，一边有人立即奔向郡府，报告郡守王温舒和怀县县令。

汲黯每到一个地方，从来都是一脸的谦和，不摆架子，这次却面若冰霜，官气十足。他令驭手把车停在大门口，不予前行，等着郡守来迎接。

王温舒和怀县县令听说皇帝的使者来了，而且是汲黯，极其慌乱，带着属下急忙奔向城门口迎接。

汲黯被迎接到府内，依然一脸的冷酷。这不仅是因为失火的事，而且是因为他对郡守王温舒太了解，早想给他一点颜色，就是没有机会。今天既然作为皇帝的使者来到这里，他必须借机打压一下他傲慢的气焰。

王温舒是阳陵人，年轻时游手好闲，不务正业，曾干过盗墓的勾当。为了抢夺路人财物，他常常在月黑风高之夜，以锤杀人，然后埋之。这种杀人越货的强盗行径，养成了他后来好杀行威的暴虐性格。开始，地方上让他试做亭长，管理十里内的治安，兼理民事。但试了好几次，都没能干好，因而罢去。此后，他又在县衙门里充当小吏，逐渐升为廷尉史。王温舒不满足跑跑颠颠的廷尉史一职，不久，听说乡邻张汤因为田蚡而做了丞相史，没几个月又补任为御史，便直奔长安，投靠了张汤。张汤以严酷著称，让他督察盗贼。他到任后，做事干净利落，杀了很多人。因为得到张汤的赏识，不久，便被升为广平郡都尉，辅佐广平郡守负责全郡的军事和治安。王温舒到了广平郡，很快从郡中挑选了十几个有隐秘重大罪行的人充当郡吏，作为爪牙，去督捕郡内"盗贼"。王温舒将此作为控制他们的手段：如果督捕"盗贼"有功，令他满意者，无论以前犯有多么严重的罪行，都不加处罚。如果督捕"盗贼"不力，不但诛杀其身，还要灭其全族。因此，这批人无不竭尽全力。是否滥杀无辜，王温舒从来不管。因为这个原因，齐地和赵地乡间的盗贼都不敢接近广平郡，广平郡有了路不拾遗的好名声。刘彻听说后，因为不知他的行径真相，便以治理广平郡治安有功为由，很快升任他为河内郡太守。

广平、河内两郡相隔不远，王温舒在广平时就知道河内的一些豪强之家。这些豪强不守法令，称霸地方，不仅宗族势力强大，而且往往连成一体，彼此为援，官府对他们毫无办法。刘彻把王温舒派到这样的地方，就是要他以严厉的手段惩治这批豪强。王温舒到河内走马上任后，立刻做了一系列的部署。鉴于当时官府的驿站传送文书速度太慢，他另外命令准备私马五十匹，部署在河内至京师的沿途上，作为另一套驿站。他要求凡有河内、京师的往返文书，一定要以最快速度传送。同时，又仿照在广平的办法，挑选若干名曾犯有重罪而又果敢任事的人充当郡吏，让他们去逮捕郡中豪强。短短时间里，就以各种理由将郡中豪强大族基本上全部捕获。然后，王温舒穷加审问，株连达千余家，有不少无辜平民百姓也被牵连进去。王温舒抓了这些人后，立刻上书朝廷，提出对这批人严加惩处：大者诛全族，小者杀其身，无论大小，其家产统统没入官府。过去，此种文书若通过官府驿马递送，往返费时很长。这次，王温舒使用率先设置的私人驿马传递，书奏不过两日，刘彻的允准诏书就已到达，河内官民对其如此神速，莫不感到惊讶。诏书一到，上万人成了刀下之鬼，血流十余里。这对那些横行乡里的豪强来说，是咎由自取，但对大多数无辜被牵连的平民百姓而言，乃血海奇冤。

他上任仅仅三个多月时间，经过这番刑杀，郡中安宁，无犬吠之盗。人们侧目而视，重足而立，全郡都沉浸在一片恐怖之中。杀人，对王温舒来说，已成为一种嗜好；人命，全被他视为草芥。王温舒不仅是一个以杀立威的酷吏，还是一个以酷行贪、以酷掩贪的官吏。他有两副面孔：王温舒为人谄媚，善于巴结有权势的人，若是没有权势的人，他对待他们就像对待奴仆一样。有权势的人家，即使奸邪之事堆积如山，他也不去过问。无权势的，即使是皇亲，他也一定要欺侮。他玩弄法令条文巧言诋毁奸猾的平民，而威迫大的豪强。对于奸猾之民，必定穷究其罪，大多都被打得皮开肉绽，烂死狱中，判决有罪的，没有一个人走出狱中。所以，在中尉管辖范围的中等以下奸猾之人，都隐伏不敢出来，有权势的都替他宣扬名声，称赞他的治绩。

王温舒又是一个非常聪明的人，朝中大臣的相互关系都通过张汤了如指掌。汲黯敢于直谏刘彻，刘彻对汲黯礼让三分的事他一清二楚。这时看到汲黯一脸的冷酷，以为是因为失火的事，一边令属下上茶，一边谄笑道："汲公一路辛苦，请先喝杯茶歇息歇息。"

汲黯依然板着脸道:"茶就免了,先说失火的事。"

王温舒依然诣笑道:"汲公不远千里来到河内,劳顿不堪,再急也要等喝杯茶再说。"

汲黯还没坐下,此时茶已经端上来。汲黯不笑,也不喝,问他道:"因何失火?郡守是如何处置的?"

王温舒听了,十分尴尬,但很快就变得轻松自然,所答非所问地诣笑着道:"火灾呈报上来后,本郡守立即就上奏了朝廷……"

汲黯打断他道:"是哪个县?哪个村?是如何处置的?"

王温舒不敢再笑,吞吞吐吐道:"应该是武德县吧……具体哪个村已记不清了……起因,县令还没呈报,如何处置,也等朝廷的诏令……"

汲黯知道对于这样的官员再问也白费口舌,怒道:"无须赘言,和吾一道去查看!"

王温舒不敢怠慢,立即令属下道:"快备车马。"说完,灵机一动又对那属下道,"看谁熟悉路途,头前带路。"

属下很明白王温舒的意思,立即快速朝外奔去。

王温舒及其属下在前面带路,出了怀县,然后直奔修武县方向。汲黯忍不住道:"王郡守刚刚不是说失火的村子在武德县吗?怎么走向修武县?"

王温舒一脸的尴尬,道:"是在下记错了,因为都有一个'武'字,在下常常记错……"

汲黯知道他识字不多,又不能很好地治理一方,便不再理会他。

到了修武县,县令急忙出城迎接,但该县令不敢接近汲黯。王温舒向县令耳语了几句,然后又继续往北行走。最后到了一个一片灰烬的村子。

汲黯一看村中的道路和房子的密度,马上意识到这个村子就是他任太子洗马时,接田莺去长安经过的那个叫牛庄的村子。于是,立即问王温舒道:"这个村子叫什么名字?"

王温舒立即朝属下看了一眼,属下还没明白过来,汲黯立即训斥他道："你不要再问属下了，这个村子叫牛庄！"

王温舒惊讶地问道："汲公，你……是怎么知道的？"

汲黯不想回答他，也不准备回答他。就在这个时候，很多村民闻讯赶来。他们一听说是朝廷的大官来了，忍不住一起哭叫着朝汲黯跪了下去："上官，救救俺吧，房子烧光了，粮食也没了，没法活了，救救俺吧……"

汲黯一边搀扶下跪的百姓，一边询问失火的原因。一村民哭诉道："那天几个孩子在院子里玩火，不慎把院子里的柴薪燃着，因为有大风，满院子都起了火，房子也被烧着了，接下来一家连着一家……"

汲黯忙问："可有人被火烧伤？"

几个村民一起哭道："万幸没有烧死人，可烧伤很多……"

汲黯问他们道："官府是如何救济的？"

几个村民一起大哭道："没有人过问……"

汲黯朝郡守王温舒恨恨地瞪了一眼，又瞪了一眼县令，故意亮出怀中的传达皇帝诏令、调兵遣将的错银符节，大声道："牛庄是二位管辖之地，百姓是二位的臣民，百姓房屋失火，不及时补救，赈济灾民，却先奏朝廷，难道还要皇上亲自来？朝廷要郡守、县令何用？"

修武县令立即跪下道："下官知罪了。还望汲公宽恕……"

王温舒双手发抖，也跪下道："汲公恕罪……"

汲黯没等他说完，怒目而视道："尔等即日起开仓救济灾民，所有房屋由河内郡和修武县两级官府修整，一月内必须完工。逾期不能完工，罪加一等！"

王温舒和修武县令齐声答应："下官知道了。"

汲黯又对王温舒道："作为朝廷命官，只知治人、抓人、杀人，不知兴民、利民、富民，等于犯罪。"

王温舒忽然低下头去。

汲黯接着道："这一千户灾民救济情况如何，一个月后奏报朝廷。届时吾再来视察！"

说罢，登上车，立即离开此地，直奔河南郡方向。

王温舒和县令想着汲黯会在这里住上几日，借机盛情款待一番，以讨好汲黯，当看到汲黯愤而离开，都不禁愣在那里。

汲黯过了黄河朝西走不多远，进入河南郡荥阳县境，他避开官道，选择通向村子的窄路而行。刚刚进了一个村子，还没下车查问，却见一群骨瘦如柴的男女老少围了上来，一起哭叫着拦车跪下："上官，救救百姓吧，这里从春天到如今一直大旱，颗粒无收，当下又蝗虫四起，人多饿死，父子相食……"

汲黯见状，立即下车，听着，泪如雨下。他一边呼喊着"快快请起"，一边搀扶，问道："这里有多少县受灾？"

众人齐呼："附近几个县都是如此，有的比俺这里还重。村里天天饿死人……"

汲黯震惊地问道："官府没有放粮？"

众人齐呼："有粮哪会死人……"

汲黯大声道："吾乃皇帝的使者汲黯，诸位请让开道路，让吾马上赶赴郡府，下令开仓放粮。请相互转告……"

众人听了，哭着让开道："谢谢上官，草民给你磕头了……"

说着，一群人齐刷刷地跪在地上。这时，闻讯又赶来很多人，都跪在路两旁，哭送汲黯。

汲黯没有时间再去搀扶他们，却大声令驭手道："快马加鞭，直抵洛阳！"

走出村子，汲黯看到路边饿殍随处可见，田地里掩埋死人者举目就能看到。

汲黯赶到洛阳，日头已经几近落下，暮色开始降临。他不顾天色已晚，直奔郡府。守护郡府的卫兵见是朝廷的车马，立即有人跑步向府内禀报。

等汲黯到了郡府议事的殿堂前，郡守也已前来迎接。郡守一看是汲黯，大惊："汲公，怎么这时来到河南郡？"

汲黯也不搭话，径直走进殿内，不等坐下便问郡守道："荥阳等县旱灾、蝗灾，饿殍遍地，郡守可曾知道？"

郡守仓皇回答道："下官知道灾情……"

汲黯没等他多说，便大声问道："郡县是如何赈济灾民的？"

郡守脸红道："从去年开始到眼下，皆无收成，本郡守多次上奏丞相，均无回应，本郡守也实在无能为力……"

汲黯怒道："为何不把官仓的粮食放给百姓？"

郡守诚惶诚恐道："汲公也知道，河南郡乃拱卫京畿之地，是守护京城的南大门，这里的粮仓皆听命于朝廷，下官怎敢私自开仓放粮？加上前些年朝廷有令：为了抗击匈奴，河南郡必须积蓄粮草，保证军粮……"

汲黯打断他道："勿再多言，本使者已知晓。今本使者奉皇上之命，令你明日即开仓赈济灾民，确保百姓性命，不得延误！"

汲黯说着，出示符节。郡守一见，立即跪下叩首道："下官领命，明日即开仓赈灾。"

汲黯说罢，心里紧张了好一阵：来时皇上没有这道诏令，只是让他持节赴河内郡视察失火的事，在河内郡下令开仓赈济灾民尚属职责之内，如今路过河南郡，看到这里大灾，未经奏报，就擅自动用手中的符节，假借皇帝诏令，令郡守开仓赈灾，且河南郡的粮仓又直接受朝廷调配，这样做是篡改或诈称皇帝诏令，属于直接侵犯皇权，是矫诏，属于重罪，是要处以腰斩的重罪的。想到这里，不禁有些后怕。但是，不一会儿就淡然一笑：不就是一死吗？人早晚都有一死，为百姓而死，救活上万人，死得值。死，何足惧哉？

第二天下午，汲黯回到了京城。他不像上次视察东越回来时那样先进家门，这次则直接先奔赴未央宫，奏报河内郡之行的事宜。

刘彻看到汲黯这么快就回到京城，忙问他道："河内郡大火是怎么一回事？"

汲黯浅浅地一笑道："回陛下，那里是普通人家不慎失火。原因是住房密集，家家柴薪堆积较多，因为小孩子玩火，致使柴薪燃着，加上那天大风，火势便蔓延开去，于是，一家连着一家，殃及千余家。下官已令郡县近日赈济灾民，一切皆安排停当，陛下不必忧虑。"

刘彻质疑道："那什么才是值得朕忧虑的？"

汲黯道："微臣路过河南郡时，看到荥阳县百姓饱受旱灾蝗灾之苦，灾民多达万余家，饿殍遍地，有的竟至于父子相食。"

刘彻一听，立即道："朝臣都像爱卿这样替朕为天下分忧，朕就轻松多矣。"

汲黯接着道："微臣在荥阳自己做主做了一件事……"

刘彻等他说下去，却见他欲言又止，神情有些慌张，忙问："是何事，为何这样慌张？"

汲黯道："臣下看到灾情如此严重，就趁便凭所持的符节，下令发放了河南郡官仓的储粮，赈济当地灾民。现在臣下请求交还符节，承受假传圣旨的罪责……"

刘彻一听，先是一愣，脸上不由得现出怒色。但过了一会儿，又笑起来，叹息道："汝这确实是犯了矫诏之罪。不过，这是为了百姓，也为朕赢得了民心，朕免汝无罪。"

汲黯听了，立即拱手道："谢陛下宽恕之恩。"

汲黯谢过，交还符节，然后退出宣室殿。

走在回家的路上，汲黯不禁有些洋洋自得：既救济了灾民，又得到了皇上的夸奖，可谓两全其美。

过了没几天，汲黯想到刘彻对自己这么欣赏和宽容，就把去河内郡的路上所思所想，又写了一份关于与匈奴和亲、以黄老无为而治之术治理天下的奏章。他认为，朝廷要以少事为好，不要人为地去滋生事端，这样，才能使天下大治，百姓安居乐业。

写完奏章的第二天，汲黯未等到上朝时间便提前到了宣室殿，刘彻一到，便立即把奏章呈给了刘彻。刘彻看完，半天无语。而后静静地看了汲黯一阵，笑了笑道："汝已跟随朕十六年，没少建言献策，朕甚是喜欢，故舍不得让汝离开朕的身边，一直做谒者。从河南郡开仓赈灾和这份胸怀天下的奏章，朕看出汝不仅敢言直谏，而且贤良，百姓需要这样的爱民之官，荥阳县令不作为，已被罢官，一时没有找到适宜的人选。朕想，只有汝最适宜，朕命汝为荥阳县令，明日起就前去赴任吧。"

汲黯一听，不禁瞠目结舌。他怎么也没想到，正当他信心满满，有了这一次奏章，还要再写其他关于治国安邦大计的奏章时，刘彻却让他离开京城。

汲黯被这突然的变故给搞得不知所措，不由得神色黯然，百感交集：陛下，我服侍你十六年，为汉朝江山社稷不遗余力，视察东越不至而归，那是不想让你为那些小事劳心；河南郡假传圣旨也是为汉室天下，我汲黯没有一点私心。你口头上说免我无罪，这不等于变相降罪吗？你口头上夸赞我十几年来的谏言，内心里却为几件先斩后奏的事耿耿于怀。想让我离开京城，不想再听我直言谏净倒也罢了，没想到却如此对我，这样，我汲黯能做出什么大事来？看不惯我敢忤逆圣命，想每天耳目清净，让我远离你是吧？好，我明天就离开京城！

汲黯内心不平了一会儿，最后苦笑了一下道："陛下放心，微臣明日一定离开京城。"

第十章　弃官归田耻为令

汲黯回到家里，父亲见他一脸的阴云，便知道一定是遇上十分不快的事，却故作没有看出来，没有问他。弟汲仁和表弟司马安看他很不快，则忍不住问他道："何事让兄长如此不高兴？"

汲黯怒气冲冲道："皇上要赶我出宫了。"

汲卫一愣，依然不说话。

汲仁和司马安相视一笑："凭兄长的才识和皇上的厚爱，是降大任了吧？"

汲黯"哼"了一声道："给了一个荥阳县令，羞死我也！"

汲仁问他道："县令秩比是多少？"

司马安接过汲仁的话道："六百石。"

汲仁惊讶道："谒者也是六百石，皇上怎么……"

汲黯怒道："秩比多少汲黯并不在乎，在乎的是在一个小县能做什么大事。我汲黯只配做一个县令？"

汲仁为宽慰他，笑笑道："县令官不大，却能独掌一方权柄，可算是一方诸侯也。而谒者则是跟着皇上跑跑颠颠，掌管奏章、文案什么的，不能独立行事……"

汲卫终于说话了："孟子云：天将降大任于斯人也，必先苦其心志，劳其筋骨，饿其体肤，空乏其身，行拂乱其所为，所以动心忍性，增益其所不能。"

汲黯好像没有听到父亲的话，一甩手朝书房走去，并狠狠地撂下一句话："不干了，回老家耕田，服侍老母亲去。"

汲仁、司马安了解汲黯的脾气，知道这个时候劝他等于火上浇油，就各自朝自己的房间而去。

汲卫望着他的背影，叹道："太任性了。"

汲黯到了书房，操起笔墨，展开竹简，给刘彻写起了辞官书：

陛下，汲黯自孝景帝七年依照《任子令》入朝为太子洗马，及至陛下登基后为谒者，至今已十六年矣。十六年来，微臣服侍陛下左右，既没有经纬天地之才，又没有治国安民之谋，碌碌无为，饱食终日，实在愧对陛下厚爱。微臣虽然不会悦耳之言，但却是为朝廷肝脑涂地。十六年来，因为远离家乡，母亲、妻儿均在老家，作为人子，未能在慈母跟前尽孝；作为人夫，未能弱妻身边抚爱；作为人父，未能对嘤嘤幼子呵禁卫护。今母亲年事已高，做儿子的虽有孝心，也只是每日遥望家乡，隔空送一句：母亲，儿子想您。不可抑制思念之痛时，也仅仅是给母亲写上一封书信：母亲，黯儿因为要为国尽忠，不能服侍在您的跟前，您老切莫怪罪，您多保重。今想来实在惭愧也。自奉命视察东越遇雨患病以来，微臣一直疾病缠身。今陛下委以荥阳令，微臣因身体故，实难胜任，故辞官归田，请陛下鉴谅。

汲黯写好辞官书，即收拾行装，一整夜几乎没有合眼。

汲仁和司马安以为昨天汲黯耍脾气，说的不过是气话，第二天一大早便一同去劝汲黯。他们进了汲黯卧室，看到几案上的辞官书，甚是惊讶。

司马安再次劝慰道："入朝十六年了，功不成名不就，就这样回家了？"

汲仁显得有些气愤，道："这样做能对得起父亲？对得起含辛茹苦的母亲？对得起相夫教子的妻子？对得起翘首以盼的儿子？"

汲黯很沉静，冷言道："不能为国家大计尽力，做官何用？正是因为有那么多的对不起，所以才选择归田，以尽为子之道、为夫之道、为父之道。"

汲仁再劝道："请兄长再三思之。"

汲黯笑笑道："已再三思之。"说着，拿起辞官书递到司马安的手上道："今为兄佯装去荥阳赴任，等我离开京城两日后，烦请把为兄的辞官书呈送皇上。"

司马安知道汲黯的脾气，明白再劝说也是多余，不再劝说。

这时，汲卫走了过来，一脸怒气道："这样的脾气，在朝廷恐怕也难混出个名堂。你们弟兄两个都来京城了，家中上有老、下有小，也正需要人。既然如此，回家就回家吧。"

汲仁想到常年不能照顾母亲和妻子、儿子，特地到城中给母亲买了一件衣服，还给他的妻子和儿子也各买了一件，让汲黯带回。

次日，汲黯坐上朝廷派给他赴任的车，出了京城。

驭手不知内情，开始时是朝着荥阳方向，可到了荥阳辖地，汲黯却令驭手向东北方向而去。直到这时，他才告诉驭手辞官归田的事。驭手听了，以为他是开玩笑，直到一直走下去，驭手才相信是真的，十分惊诧，连连咋舌。

前两次作为使者视察东越和河内郡，汲黯一上车就思绪云骞，尽是天下大事，且难以释怀，这次却静若止水，都是家长里短，甚至是一些在田园里和同伴们斗蛐蛐、逮蚂蚱的趣事。

几日后，汲黯回到家中。

母亲和妻子田莺、儿子汲偃不知根底，以为是他想家了，趁休沐期回来看望他们，十分惊喜。汲仁的妻子和儿子看到汲仁给他们买的衣服，也都很喜悦。为了让全家人高兴，汲黯没有一进家就告诉他们是辞官归田，并装出一副若无其事的样子。

汲偃依偎在他的跟前，拉住他的手，喜笑颜开道："父亲，偃儿又背会了'五经'里的好多篇章。"

汲黯喜悦地问："都是什么篇章？背诵给父亲听听。"

汲偃立即背诵道："《周易·乾》：天行健，君子以自强不息。地势坤，君子以厚德载物。"

汲黯笑问道："是什么意思？能给父亲解释一下乎？"

汲偃不假思索道："君子应该像天体一样运行不息，即使颠沛流离，也不屈不挠；如果是君子，接物度量要像大地一样，没有任何东西不能承载。"

汲黯听了，笑颜中透出几分凄苦，夸赞汲偃道："好，好，偃儿说得好。"

汲偃听到夸奖，又背诵起来："《论语》云：修之于身，其德乃真；修之于家，其德乃馀；修之于乡，其德乃长；修之于邦，其德乃丰；修之于天下，其德乃普。故以身观身，以家观家，以乡观乡，以邦观邦，以天下观天下。吾何以知天下然哉？以此。"

汲黯笑笑，正要夸奖，汲偃又背诵《道德经》第四十一章道："上士闻道，勤而行之；中士闻道，若存若亡；下士闻道，大笑之。不笑不足以为道。故建言有之：明道若昧，进道若退，夷道若纇。上德若谷，大白若辱，广德若不足，建德若偷，质真若渝。大方无隅，大器晚成，大音希声，大象无形。道隐无名。"

汲黯把汲偃揽在怀里，点头道："偃儿不愧汲氏后代也。"

汲黯说罢，望了一眼在一边甜甜地笑着的妻子田莺，夸赞她道："上赡养母亲，下抚育儿子，夫人受苦了。"

田莺有些羞涩道："一家之人，夫君如此客套，这是咋了？"

母亲在一边接过田莺的话茬道："一路颠簸，还没得饭食吧？"

汲黯忙道："路上吃过了。"

汲黯说着，望着已弯腰驼背、满脸皱纹的母亲，忽然跪下，眼泪汪汪道："母亲，黯儿不能在跟前尽孝，实在愧对养育之恩，还请母亲宽恕……"

母亲一边拉他起身，一边责怪道："黯儿，今日回来应该高兴才对，这是怎么了？"

汲黯想告诉母亲实情，怕母亲伤心，话到嘴边又打住了。

母亲接着道："在天子身边，视百姓如父母，为天下尽心，难道不是尽孝？"

汲黯羞愧道："黯儿不才，这孝没有尽好。"

母亲笑笑，宽慰他道："尽孝没有尺子，尽力了就够了。"

汲黯为了让母亲高兴，也故意笑笑道："母亲，黯儿从今日起，打算在家停留很长很长一些时日，要好好服侍您……"

母亲不高兴道："有几天就够了，朝廷那么多事，哪能住很长很长时日？皇上能恩准？"

汲黯忽然笑出声来："恩准了。"

田莺因为不知内情，显得十分高兴，等汲黯又跟母亲叙了一会儿，便拉着汲偃和汲黯，一起出门，走向自家的田园。

路上，田莺不无得意地望了一眼汲黯，道："在教偃儿读书的当儿，自个儿也学会了很多。"

汲黯不想扫她的兴，一边走着，一边问她："都学了什么？"

田莺立即背诵起《诗经·邶风·简兮》：

简兮简兮，方将《万舞》。
日之方中，在前上处。

硕人俣俣，公庭《万舞》。
有力如虎，执辔如组。

左手执龠，右手秉翟。
赫如渥赭，公言锡爵。

山有榛，隰有苓。
云谁之思？西方美人。
彼美人兮，西方之人兮。

汲黯听着，想到了田莺在家每日对他的思念，而自己却常年在长安，不由得眼里噙满泪花，口中忍不住用自己的话反复念叨着最后几句：心里思念是谁人，正是西方那美人。西方美人真英俊，他是西方来的人。

汲黯想到既然已经回来了，不能一直隐瞒下去，就给田莺说了实情。他以为田莺会对他的选择大为光火，不料，田莺却很平静，好像早有预料似的，笑笑道："老子说过：祸兮福之所倚，福兮祸之所伏。夫君身子多病，在家可以夜观星月，朝闻鸡鸣，少忧无虑，心安神宁，妻伴左右，子乐堂前，岂不快哉？"

汲黯听田莺这么一说，忍不住把烦恼扔到了一边，笑道："没想到夫人能有如此胸襟，汲黯心安矣。"

田莺看到他心情好转，立即拉住他的手往回走道："今晚吾要给夫君做几道好菜，再备上好酒，为全家人团聚庆贺一番。"

汲偃看母亲和父亲都如此高兴，一边走，一边背诵起刚刚学会的《诗经·小雅·鹿鸣》：

> 呦呦鹿鸣，食野之苹。
> 我有嘉宾，鼓瑟吹笙。
> 吹笙鼓簧，承筐是将。
> 人之好我，示我周行。
>
> 呦呦鹿鸣，食野之蒿。
> 我有嘉宾，德音孔昭。
> 视民不恌，君子是则是效。
> 我有旨酒，嘉宾式燕以敖。
>
> 呦呦鹿鸣，食野之芩。
> 我有嘉宾，鼓瑟鼓琴。

鼓瑟鼓琴，和乐且湛。

我有旨酒，以燕乐嘉宾之心。

汲黯看到田莺和汲偃不仅没有因为自己的归田而忧伤，反而如此高兴，心里也更加释然了。他微笑着，环顾着家乡的房舍、树林、田园，想象着日出而作，日落而息，听着鸟语，闻着花香，优哉游哉，无忧无虑，不禁对未来的生活充满着一种向往。

按照汲黯的安排，田莺回到家暂时没有把此事告诉母亲，汲偃也没有向祖母诉说。当晚，一家人围坐在一起，吃着家乡的美味，品着自家酿制的美酒，好不快乐。

第二天吃过早饭，汲黯让汲偃赶着牛，他扛着犁，田莺扛着铁锸，一块走向自家的田园。

汲黯虽然离开家已经十六年，依然不忘耕田的技能。他一手扶犁，一手持鞭，口中"吁""哦"地用着号子，指挥着拉犁的耕牛。那耕牛既温顺又卖力，又能听懂汲黯的号子，该快就快，该慢就慢，该转弯时就转弯。田莺和汲偃看着这一切，兴奋不已，都夸赞汲黯不仅会当官，还会耕田。

一连几天，汲黯都忙碌于耕种田地，朝中的所有不快都忘得一干二净，除了早晨和晚上与汲偃谈古论今、吟诗作赋以外，白天都哼着曲子，忙碌于田园，一家人其乐融融。

大概到了第五天的中午，汲黯赶着牛正要和汲偃准备下田，忽然看到不远处有一辆驷马安车，扬起一阵尘土，朝他家飞奔而来。这种车是官员告老还乡，或征召德高望重的人，皇帝才赐乘此车，今日是谁乘坐此车？要到哪里去？

因为他家过去常有朝廷和郡县的车马出入，汲偃以为又是朝臣们来看望父亲，急忙回到院内告诉祖母、母亲和婶娘。很快，奶奶、婶娘和他母亲出门相迎。这是他们家的规矩，凡是来了客人，都出门迎接，以礼相待。

汲黯正诧异着，车已经到了他的跟前。车停下，门帘被掀开。

他朝车上一看，上面居然坐的是东方朔，不由得一愣，急忙丢下手中的鞭子，满脸笑容，迎了上去："老朋友怎么屈尊到这里来了？"

东方朔一身官气地下了车，不仅没有一点昔日的诙谐友好和慈善，反而一脸的冷漠。他大步走到汲黯面前，厉声道："汲黯，可知罪否？"

汲黯想象着他昔日的诙谐，看着他今日的严肃，一下子愣了，忍不住反问道："东方弟何出此言？"

东方朔把手朝后一背："欲人勿闻，莫若勿言；欲人勿知，莫若勿为。这该问自身才对。"

汲黯被东方朔的神情给镇住了，意识到这是他辞官归田惹怒了刘彻，刘彻借此来追究他过去的过错，特派东方朔来问罪的。

东方朔因为在一次醉酒后于殿上小便，被以大不敬罪免去其太中大夫的官职，贬为庶人。后来刘彻觉得他是个人才又任他为中郎官，做自己的近侍。

汲黯知道此时东方朔是奉刘彻的旨意而来，想到自己既然已经辞官，为官时尚不惧一切，哪里还在乎归田后欲加之罪？且不曾有罪！于是，一脸正气，朝东方朔冷冷一笑道："笑话，汲黯不曾有罪，何谈知罪？"

东方朔道："其他的暂且不说，皇上极力推崇儒术，汝却大谈黄老之学。皇上令汝出使东越，汝忤逆圣命，不至而归。皇上令汝视察河内郡，路经河南郡时竟然假传圣旨，这些罪还小乎？"

汲黯母亲、夫人田莺、儿子汲偃，以及弟媳和侄儿听到这里，都大惊失色，这时才都意识到汲黯此次回家，不是休假探家，而是在朝中犯罪被免官了，他是私自逃回来的，如今又要把他抓回京城治罪。于是，都围向汲黯，想以此阻拦把汲黯带走，以保护汲黯。母亲的眼里不觉间已经盈满泪花。

东方朔看到一家人如此惊慌，汲黯也如此认真，不能再继续下去，忙"哈哈哈哈"一阵大笑道："汲黯，不知道东方朔爱开玩笑吗？没想到居然如此当真也。"

汲黯哭笑不得，指着东方朔的鼻梁道："东方朔，气煞汲黯也！"

一家人看到东方朔是开玩笑，这才松口气，忍不住也都尴尬地笑起来。

东方朔忽然又从怀中掏出圣旨，正色道："请中大夫汲黯接旨。"

东方朔一会儿几个脸色，而且如此之快，使汲黯如入云端，一时不知哪里是真、哪里是假。汲黯以为东方朔又在开玩笑，可这玩笑开得太大了。心下道：如果称我汲黯为县令倒还可以，因为尽管辞官了，毕竟皇帝已有诏令，你东方朔是皇帝的近侍，怎么可以用皇帝的名义，用假圣旨来开玩笑？于是，汲黯也笑道："东方朔，想老兄了，来看看，汲黯已不胜感激，官职的玩笑可开不得。弟若称汲黯为县令倒还说得过去，这样戏弄皇上，假传圣旨，是会被治罪的。"

东方朔却没有笑，依然一脸的严肃："少废话，赶快接旨。"

汲黯尽管还不知道圣旨上写的什么，但看到那圣旨是用蚕丝制成的绫锦，是供朝廷专用的，不会有假。他每日在皇帝身边，再熟悉不过，绫锦上那皇帝的玉印也不是假的。于是，忙上前一步，去接圣旨。

汲黯接过圣旨，打开一看，不由得愣了：刘彻不仅没有因为他辞官问罪于他，反而又拜他为中大夫，升了他的官职，秩比从六百石升为千石。

汲黯没有想到刘彻会这样，以为是在做梦。他掐了一下自己的大腿，当确信不是梦的时候，这才露出喜悦之色。

直到这时，一家人才知道，汲黯是因耻为荥阳县令才辞官归田。皇上不仅没有怪罪于他，反而又升了他的官职，一下子都从刚才的惊慌中急转过来，兴奋不已。母亲也破涕为笑。

汲黯深深感到，刘彻能做到这一步，史上不曾有过，其胸襟之大，非一般帝王所能为之。但是，仅仅就感叹了那么一会儿，接着，又感到心头弥漫着一种失落，难以弥补县令一职在心理上划过的那道痕，对东方朔道："未央宫很大，有时候却很小。塞翁失马，焉知非福。"

东方朔讥笑他道："田园虽好，岂是汲黯立命之地？皇宫再小，岂能阻挡大鹏在空中飞翔？"

汲黯沉思了好一阵，终于感慨道："既然皇上能这样对待汲黯，汲黯还能说甚？只能从命。"

于是，汲黯一边把东方朔迎接到屋内歇息，一边让田莺给他收拾行装。

行装收拾好，汲黯将要出门之时，忽然朝母亲扑通跪了下去："母亲，黯儿不能在跟前尽孝，请原宥儿子……"

母亲拉起他道："能为百姓做事，乃最大的孝，不必挂牵母亲。"

汲黯起身后，又抱抱田莺、汲偃和侄儿，与他们依依惜别。汲黯走到大门口，跨过门槛，又转身对汲偃道："等父亲安顿下来再接汝进京。司马谈的儿子司马迁已经到京，吾等已约定，让汝和司马迁一起读书。"

汲黯如此和母亲、田莺、汲偃话别后，这才与东方朔走出家门。

他们上了车，一路向西，赶往长安。

等马车驶上官道，道路平坦了一些，东方朔不知是为汲黯高兴，还是因为自己的起伏而生怨，随着马蹄的"嘚嘚"之声，也不与汲黯搭话，一首接一首地吟咏起自己的《七谏》诗来，先是《初放》篇和《沉江》篇，接着是《怨世》篇和《自悲》篇，最后是《怨思》，吟咏到这里，其声禁不住有几分哀婉：

> 贤士穷而隐处兮，廉方正而不容。
> 子胥谏而靡躯兮，比干忠而剖心。
> 子推自割而饲君兮，德日忘而怨深。
> 行明白而日黑兮，荆棘聚而成林。
> 江离弃于穷巷兮，蒺藜蔓乎东厢。
> 贤者蔽而不见兮，谗谀进而相朋。
> 枭鸦并进而俱鸣兮，凤凰飞而高翔。
> 愿壹往而径逝兮，道壅绝而不通。

第十一章　儒道相争露锋芒

汲黯回到京城，本想先到家告知父亲。可是，东方朔为了向刘彻复命，直接和他进了未央宫。

汲黯和东方朔到了未央宫宣室殿门口，刘彻起身相迎道："汲黯啊汲黯，名不副实也。"

汲黯一愣，不知如何回答是好。

刘彻笑道："名黯，不仅没有黯，反而亮起来，倒把朕给搞黯了。"

东方朔忍不住也笑起来："这也正像汲黯赞美皇上的话：前无古人也。"

汲黯赔笑道："汲黯再亮也在陛下的股掌之上。"

刘彻让汲黯与他对面而坐，道："朕的脾气已经够大，没想到汝的脾气比朕的还大。"

汲黯歉意地拱拱手："不当之处，还请陛下海涵。"

刘彻做不高兴状，道："嫌官小，不辞而别，等朕看到那辞官书，汝已回到濮阳白马县。那辞官书看似自责，实则指责朕矣。"

汲黯忙道："臣下是自责，没有怪罪陛下之意。"

刘彻哼了一声道："什么都不要说了，汝心系大汉江山社稷，朕深信之，故命汝做中大夫，掌论议。以后，朝中人或事的好坏、是非，均由汝先评判之。"

汲黯道："谢陛下。"

刘彻微笑道："汝曾经给朕谏言说：陛下若想振兴大汉，再创盛世，人才是当务之急。没有人才，天下必衰微也。这话朕一直记在心里，虽然曾经诏令各郡国举荐贤良方正、直言极谏的文人贤士，也招到了一批，朕依然感到还远远不够。汝如今已是中大夫，是否有新的治国大计？更应直谏也。"

汲黯见刘彻能这样沉浸于治国安邦中，十分喜悦，忙问："陛下是否又有了新的纳才之计？"

刘彻重复道："朕日思夜想，要想振兴大汉朝，仅仅有这些人才还远远不够。"

汲黯笑道："陛下以为多少才够呢？"

刘彻也笑道："朕要人才如流，一代接一代，接连不断。"

汲黯欣慰道："陛下所思乃国运长久之计也。"

刘彻叹道："汉兴六十余载，海内乂安，仓廪丰实，府库饶财，因朝廷的无为放任，导致诸侯骄恣，豪强坐大，割据势力日盛，以致酿成七国之乱。虽然今非昔比，可是，依然暗流涌动。加上四夷未宾，内制度多阙，外匈奴寇边，朕寝食难安也。朕即位初，欲举大志而不能，今独掌朝纲，难道还能任其下去，无所作为？"

汲黯不知道他想说什么，一时沉默。

刘彻接着又道："朕虽然诏令各郡国举荐了不少人才，然，有尊崇法家者，有尊崇儒家者，有尊崇墨家、道家者，有尊崇阴阳家、纵横家者，虽然都掌通古今，学识渊博。但学业各有专精，儒墨名法，甚至方技术士，也滥竽其间，各执其词，其学说不一，相互攻讦。想当年朕即位之初，接受汝举贤良的谏言时，就想革除这一局面，接受董仲舒'罢黜百家，表彰《六经》'的上书后，朕亦颁诏，因为太皇太后干预，半途而废。如今，天下安定，四方朝服，却没有一个统一的治国方略，朕甚为焦虑。"

汲黯以为刘彻接受董仲舒罢黜百家思想的事已经搁置不问，没承想今天又再次提起，忙不安地问道："陛下意欲如何？"

刘彻道："朕想像战国时期那样来个百家争鸣，但不是互相论战，而是要统一到一个学派，做到一统天下，以利国家长治久安。"

汲黯心想：百家争鸣好，争鸣一番后，哪家学说更利于大汉江山社稷，就推崇哪家。于是，笑了笑道："陛下深谋远虑，高瞻远瞩，值得称赞。"

刘彻听了汲黯的话，有了底气，立即对身边的传令官道："宣御史进殿，朕要面授诏令。"

不多时，御史来到刘彻面前，跪受笔录。刘彻望了御史一眼，一字一句道：

朕闻昔在唐、虞，画象而民不犯，日月所烛，莫不率俾。周之成、康，刑错不用，德及鸟兽，教通四海，海外肃慎，北发渠搜，氏羌徕服；星辰不孛，日月不蚀，山陵不崩，川谷不塞；麟、凤在郊薮，河、洛出图书。呜呼，何施而臻此与！今朕获奉宗庙，夙兴以求，夜寐以思，若涉渊水，未知所济。猗与伟与！何行而可以章先帝之洪业休德，上参尧、舜，下配三王！朕之不敏，不能远德，此子大夫之所睹闻也，贤良明于古今王事之体，受策察问，咸以书对，著之于篇，朕亲览焉。

御史笔录好诏书，立即呈到刘彻面前。刘彻又逐字过目了一遍，定名为《举贤诏》，遂令御史广为抄录，而后传送各郡国。

几个月后，即元光元年（公元前134年）五月，各郡国被举荐者根据朝廷定下的时间，如期来到京城未央宫。

这天上午，各家名流都齐聚举行策问的宣德殿，接受刘彻的受策察问。刘彻坐在殿中上位，丞相田蚡、御史大夫韩安国等重臣位居其左右，御史张汤、中大夫严助、太史公司马谈、太中大夫东方朔分别坐在下面。因为事关国家大计，汲黯把弟弟汲仁、表弟司马安也都找来，以增长见识。他的父亲汲卫心系朝廷，也如期而至。

这些被举荐接受策问者，最引人注目的有两个人，一个是董仲舒，一个是主父偃。看到他们，都不禁投去怪异的目光。

131

主父偃是前不久刚被刘彻拜为郎中的新人。主父偃是齐国临淄人，出身贫寒，因为学纵横之术，在齐国受到儒生的排挤，于是北游燕国、赵国、中山国等诸侯王国，四十多年不得志，都未受到礼遇。他来到长安，先拜见卫青，虽卫青多次向刘彻引荐，但都无结果。就在这时，汉高祖长陵高园殿和辽东高庙发生了大火，董仲舒认为这是宣扬天人感应的好机会，于是，带病写了一份奏章，以两次火灾说明上天已经对汉武帝发怒。他的奏章还没上奏，正巧主父偃来拜见他。主父偃看见奏章，因嫉妒董仲舒的才华，就把奏章草稿偷走，直接上书刘彻。他早上呈报上去，晚上就被刘彻召见。刘彻听主父偃说是从董仲舒家里拿到的董仲舒的奏章，大怒，欲将董仲舒斩首。后怜惜董仲舒的才识，又下诏赦免，但却罢免了他的官职。主父偃则被任为郎中，成为刘彻备顾问及差遣的左右之人。

董仲舒被免官后，不敢再说灾异之事，而是继续教书。因此，董仲舒对主父偃怀恨在心。这次，刘彻为了征求治国方略，又想起董仲舒，故又令他前来进行争鸣。董仲舒尽管一向非常儒雅，这时看到主父偃，却不由得怒目而视。大臣们都知道主父偃做出的这等卑鄙之事，所以也都对主父偃投以冷冷的目光。但是，因为刘彻对主父偃刮目相看，都仅仅怒视，却不多言。

董仲舒因为是被罢官之人，尽管这次刘彻又特别把他召来，神情不免有些黯然，坐的位置靠在一边，也很少与他人对话，只是时不时地瞪主父偃一眼。主父偃因为不断接到董仲舒仇视的目光，所以神情十分诡异：一会儿左顾右盼，一会儿皮笑肉不笑，一会儿又正襟危坐。

主父偃以纵横家学说见长，加上看到董仲舒等对他不满的目光，为了尽快摆脱尴尬，并借此机会张扬一下自己，首先开言道："微臣以为，大汉朝治国之策当采用纵横之术。纵横即合纵连横。纵横家的鼻祖乃鬼谷子，春秋时人，以隐于鬼谷而得名。庞涓、孙膑、苏秦、张仪乃鬼谷子四大弟子，皆当时之风云人物。其后习鬼谷子纵横术者甚多，著名者有十余人，如甘茂、司马错、乐毅、范睢、蔡泽、邹忌、毛遂、郦食其、蒯通等。合众弱以攻一强，此为纵。或事一强以攻诸弱，此为横。前者主要以连为主，故可知如何能用外交手段联合，是为阳谋多阴谋少。后者则以破为主，故可知如何利用矛盾和利益制造裂痕，是为阴谋多而阳谋少……"

没等他再说下去，董仲舒就忍不住了，立即反击他道："纵横家的这些人物是曾经称雄一方，但他们的出现是因为当时割据纷争，王权不能稳固统一，才利用联合、排斥、威逼、利诱或辅之以兵之法，不战而胜，或以较少的损失获得最大的收益。这些人的智谋、手段是当时最好者。然，这些人朝秦暮楚，事无定主，反复无常。如今天下一统，如若再这样宣扬纵横之术，并以此治国，吾不禁要问：和谁纵？和谁横？对抗谁？如此下去，天下岂不由稳而生乱？纵横术是曾经显赫一时，但那是在乱世，其术实可称赞。然此一时彼一时也。"

董仲舒的话把主父偃说得张口结舌。整个宣德殿鸦雀无声。

东方朔知道董仲舒一方面是报复主父偃，一方面是想讨好刘彻，忽然朝董仲舒笑道："此一时彼一时，这是孟子的话，董公应该把他后面的话说完：五百年必有王者兴，其间必有名世者。董公还应该直言，告诉众臣和陛下：今陛下要称王天下，名扬后世。"

汲黯很佩服东方朔的机智，忍不住笑着，向他投去赞许的目光。

董仲舒意识到东方朔在冷嘲他，但不为所动，不形于色，道："在下的意思确如东方朔所说，只是刚才没有直说而已。"

刘彻忙问他道："朕召百家争鸣，就是征求治国方略，有何高见，为何不直说？但说无妨。"

董仲舒本不想再说他的天人感应论，既然东方朔点出了他的意思，刘彻也如此说，加上已是"死"过一回的人，索性无所顾忌，再次道："孟子说的五百年必有王者兴，并非不是如此……"

还没等他说完，汲黯就打断他道："难道真的只有到了五百年才有王者兴？不尽然也。若如此，请董公列举一下，五百年一个王者，这些王者都是谁？"

董仲舒道："由尧舜至于汤，五百有余岁；由汤至于文王，五百有余岁；由文王至于孔子，五百有余岁；孔子已离开吾等五百年……"

汲黯更为不满，没等他说完，便再次打断他道："周公之下再没有可以称得上王者的？非也！秦始皇不算王者？孔子是王者？他是儒生，怎么可以说是王者？董公说孔子之后的这五百年里是该有王者，还是该有名世者？孟子的'五百年必有王者兴'，是他心目中那个道统在历史上的传承，并非事实上的王者，不能说一定是五百年才出现一个王者。"

董仲舒知道汲黯崇尚黄老学说，正欲与汲黯争鸣，刘彻拦住他，对汲黯道："让董仲舒说完。"

汲黯看出刘彻对董仲舒的话很感兴趣，那就是"五百年必有王者兴"，所以要让董仲舒说完。董仲舒看着汲黯的脸，慷慨道："这名世者，就是一个大人物。这个大人物一出现，他的声名、威望要震慑天下。"

董仲舒说着，又把目光投向了刘彻。刘彻笑着，让他继续说。

董仲舒提高嗓门道："在下这些年读《尚书》《春秋》《公羊传》，里面都有言灾异、述天道之论，认为天和人同类相通，相互感应，天能干预人事，人亦能感应上天。这就是天人感应。正是因为天人的感应，因此说皇帝的权力是神给的，即君权神授，具有天然的合理性。皇帝代替神在人间行使权力，治理天下，天下人要听命于皇帝。天子违背了天意，不仁不义，天就会出现灾异进行谴责。如果天下安宁，天就会降下祥瑞……"

汲黯又打断他道："董公，这是《公羊传》中的灾异说和墨子的天罚论，并无新意。"

董仲舒是有备而来，这几年时间里已把当年刘彻对他的三次策问整理成书，叫《举贤良对策》，这时他手举此书，滔滔不绝道："《春秋》所言之大一统者，六合同风、九州共贯也。如今天下是统一了，但还不能说十分稳固，要用孔子的儒学一统天下。"

刘彻听到这里，瞪大了眼睛，现出惊喜之色。

汲黯看看刘彻，又看看董仲舒，等他继续说。

董仲舒继续道："为了国家稳固，天下必须遵循三纲五常。三纲者：君为臣纲，父为子纲，夫为妻纲。五常者：仁、义、礼、智、信。儒学，自先师纂订'六经'而大成，自孔子讲学而流播。诸不在六艺之科、孔子之术者，皆绝其道，勿使并进。'六经'不尊，华夏人文难化天下；儒学不兴，华夏民族难以称盛。"

刘彻听着，得意地笑起来，连声叫好。张汤见状，也立即大赞董仲舒。

汲黯终于忍不住，反对道："道家认为人君在'道'面前只能惟道是从，无为而治。《老子》说过：'道生一，一生二，二生三，三生万物。'可见一是万物之根基，是本，是始。元为首，为大，称一为元，即是说要重视开始，端正根本。所谓'三'，即天、地、人。之所以三生万物，就是说有了天和地才有人，有了人，才能有万物，才有一切。所以，三生万物。因此，朝廷要爱人，即爱百姓。无论什么治国方略，都要以民为本，否则皆非良策。"

刘彻听着，陷入沉思。

汲黯接着又道："董仲舒说：政治之本在百官，百官之本在朝廷，朝廷之本在君主，君主之本在宸衷。故人君者，正心以正朝廷，正朝廷以正百官，正百官以正万民，正万民以正四方。天下正与不正，就视君心正与不正。天下四方都正了，没有邪气干扰于天地之间，阴阳调和，风雨得时，五谷丰登，民生幸福，四海来宾，若此，福物祥瑞，莫不毕至。正始是统治者自正，教化则是正民。这些看似新鲜，其实，这与道家的无为而治是一致的，只是说法不同而已，是殊途同归。宸衷，即帝王的心意，这心意必须是爱民之心。老子说：我无为，而民自化；我好静，而民自正；我无事，而民自富；我无欲，而民自朴。无为而治并非什么也不做，而是不过多地干预。无为而治者，其舜也与。由此可以看出，大汉治国方略未必一定要重辟蹊径。"

太史令司马谈也赞同汲黯的观点，进一步陈述道："阴阳家，序四时之大顺，不可失也。但阴阳之术，大祥而众忌讳，使人拘而多所畏。儒家，序君臣父子之礼，列夫妇长幼之别，不可易也；但儒者以六艺为法，六艺经传以千万数，累世不能通其学，当年不能究其礼，因此用儒家治国，只能是劳而少功。墨家，强本节用，不可废也，这是人给家足之道也。但是，墨家俭而难遵，是以其事不可遍循。法家，正君臣上下之分，不可改也。但法家不别亲疏，不殊贵贱，一断于法，则亲亲尊尊之恩绝矣，因此过于严而少恩。至于名家，其控名责实，参伍不失，此不可不察也，但名家苛察缴绕，使人不得反其意，专决于名而失人情，因此，使人俭而善失真。与以上各家相比，只有道家之术最为高明、最为完备。道家不仅使人精神专一，动合无形，赡足万物，而且因阴阳之大顺，采儒、墨之善，撮名、法之要，因此，用它来治国只能是事半功倍。"

接着，有崇尚法家学说者也争鸣说：汉朝当推崇法家，富国强兵，以法治国。说法家中有三派：慎到重"势"，申不害重"术"，商鞅重"法"，可选择用之。

主父偃看到刘彻的目光不时地盯着董仲舒，那目光流露赞美之意，立即改口道："陛下如此求治国方略，实在是圣明之举，非一般帝王所能为。在下学了几十年纵横之术，联想到今汉室天下，深感已不合时宜，于国不利，必须抑黜，唯有儒学才是治国之策。"

刘彻听了主父偃的赞赏之词，十分高兴，更为前不久没有杀掉董仲舒而自鸣得意，心下道：董仲舒的天人感应当初虽然指责了我，但这一君权神授之说，不是更利于我统治天下吗？幸亏当初没有把他杀掉，如若杀了，哪有君权神授一说？

汲黯听了主父偃的话，很不屑，不顾刘彻的表情中对他们的赞许，扫了一眼主父偃，柔中带刺道："主父先生先在齐国苦读纵横之术，又北游燕国、赵国、中山国，所到之处皆高睨大谈纵横之术，前后达四十年，今为取悦皇上而荒废四十年之心血，岂不可惜？做的和说的前后不一，到底哪些是真话？哪些是假话？汲黯虽不才，但认为做人以诚为贵，做官以真为贵。"

主父偃听了汲黯的话，十分尴尬，半天无语。刘彻见出现冷场，只得宣布退朝。

过了一天，刘彻把汲黯叫到跟前道："黄老之学也没错，也曾经是本朝的治国之道，朕也欣赏。朕曾经讲过，本朝虽然亦非昔日之贫弱之时，然，应该看到，当下四夷未宾，内制度多阙，外匈奴寇边，刘姓血统关系逐渐疏远，如若继续沿用黄老之学，郡国势必重演干弱枝强，匈奴会更肆无忌惮。朕是一国之君，当首先以国之安稳为大计，不然，怎么去强国？怎么去爱民？"

汲黯继续坚持道："老子的道家学说强调以民为本：圣人无常心，以百姓心为心。善者，吾善之；不善者，吾亦善之，德善。信者，吾信之；不信者，吾亦信之，德信。圣人在天下，歙歙焉，为天下浑其心。百姓皆注其耳目，圣人皆孩之。不尚贤，使民不争；不贵难得之货，使民不为盗；不见可欲，使民心不乱。即不巧立名目，喂肥少数人而损害多数人，这样才不至于引起百姓的反抗。百姓衣食无忧，国家才会长治久安。道德治国是谓深根固柢，长生久视之道。"

刘彻见汲黯一直坚持己见，笑笑，却不与汲黯争论。但感到董仲舒的学说才是他正想要的治国方略，最终还是选择接受董仲舒的建议。

没几日，刘彻下诏在全国要大力推行儒学，为避不尊窦太皇太后之嫌，由原来的"罢黜百家，表彰六经"变为"推明孔氏，罢黜百家"，其内容并无多少变化：以《诗》《书》《礼》《易》《春秋》五经为主要教材，在长安举办太学，置五经博士官，授儒家经典。在全国征集图书，建立国家图书馆。各郡国皆兴办学校，亦以"五经"作为教材教授学生。

随着推行儒学诏书的颁布，刘彻擢升任郎官几个月的主父偃为谒者，跟随刘彻左右。

由于治国之策确立下来，又任用了几个推崇儒学的人，刘彻心情格外高兴，特地与汲黯、东方朔等到上林苑狩猎游玩了几天。这天，从上林苑回京的路上，刘彻看见一棵奇特的树，知道东方朔曾经告诉过他树的名字，这时却想不起来了，忙问东方朔道："此树叫什么名字？"

东方朔笑笑道："此树名叫瞿所。"

也就在这个时候，刘彻忽然想起上次来的时候，东方朔说此树的名字叫"善哉"，于是道："东方朔，这是欺骗朕也，此树的名字为何与上次说的不一样呢？"

东方朔笑着回答道："不要说是树，动物也不一样也。马，大为马，小为驹。鸡，大为鸡，小为雏。牛，大为牛，小为犊。人，初生为儿，长大为老。昔日的善哉，今日已长成瞿所。生老病死，万物成败，哪里有定数？"

刘彻听了，大笑不止，再也没有责怪他。

许久没有笑过的汲黯，此时也忍不住笑起来，十分佩服东方朔的机智。

回到京城的第二天，刘彻忽然又来了雅兴，很想写点辞赋什么的，禁不住想到了以辞赋见长的司马相如，但这时司马相如已被他免官，现在不在京城，不由得心里空落落的。前年，刘彻命司马相如相出使巴、蜀，司马相如出使后回京奏报说：唐蒙已掠取并开通了夜郎道，要趁机开通西南夷的道路。于是，朝廷征发巴、蜀、广汉的士卒修筑该路，人数达数万。当地人对此则多方阻挠，两年时间没有修成，士卒多死亡，耗费很多钱财，朝臣多有反对者。这时，邛、笮的君长听说西南夷已与汉朝交往，请求汉朝委任他们以官职。于是，刘彻命司马相如为中郎将，令他持节出使，笼络西南夷。司马相如到达蜀郡，蜀人都以迎接他为荣。司马相如成功地说服众人，使那里的少数民族与汉廷合作，很快平定了西南夷。邛、笮、冉、骁、斯榆的君长都请求成为汉王朝的臣子。于是，拆除了旧有的关隘，使边关扩大，开通了灵关道，在孙水上建桥，直通邛、笮。司马相如还京报告刘彻，刘彻特别高兴。可是，没有多久，有人告发他接受贿赂，于是，刘彻立即免去了他的官职。

刘彻想到司马相如虽然接受贿赂，违反了汉律，毕竟是一个非常有才华的人，并已经给予惩处，但不能一棍子打死，只要能改过是非，还应起用之。于是，下令召司马相如进宫。

司马相如来到长安，想到刘彻昔日对他的欣赏，后来因接受贿赂被免官，十分惭愧。司马相如到了未央宫宣室殿，看到刘彻，不禁有些诚惶诚恐。刘彻似乎已把他受贿的事给忘记了，笑问道："跟卓文君热乎够了没有？也该陪陪朕了。"

司马相如感激道："谢陛下还惦记着司马相如。"

刘彻笑道："相如君曾经承诺要给朕写一篇《上林赋》，可曾写好？"

汲黯担心司马相如没有写，忙替他打圆场："相如承诺的事，迟早会写的。"

司马相如回答道："已经写好了，只是因为害怕陛下斥责昔日之过，而未敢来京呈给陛下。"

刘彻一听，十分高兴，问他道："这次带来了没有？"

司马相如道："不知陛下因何事相召，故放置在殿外，没敢带进来。"

刘彻惊喜地对汲黯道："速令侍卫给朕呈上来。"

汲黯尽管对刘彻如此喜欢给他唱赞歌有些不快，也不得不及时传令。

侍卫很快把司马相如的《上林赋》给呈上来。刘彻展卷一看，立即喜上眉梢，看着看着，忍不住大声念起来："……君未睹夫巨丽也，独不闻天子之上林乎？左苍梧，右西极。丹水更其南，紫渊径其北。终始灞浐，出入泾渭；酆鄗潦潏，纡馀委蛇，经营乎其内。荡荡乎八川分流，相背而异态。东西南北，驰骛往来，出乎椒丘之阙，行乎洲淤之浦，径乎桂林之中，过乎泱莽之野。汩乎浑流，顺阿而下，赴隘狭之口，触穹石，激堆埼，沸乎暴怒，汹涌滂湃。滭弗宓汩，逼侧泌瀄。横流逆折，转腾潎洌，滂濞沆溉。穹隆云桡，宛潬胶戾。逾波趋浥，莅莅下濑。批岩冲壅，奔扬滞沛。临坻注壑，瀺灂霣坠，沈沈隐隐，砰磅訇礚，潏潏淈淈，湁潗鼎沸。驰波

139

跳沫，汩潗漂疾。悠远长怀，寂漻无声，肆乎永归。然后灝溔潢漾，安翔徐回，翯乎滈滈，东注大湖，衍溢陂池。"

刘彻读完，击节叫好。治国之策确立下来，今又得到司马相如的《上林赋》，刘彻更加喜悦。于是，重新起用司马相如，仍命他为郎官。

司马相如再次来到京城，自是喜不自禁。看到汲黯，忍不住把朝中之事打问一遍。当汲黯向他讲述了刘彻颁布《举贤诏》，再次让各郡国举荐贤良之士，并进行对策的情况后，司马相如不禁对儒道相争很感兴趣，说要写一篇文章，向皇上表明自己的看法。

这天，汲黯正与司马相如在天禄阁谈论儒家和黄老学说，刘彻在东方朔的陪侍下忽然来到他们跟前。刘彻看到司马相如和汲黯，没有问他们在议论什么。想到司马相如为他写了那么好的一篇《上林赋》，还没有给予奖励，现在又回到身边做了侍从郎官，不如趁机鼓励一下。于是，高兴地对东方朔道："朕要赏赐一大块肉给身边的侍从。"

刘彻说完，把此事交给东方朔办理，然后离他们而去。

可是，东方朔把肉弄来后，和汲黯、东方朔及一些侍从官等了很久，那位掌管皇帝膳食的太官丞却迟迟没有来到。

东方朔一边等，一边好奇地问汲黯道："皇上为何要赏赐肉给侍从？"

汲黯讲了刘彻最近的心情和司马相如的《上林赋》，道："从皇上如此喜欢《上林赋》可以看出，皇上也是个好大喜功、爱听赞歌之人。"

东方朔听了，对汲黯敢如此直议皇上很为佩服。他们又等了一会儿，还不见太官丞来，东方朔忍不住对同僚们道："天气炎热，应当早点回家，以免好肉给馊了，请允许东方朔接受天子的赏赐，自己动手吧。"

说罢，独自拔剑，在那一大块肉上割下一块。随即又把割下的肉包好，怀揣着离去。

太官丞来到，把肉分完，而后便把东方朔私自割肉的事奏报给了刘彻。

第二天上朝，刘彻看到汲黯，便问汲黯道："东方朔私自割肉的事是否属实？"

汲黯如实回答道："确实如此。"

于是，刘彻立即召见东方朔。东方朔来到跟前，刘彻面色冷冷地问："朕昨日赐肉给侍从，汝不等诏令下达，就拔剑私自割肉，这是为何？"

东方朔一听，急忙脱帽跪下请罪道："臣下有罪，愿受惩罚。"

刘彻说："不要跪了，站起来自责吧！"

东方朔再拜，站起来自责道："东方朔呀东方朔！受赐不受诏，为何如此无礼？拔剑去割肉，为何如此鲁莽？只想割一块，为何如此廉俭？回家献妻子，为何如此仁爱？"

刘彻听了，忍不住笑了，道："朕让汝自责，没想到竟反过来称赞自己！"

刘彻不仅没有责罚他，反而又赐给他一坛酒、一百斤肉，让他回家送给妻子。东方朔十分高兴，带上酒肉正要回家，看到因为被罢黜黄老之学一直闷闷不乐的汲黯，于是，拉上汲黯去了他家。

东方朔到了家，让夫人做了几道好菜，并置上酒，准备与汲黯开怀畅饮。没饮几杯，便问汲黯道："这酒可好？"

汲黯不知其意，回答道："是好酒。"

东方朔煞有介事地道："如若这一碗酒一口喝下去就会感到噎人，如若一口一口地品，就会感到很爽。不信你试试？"

这个道理还需试？谁不懂？汲黯笑笑，没有试。

东方朔放下酒碗道："主父偃这个人汲兄很熟悉，汲兄应该向他学习。"

汲黯不解其意，忙问："为何？"

东方朔道："对策当初，主父偃推崇纵横家学说，后来看皇上推崇儒家，他立即改口。才任郎官几个月，便被升为谒者。汲兄入朝多少年后才为谒者？为何？汲兄一直坚持黄老之学，不仅不会讨好皇上，还居然说什么皇上是个好大喜功、爱听赞歌之人。”

汲黯不以为意道：“汲黯是为大汉江山，并无私心。不仅跟汝这样说，当着皇上的面也曾这样说过。”

东方朔道：“汲兄赤子之心，日月可鉴，难道不会婉转一些？”

汲黯正色道：“人各有志，天性难移也。”

东方朔诙谐地一笑道：“汲兄应该学东方朔，遇事要能大能小，不要太过死板，不然，皇上怎么能喜欢汲兄呢？”

汲黯道：“汲黯学不了，不会为讨好哪一个人而改变自己。”

东方朔不再跟他辩论，道：“很多人都认为东方朔是个疯子，汲兄说东方朔是疯子乎？非也！古时候，高深的人皆隐居深山之中，而东方朔则不然，喜欢隐居在世俗中，避世在金马门。宫殿里可以隐居起来，保全自身，何必隐居在深山之中、茅舍里面？”

汲黯对东方朔言词敏捷、滑稽多智，而且也能直言切谏，心中十分佩服，但是，却不愿像他那样，于是，笑笑道：“汲黯喜欢言必信，行必果，不愧屋陋，不欺暗室，今世恐怕不会像东方君那样隐居也。”

第十二章　远放东海亦从容

儒道相争过去了一段时间，刘彻的诏书也早已传到了各郡国。但是，每逢有机会，汲黯总是不厌其烦地向刘彻陈述自己关于黄老之学的观点，劝刘彻不要轻易抑黜黄老之学，而独尊儒术，并借司马谈的话，劝谏他道："儒家，序君臣父子之礼，列夫妇长幼之别，不可易也，但儒者以六艺为法，六艺经传以千万数，累世不能通其学，当年不能究其礼，因此用儒家治国，只能是劳而少功。"

刘彻每次听了，总是一笑了之。这天，汲黯欲写一奏章呈给刘彻，以再次劝谏，不料，刚刚操起笔，传令官忽然来到他的面前道："皇上召见，请速到宣室殿。"

汲黯听了传令官的话，心中不由得一阵喜悦：一定是陛下对我汲黯的谏言经过再三思索有了新的改变，不再坚持抑黜百家，至少不抑黜黄老之学，今日可能是让我再次主持辩论。若是这样，还会有新的转机。所以，路上便准备好了应对之辞。

到了宣室殿，汲黯见刘彻双目含笑，席地坐下后，也回以微笑，等待刘彻发问。没想到刘彻只字不提儒道的事，问他道："朕知道汝每日都在关心大汉朝的江山社稷，朕想知道东海郡的一些情状，能否给朕讲讲？"

作为皇帝，天下哪个郡国不是应该关心的？汲黯不知刘彻意欲何为，以为这是在关心天下大事，于是，把自己了解到的情况一一道来："东海郡，古为'东夷'之地，太昊氏为东夷一著名酋长，少昊氏为黄帝族向东发展的一支，与夷族杂居于此，以鸟为图腾，称'炎'地，周朝时期封炎族首领于此，称炎国，后演化为郯国。春秋时期，郯国附鲁，'郯子朝鲁''孔子师郯子'即出于此。战国时郯国为越国所灭，其境入越。周显王十四年楚灭越后，其地又归楚。秦国灭楚统一天下后，初始置郯郡，不在初置的三十六郡之列。后改称东海郡，为新增置的十郡之一，领十二县：郯县、襄贲、兰陵、缯县、朐县、下邳、凌县、淮阴、盱眙、东阳、广陵、堂邑，郡治在郯县……"

刘彻笑笑打断他道："过去的东西太多，就不要说了，只说当下的。"

汲黯也笑笑道："不说过去，怎么可以俯视当下？"

刘彻再次笑笑道："好，继续说。"

汲黯道："东海郡是个多事的地方，汉兴以来，划来划去，不曾平静过。高祖五年，徙齐王韩信为楚王，以东海郡、会稽郡、泗水郡、薛郡、陈郡置楚国。次年，废楚王韩信，把这五郡分为二国：以彭城郡、东海郡、薛郡置楚国，立汉高祖异母弟刘交为楚王。以东阳郡、鄣郡、会稽郡置荆国，立刘贾为荆王。先帝三年，这时的楚王是刘交之孙刘戊。楚王来朝，晁错借机说刘戊为薄太后服丧时偷偷淫乱，请求诛杀他，但先帝下诏赦免死罪，改为削减其东海郡为汉郡。不久，又削赵国、胶西国等国。这时的赵王是高祖之孙、赵幽王刘友之子。胶西王是高祖之孙、齐悼惠王刘肥之子刘昂。吴王刘濞担心削地没完没了，会削减吴地，就想进行谋反，遂亲自出使胶西国，与胶西王刘昂约定：反汉事成，吴与胶西分天下而治。刘昂同意谋反，并与他的兄弟、齐国旧地其他诸王相约反汉。吴王刘濞同时还派人前往楚、赵、淮南诸国，通谋相约起兵，引发了七国之乱。其乱虽早已平息，东海郡因处于夹缝之中，又数易其主，人心不稳，盗贼四起，豪强称雄，百姓痛苦不堪。"

刘彻又笑笑道："这正是朕担忧的。故，朕欲拜汝为东海郡太守。"

汲黯听了，不由得一愣：汉室实行三公九卿制，丞相、太尉、御史大夫称三公。丞相管行政，是文官首长；太尉管军事，是武官首长；御史大夫掌监察，辅助丞相掌管政治事务。另外，还有一条不成文的规定，即必须做御史大夫后才能做丞相。而在御史大夫之下，还设有御史中丞，掌管宫内事务。九卿是太常、光禄勋、卫尉、太仆、廷尉、大鸿胪、宗正、大司农、少府。太常掌祭祀鬼神、光禄勋掌门房、卫尉掌卫兵、太仆掌车马、廷尉掌法律、大鸿胪掌礼宾、宗正掌皇帝族谱、大司农掌全国经济、少府掌皇室财政。在当下的汉室，郡守位置很高，三公、九卿被罢官，往往由太守接替。今被升职为太守，秩比从一千石一下子升到二千石，岂不是为日后重用而奠基？

但是，汲黯仅仅惊喜了片刻，脸色就沉了下去：因为忤逆圣命，被降为荥阳县令。辞官不成，反被提升。刚任中大夫不久，又升为郡守，可是，这郡守不在京城附近，而是边郡，且是是非之地，看似重用，岂不是远放？这一热一冷、一近一远，是否有什么玄机？想到这里，忽然冷冷一笑道："陛下是否听不惯臣下的逆耳之言？觉得由臣下掌管论议，对推崇儒学不利，有意把臣下远放？"

刘彻一听，脸忽然红了，用手一指："……这个汲黯……"

汲黯意识到说中了刘彻的疼处，却没有因为刘彻的脸色大变而罢休，又道："陛下知道臣下没有官欲，臣入朝既不为显贵，也不为发财，也不为光宗耀祖，只为能在陛下身边，为陛下纠正过失，补救缺漏，多为天下百姓谋事，能有一言一计被采纳，利国利民，汲黯此生足矣。"

刘彻虽然难以接受汲黯的直言不讳，但看到汲黯如此真诚，想发火却没有发出来，并真切地点头道："这个朕心知肚明。"

汲黯忍不住道："那陛下为何要让臣下远去东海？"

刘彻忙赔着笑脸道："汝不是常常谏言朕要居安思危，不仅要时常想着近忧，还要能远虑乎？东海郡很久不得平静，朕为此常常寝食难安，能不找一个有德才的人去治理？"

汲黯看刘彻说到这个份上，想到东海郡确实需要好好治理，不得不领命道:"陛下若这样忧国忧民,臣下愿领命而去。"

刘彻见汲黯如此欣然领命,不由得长长地松了一口气。

不几日,汲黯收拾好行囊,辞别父亲和弟弟汲仁、司马安,乘车出了未央宫,很快驶出京城,然后一路向东。

汲黯驶出京畿之地,然后进入河南郡。出了河南郡,然后是淮阳郡。过淮阳郡,继续向东,直奔东海郡。

从长安到东海郡郡治郯县,有两千三百多里,汲黯尽管马不停蹄,还是走了半个多月。

汲黯一路颠簸劳顿,加上几次遇雨,时热时凉,视察东越时患上的肺病又再度复发。等到了东海郡郡治郯县县城附近,郡丞、县令等郡县官吏迎接住他,才感到浑身乏力,头晕眼花。到了郡府,两条腿几乎走不成路。

汲黯歇息了两天,身体稍有好转,立即召集郡府官吏到府堂议事。为了做到对东海郡有的放矢,汲黯先让郡丞介绍情况。

郡丞好像一时不知从何说起,忍不住先看了一下汲黯的脸色。汲黯不仅面无表情,反而用两只眼睛紧紧地盯着他,等他说话。郡丞不觉间生出几分怯意,于是,想到汲黯自入朝就一直跟随在皇上的身边,现在各郡国都遵照皇上的诏令推崇儒术,就先介绍本郡推崇儒术的情况道:"自皇上诏令传到东海郡,郡府官吏均下到各县,罢黜墨、道、法、阴阳、名、纵横、杂、兵、小说等百家,独尊儒术,同时已着手立学校之官,举茂才孝廉……"

汲黯没等他说完,立即冷颜厉色道:"皇上何时诏令罢黜百家,独尊儒术?"

郡丞听汲黯这么一问,不由得一愣。

汲黯道:"皇上的诏令是'推明孔氏,抑黜百家',是'抑黜'而非'罢黜',到了郡国,怎么变成了'罢黜'?'抑黜'是抑制,是打压、不待见,如此,已经足够矣。而'罢黜'则是断子绝孙,寸草不生。贤者以其昭昭使人昭昭,今以其昏昏怎么能使人昭昭?皇上诏令'抑黜',郡国却施行'罢黜',这是篡改皇上的旨意。"

郡丞听到这里不禁面如土色。所有郡府官吏皆大气不敢出。

汲黯见众官吏都如惊弓之鸟，慢慢缓口气，对郡丞道："人生天地间，忽如远行客，吉凶不可测，何苦自折磨？《礼记·大学》里有一句话：'物有本末，事有终始，知所先后，则近道矣。''推明孔氏，抑黜百家'非一日之功，今民未安，却又扰之，使之无所适从，岂不是本末倒置？东海郡本来就是多事之地，应以安民、富民为先。"

众官吏听到这里，惊讶之时，眼神里无不透出敬畏之色。汲黯没有去注意属下的眼神，说完，又让郡丞继续介绍郡情。

郡丞接着道："东海郡有马陵山纵贯南北，山西、山东皆广阔平坦的原野，南部湖沼较多，但大部也是平坦之地。河流有沭水、沂水等，黄河多次泛滥，夺淮水、泗水入海，今沂水已成为黄河支流……"

郡丞说了很多，汲黯感到都不是当下治理东海郡所需要的，仅听郡丞在这里说则不能真正了解郡情，心下道：要想把东海郡治理好，不能因为身体有病就只听禀报，必须尽快掌握各县的真实情况，不然，就等于纸上谈兵。于是，便结束府议。

第二天，汲黯不顾身体未安，让郡丞相陪，直接下县而去，他要亲眼目睹，亲耳听闻。

出了郡府，上了车，郡丞让车夫驱车出东门，先让汲黯视察东部。刚到城外，汲黯想到昨天东海郡把刘彻的诏令"推明孔氏，抑黜百家"搞成了"罢黜百家，独尊儒术"，心中不由得生出一团无名火，忍不住对郡丞指责道："皇上作为一国之君，要征求治国方略，无可非议，然，大汉疆土辽阔，郡国甚多，不可能一一走到，各郡国地理、人情不尽相同，岂可一概而论？作为地方官当因时制宜，不能为了讨好皇上，不顾当地实情和民意，肆意而为，过犹不及。"

郡丞听了，脸红道："属下知错了。"

汲黯接着又道："皇上的抑黜百家，是杂合了黄老学说及儒家、法家、墨家、阴阳家的新学说，而到了郡国却变成了独尊儒术，这样于国于民何益？以后凡朝廷大政，各郡国层层都这样趋炎附势，肆意妄为，有了好处宣扬成自己的治绩，出了差错，都推给朝廷，此乃做地方官的一大弊端，也是对朝廷不忠之行为。"

郡丞不好意思道："属下没去京城听过皇上的策问，听说其他郡国这样做，也跟随而行。"

汲黯道："作为朝廷命官，邯郸学步，怎么能做好一官？"

郡丞真诚地赞誉道："明府所言很有道理。"

不知何时起，不少人都喜欢尊称太守为"明府"，以示位尊德重。汲黯虽不习惯这称呼，但也只能微微一笑，听其自流。

他们出城向东走有二十里，汲黯看到前面有一山岭，起起伏伏，九曲盘绕，状如奔马，换上笑脸，问道："前面这座山叫甚名字？"

郡丞道："叫马岭山，也叫马陵山。"

汲黯喜悦道："二百年前的马陵之战是否发生在这里？"

郡丞道："正是。此山虽然不高，却沟涧纵横，地形复杂，地势险峻，有一山沟、二山沟、三山沟和黄涧沟等。尤其是一山沟，弯弯曲曲，两旁悬崖峭壁，尽头谷深林密。战国时，齐魏桂陵之战后十二年，魏国为报战败之仇，达到'大胜并莒'，魏惠王以庞涓为将，进攻韩国。齐国以孙膑为将，迎击魏军。孙膑在此马陵山坐镇指挥，由此发兵向西出兵，直奔西南魏都大梁。齐军逼进大梁后，利用'退兵减灶'之计，旋即退兵，诱使庞涓兼程追击，一步步把魏军引诱到这马陵山隘塞死地，突发万弩，射死庞涓。齐军以少胜多，一举歼灭魏军。"

汲黯叹道："庞涓、孙膑同为鬼谷子弟子，都习纵横之术，然，一败一胜，可谓习其术也败其术。由此可见，将兵不仅在于术，也在于习术之人。治国和治郡也一样，不论是儒术还是黄老之学，习这些'术'的人才最重要。"

郡丞听了汲黯的话，忍不住道："太守所言乃崇论宏议也。"

离开马陵道，汲黯又让郡丞一同向南而行。行有十几里路，看到一片湖沼之地，湖水深的地方，波光粼粼，浅水的地方杂草丛生，飞鸟云集。汲黯看到附近有几个村子，便与郡丞走向前去，并边走边问郡丞道:"这几个村都叫甚名字?"

郡丞道:"叫狼湖。近处的叫前狼湖,远一点者叫中狼湖,再远一点的那个叫后狼湖。"

汲黯感到很奇怪,问道:"为何叫这样的名字?"

郡丞道:"东海郡多湖沼之地。因为这些村临湖,又有野狼出没,故都带狼和湖字。因为湖里盛产莲藕,不少村子又与莲花相关,如采莲湖、采藕湖。还有以姓取名的,如邵湖、张湖、马湖……"

进了前狼湖村时,郡丞问汲黯道:"太守去茅子乎?"

汲黯忙问:"茅子是何地方?"

郡丞忽然意识到什么,笑道:"茅子即茅厕也。这里人说话后面皆带'子',如泉叫泉子,柴垛叫垛子,孙女叫孙女子,侄女叫侄女子,新娘叫新娘子……"

汲黯听了禁不住笑了好一会儿。笑罢,问郡丞道:"这里的百姓靠近湖沼,既有粮,又有鱼和莲藕,应该衣食无忧吧?"

郡丞叹息道:"百姓本该如此,只是豪强甚多,盗贼猖獗,百姓多苦不堪言。"

汲黯忍不住问道:"本郡豪强很多?"

郡丞道:"此地远离京师,又常是战乱之地,故如此也。"

汲黯听了,忍不住停下脚步,问道:"民愤最大者是谁?"

郡丞道:"是郡城中一个叫孙仲者。周边各县豪强都与他交情深厚。"

汲黯不由得起了怒色:"在郡治之地,郡府官吏为何任其为所欲为?"

郡丞叹气道:"东海郡属楚国时,孙氏家族就是这里的一个富豪。孙仲的父亲因为曾经献很多珠宝给楚王刘戊,因此与楚王刘戊成为至交,在东海郡称霸一方,为害乡里,当地官吏与百姓都惧怕他,敢怒而不敢言。先帝二年,薄太后去世,举国服丧。刘戊在服丧期间饮酒享乐,后被人告发。先帝鉴于与刘戊的堂兄弟之情,未采纳大臣诛杀刘戊的谏言，却减小了刘戊的辖地，下旨收东海郡归属朝廷。刘戊不满，遂与吴王刘濞通谋反叛。后来刘戊虽然兵败自杀身死，这个孙仲的父亲却因为东海郡已不属楚国而逃过一劫。孙仲的父亲死后，孙仲依仗其父曾经与皇室刘姓有旧情，且狡诈诡滑，又是这里的富豪，历任太守均奈何不得他，有些官吏还依附于他。"

汲黯问道："孙仲可有命案？"

郡丞道："不仅有，还很多。"

汲黯听了浑身发抖，厉声道："暂且不下去视察了，回府！"

第二天上午，汲黯正在府堂思谋如何治理豪强，打击盗贼，郡丞领着一个人来到他的面前。汲黯还没有来得及问话，那郡丞带来的人便对汲黯道："孙仲听说汲太守来到东海郡，特来拜见太守。"

叫孙仲者没等汲黯开口，从背后取下一件用绢帛包裹的长形的东西呈到汲黯面前道："听说汲公来东海郡任太守，孙仲甚为喜悦，特送帛画一幅，以表敬重之意。"

汲黯从郡丞口中已知孙仲是何种人，看看郡丞，又看了看孙仲，面无表情地问："吾刚刚到任，汝怎么就知道了？"

孙仲谄媚道："明府在京声名显赫，皇上也礼让三分，天下谁人不知？大人一到东海郡，各县都如雷贯耳，吾孙仲虽不在官位，也是东海郡有头脸的人，岂能不知？"

汲黯静静地盯了孙仲一阵，许久无话。正在孙仲托着帛画无所适从时，汲黯问他道："为何给本太守送帛画？"

孙仲笑道："孙仲知道明府乃儒雅之士，视钱财如粪土，故敬奉名画一幅。"说着，趁机把帛画放在了汲黯面前的几案上。

汲黯瞥了一眼那帛画，依然面无表情，问："是什么画？画名叫什么？"

孙仲一边打开画，一边道："实不相瞒，这是孙仲花重金请人为在下画的一幅画，名叫《人间极乐，羽化登仙》。今送给明府，明府一定能明白在下的意思。"

汲黯开始不以为意，随着画的打开，汲黯只扫了一眼，就感到眼前一亮，忍不住细细端详了一阵。汲黯抬手把郡丞召到画前，然后对孙仲道："这幅画分天上、人间、地下三部分，天上部分，日月并升，左边一轮明月，月中有玉兔和蟾蜍，右方画一轮红日，日中有一金乌，立于其中，日月周围衬以流畅的云朵，象征天上浩渺无际的白云。日、月下方画的是传说中的蓬莱、方丈、瀛洲三座仙山。山前是琼阁，琼阁的屋顶绘以粗犷线条的瓦垄和探出屋脊两端的黑色脊饰。三座仙岛之间有两个黑色饰物，各以三个三角形连成一串。房檐下是挂着富丽堂皇的彩色帷幕，系扎部分缀以五彩羽结成垂饰的流苏，飘飘然若微风吹拂。是汝所向往的成仙而久居的'琼阁'？"

孙仲得意地笑着，刚要回答，汲黯却没有让他说，接着又道："中间这人间部分，上下排列五组人物，绘有二十四人，其中男十三人，女十人，小孩一人。是主人及亲戚、宾客、仆人起居、乐舞、迎送宾客、纺织、求医、游戏等。第一组是跪拜，两端设屏风，是主人起居情景。帷幕下为身着蓝衣的贵族老妪，端坐传神，其前婢女四人，三人拱手侍立，一人端杯献跪，似在听候主人的吩咐。第二组，四男一女正在表演乐舞，中间一位身穿彩衣女子，扬长袖翩翩起舞。右二人为乐师，一吹竽，一吹瑟，左二人面对乐舞而座。第三组，戴冠着长袍的五位官僚或文人模样的男子前来拜访，互相拱手施礼，当是嘉宾亲朋相聚。第四组，是问医和纺织生活情景，左方二人拱手相对，似在交谈，那戴鸟头面具者，好像是传说中的神医扁鹊。右方为纺织情景，一女子在纺车旁操作，三人站立观看，其中一矮小者，似小孩在游戏、玩耍。第五组在表演'角抵戏'，表演者有三人，居中一武士，身着肥大衣衫，着长冠，似戴面具，腰束红带，双手交叉于前，精神抖擞。右侧是武士，头戴箭形慈姑叶饰物，双腕佩红镯，下颌高扬，怒目逼视，手臂伸张，跃跃欲角，摆开架势，正准备进行激烈的格斗。左侧是位文职装束，小帽宽衣，拱袖肃立。"

孙仲看汲黯看得津津有味，说得头头是道，知道汲黯已经喜欢上了这幅画，不胜欣喜，脸上现出得意之色。

汲黯扫了一眼孙仲："画中所画的是否汝家生活之情景？"

孙仲刚要回答，汲黯又打断了他，接着道："画的最下面是地下部分，画有青龙、白虎等，中间是一熊面人身者，穿着宽大的绿袍，左手持剑，右手扬盾，是否传说中的夏禹时设的驱逐瘟疫的官员方相氏？那两条张牙舞爪、昂头欲升的青龙，是否表示'九泉'之境界？其意是否死后也要升仙？"

孙仲笑道："明府果然名不虚传，就是这个意思。这幅画画的确实是吾孙氏家族的情景，今送给明府，盼明府能享受人间极乐、羽化登仙。"

汲黯哈哈大笑道："这幅绢帛卷轴画，严谨工致，寓意很好，本太守收下了。"

孙仲见汲黯这样爽快地收下他的赠物，十分得意：能跟汲黯攀上交情，以后谁还能奈何我孙仲？

汲黯笑罢，忽然正色道："然，不是要据为己有，而是要挂在府堂上，让所有郡府官吏都不忘东海郡是一风水宝地，不容玷污，要把东海郡治理得比画的还要好。"

孙仲听了，不由得一怔。郡丞也怔住了。

孙仲还没反应过来怎么应对，汲黯又道："东海郡百姓当都这样。吾走了，或者死了，下一任郡守来了也要挂在这里，要永久地挂在这府堂之上，拿它做样板，治理东海郡。"

孙仲听到这里，顿感大失所望。

汲黯看着孙仲呆若木鸡的神情，接着道："吾听说汝是东海郡最大的富豪。汝家财富是怎么来的？"

孙仲脸色煞白道："是吾父留下的……"

汲黯问道："汝父的财富是怎么来的？难道他出生时和吾等不一样？不是光着身子来到这世上的？"

孙仲哑口无言，现出惊惧之色。

汲黯接着道："哪个人的财富都不是自己一生来就带来的，所有人的财富起初都是属于天下。那些富人，不过是有的善于巧取、有的善于豪夺罢了。有的人有了权，有了势，恨不得把天下财富都据为己有，把他人填入沟壑，并自以为聪明透顶，实乃愚蠢至极也。秦始皇做了皇帝，天下都是他的，然而，他只活了五十岁，什么也看不到了，谁再也见不上他，只有他修的万里长城还存在。今汲黯说：财富本是天下人的，富了要善待天下人，多做善事，不能为富不仁，否则，为天下人所不齿也……"

孙仲见状，灰溜溜地走了。

孙仲走后，汲黯对郡丞道："汝说孙仲有多条命案，是否都证据确凿？"

郡丞忙回答道："证据确凿。"

汲黯厉声道："本太守下令：明日即把孙仲抓捕归案。"

郡丞听了大吃一惊。

汲黯又道："豪强不除，盗贼不止，天下不宁，百姓命且不保，吾等官吏对其不治，岂不等于为虎傅翼、率兽食人？何谈给百姓以福祉？有何颜端坐于府堂之上？"

郡丞汗颜道："过去属下为了保官，总是畏首畏尾，不敢作为，从今以后属下当学明府，竭诚为民。"

汲黯接着道："凡郡府和各县官吏，不尽职者，一律罢官，犯罪者，依法惩处，绝不姑息……"

第二天，孙仲被抓捕入狱。

消息很快传遍东海郡各县，所有不法豪强得知消息，无不胆战心惊。百姓无不拍手称快。

接着，汲黯下令各县皆设立各种罪犯名籍，一有盗窃案件，就把那里的县官叫到郡府，把该地罪犯的名籍交给县官，逐一追查罪犯的行踪。对那些不法豪强，抓捕后即交给掌管畜牧的官，令其给牲畜割草，并规定时间和数量，不准别人替代，完不成定额就加重惩处。有的豪强受不了这苦，只好畏罪自杀。很快，东海郡出现从来没有过的太平。

一天，汲黯对郡丞道："东海郡大局已稳定，以后当一步步设法造福于百姓。吾爱清静，不喜欢扰民，且身体多病，故只问大事，以后郡内之事共同商定，具体治理事宜均由汝掌管。只要认为是对民有利之事，大胆去做，出了差池，由吾担当。"

郡丞听了感到心里很暖，对汲黯更加敬重。

第十三章　力主和亲为百姓

自从把汲黯远放到东海郡，丞相田蚡因为再也看不到汲黯那冷峻的目光，朝廷内没有人再敢对他指指点点，更是骄横。御史大夫韩安国是因为投靠田蚡才有今天，且为人精明，工于心计，具有远身避祸的本领，因此也像田蚡一样，在刘彻面前尽言赞美之词。张汤因为是在田蚡一手操纵下才升任为丞相史，不久又补任为御史，令他处理诉讼，因此，一切皆按田蚡的意思行事。上奏的疑难案件，更是先揣摩刘彻的意图，一切按刘彻的意思去审理。刘彻喜欢听什么，他说什么，刘彻不喜欢听的，他一句也不说。

汲黯在朝廷的时候，刘彻每天总能听到一些指责郡国和朝廷的不足或错误的言辞，自汲黯离开朝廷后，不仅再也没有这样的声音，朝臣们还都换成了阿谀奉迎的姿态，说的都是赞美之词，就连刘姓宗室的人也是如此。开始的时候，刘彻感到很舒心，不久就感到很奇怪：过去常常听说朝野中很多不顺心的事，而且处理起来都很棘手，一个大汉朝，这么多的郡国，怎么忽然之间就天下太平，百兽率舞？慢慢地，刘彻便感到有些不安起来，常常感到身边缺少了什么，有时候就像批阅奏折找不到笔一样，有时候就像吃饭找不到筷子似的。有时候则像走路走到十字路口，一时不知该往何处走，又没人商量和指点一样。刘彻反复思索，终于找到了原因，是因为身边没有了汲黯，不由得叹息道：这个汲黯，在身边的时候总感到他唠叨，话语刺耳，就像吃饭时碗里多放了茱萸，让人感到辣

155

得难以忍受。不在身边的时候，就像饭食里没有放盐，寡淡无味，难以下咽。

汲黯做东海郡守一年后的一天，刘彻派往东海郡巡视的大臣从东海郡回到朝廷，刘彻一见他，便急不可耐地问道："汲黯在东海郡如何？"

大臣忙回答道："身体不是很好，一年来大多居室不出。"

刘彻吃惊道："为何？是对朕心存芥蒂？"

大臣道："非也，是身体多病，在内室养病。"

刘彻不由得担心起来："这样的话，东海郡岂不更乱？"

大臣道："恰恰相反，倒是治理得很好，东海郡从来没有当下这么清明太平，可谓是大治。"

刘彻好奇怪，反问道："汝刚才不是说他大多居内室不出，在养病吗？这样怎能把东海郡治理好？"

大臣道："他在室内养病，不出郡府就能把东海郡治理好，足以证明汲黯才能出众。"

刘彻不由得惊奇地问："他用何策治之？"

大臣道："他采用的是黄老之学——无为而治。"

刘彻听了，不由得一愣。

大臣接着道："由此可见，陛下颁诏征求治国方略，定下'推明孔氏，抑黜百家'之策，他极力推崇黄老之学，非有意与陛下相悖，而是为汉室天下着想也。"

刘彻一边听着，一边陷入沉思：汉朝建立之初，被封侯者一百四十三人。侯国大者数万户，小者五百户。列侯自置家丞、庶子、门大夫、洗马、行人等官，治府事。被封的八个异姓诸侯王，不久大多扫除，又分封了一批同姓诸侯王于关东，镇土抚民。初期，诸侯王国一般较大，常有几郡，国内有太傅辅王，内史治国民，中尉掌武职，丞相统众官。七国之乱被平定后，辖地被削减，诸侯王不得复治国，改其丞相为相，并减少御史大夫、廷尉、少府、宗正、博士官、大夫、谒者、郎等官职的数量。因为这样，很多列侯大多都不去他们的封地，而是居于京师，由主爵都尉领之，但他们往往都很骄横，不顺从主爵都尉，总是因为他们爵位的事闹腾不休，令人不胜其烦。换了几任主爵都尉，都依然如故。若是郡县的官职，他一句话的事，谁敢不遵？倒是他们宗室的人处理起来非常棘手。想到此，他不由得自问：东海郡那么乱，汲黯到那儿一年时间就能把那里治理得风平浪静。多么棘手的事，到他手里都如庖丁解牛，游刃有余，这些事若交给他处理，朝中岂不减少很多事端？

没过几日，一个传令官骑着一匹驿马，带着刘彻的诏令，飞奔出未央宫，然后一路向东，奔往东海郡方向。

不久，汲黯从东海郡调回京城，任主爵都尉。此职虽然不在九卿之位，则比照九卿的待遇享受俸禄，与九卿同级。

汲黯任东海郡守一年即被升职为主爵都尉，而且是掌制刘姓宗室的官职，在朝廷引起一阵轩然大波：当初都以为是刘彻听不惯汲黯的直言切谏才远放东海，现在一下子从原来的敬而远之变成情同手足，将来必会更加重用！于是，汲黯庭院前车毂击，人肩摩，登门拜访者络绎不绝，有的是想讨得升官之道，有的是想让汲黯在皇上面前美言，以后能飞黄腾达。

但是，汲黯没有因为升职而沾沾自喜，更没有高高在上的言谈举止，对所有来者都以礼相待，所送礼品一概拒收。于是，这些想亲近他的人，与他说话做事都更加谨慎，更不敢有虚假和阿谀逢迎之言。刘姓宗室的人，过去常常因为爵位的事闹得主爵都尉没有一任能长久者，如今，看到汲黯坐上这个位置，想到汲黯对皇上也不留情面，因此都不敢再有非分之想和无理要求，骄横之气顿然消弭。从此，朝廷内猛然间少了很多是是非非，刘彻的耳边也陡然清净了很多。

刘彻看到朝廷里的变化，不由得感慨道：汲黯，用之耳痛，不用心痛，人才难得也。

汲黯回想刘彻即位的这几年间他在朝中的起起伏伏，也忍不住感慨万端：因为去东越忤逆圣命和河南郡矫诏，明升暗降为荥阳县令；辞官归田反而被拜为中大夫；没过几个月，因为反对独尊儒术，被远放东海。在东海仅一年，又被拜为主爵都尉。三年时间里，起伏不定，变化莫测，是喜欢我汲黯还是讨厌我汲黯？是有意让人揣摸不透，还是我汲黯不通为官之道？实在让人啼笑皆非也。

这天，汲黯上朝刚至未央宫东门，正思绪万千，却看见不远处来了两个披发左衽、金铛饰首、前插貂尾的匈奴人。汲黯正诧异间，两个匈奴人道："吾等乃军臣单于派来的使者，要见大汉皇帝，请求与汉朝和亲。"

刘彻即位以来虽然没有明令禁止与匈奴和亲，实际已有名无实。尤其是张骞出使西域被匈奴所俘并押送至匈奴王庭，汉朝已减少向匈奴奉送絮、缯、酒、米等物品数量。过去都是大汉朝廷向匈奴提出避战言和，主张和亲，今军臣单于忽然派使者来长安主动提出和亲，是否有什么玄机？汲黯想到这是关系到大汉朝廷与匈奴关系的大事，先把两个匈奴使者带入宫安顿下来，急忙奔向宣室殿向刘彻奏报。

刘彻听到这一消息，十分震惊，问汲黯道："朕即位以来欲休止和亲，雪几十年来的耻辱，朕尚未动手，军臣单于却重提和亲，此事如何应对？"

汲黯道："事关国之大计，需召群臣商议。"

刘彻立即下令道："速召群臣进殿。"

汲黯奔出宣室殿，忙令传令官速传诏令。

很快，文武大臣齐聚宣室殿。

刘彻扫了一眼阶下恭敬肃立的大臣们，讲了讲匈奴军臣单于派使者来重提和亲的情况后，首先问丞相田蚡："丞相有何高见？"

田蚡不知如何回答，不由得面红耳赤，但很快又笑容可掬道："臣以为，应先让下面的大臣发表高见为好。"

刘彻白了他一眼，目光转向御史大夫韩安国。韩安国没有直接回答，皱眉想了想，道："臣下以为，如若与匈奴开战，必离不开战马。马者，甲兵之本，国之大用。高祖时，丞相萧何作汉律九章，创加厩律，制定了有关养马的律法。吕后时，又明令禁止母马外流，以防止军资遗敌。先帝在位时，接受汲黯的谏言，又在秦边郡牧马苑的根柢上，益造苑马以广用。陛下即位后也大力养马，大汉的战马近年也增长很快，但眼下还远远不及匈奴，臣以为当下以接受和亲为宜。"

大行令王恢立即反对韩安国的建议道："几十年来，朝廷秉持同匈奴和亲，对匈奴一再妥协让步，可是，匈奴从来没有遵守过盟约，经常犯边。臣以为不能再继续和亲。"

汲黯的父亲汲卫持和亲意见，道："军臣单于能主动派使者请求和亲，证明已经有求于汉朝，不妨借此机会，再次签订盟约，暂且稳住匈奴，言明不能再骚扰大汉边境。等待时机成熟，再议良策。"

汲仁、司马安及不少大臣都赞同这一观点。

接下来，有赞同和亲者，也有主张与匈奴决一雌雄者，各有道理。最后，刘彻把目光转向了一直沉默的汲黯。

汲黯道："张骞出使大月氏国，途中被扣，一行人被困于匈奴王庭，至今生死未卜。陛下即位后，取消了和亲，而今军臣单于忽然又派使者来朝，重提和亲，其中有何诡异之处，尚不得知。不如暂且答应之，以观其变，日后再议。"

群臣大多赞同韩安国、汲黯的观点。刘彻思量再三，最终采纳韩安国、汲黯的建议，答应与匈奴和亲。

不久，正当刘彻选定宗室女，准备嫁于军臣单于时，雁门郡马邑城有个大商人聂壹来到长安。他得知王恢主张与匈奴开战，找到王恢道："匈奴在边界经常侵犯，总是一个祸根。现在可趁刚跟匈奴和亲的机会，把匈奴引进汉境，来一次伏击，准能打个大胜仗。"

王恢问他道："有何计能把匈奴引进汉境？"

聂壹道："在下常在边界上做买卖，匈奴人都认识在下。在下可以借做买卖的因由，假装把马邑献给单于。单于贪图马邑的货物，一定会来。这时，将军把大军埋伏在附近，只要等单于一到马邑，将军就可以截断匈奴的后路，活捉单于。"

王恢觉得聂壹的主意很好，立即奏报给刘彻。

刘彻一听，也激动非常，再次诏命群臣商议。

廷议时，御史大夫韩安国依然反对道："高祖那么英武圣明，尚且被匈奴围于平城达七日之久。何况兵马一动，天下骚动，胜负难料，不可轻率出兵。"

汲黯也依然坚持自己的观点，道："开战之事不能只考虑一战之胜负，而要着眼长远。此战无论胜负，汉朝与匈奴将陷入长期混战，如今汉朝马匹尚且不足，一旦失败，必将士气低落，几十年努力强盛起来的大汉朝，会从此再次衰微下去，百姓又无安定之日。"

王恢是燕国人，曾长期在边郡为官，熟谙匈奴情况，向汉武帝进言道："战国初年，代国虽小，北有强胡的侵扰，南有中原大国的威胁，君臣尚能同仇敌忾，奋勇抗击外侵。匈奴虽强，也不敢轻易侵扰代国。如今大汉强盛，海内一统，陛下威名远扬，而匈奴却侵扰不止。汉廷与匈奴有过多次和亲之约，然而，不过数年匈奴即违背约定，这都是因为对其忍让和没有奋力抗击的缘故！"

刘彻看到双方唇枪舌剑，各不相让，想想大汉朝几十年的耻辱，和亲的几十年匈奴从没有遵守过盟约，一直不断犯边，不由得大怒道："秦始皇的时候，秦朝刚兴就能打败匈奴，把匈奴赶到大漠以北七百余里，十余年不敢南下。而大汉朝疆土、国力远远强于秦朝，却屡受匈奴入侵，难道汉朝不及秦朝？朕还不如秦始皇？"

汲黯耐心地谏言道："陛下，秦朝建立时，匈奴的势力其实很小，且以游牧为生，一城一地之得失对匈奴并不是很重要。蒙恬北逐匈奴，声势很大，是匈奴领教了中原先进武器和战法的威力，被迫逃往大漠，但并没有消灭匈奴的太多力量。加上当时匈奴内部争斗不休，故没有南下，而是对它西部的大月氏等国展开进攻。秦始皇就是因为看到匈奴必有崛起之日，有朝一日还会南下，才下令修筑长城。到秦朝灭亡的时候，匈奴就已经非常强大了。"

刘彻听了汲黯的话，忽然眼前一亮，更坚定有力道："朕忽然明白：汉兴几十年来，采取和亲之策，大汉朝国力是强盛了，但也给了匈奴养精蓄锐的时间，匈奴已经是欲壑难填，再忍下去、等下去，大汉朝将永无宁日！汉匈迟早必有一战，迟战不如早战，以尽快解除心头之患。"

汲黯没有料到自己的话不仅没有减弱刘彻开战的念头，反而助长了刘彻开战的决心，耐心地再次谏言道："敌我情势，臣下已据实相告，请陛下三思。"

刘彻道："朕不仅是三思，是四思、五思了。"

汲黯不是不想抗击匈奴，是担心刘彻年纪尚轻，还没有足够的谋略，且朝廷暂时还没有可以称道的将帅之才，于是，再次谏言道："这是兴国安邦之计，请陛下认真谋划，不可草率行事。"

刘彻以为汲黯再三谏阻抗击匈奴，有对他小视之意，怒斥道："难道对朕没有信心？"

大臣们见刘彻如此愤怒，想到他说的也很有道理，皆不再谏言和亲。

刘彻继续道："父皇在世时，实行徙民实边、输粟实边之策，在边境建城邑，以免罪、拜爵、免除征役、修房舍、配农具、供衣食等，鼓励民众向边境城邑迁徙。还以赐爵、赦罪之策，鼓励民众向边郡输送粮食，在边郡设立马苑，大量养马，并奖励私人养马，就是在为抵御匈奴做绸缪。朕即位以来，为了汉室和百姓，一直奉行父皇的富国强边之策，才有今日民间街巷、田野，马匹成群之势。虽然创置北军八校尉，其中的屯骑、越骑、长水、胡骑四校尉，都是为建设骑兵而置，但依然含垢忍辱，没有对其反击。没想到，他军臣单于居然屡屡犯我疆土，掠我财富，今又假装和亲，无非又想多获取汉室财物。这是他欺负朕年轻，以为朕不敢和他交战，是可忍孰不可忍也！"

众臣听着，陷入沉思之中。

刘彻接着又道："我强敌就弱，我弱敌就强。朕必须像秦始皇一样，把他击垮。秦始皇统一天下不久，东南并闽越和东瓯，置闽中郡。南至五岭并南越，置桂林、南海、象三郡。北逐匈奴，拓地至阴山，将河套地区开置九原郡。而今朕已即位七年，疆土如故，屈辱依旧，朕怎能心安？"

汲黯还想再次谏阻，见刘彻怒不可遏，只得作罢。

就在这时，田蚡立即附和道："陛下圣明，巍巍大汉怎能受辱于荒凉之地、粗野不堪的匈奴……"

汲黯最听不惯田蚡的阿谀之言，没等他说完，立即拦住他的话道："臣以为，陛下的圣明不需在此夸赞，天下尽知，当下最要紧的是辩明是战是和。战，如何战？和，如何和？如果今天都在此夸赞圣上，于国之大计有何益处？丞相既然主战，不妨拿出克敌制胜之策。"

田蚡被汲黯的话弄得满脸通红，一向口齿伶俐的他，此刻却张口结舌。

汲仁忍不住向汲黯投去责怪的目光，意思是：兄长呀，你也太性直了，他是丞相，得罪了他有何益处？汲黯看到了汲仁的目光，但不以为意。

汲卫担心汲黯再说下去，忙插言道："圣上是一国之君，此事由圣上决断。"

司马相如、司马谈、灌夫、东方朔则都赞成汲黯的意见，即：谨慎行事，暂且以和为贵。等时机成熟，一战必胜。

刘彻能够理解他们的心情，但想到聂壹和王恢之计不失为妙计，于是，于元光二年（公元前133年）六月，调遣精兵三十万，命韩安国为护军将军、李广为骁骑将军、公孙贺为轻车将军，率主力部队埋伏在马邑附近的山谷中。命王恢为将屯将军，李息为材官将军，让他们率三万兵力出代郡，准备从侧翼袭击匈奴的辎重，并断其退路，一举全歼匈奴主力。同时派遣商人聂壹前往匈奴诱敌。

军臣单于得到使者的报告后，十分激动，立即率领大军向马邑方向进军。大军行至距马邑百余里的地方，发现沿途虽然有牲畜，却无人放牧。军臣单于看到这一情况，立即起了疑心。就在这个时候，匈奴攻下一边防小亭，俘获了雁门郡负责巡逻警戒的一个尉史。

在匈奴的威胁下，这个尉史将汉军的计谋全部说出。军臣单于听后，大惊失色，继而大喜："今得到尉史，不上汉朝天子的当，真是上天所赐。"于是封尉史为"天王"，下令立即撤军。

王恢、李息率领的三万大军已出代郡，准备袭击匈奴的辎重。就在这时，得知匈奴退兵，非常惊奇。王恢自思自己的军队敌不过匈奴大军，只好退还。韩安国等率领大军分驻马邑境内埋伏，但是，等了好几天不见动静，遂改变原来的作战方案，率军出击，结果一无所获。马邑之围失败。

马邑之围失败后，刘彻大怒，以王恢提出开战，却临阵脱逃，将他下狱。廷尉以王恢畏敌观望之罪判其死刑。王恢虽买通田蚡，通过王太后求情，但仍无法平息刘彻的愤怒，王恢被迫自杀谢罪。

汲黯看到这一情况，痛不欲生。虽然怨恨刘彻不听自己谏言，但是，也为汉军的失败而伤感。

作为历经了文帝、景帝两代的老臣汲卫，更是悲痛欲绝，饭食逐渐减少，常常胸闷气短，失眠头晕，最后病倒在床。他知道刘彻的心情也不好受，不允许汲黯、汲仁和司马安把他的病情奏报给刘彻。因为常常请假，不能正常上朝，刘彻不知根底，以为是没有听从他们父子的谏言而故意不上朝，十分恼火。

一日早朝，刘彻看汲卫又没上朝，恰在这时，边境又传来匈奴大肆进攻的急报，不由得大怒道："汲卫很久不上朝，是倚老卖老，还是对朕不满？"

汲黯此时不得不如实奏报道："陛下息怒，自马邑之围失败，家父心系社稷安危，终日泪水洗面，茶饭不思，病倒在床日久，怕陛下为之担忧，故不让臣下奏报陛下，请陛下……"

刘彻听了，先是一惊，进而神情窘迫，眼泪盈盈。蓦然，刘彻扫了一眼众大臣道："汲氏家族几代人心忧天下，为国为民，从不计个人得失，这是大汉朝臣的楷模，人人当效仿之。"

早朝结束，汲黯和弟弟汲仁不放心家中的父亲，急急忙忙赶回家。到了家，见父亲正趴床边大口吐血，忍不住一边搀扶一边失声痛哭。

汲卫被扶到床中间，喘息未定，忙少气无力地问："边疆可有消息？战况如何？"

汲仁哭道："父亲，朝廷有皇上、丞相、太尉等三公九卿，国家大事自有人去料理，今病成这样，就不要……"

汲卫不满地白他一眼："吾位列九卿，受几代皇帝恩宠，今日躺在床上而不能为朝廷分忧，实在不安矣。"

汲黯听了，泪水再次涌下来："父亲安心养病为是，病不愈，怎能为朝廷尽忠？汲黯、汲仁，还有司马安，都在朝中，会像父亲一样，为大汉天下恪尽职守的。"

汲卫点点头："尔等能这样，父亲就放心矣。"

汲黯再次安慰他道："父亲安心养病，等病痊愈了，再为皇上建言献策。"

汲卫点点头，这才放心地躺下。刚躺下，忽然又想起什么，问汲黯："汝母最近来信没有？"

汲黯没有说母亲没有来信，避开他的话题，回答道："母亲身体很好，家中又有田莺、弟妇照顾，父亲放心好了。"

汲卫又问他："田莺在家一边服侍汝母，一边养育偃儿，还要耕种田园，她吃苦了，汝要好好待她。"

汲黯为不能赡养母亲、厚待妻子和养育儿子而惭愧，但此时不能在父亲面前表现出来，忙道："黯儿和弟弟常回家，父亲就放心好了。"

司马安也安慰他说："舅舅放心，外甥也会常去看望舅母的。"

汲卫又想到了什么，问汲黯："偃儿今年十多岁了吧？"

汲黯忙回答："和司马谈的儿子司马迁同岁，已经十二岁了。"

汲卫忽然眼含热泪："吾这个当大父的愧对孙子，他十二岁了，很少回家看他，很少抱过他。"

汲黯宽慰他道："偃儿很懂事，爱读书，跟他大母说：长大后也要像大父一样心系天下。"

汲卫忽然眼红了，禁不住流下热泪道："好……好孙子。"

164

汲黯为了让父亲高兴，又道："等过些日子，趁休沐期，黯儿回老家把他接来，让他跟父亲好好亲热亲热……"

汲卫连连道："吾好想他，好，好……"

他们正说着，忽然听到门外一阵脚步响和说话声。汲黯出门一看，没想到是刘彻领着几位大臣来到。汲黯惊讶道："陛下怎么来了？"

刘彻一边往里走，一边不高兴地反问他："朕不能来吗？"

汲黯忙道："微臣不是这个意思……"

刘彻打断他道："汲公病成这样，汝居然不向朕奏报，朕要惩罚你！"

汲黯一边跟着刘彻往里走，一边解释："家父知道陛下国事缠身，不让……"

说话间，刘彻走进了汲卫的卧室，和汲卫的目光相遇，双方都十分惊愕：汲卫没想到刘彻会来看他，刘彻没想到汲卫病得如此面黄肌瘦。刘彻正内心不安，汲卫却拉住他的手，情真意切道："陛下这阵子瘦了，瘦多了，大汉江山陛下负重致远，要多多保重……"

刘彻听到这里，不由得眼睛红红的："朕不知汲公有病，没来看望，实在惭愧。"

汲卫微微一笑道："陛下当以大汉江山社稷为重，若被小事困扰之，怎能安济天下？"

刘彻道："朝臣若都能都像汲公这样，朕则高枕而卧，国必无忧矣。"

汲卫忽然面色有些冷峻地问："北边的匈奴还在犯境？"

刘彻忙回道："朕一定会把他们赶得远远的。"

汲卫点点头，又问："朝臣们还在惶惶不安？"

汲黯忙替刘彻回答道："怎会如此？"

汲卫笑笑："那就好，那就好。"

汲卫说着，看看汲黯，又转向刘彻："黯儿为人性倨，少礼，不能容人之过，任气节，好直谏，请陛下多多宽容……"

刘彻打断他道："朕虽年轻，但能洞察明鉴。"

汲卫听了，看着刘彻微笑着，长长地松了一口气。

以后的几天，汲卫的病明显好转。没想到，几日后，病情急转直下，当天夜里闭上了眼睛。

汲卫辞世的消息传出，满朝文武大臣，无不哀痛。

刘彻得知消息，下诏罢朝三日。

根据汲卫生前遗嘱，汲黯将父亲安葬于濮阳白马县老家。

汲卫的灵柩自京城宅第起灵，然后沿未央宫附近的长安城大街出城，徐徐向东。居民们得知消息，男女老幼纷纷拥向街边，挥泪相送。

就在这时，天空刮起了大风，不一会儿，又落起雨来。开始很小，逐渐越来越大。居民们没有因为下雨而离开，一直哭送。汲黯向大家拱手施礼，劝阻道："人固有一死。父亲在世时，能力所限，做得还不够，若有愧于百姓之处，还请多多海涵……"

没等汲黯说完，周围一片号啕之声："汲公一生清正贤良，爱民如子，从此再不得相见也……"

快到城外了，众人还在相送。汲黯转过身，"扑通"朝众人跪下道："众位的情汲黯领了，汲黯虽才疏识浅，位微言轻，只要有一丝之力，定当倾而尽之，回报社稷……"

众人见状，上前把他挽起，这才止步。

到了城外，汲黯仰望一阵天空，回眸一下长安城，伏到父亲的灵柩前，声泪俱下道："父亲，回家了，今日要回家了，您为大汉江山劳碌一生，从今后放心在家安歇吧……"

第十四章　铁骨铮铮责天子

　　汲黯安葬了父亲回到长安后，第二天就准时上朝。他刚到未央宫宣室殿，便看到边郡的使者急匆匆奔进来，并立即呈上奏章，说匈奴在边境拦路劫掠，一日狂于一日，甚至四处出兵袭击汉朝边郡。

　　二十三岁的刘彻，因为马邑之围失利带来的边境战事不断，朝野怨声不断，心理压力很大，忽然间变得憔悴苍老了许多。刘彻看了奏章，脸上顿时阴云密布。

　　汲黯看到刘彻憔悴的面色，心有不忍，但更担忧的是朝廷的安稳。一日，不安地问刘彻道："陛下，马邑之围不仅给边郡带来灾难，给朝野人心带来的震动更大，不知陛下是否清楚？"

　　刘彻目光沉沉地看了一眼汲黯，没有说话。但那目光却在告诉汲黯：朕能不清楚？能想象不到？朕作为一国之君会不急不忧？但是，刘彻沉思了一会儿，忽然对汲黯道："边郡不宁不过一时也，朕很快就会全力御敌。"

　　汲黯道："如果说边郡烽烟四起不过一时，可朝廷人心乱了乃大事也。"

　　刘彻忽然意识到什么，惊问道："难道有人就此非议朝廷？"

　　汲黯道："不是有人，是有很多人。"

　　刘彻听了，脸色阴郁起来。

　　汲黯看刘彻无语，又道："不仅是非议朝廷，而且是非议陛下。"

　　刘彻听汲黯这么一说，脸色更加阴郁。停了一会儿，怒道："朝臣而非议朝廷，非议朕，这是犯罪。"

汲黯问道："陛下谋划不周，抉择失误，朝臣不能议论吗？"

刘彻脸红道："君权神授，朕代表神在人间行使权力，亵渎朕就是亵渎神灵……"

汲黯不顾自己刚刚回到京城任主爵都尉，冷笑道："陛下，何谓非议？朝臣议论朝廷，岂能依法论处？堵住了嘴，岂能堵住了心？"

刘彻有些不高兴道："再有非议者，当依法论处。"

汲黯问："马邑之围失败事关国之安危，朝臣怎能不去议论？如果把朝臣都抓进监狱，谁来辅佐陛下？"

刘彻又一时无语。

汲黯依然喋喋不休道："君权神授说是董仲舒对陛下的一大贡献。然，董仲舒又说：君主有过失上天会降罪。以此推论，朝臣非议君主岂不是替天行道？"

刘彻听到这里，十分尴尬。最后苦笑了一下道："凡在京之臣，明日在此朝会。"

汲黯想听他说要朝议什么，不料，刘彻却什么也没再说。汲黯想问一问，看到刘彻不安的神情，想到自己已经说了不少，只得作罢。

第二天上午的朝会，丞相田蚡、御史大夫韩安国、御史张汤、中大夫严助及刚被封为太中大夫的卫青、谒者主父偃等，都提前来到。

最引人注目的当数刚刚升为右内史的郑当时。郑当时任鲁国中尉后，廉洁奉公，不久即升任济南郡太守。因为他恪尽职守，不饮盗泉之水，深得鲁国和济南郡上下称赞，在董仲舒被免相后，刘彻又升任他为江都国国相，因江都国上下又对郑当时一片赞美之声，近日被升为右内史，位列九卿。所以，大臣们都对他十分关注。

往常的朝会，大臣们都会喜笑颜开，因为马邑之围失败，这次群臣的脸色都比较阴郁。田蚡也一改过去朝会时的得意之色，正襟危坐，一脸肃穆。

大臣们到齐后，刘彻也来到殿内。汲黯以为刘彻还会像往日一样一脸的冷峻，不料，他却一反常态，面带笑容。他走到御座前坐下，扫了一眼群臣不安的神情，忽然笑道："朕看众臣阴郁的脸色，想必是依然在为马邑之围失败而忧心。"

群臣被刘彻的笑容给搞迷糊了，一个个哭笑不得。

刘彻不顾这些，依然笑着道："马邑之围虽然未能伏击匈奴而失利，并非汉朝兵力不抵，乃因王恢临阵脱逃，贻误战机。老子云：祸兮福之所倚，福兮祸之所伏。有众臣在，大汉朝必胜匈奴。"

田蚡立即附和道："陛下所言甚是。凭陛下的才智和大汉朝的财力、兵力，大胜匈奴，朝夕之事而已。"

刘彻听了十分高兴，道："丞相所言甚好。"

汲黯瞥了田蚡一眼，道："再战，丞相可亲临前线，坐镇指挥。以丞相的智慧，定能出奇制胜。"

田蚡一听，蓦然沉下脸来。群臣中则传出"嗤嗤"的嬉笑之声。

刘彻看到这一情景，忙大声道："马邑之围失利只是一时一事，比起国家大局的安定，乃大树之一叶。诸位大臣应该看到，朕颁诏'推明孔氏，抑黜百家'以来，秦始皇焚书坑儒而秘藏起来的儒家典籍，纷纷再现于世间。很多退避于草野的儒学之士，也渐渐走出了山林。民安于太平，士乐于学业，讲学通经之士，再聚徒众，复兴儒业，儒学阵营，陡然大具。经师们为了经世致用，取悦当道，解经说义，绘声绘色。家有家风，师有师法，形形色色，粲然明备。举朝上下，颂声盈耳。今日之天下大治，是群臣勠力同心使然也。"

群臣以为这次朝会是朝议破敌之策，没想刘彻忽然转到大讲儒学上，并大肆炫耀天下大治，不禁都一头雾水。

自马邑之围失利，匈奴更加猖狂地袭击汉朝边郡以来，汲黯终日寝不安席，常常独自慨叹：陛下啊陛下，承累世之遗业，遇中国之殷阜，府库余钱帛，仓廪畜腐粟，有意平灭匈奴而廓清边境。然任性而为，自以为是，轻举妄动，出师三十多万，浩浩荡荡，不闻单于之声，不见一虏之面，徒费财劳师，此乃大汉朝之耻辱也！此时，汲黯看到刘彻一副不在乎的样子，不由得也被搞迷糊了。

刘彻不顾大臣们在下面的议论，又道："既然上天赐皇权于朕，朕当竭尽心智，替上天行使权力，要像唐尧虞舜那样，胸怀天下，治理朝政，造福百姓。"

主父偃赞美道："抗击匈奴非陛下决策失误，马邑之围失利是王恢之流畏敌不前所致。一战失利不足惧也，治国方略稳固才是强国富民长久之计……"

汲黯见刘彻此时不说马邑之围失利之事，却大讲董仲舒倡导的君权神授，心里就很不是滋味：陛下，这样说不就是再次告诉群臣，你皇帝的权力是神给的，具有天然的合理性，即使这次失利了，也不应该指责，应该看到"推明孔氏，抑黜百家"后大汉朝的所谓可喜景象，这不明明是既不认错，反而又为自己开脱吗？你怎么变成这个样子了呢？他本打算等刘彻说完就指责他，没想到主父偃立即就赞美起刘彻来。于是，忍不住打断主父偃的话，质问道："马邑之围，应该是马邑之谋，就没有战，怎么能是一战失利？"

主父偃不知汲黯之意，尴尬道："对，就没有失利……"

汲黯又打断他道："没有失利？三十万大军来来往往费了多少钱财？这岂不是失利？这一年边境战事不绝，死了多少百姓？被掠夺多少财富？一年来历经多少战？哪一战胜了？岂止是一战失利？"

主父偃被汲黯的话说得哑口无言。

田蚡急忙为主父偃解围，大声称赞刘彻道："陛下气贯长虹，拨乱兴治，固本培元，是有史以来最圣明的帝王……"

汲黯立即打断他道："丞相，陛下的圣明不是夸出来的，是陛下做出来的。朝会应该是商议治国大计，而不是来赞美陛下。如若每次朝会每个朝臣都在这里赞美陛下，白白浪费光阴，于国于民有何益？"

田蚡红着脸，半天没有说出一句话。

刘彻忙为田蚡解围，问汲黯道："朕要像唐尧虞舜那样，治理朝

170

政，造福百姓，难道不对乎？"

不料，汲黯不仅没有像主父偃、田蚡那样去赞美他，反而讥笑道："陛下内心欲望膨胀，表面上又摆出施行仁义的样子，这怎能效法唐尧舜禹，建立起不朽功业呢？"

刘彻没想到汲黯竟忽然说出这话，自尊大挫，被噎得许久说不出一句话来。他脸色阴沉了一会儿，愤然道："罢朝！"

刘彻说罢，看大臣们都愣在那里，不等他们退出，自己先大步走出宣室殿。

刘彻走到殿外，依旧余怒未息，对跟到身边的张汤等近臣说："太过分了，这个汲黯太过分了，没想到这个汲黯太过愚直！"

张汤对刘彻的外儒内法，看得一清二楚，但采取的对策则截然相反，忙讨好刘彻道："陛下推行儒学，一定会像唐尧虞舜那样。臣下以后也用儒学之道进行断案。"

公卿大臣看到刘彻愤然而去的身影，又看看汲黯，都为汲黯捏着一把汗，都走上去埋怨他："官场之事，只可意会不可言传，何况是面对圣上？"

汲黯先是笑笑，接着又直言道："骨子里要法家，对酷吏张汤厚爱有加，面子上又要儒家，表里不一。"

一大臣责怪他道："汲君，说话太直，说得也太狠了，怎么一点面子也不给圣上？居然把朝会给搅黄了……"

汲黯不满道："天子设置百官，难道是让一味阿谀奉迎，高睨空论，陷主于违背正道的窘境？汲黯纵然爱惜自己的性命，却不会为了自己做出损害朝廷、误国害民之事。"

劝说他的公卿大臣见事情到了这种地步他还这样固执己见，忍不住长吁短叹，悻然惋惜而去。

第二天上朝，汲黯好像什么事也没有发生一样，依然早早地到了宣室殿，接着，郑当时、司马谈等大臣也相继来到。

让汲黯没有想到的是，今天刘彻也到得很早。刘彻看到汲黯，没有一句话，直接走向御座。刘彻来到御座前坐下，看了汲黯一眼，屏退郑当时、司马谈等其他大臣，怒气冲冲地对汲黯道："汲君欺朕年轻乎？"

汲黯故作不解，反问道："陛下何出此言？微臣欺过谁？岂敢欺陛下？"

刘彻更怒："汝心里若泉水般清澈……"

汲黯没等刘彻说完，急忙笑道："谢陛下美誉。"

刘彻忽然想笑，可是怎么也笑不出来："汝不老，怎么就糊涂了？"

汲黯故作惊诧道："陛下是嫌微臣老了？又不想让微臣在身边了？"

刘彻听了这话，哭笑不得，一时不知道怎么说是好。拿起一份奏章在手中晃了晃，又"砰"地掼在几案上，气咻咻道："汝也知道朕的脾气，昨日不是看在汲氏世代贤良的分上……"

汲黯似乎明白了什么似的，笑道："哦，陛下是为微臣昨天的话不高兴乎？陛下也知道微臣的脾气，陛下是看在汲氏世代贤良的分上，汲黯是看在大汉朝江山社稷的分上……"

刘彻打断他道："汝就不能不当众指责朕，说话不那么直接乎？"

汲黯道："想当初，陛下颁诏让各郡国举荐贤良直谏之臣，直谏，不正是陛下想要的？今日怎么又指责微臣直谏呢？"

尽管汲黯没有说因为他的献计，才有如今的人才如云，刘彻听着，禁不住红了脸，又半天无语。

汲黯趁机道："自夏、商、西周、春秋战国到秦朝，哪一个兴盛的朝代和诸侯国不是兴于明君和敢于直谏者？远的暂且不说，秦朝就是很好的见证。不少人冤枉秦始皇，说他是暴君，却无视他善于纳谏、勇于改错的一面。"

刘彻第一次听人这么评价秦始皇，不由得瞪大眼睛看着汲黯。

汲黯继续道："秦始皇的母亲与嫪毐的私情暴露后，要与母亲断绝母子之情，并杀掉了二十七个劝谏者。游历于秦国的齐国人茅焦，甘愿成为第二十八个死者，前去劝谏。秦始皇接受茅焦的劝谏，善待母后，并厚待茅焦，后来赢得了好名望。韩国一个叫郑国的，是韩王派去秦国修郑国渠的，意在疲秦。事情败露后，秦始皇

172

要杀郑国。郑国直言说：吾来时是为了疲秦，不让秦国攻打韩国，但水渠修好后却能让秦国民富粮丰。大王杀郑国容易，水渠却从此废了。秦始皇接受郑国的直谏，不杀郑国，反而厚待他，让他继续修渠，才有后来秦国的富庶。当时，秦始皇已经颁诏驱逐各国在秦的官员，他看了李斯的《谏逐客书》后，立即收回成命，保住人才没有流失。正是因为这样，才使秦国强大，最后一统天下。到了秦二世，正是胡亥好听赵高的花言巧语，三年时间，强大的秦朝会忽然崩塌……”

刘彻听着，禁不住头上冒汗，不敢直视汲黯。最后强笑道：“没想到，朕说汝几句，汝却给朕一大串。”

汲黯停了一下，想就此打住，最后还是没有忍住，又继续道：“想当年文帝在世时，如何对待敢于直谏者冯唐的，陛下知道否？”

刘彻禁不住问：“是那个九十岁了还被众人举为贤良的冯唐？”

汲黯回答说：“正是，就是那个冯唐。”

刘彻不解地问：“他与文帝都是有哪些故事？”

汲黯笑问道：“陛下想知道？”

刘彻故意做出不耐烦的样子道：“明知故问。”

于是，汲黯便细细地给刘彻讲道：“一次，文帝乘车经过冯唐任职的官署，问冯唐道：‘老人家如此岁数，怎么还在做郎官，家在哪里？’冯唐一一如实作答后，文帝道：‘朕在代郡时，朕的尚食监高祛，多次跟朕谈到赵将李齐的才能，讲述了他在巨鹿城下作战的情形。如今，朕每次吃饭时心里总会想起巨鹿之战时的李齐。老人家知道这个人吗？’冯唐回答道：‘他尚且比不上廉颇、李牧的才能。’文帝很惊讶，问冯唐道：‘凭什么这样说呢？’冯唐道：‘吾祖父在赵国时，担任过统率士兵的官，和李牧有很好的交情。吾父从前做过代相，和李齐也过从甚密，所以能知道他们的为人。’文帝听完冯唐的述说，很高兴，拍着大腿道：‘很遗憾，朕偏偏得不到廉颇、李牧这样的人做将领，若有这样的将领，朕难道还忧虑匈奴乎？’冯唐冷冷一笑道：‘臣诚惶诚恐。臣下想，陛下即使得到廉颇、李牧，也不会任用他们。'文帝听后大怒，起身回宫……"

刘彻听到这里，不禁一愣，想听汲黯说下去，汲黯却停住了。刘彻忍不住道："后来呢？"

汲黯慢慢道："过了好几个时辰，文帝把冯唐召到跟前，责备他道：'老人家为何当众羞辱朕？难道就不能私下告诉朕？'冯唐谢罪道：'微臣是个鄙陋之人，不懂得忌讳回避。'文帝听到这里，忽然想到前不久匈奴大举侵犯汉边，杀死北地都尉孙卬，忍不住又问冯唐：'老人家怎么知道朕不能任用廉颇、李牧呢？'冯唐回答道：'臣下听说，古时候君王派遣将军时跪下来推着车毂说：国门以内的事我决断，国门以外的事由将军裁定。所有军中因功封爵奖赏的事，都由将军在外决断，归来再奏报朝廷。吾听祖父说：李牧在赵国边境统率军队时，把征收的税金自行用来犒赏部下。赏赐由将军在外决断，朝廷从不干预。君王交给他重任而要求他成功，所以李牧才能够充分发挥才智。派遣精选的兵车一千三百辆，善于骑射的士兵一万三千人，能够建树功勋的士兵近十万人，因此能够在北面驱逐单于，大破东胡，消灭澹林在西面，抑制强秦在南面，支援韩魏。使赵国几乎成为霸主。后来恰逢赵王迁即位，他的母亲是卖唱的女子。他一即位就听信郭开的谗言，杀了李牧，让颜聚取代他。不久，军溃兵败，被秦人俘虏消灭。如今臣下听说魏尚做云中郡郡守，他把军市上的税金全部用来犒赏士兵，还拿出个人的钱财，五天杀一次牛，宴请宾客、军吏，亲近左右，因此，匈奴人远远躲开，不敢靠近云中郡的边关要塞。匈奴曾经入侵一次，魏尚率领军队出击杀死很多敌军。那些士兵都是一般人家的子弟，是从村野来参军，哪里知道'尺籍''伍符'这些法令律例呢？他们只知道整天拼力作战，杀敌捕俘到幕府报功，只要有一句话不合事实，法官就用法律制裁他们。应得的奖赏不能兑现，而法官却依法追究。臣下愚蠢地认为，陛下的法令太严明，奖赏太轻，惩罚太重。况且云中郡郡守魏尚只犯了错报多杀敌六人的罪，陛下就削夺他的爵位，交给法官判处一年的刑期。由此说来，陛下即使得到廉颇、李牧，也是不能重用的。臣下确实愚蠢，触犯了禁忌，该当死罪。'文帝听了冯唐的话，恍然大悟，不仅没有再怪罪冯唐，反而十分高兴，当天就让冯唐拿着汉节出使云中郡，赦免魏尚，重新让他担任云中郡郡守，并将冯唐从郎官升为车骑都尉，掌管中尉和各郡国的车战之士。"

汲黯把冯唐直谏汉文帝的故事讲完，对刘彻道："文帝若只喜欢听赞美之词，而不听冯唐的谏言，那将会酿成多大的过错？陛下若认为微臣愚蠢触犯了禁忌，那就任凭陛下处置。"

刘彻本打算再对汲黯训斥一番，听到这里，却再也发不起火来，并禁不住把目光转向一边，不敢与汲黯的眼睛对视，甚至对汲黯有些怯惧。

汲黯见刘彻这样，不再说话。刘彻转过身看了他一会儿，抬手朝他挥了挥："今日不再朝会，退下吧，朕想静一会儿。"

汲黯退到殿外，只见司马谈和郑当时正在不远处说着什么。听到汲黯的脚步声，司马谈和郑当时转过身来，都带着一脸的不安，问他道："情形如何？"

汲黯有些不解，反问道："什么情形？"

司马谈问他道："皇上没有发火？"

汲黯又反问他道："皇上为何发火？"

郑当时忍不住道："昨日朝会时，汝当着众臣的面把皇上说得无地自容，到现在吾等都为汝捏把汗。"

汲黯笑道："原来二位说的是这事呀？"

司马谈和郑当时相互看了一眼，都很奇怪，同时道："皇上一向脾气很大，今天没对汝动怒？"

汲黯再次笑道："没有。"

郑当时、司马谈看看汲黯，又相互看看，感到不可思议。

过了一会儿，司马谈松口气道："既如此，吾等放心了。"

郑当时摇摇头，依然不安道："即使今天没有动怒，最近也要小心。"

175

司马谈拉住汲黯道："看到兄长没事，为弟很高兴，走，今天吾请二位到寒家喝酒去。"

郑当时则笑笑道："刚才吾二人说好的，没事就到吾家去，不能改变。再说，汲黯贤弟很久没有去过吾家了。"

司马谈不得不松开拉住汲黯的手，对郑当时道："那好，改日吾再请二位。"

他们正说着，太中大夫卫青刚好从他们面前经过。

他们的话卫青听得一清二楚，笑道："各位喝酒，岂能少了卫青？"

司马谈、郑当时、汲黯看到卫青，都十分高兴。汲黯笑道："有缘相遇，失之交臂，不可哀也？"

卫青出身奴隶，他的母亲起初是平阳侯家中的女仆，与平阳侯生有一男三女，因其夫姓卫，他的母亲就被称为卫姓。平阳侯死后，仍在平阳侯家中帮佣，与同在平阳侯家中做事的县吏郑季私通，生了卫青。后来，卫家的生活艰苦，于是卫青被送到了亲生父亲郑季的家里。但郑季却让这个年幼的私生子放羊，郑家的几个儿子也不把卫青看成手足兄弟，随意苛责。卫青稍大一点后，不愿再受郑家的奴役，回到母亲身边，并做了平阳公主的骑奴。有一次，卫青跟随别人来到甘泉宫，一位囚徒看到他的相貌后说："这是贵人的面相啊，官至封侯。"卫青笑道："吾身为人奴之子，只求免遭笞骂，已是万幸，哪里谈得上立功封侯呢？"

卫青和姐姐卫子夫因为出身卑微，都不知道自己的年龄，是汲黯依汉朝法律给他和卫子夫推断出年龄。汉朝法定：女子过十五岁不婚者，三十岁之前，分五等交税，每升一等加征一算，到三十岁加到五算，即一年要交六百钱。他的姐姐卫子夫在刘彻遇见她的时候，年龄可能在十五岁左右。而卫青是其母和郑季私通所生，至少比卫子夫小两岁。所以，在建元二年（公元前139年）时，卫青的年龄是十三岁左右。这时，他的外甥霍去病两岁。卫青和姐姐入宫以来，都以汲黯给他们推算的年龄作自己的年龄。他们姐弟两个都很敬重汲黯。

汲黯也喜欢卫青，这不仅是因为卫青经常向他讨教国家大事，对他敬重，更重要的是卫青入朝七年来，秉职尊业，敬重贤才，从不结党，从不因为他的姐姐得宠而骄横。卫子夫虽然尊宠日隆，却恭谨克己，尽心尽力执掌妃嫔居住的地方，不让刘彻困扰于宫禁之中的事。

几个人到了郑当时的宅第，不禁有些感慨：不仅庭院很小，也没有几件家具，仅有的席、几、案也都十分破旧，只有供宴饮、待客、游戏、读书和睡眠的床榻稍微好一点。几个人见状，急忙脱下鞋子，上了床榻。

郑当时一边安排仆人和属下准备饭菜、备酒，一边告诫他们说："以后凡来这里的客人，没有高低贵贱之分，不得将任何人拒之门外。"

仆人和属下齐声应诺。

饭菜还没上来，几人便闲聊起来。郑当时问司马谈道："汝子司马迁今年多少年岁？"

司马谈笑道："和汲黯的儿子汲偃同岁，快十三岁矣。"

郑当时又问："现在何处？"

司马谈再次笑道："依然在夏阳老家，那里山环水带，嵌镶蜿蜒，他每日耕牧于河山之阳，既被山川的清淑之气所陶冶，又能对百姓疾苦有所察。虽然每日读书孜孜不倦，毕竟图书不足，近日打算把他接到京城来，以博览群书，并向老博士们求教。有真才实学，才能壮报国之志也。"

汲黯赞誉司马迁道："听说司马迁十岁时已能阅读诵习《尚书》《左传》《国语》《系本》等书，幼而俊迈，聪敏绝伦，将来必成大器。"

司马谈笑道："感谢对迁儿的夸奖。"

郑当时又问汲黯道："汝子还在白马县老家？有何打算？"

汲黯忍不住也笑道："吾与司马谈同朝为官，他子与吾子同岁，吾等的打算又是不约而合。不同的是，吾还没有想好让他何时到长安来。"

司马谈也赞美汲偃道:"汲氏世代显贵,家中图书堆积如岭,汲偃志向高远,读书废寝忘食,将来也是出于其类,拔乎其萃……"

汲黯笑着拦住他道:"吾等都不是阿谀之人,今天怎么相互吹拍起来?"

郑当时道:"都是据实评说,怎么能是相互吹拍?"

卫青早已听得瞠目结舌,此时禁不住谦恭地对汲黯和司马谈道:"吾今年二十岁,长两位郎君七岁,盼二位长者及早把两位郎君接来,让卫青见识见识,也跟着长一长学问。"

正说着,饭菜和酒都端了上来。

郑当时给各位倒了酒,首先举起酒杯道:"闲言少叙,一同举杯饮酒。"

汲黯、司马谈、卫青见状,纷纷端起酒杯。

第一杯酒下肚,郑当时又分别给各位斟酒,之后是分别相互敬酒。

不一会儿,脸上都挂起酒色。司马谈忽然又谈起儒道之争来:"吾十分赞同汲公的见解,儒学有它的长处,黄老之学也不应该抑黜。黄老的无为是因时、因物制定了各种法令制度后的无为,即有法无法,因时为业;有度无度,因物与合,与时迁移,应物变化,立俗施事。在此之上,贤不肖自分,白黑乃形,于是君主便可无为了。这种无为就是对《黄帝四经》欲知得失,请必审名察形,形恒自定,是我愈静,事恒自施。道虽然无为,但道却又生法,因此,作为执道者的君主的无为,也应像道那样,是在制定了法令制度后的无为,是一种以有为为前提的无为。"

汲黯没等司马谈说完,就接着道:"道家无为,又曰无不为,其术以虚无为本,以因循为用。又说:虚者道之常也,因者君之纲也。群臣并至,使各自明也。这就是说,君主法道,道法自然,自然无为,故君主也应无为。但这种无为却是以因循为用的,因者君之纲也。所谓因,就是凭借、利用之意,是指君主不要事事皆由自己操劳，而是要善于利用与依靠臣下去处理各种政事。在臣下奋发有为的根柢上，君主便可以无为——坐享其成了。多好呢，为何一定独尊儒术？"

郑当时看看卫青，笑道："卫君不会把吾等之言都讲给皇上吧？"

卫青尴尬地一笑道："诸位都是为大汉江山深谋远虑，皇上知道了应该更高兴才是。否则，就不是明君。"

汲黯道："郑庄兄多虑也，汲黯当面与皇上相抵尚且不惧，何惧背后有人给皇上说传言？何况卫青也不会这样！"

他们正喜笑颜开、热闹非凡，刘彻身边的一位传令官急匆匆来到这里。传令官看了汲黯一眼，急切道："皇上紧急召见。"

汲黯看到传令官的神情，意识到事情紧急，立即起身辞别郑当时、司马谈和卫青，与传令官朝未央宫奔去。

第十五章　泪洒黄河恨绵绵

汲黯以为刘彻忽然召见一定又是因为朝议时面斥他表里不一的事，一定是感到很憋屈，要出出恶气。汲黯虽然没有丝毫畏惧，但与司马谈、郑当时、卫青等开怀畅饮带来的那份愉悦，转瞬荡然无存，一路也不得不反复掂量应对之策。

汲黯到了宣室殿，果然看到刘彻一脸的怒气。他慢慢往前走着，等着刘彻的怒责，不料，等他到了刘彻面前，刘彻不仅一句话也没说，却把案边的一卷奏章推给了他。

汲黯拿起奏章一看，脸色大变：元光三年（公元前132年）五月以来河内郡连降大雨，近日，黄河水溢，在濮阳县西南的瓠子大堤决口，洪水向东南冲入巨野泽，泛入泗水、淮水，将淮水、泗水连成一片，淹及淮阳郡、鲁国、梁国、齐郡、济南郡等十六郡国，另有分支北流入济水，灾情十分严重……

汲黯还没看完，眼前便是一片洪水滔天的惨状：瓠子大堤被汹涌的河水冲破，那洪水翻卷着巨浪，裹挟着泥沙，如山崩地裂。河水向东南而下，淮阳郡等十六郡国，无数房屋瞬间倒塌，无数百姓被洪水卷起又抛下，到处是凄惨的哭喊之声。地里的庄稼瞬间毁坏，化作泥浆，猪马牛羊漂浮于水面，到处是恶臭……

刘彻看到他傻了一般怔在那里，急忙呼叫道："主爵都尉，怎么了？"

汲黯从恐惧中醒过来，眼里已经盈满泪水："陛下，如此大的洪水，不知有多少良田被毁，有多少百姓死于非命也……"

刘彻本就心急如焚，此时又被汲黯的情绪所感染，忍不住大怒道："匈奴未平，洪水又起，是朕无能，还是天不助朕？朕何罪之有，上天如此惩罚朕？"

汲黯反过来劝刘彻道："陛下，不要相信什么天人感应，没有什么上天的惩罚，当下要紧的是如何应对，而不是怨天尤人。"

刘彻听了汲黯的话，情绪慢慢稳定下来，忙令侍者道："速把司马谈召来，朕要知道黄河过去都是何时决过口，如今为何不断决口，应该怎么治理。"

侍者刚走到门口，刘彻又叫住他道："把郑当时也传来，他是淮阳郡陈县人，熟知那里的地舆。"

不一会儿，司马谈、郑当时急匆匆来到宣室殿。

刘彻看到他们，忙问司马谈："太史令，汝是记载史事，编写史书，兼管国家典籍、天文历法的官，能否给朕陈说一下史书上黄河决口的情状。"

司马谈虽然喝多了酒，口齿有些生硬，但还是如数家珍地陈说道："黄河过去叫河水，是近年因为泥沙过多，河水浑黄，才叫黄河。有史书记载的：尧舜时洪水泛滥中国，大禹治水。夏代，商侯冥死于黄河。周定王五年，黄河第一次大改道。鲁成公五年，晋国梁山崩，壅河三日不流。晋出公二十年，河决于扈。魏襄王十年，河水溢酸枣郛。秦始皇二十二年，王贲攻魏，引河灌大梁，坏其城，魏降。汉吕后四年秋，河南郡大水，伊洛流千六百余家。汉文帝十二年，河决酸枣县，东溃金堤，大兴卒塞之。汉文帝十七年，河溢通泗水。陛下即位的第三年春，河水溢于平原郡，百姓大饥，人相食。今年春，河水徙，从顿丘东南流入渤海。眼下，濮阳瓠子大堤又决口……"

刘彻听了，半天无语，不知道说什么，怎么说。司马谈接着道："瓠子堤即秦堤，自汲县发轫，经延津、胙城、酸枣，延袤百里入滑县。从马圪垱，经老河寨、景庄、孙王庄到滑县城小西关，即南瓠子堤，又称龙虎堤。从大西关往北，经北滹沱、耿园、苗固、鱼池、酸枣庙等村，或起或伏，或宽或窄，蜿蜒东北，为城北瓠子堤，又称金堤。"

刘彻对这些已经无心再听，叹息道："听太史令刚才所说，秦朝以前都是每百年以上才决口一次。秦始皇二十二年至吕后四年是四十年一次，吕后四年至文帝十二年是十六年一次，文帝在位时是五年一次，朕在位的第三年至当下这次决口，也是五六年时间，为何黄河决口越来越频繁？"

司马谈半天没有回答出来，最后道："这个，微臣眼下尚未可知。"

刘彻又问："过去河决之时，都是如何治理的？"

司马谈道："皆堵塞之。"

刘彻不再问什么，看了一眼汲黯，然后对侍者道："传朕的诏令，召朝臣速来宣室殿，朝议救灾事宜。"

很快，丞相田蚡、御史大夫韩安国、御史张汤，以及谒者主父偃等几十位朝臣相继来到。

经过一番廷议，一致认为当下最要紧的是堵塞决口，使河水东去入海，以减轻淮阳郡等十六郡国的灾害。然而，在派谁代替朝廷指挥的问题上，又争论不休。

刘彻想到事情重大，对田蚡道："丞相，黄河决口淹及十六郡国，事情重大，瓠子堤以北是丞相的封地，丞相代朝廷前去主理如何？"

田蚡忽然面色如土，接着又谄笑道："陛下，堵塞一个决口，怎能烦劳丞相前往？"

刘彻很不满，白了他一眼。想了半天，目光转向了汲黯、郑当时："朕派二位前往如何？"

汲黯立即回答道："事关社稷安危，百姓生死，臣下愿惟命是从。"

郑当时也接着回答道："古人云：王者以民为天，而民以食为天。事情紧急，作为朝臣，岂能无视？"

刘彻听了，当即下令调发东郡、河内郡、河南郡民夫、罪徒十万人，由各郡县郡丞、县丞带领前往瓠子堤堵塞决口，由汲黯、郑当时代朝廷统一指挥。

事发突然，郑当时向刘彻请求说："事情重大，行程较远，请给臣下五日之时，以备行装。"

刘彻笑道："朕听人说：郑庄出门，即使行有千里之遥，也不必带粮食，这次请求五日备行装，是为何也？"

郑当时惭愧道："臣下因赘于朝政，已多年没有回过老家，且老家有很多朋友，这次想带些长安的吃食，等堵塞了决口，顺便回老家一趟，让家人和朋友品尝一下京城的美食，也算一点心意。"

刘彻听了，收住笑，半天无语。

郑当时看刘彻不语，以为是不答应他五天的准备时间，于是，和汲黯商定当天即前往瓠子口。

汲黯和郑当时临行时，刘彻嘱咐道："不仅要堵住决口，还要查明近年黄河决口频繁的缘由，为日后治理黄河找到良策。"

汲黯道："臣下明白，定当细心查问。"

接着，皇帝的诏令迅速传到河内郡、河南郡、东郡，让这些郡在靠近瓠子堤的县征调民夫、罪徒，快速奔向瓠子堤，京城的万余罪徒也被调出。

汲黯、郑当时日夜兼程，用了不到三天时间就赶到了瓠子堤决口。

此时，上游的水在继续奔腾而下，河内郡、东郡又下起暴雨，河水猛涨。瓠子堤决口越冲越大。

汲黯看到这一情况，把十万民夫和罪徒，分成四个系列，每个系列又分成三到四拨：第一系列，一拨负责到附近砍伐树木和竹子；一拨负责运送到决口处；一拨负责把运送来的树木和竹子砍成尖桩；一拨负责往决口投放。第二个系列，一拨负责到附近村子里收集柴薪；一拨负责运送；一拨负责往决口处投放。第三个系列，一拨下水在决口处打桩；一拨负责到附近收集石块，用树枝、秫秸、草和土石卷制捆扎而成捆，用于构筑护岸和抢险堵口；一拨负责往桩前投放石块。第四个系列是水下系列，一拨跳入水中把树木、竹子夯入水下；一拨把送来的柴薪塞进树桩和竹桩之间，然后再填入泥土，用大竹或巨石，沿决口横向插入河底作柱，由疏而密，待决口处水势减弱，再填以草料，压上土石，从而堵住决口。

不料，水弱的时候刚刚堵住，大水一来，又被冲毁。加上东郡人都是用柴草烧火做饭，所以，树枝、柴草等埽工的原料极其匮乏。这样反复十多天，决口一直没能堵住。不仅如此，因为洪水猛涨，决口也越冲越大。

这里的情况每日都向朝廷奏报一次。刘彻看到这种情况，心中十分焦急。每天都在奏折上批复，并赋诗以鼓励，还派人送来猪肉，奖赏有功之人。

汲黯看到皇上如此牵挂决口，很为不能及时堵塞决口而自责。

为了鼓励民夫和罪徒奋力堵口，汲黯不仅和民夫、罪徒一样投放木桩和柴薪，还常常和他们一起下到水中打桩。

这天，在水中打桩的一民夫不慎被洪水冲走，汲黯见状，一边呼喊众人施救，一边跳进水中，奋力游向落水者。他几次被洪水卷起又抛下，若不是被赶上来的人救起，就可能命丧水中。

由于连续遭受雨淋和跳水救人，导致去东越视察时患下的肺病复发，每日咳嗽不止，几次吐血。

第二天，当汲黯又要下水时，属下纷纷劝阻道："主爵都尉是朝廷命官，指挥即可，怎能亲自下水？"

汲黯不听劝阻道："官，因有民才有官，没有了民，官何存焉？民能下水，当了官就不能下水乎？"

民夫被他所感动，拉住他，阻止他下水。汲黯依然坚持说："决口堵不住，本官就不上岸。"

几个罪徒被感动得控制不住，一起朝汲黯跪下道："吾等是罪徒，死不足惜，汲公是好官，百姓不能没有汲公。"

汲黯一一扶起他们，道："罪徒也是人，待决口堵住，本官要禀奏皇上，凡立功者，一律免罪。"

几个罪徒听了，不仅没有让他下水，反而呼叫着把他抬上岸，跪在他前面阻止他前行，其余的都跳入水中，奋力堵塞决口。

汲黯每天都把这里情况上奏朝廷，也每天都想看到刘彻的御批。可是，不知为什么，之后一连数日，再也看不到刘彻的一个字。

这天，因为大雨一时停歇，被冲开的堵塞物又再次堵上。汲黯的病情也因为决口有希望堵住稍微好了一点。就在十万民夫、罪徒全力堵塞决口，决口日渐缩小的时候，京城传来刘彻的诏令：放弃堵塞，民夫、罪徒全部撤回。

汲黯以为这是刘彻对他许久未能堵住决口，空耗府库钱财，而对他不满，忍不住泪如雨下："皇上，臣下无能，没能及时堵住决口，臣有罪于百姓。可是，放弃堵塞决口，这是为何焉……"

郑当时见他如此悲痛，劝他道："决口是没有堵住，可是，吾等都尽力了，不要再自责也。"

汲黯忽然止住泪水，悟出什么，大叫道："这不是皇上的意思，一定是有奸臣迷惑了皇上。"

郑当时不解道："是谁能迷惑住皇上呢？"

汲黯回首望了一眼长安，恨恨地用手一指："一定是丞相田蚡！"

郑当时茫然道："田蚡为何要阻止堵塞决口？"

汲黯道："田蚡的封邑是鄃县，以鄃县租税为食。而鄃县在黄河以北，黄河决口，水皆南流，鄃县没有水灾，收成很好。如果堵住决口，河水就有可能在北面决口，大水就有可能向北进入鄃县。所以，田蚡一定反对堵口。"

郑当时一听，恍然大悟。

事实确实如汲黯所预料的：田蚡看到汲黯、郑当时的奏报，知道他们率十万民夫、罪徒奋力堵塞决口，决心很大，担心南部决口堵住会导致河水北流，借汲黯、郑当时迟迟未能堵住决口为由，一日，摆出一副忧国忧民的样子，对刘彻进谗言道："江河决口都是上天的事，不宜用人力强加堵塞，即便将决口堵塞了，也未必符合天意。此外，臣还找了望云气和以术数占卜的人，他们也都说：这是

185

天意，不可违背。"

刘彻听了田蚡的话，又想到董仲舒的"天人感应"说，以为田蚡身为丞相，一定亲近自己，说的一定是事实，怎么也没有想到田蚡是为了私利，故意来迷惑他。于是，就依从他的意思，下诏放弃堵塞决口，听天由命，任河水肆虐。

汲黯余怒未消，又对郑当时道："汲黯判断是田蚡的作为，不是对他的私愤，也不是一时的愤怒，而是依据他以往的所作所为：田蚡做了丞相骄横不说，而且私欲横流，从来不为大汉江山社稷着想。田蚡的田地庄园，都是非常肥沃之地，所修建的府邸也极其华丽壮伟，超过了所有贵族的府邸。不仅如此，田蚡派到郡县去收买名贵器物的人络绎不绝，后房的美女多至百数，诸侯奉送的珍宝、狗马、古玩数都数不清。有一次，田蚡向皇上请求拨划考工室的官地，供扩建私宅之用，皇上忍不住大怒道：'丞相何不把朕的武库也一齐取走呢？'从这以后，田蚡才收敛了一点。这样的官员怎会替百姓着想呢？"

郑当时叹息道："皇上少年登基，当时窦太皇太后主政，他初期重用田蚡，为的是让王太后放心，起到巩固皇权的目的，也是为了拉拢安抚四大家族中的田家、王家，以打压窦家。这样的人做丞相，如此下去，大汉江山岂不令人忧虑？皇上如今怎么还能听信他的谗言，放任他呢？"

汲黯长叹道："陛下是一个有作为的皇帝，可是，每当看到他被他人左右，做出于社稷无益之事，就忍不住内心的怒火，这也是吾常常忍不住对皇上直斥的原因之一。"

两个人议论了一阵，叹息了一阵，不得不遵照诏令，指挥民夫和罪徒撤离。

一切安排停当，汲黯却不回京城。郑当时十分不解，问他："皇上下令让撤离了，汲君为何不回京？"

汲黯回答道："吾等来时皇上曾经交代：不仅要堵住决口，还要查明近年黄河决口频繁的原因。如今决口没有堵住，决口频繁的原因一定要查明，不然，愧对皇上的信任。"

郑当时被他所感动，答应和他一起沿着河堤进行查看走访。于是，联名写了一份奏折，说明暂缓回京的理由，差人送回京城。接着，便与汲黯对黄河进行实地查看走访。

因为决口没有堵住，郑当时想到家乡现在是一片汪洋，原打算回淮阳郡陈县老家一趟的计划也落空了。他遥望着家乡，泪如雨下道："郑当时未能堵住决口，愧对父老乡亲啊……"

郑当时哭罢，和汲黯沿着河堤往西进行查看，走访百姓。

一个月后，二人回到京城。

汲黯根据看到和了解的情况，写了奏章，并很快呈送到刘彻的手上。

这天，刘彻看着汲黯的奏章，看着看着，慢慢神色凝重起来：

……黄河水患近年频发，究其根由，是因战国以来，各国长期征战，各以自利，竞相筑堤，壅防百川。当时齐、赵、魏所筑的堤防，使河水游荡无定。水去时，固然成为肥美的耕田，大水至时则皆漂没。因而，又竞相筑堤防以自救。汉朝建立以来，特别是经过文景二帝的与民休息，天下安宁，仓廪实，府库充，百姓富庶，黄河中下游人口增加，铁农具广为使用，牛耕普及，使土地得到更广更深的垦殖。有些地方为盐碱地，土地瘠薄，粮食产量很低，百姓为了糊口，与水争地，垦种黄河堤内滩地和池泽周围的土地。尤其是近年以来，人庶炽盛，缘堤垦殖更甚。加上许久无水害，便筑室宅，不久即成为聚落。大水再至时，房屋皆漂没。于是，又筑堤防以自救。

臣下家乡东郡白马县，古时所筑大堤亦复数重，民皆居其间。从黎阳北尽魏界，故大堤去河远者数十里，内亦数重，此皆前世所筑也。黄河堤内有广阔的滩地，由于河水泥沙填淤，土地肥美，人们不仅在堤内耕种，黄土裸露，极易被大水冲走，而且建筑房舍居住，又筑民埝以自保。堤内修筑重重民埝，导致河床狭窄，所建民埝、房舍又产生阻遏作用，造成河水流动不畅，加剧了主河道淤积。这样，每逢洪水发生，便决溢成灾，泥沙顺流而下，使河水变成黄水，故今人称它为黄河。此外，黄河下游地区原本有许多池泽，成为容纳洪水之处所，如今也开始对池泽进行围垦。如内黄县界中有泽，方圆数十里，环之有堤，往十余岁太守以赋民，民今起庐舍其中，此臣亲所见也。池泽被围垦的结果，是面积缩小，甚至完全消失，洪水无地蓄滞，自然会酿成灾害。总之，百姓在黄河堤内滩地上垦殖，修筑民埝房舍，使河床狭窄，又围垦可用于滞洪的沼泽，使其面积缩小，加重了洪水灾害。

《管子·度地》中曾记载：齐国的管仲对于治国必先治理自然灾害的论述。管仲说："善为国者，必先除其五害。"何谓五害呢？水一害也，旱一害也，风雾雹霜一害也，厉一害也，虫一害也，此谓五害。五害之属，水最为大。黄河中下游，乃汉朝之粮仓。此次瓠子堤决口，未能堵塞，被灾地区方圆二三千里，实在可悲也。据臣下所见所闻，思前想后，以为朝廷当把治理黄河当作大事，若置之不理，后患无穷也。

郑当时也写了一份奏章，没几天也呈送到了刘彻的手上。

郑当时根据当前京城至黄河的水运情况，在奏折中陈述了汉朝以来黄河水患频发的原因后，特别谏言道：

往常从关东漕运粮食，乃沿渭水逆流而上，运到长安估计要用六个月，其水路全程九百余里，途中还有许多难行之地。若从长安开一条河渠引渭水，沿南山而下，直到黄河才三百余里，是一条直道，容易行船，估计可使漕船三个月运到，而且沿渠农田一万多顷皆能得到灌溉。这样既能减少漕省运粮的兵卒，节省府库钱财，又能使关中农田更加肥沃，多打粮食。故，臣郑当时奏请皇上诏令开凿漕渠，以利天下。

刘彻看了汲黯的奏章，深深感到汲黯做事认真，见解独到，是朝廷以后治理黄河难得的依据，更感到汲黯是大汉朝难得的人才。认识到听信田蚡的话，放弃堵塞决口是极大的过失。只是黄河水患频繁的原因非一时造成，也非一时能治理成功，只能作为以后的对策，眼下，朝廷尚无计可施。

刘彻看了郑当时的奏章，十分欣喜，认为这虽然是一个浩大的工程，却对汉朝是千年大计。于是，立即颁诏，命来自齐地的水利工匠徐伯测量地势，以早日开凿。

徐伯是齐郡人，有着丰富的治水经验。他接到诏令，从测量、制图到动工，身体力行。为了工程早日竣工，他不分昼夜巡行于穿渠之处，躬身劳作，竖立表记，确立地点、路线，选定了渠线和渠坝高程。确定漕渠起自长安的昆明湖，中经山区，沿终南山一带一直延续到黄河，全长三百余里。

徐伯把河道走向确定后，刘彻立即颁诏，动员兵卒数万人，开凿漕渠。

可是，因为瓠子堤决口未能堵塞，河水裹挟着泥沙朝东南汹涌而下，原来的河道干涸，致使河水向东南改道，河南的肥美良田变成河道，无数百姓无家可归，淮阳郡等十六郡国一片荒凉，尸骨遍野，瘟疫蔓延。

不久，十六郡国纷纷向朝廷告急，请求朝廷开仓赈灾的奏折源源不断地送到京城。汲黯得知这一情况，既为刘彻下令放弃堵塞决口而愤怒，也为自己未能堵住决口而自责，终日悲愤郁闷，心事重重。

淮阳郡等十六郡国的灾情还没有缓解，元光三年（公元前132年）

夏，河南郡又奏报说：河南郡数月无雨，田地几乎绝收，并伴有蝗灾。

这天，汲黯正郁郁寡欢，忽然接到王太后诏令：田蚡娶燕王刘定国的女儿为夫人，列侯宗室统统前往祝贺。汲黯心中不由得大怒：淮阳郡等十六郡国灾情未解，河南郡又大旱，作为王后和丞相，不思赈灾之事，偏偏又赶到这个时候举办婚礼，而且还诏令列侯宗室都前往祝贺，宴客摆阔，彰显尊贵！可恨、可怜、可悲、可叹也！

第十六章　借酒师道斥权贵

汲黯本不准备前去参加田蚡的婚庆酒宴，不料，日期临近时田蚡又差人到他家，特意送了一份请柬。那请柬的竹片做得十分精致，且用红色丝布包裹，篆书书写，极尽祝福吉祥之语。汲仁、司马安看到这一情况，都劝他务必参加，不然，会在朝臣们中间引起非议，更会让王太后不满，加深与田蚡的裂痕。

婚礼的这天，汲黯正在犹豫去与不去，闲居在家的魏其侯窦婴和灌夫来到家门，一见他，魏其侯窦婴便道："田蚡结婚，王太后又诏令列侯宗室都去祝贺，特令老臣邀请主爵都尉和灌夫一道去，不知能赏脸否？"

汲黯听了，十分惊讶，因为他知道他们都和田蚡有仇怨，这次能前往田蚡府上，向田蚡祝贺，实在不易。

汲黯既欣赏窦婴，又同情窦婴。窦氏本是汉朝外戚，因为窦太皇太后专政，大汉朝曾经等于是窦氏的天下，而窦婴一直是站在大汉江山社稷的利益上去做事，所以，做了丞相后，不怕违背窦太皇太后的旨意，没有去推崇黄老学说，而是倡导儒学，支持刘彻，因此不被窦太皇太后喜欢。后来，因为御史大夫卫绾和王臧推行儒术，贬斥黄老，建议立明堂、封禅等事，并上书刘彻，建议不再向窦太皇太后奏事，被捕下狱，不久死于狱中。他和田蚡也因此被罢去官职。窦太皇太后在世时，还有人看在窦太皇太后的面子上，去光顾他的门庭。窦太皇太后死后，再也没人登门，甚至对他懈怠傲慢，只有汲黯和灌夫没有改变原来的态度，经常到他家去看他。窦婴支持刘彻，可是，田蚡做了丞相后，刘彻却听信田蚡的谗言，一直没有起用他。所以，窦婴十分伤心，每日闷闷不乐。

灌夫与田蚡的仇怨，源于田蚡做了丞相后对窦婴的懈怠傲慢。一天，灌夫去拜访田蚡，讲到昔日窦婴对田蚡如何好，田蚡扫了他一眼，慢悠悠地对灌夫道："吾本想和汝一起去拜访魏其侯的，可惜，汝姐姐刚去世，汝正为她服丧，此时还是不去为宜。"灌夫听田蚡这样说，认为这是一个捐弃前嫌的好机会，忙道："丞相肯屈驾光临魏其侯家，灌夫岂敢因为服丧而推辞呢？请让在下告诉魏其侯做好请客的准备，请丞相明天早早光临。"田蚡一听，立即答应了。灌夫把邀请田蚡的情况一五一十地告诉了魏其侯窦婴。窦婴为了迎接田蚡，和他的夫人特地多买了许多肉和酒，连夜打扫房屋，早早地布置起来。天蒙蒙亮，窦婴就让门下的人在宅前等候，但一直等到中午，田蚡还是没有来到。窦婴忍不住问灌夫："丞相难道忘了这件事？"灌夫看到这一情况，心里很不高兴，道："灌夫身在为姐姐服丧期，仍然答应陪他来赴会，他应当前来才是。"于是，灌夫驾了车，亲自前往迎接田蚡。灌夫没有想到，田蚡答应灌夫的话只不过是开开玩笑而已，根本没有真要去的意思。等到灌夫找上门来，田蚡还睡着没起来。于是，灌夫进去见他道："昨日幸蒙丞相答应到魏其侯家去做客，魏其侯夫妇置办了酒宴，从一大早到现在都还没敢动一口呢。"田蚡做出惊讶的样子，道歉道："昨天喝醉了酒，忘掉了跟汝说过的话。"这时，田蚡才不得不驱车与灌夫前往窦婴家，但又走得很慢。灌夫看他一脸不在乎的样子，更加气愤。喝酒喝到将醉，灌夫起舞助兴。舞毕，邀请田蚡也起舞助兴，田蚡竟然不肯起身。灌夫便对田蚡痛斥一番。窦婴把灌夫扶走，然后向田蚡赔礼道歉。但是，田蚡却怀恨在心，处处打压灌夫和窦婴。之后，田蚡看中了窦婴的一片田地，想讨要到手中。一天，命令籍福去找窦婴。窦婴非常气愤，断然拒绝。当时，与窦婴情同手足的灌夫也在场，灌夫就怒骂籍福道："驴蒙虎皮，恃势凌人。"但是，籍福受到如此侮辱，并没有像一般人那样在田蚡面前挑拨窦婴、灌夫与田蚡的关系，为己报仇，而是从中调和，好言劝田蚡道："魏其侯已老，易忍，且待之。"但是，田蚡原谅了魏其侯，却对灌夫并不放过，欲把灌夫置于死地，上奏刘彻道："灌夫家在颍川，横行霸道，百姓深受其苦，请求皇上查办。"刘彻道："这本来是丞相职内的事情，何须奏报？"田蚡听了刘彻的话，十分得意，立即动手查办灌夫。而灌夫也掌握了田蚡的一些秘密事：如非法牟取财利，接受淮南王刘安的贿金，并说过很不适当的话语，等等。后来，有宾客在中间调停劝解，双方才停止了纠纷。灌夫、窦婴得知籍福不仅没有在田蚡面前陷害他们，反而劝解田蚡，对籍福十分感激。此次乐意参加田蚡的婚礼，不仅是为了化解与田蚡的矛盾，也想趁机能在酒桌上向籍福表示一下谢意。

窦婴看出了汲黯心思，为了能让汲黯一块去，解释道："老臣去找灌将军时，灌将军推辞说：'我多次因为醉酒得罪过丞相，丞相如今又和吾有仇怨，不去为好。'老臣劝他：'过去有仇怨，今不计前嫌，去他府上喝酒，给了他面子，岂不就解开了那个疙瘩，化解了仇怨？'灌将军也是个大度的人，就同意了，说能与主爵都尉一块去，有主爵都尉在，心里才有底气。"

汲黯看到窦婴、灌夫能不计前嫌去参加田蚡的婚礼，又对自己这么尊重，对窦婴、灌夫更加敬佩。于是，答应和他们一起去参加田蚡的婚礼。

路上，灌夫显得很高兴。可是，走着走着，忽然神色诡秘地问汲黯和窦婴道："二位是否知道田蚡的妻子是谁的女儿？"

汲黯和窦婴听了，都忍不住笑起来。窦婴讥笑他道："是燕王刘定国之女，朝臣哪个不知？还用灌将军相问？"

灌夫掩口笑道："田蚡为何娶燕王刘定国之女为妻？刘定国是何许人也？吾做过几年燕国国相，最了解他：其为人淫乱，淫乱到竟然与父亲刘嘉的姬妾通奸的地步，并生下一个儿子。他看弟弟的妻子长得漂亮，竟然强夺弟弟的妻子为姬妾……"

窦婴告诫他道："刘定国是燕敬王刘泽之孙，燕康王刘嘉之子，是刘氏宗亲，这些事，万万不可到处乱讲，尤其是今日的酒桌上，更不能讲。"

灌夫好像没有听到窦婴的话似的，继续道："刘定国不仅如此，他竟然还与自己的三个女儿通奸……"

窦婴一听，忍不住怒道："刘定国简直是猪狗不如。"

汲黯哀叹道："这就应了《周易·系辞上》的话：物以类聚，人以群分。"

灌夫不满道："刘定国诬陷吾灌夫犯法，被皇上免了官。吾犯了何法？不就是不满他的淫乱，呵斥过他，要阻止他，被他诬陷了吗？"

说着，不觉间已经来到田蚡府外，窦婴立即阻止他："今天只讲喝酒，不要再说闲话。"

灌夫笑道："遵命。"

他们来到田蚡府上，只见满院子欢声笑语，十分热闹。厅堂里每张酒桌前早已坐满了人。朝臣们一看汲黯来了，先是一愣，接着，都向汲黯打招呼施礼。汲黯也一一回礼。田蚡看到汲黯也一脸的笑容，安排他们三个人和郑当时、籍福等人坐在一起。窦婴、灌夫看到籍福，对籍福十分客气，籍福对他们也一脸的微笑。他们的邻桌坐着临汝侯灌贤、长乐卫尉程不识、李广等客人。

汲黯、窦婴、灌夫到来后，田蚡立即令侍者上菜置酒。为了让窦婴高兴，汲黯也一改往日极少喝酒的习惯，和窦婴频频碰杯。他们喝着酒，心里高兴，禁不住又提起昔日的话题。窦婴看了一眼汲黯道："昔日不是老弟让籍福说服田蚡不和老臣相争，老臣恐怕连一年零四个月的丞相也做不上。"

汲黯笑笑道："陈年旧事，不提了。"

灌夫看了一眼汲黯，也感激道："是主爵都尉的举荐，灌夫才做了淮阳郡太守，后来又被皇上重用。"

汲黯又笑笑道："不是汲黯的举荐，是灌将军对朝廷有功。"

籍福虽然是田蚡的门客，对汲黯格外尊崇，对汲黯道："当初不是主爵都尉让在下去劝说田蚡，放弃争夺丞相之位，哪有后来田蚡的好名声，以至后来做了丞相？若不是和田蚡的这份交情，田蚡哪能对籍福高看一眼？”

窦婴听了籍福这句话，感慨道：“如今想来十分后悔，当初如若听籍福的话，哪能有窦婴今天这个结局？”

窦婴说的是实情。他坐上丞相宝座之后，籍福曾经也前去祝贺。面对势焰冲天的窦婴，籍福并没有像其他人那样阿谀逢迎、溜须拍马，而是直言窦婴性格中疾恶太深的缺点，对窦婴道：“君侯资性喜善疾恶，方今善人誉君侯，故至丞相；然君侯且疾恶，恶人众，亦且毁君侯。君侯能兼容，则幸久不能，今以毁去矣。”籍福既夸赞了窦婴以喜善而登相的事实，也提出了不要疾恶太深而招致毁言报复。窦婴被罢免丞相后，很后悔当初没有听信籍福的忠告，所以，多年以来一直对籍福很感激。

汲黯为了阻止他们重提旧事，举杯和大家喝酒，一个个都十分开心。

他们正饮酒高兴，这时，丞相田蚡起身敬酒，首先向和他同桌的敬酒。一看田蚡敬酒，临汝侯灌贤、长乐卫尉程不识、李广等客，一个个都离开席位，伏在地上来接酒。

汲黯看着那些伏在地上来接酒的人，正在笑着的面容忽然变得灰暗起来，先是鄙夷地瞪了他们一眼，然后回过头来，也不讲喝酒的事了，并突然给大家讲起黄老学说来，大声道：“各位知道汲黯为何喜欢黄老之学乎？”

窦婴、郑当时、灌夫、籍福皆回答：“不知。”

汲黯笑笑道：“要想谙熟老子的道家学说，首先要知‘道’这个字是怎么写的。道，是‘首’和偏旁‘辶’组成的，即头脑与行走。一个人如若只知饱食终日，不去为国为民谋事，不动脑子，其道何有？出路何在？故，老子说：‘道可道也，非恒道也……’”

郑当时听到这里，立即打手势阻止他。汲黯以为自己说错了什么，正感到不解，郑当时把嘴附到他耳边说：“那个‘恒’字为避文帝讳，早改为'常'，应读'非常道'，朝臣们早已都改过了，汝为何还不改过来，并又在这场合说呢？"

汲黯笑道："吾是讲道家之道，何况老子在前，文帝在后，怎么能因为文帝而篡改前人的话呢？难道皇帝用过的字吾等就不能用了？不能叫了？汲黯讨厌这些谄媚的做法。"

郑当时被汲黯说得十分尴尬，笑了笑，不再阻拦，任他继续说。

汲黯正说着，田蚡在那张桌敬酒结束，便满脸堆笑地到汲黯面前来敬酒。汲黯看了他一眼，道："各位在问臣下为何尊崇黄老之学，喜欢道家学说，等臣下把话给诸位讲完再喝酒。"

田蚡虽然不高兴，因为对汲黯有些畏惧，还是假笑道："好，好。"

汲黯道："诸位都知道正直的'正'吧，一止为正，即做事不越轨。'一'指做人要表里如一，'止'是指做事要适可而止，两者结合才成为一个'正'。'正'字内含一上一下，还有一竖，指为人处世，有上有下，端方有肃，站得直，绝不点头哈腰，阿谀奉迎。"

郑当时等知道汲黯话中有话，忍不住向他投去不安的目光。汲黯装作没有看见，继续道："诸位知晓宽恕的'恕'乎？恕者，如心为恕，即以心比心也。孔子把'恕'细解为'己所不欲，勿施于人'，自己不喜欢的事情也不要强加于人。人活在世上，磕磕碰碰的事常有，谁不出点小乱子？只要不是有意使坏，自然也就能宽恕了。"

众人听了，连连夸赞。田蚡忙趁机道："主爵都尉讲得好，来来来，喝酒喝酒。"

这一桌人因为都是汲黯的朋友，又都惧怕汲黯，没有一个人像其他酒桌上的人那样见田蚡敬酒马上离开席位恭迎，更没有人伏在地上来接酒。

田蚡敬酒走后，魏其侯窦婴想到自己曾经是丞相，还是窦家的人，也是老一辈的人，也起身敬酒。窦婴到田蚡的桌前敬酒时，只有少数老朋友离开席位，表示一下礼节，其余一半的客人只是稍微欠欠身来接酒，没有对窦婴表现出一点敬意。

灌夫看到窦婴敬酒和田蚡敬酒时那些来客的态度判若云泥，内心很不高兴，很想前去训斥一番，但是，强压着怒火，站了站又踢坐下去。

窦婴敬酒回来，灌夫看客人们都相互敬酒，也起身离席，依次敬酒。当敬到田蚡跟前时，田蚡仅仅直了直身子，并又推辞道："不能再喝一满杯了。"

灌夫很光火，但却嘻嘻地强笑道："丞相是贵人，这杯酒就请干了吧！"

但田蚡执意不喝。其他朝臣见状，都看着灌夫发笑，灌夫感到更没面子，脸色红得像一块红布似的。

当敬酒敬到临汝侯灌贤时，灌贤正凑在程不识跟前低声耳语，也没有起身离席还礼。灌夫和灌贤的父亲同辈，灌贤此时应该叫灌夫一声叔父。灌夫见状，正满腔怒火无处发泄，就痛骂灌贤道："什么东西！汝平日把程不识诋毁得一钱不值，而今碰到长辈敬酒，竟然像个小孩子似的唧唧咕咕咬耳朵！"

田蚡见灌夫这样训斥灌贤，很不悦，指着灌夫道："程、李两位都是东西宫的卫尉，汝当众羞辱程将军，难道也不给李将军留点面子？"

灌夫听了田蚡的话，气不打一处来，大声道："今日灌夫打算被杀头穿胸，哪里还讲什么程将军、李将军呢！"

在座的客人们看到这种情形，纷纷假装如厕，先后离去。

魏其侯窦婴见事情搞成这样，也起身离席，招手示意让灌夫也赶快走。

田蚡看到好端端的婚礼弄成这个样子，大怒道："这都是吾之过错，是吾把灌夫惯得太骄横了。"

于是，命令手下的骑卫把已走到门口的灌夫扣留。

汲黯见此情景，想到籍福是田蚡的门客，田蚡对籍福一向比较敬重，就让籍福前去解围。籍福一向敬重汲黯，见汲黯这样相信自己，立即起身。

籍福到了田蚡身边，立即替灌夫向田蚡道歉："丞相息怒，都是下官料事不周，不该让灌夫喝那么多酒，一切都是下官的错，下官和灌夫向丞相赔礼了。"说着，忙按着灌夫的脖子，对灌夫道："赶快向丞相叩头赔礼。"

灌夫见籍福按着自己的脖子，愈加恼怒，不仅不赔礼道歉，反而怒问道："灌夫何错之有？怎会向他赔礼？他应该向灌夫赔礼才是。"

田蚡猛地一拍桌子，命令骑卫道："把他给捆起来！"

灌夫被捆起来后，田蚡接着又把他的幕僚，一个官职为长史的属官叫到跟前，大声道："今天设宴招待宗室，是奉太后的诏令而行事，灌夫居然如此无礼。汝把此事全给记载下来，此事绝不罢休。"

于是，田蚡弹劾灌夫，说他在宴席上辱骂宾客，侮辱诏令，犯了"大不敬"之罪，将他关押在少府的官署居室里。

第二天，田蚡又把灌夫交给御史张汤，予以定罪。同时查究他以前的罪行，并派人分头追捕灌氏的各支宗族。

窦婴感到非常惭愧，出钱让宾客向田蚡求情，请托于张汤，以求放过灌夫。可是，属吏皆为田蚡耳目，他的这些做法未能奏效。

见窦婴决意救灌夫，其夫人则劝窦婴道："灌将军得罪丞相，与太后家忤，岂可救矣？"

窦婴正色道："侯位自吾挣得，即自吾丢之，无足恨悔！灌夫为人正直，绝不令灌夫独死，而吾独生。"

遂转移家人，变散家产，然后潜身出家，上书刘彻。

刘彻看到窦婴的上书，立即召见窦婴。窦婴哭诉道："灌夫为人耿直善良，对朝廷有功，仅因醉饱失言，而得罪丞相，丞相却因其他事而诬罪灌夫，老夫认为灌夫不足以判处死刑，请皇上务必救之。"

刘彻听了，想到昔日灌夫的功劳，认为窦婴说得对，答应相救，并赐窦婴饭食。饭后，刘彻对窦婴道："双方都是亲戚，谁是谁非可至太后朝宫申辩之。"

次日，窦婴、田蚡都到了王太后宫前。刘彻主持，双方陈词。窦婴先为灌夫辩护，把灌夫的父亲为国而死，灌夫不葬父而与敌作战等功劳说了一遍，而后道："灌夫一向为人刚正，此次酒后失态，非刻意为之，不应问罪。"

田蚡则大毁灌夫平素横行不法事，目无君后，大逆不道，并举例道："灌夫为了摆阔，炫耀自己在朝廷依然威风依旧，在老家田园中修筑堤塘，灌溉农田，他的宗族和宾客也借机扩张权势，在颍川一带横行霸道。颍川的儿童作歌唱道：'颍水清清，灌氏安宁；颍水浑浊，灌氏灭族。'"

田蚡一向口才好，且年轻，脑子反应快，窦婴怎能辩得过他？窦婴自度已不可挽回，于是，便揭露田蚡与淮南王刘安交往，受金谋变之阴事，道："灌夫虽然有种种劣迹，比起武安侯曾经受金谋变之阴事，何足挂齿？前不久淮南王刘安来京，武安侯对刘安说：'方今皇上无太子，大王又是高皇帝的亲孙子，行仁义，天下莫不闻。皇上一旦晏驾，非大王当谁立者？'刘安大喜，馈赠武安侯很多金银财物，武安侯皆全部收受，如此诅咒皇上，大肆收受贿赂，该当何罪？"

田蚡一听，大惊失色，立即跪拜于刘彻跟前，哭诉道："当今天下太平，作为肺腑之臣，所好非权力，只好音乐、狗马、田宅、倡优巧匠之属。而窦婴、灌夫则招聚天下勇士、豪强，日夜讲论政局，腹诽而心谤。不仰视天即俯画于地，睥睨东西两宫之间，希图天下有变，而欲以废立大功。臣乃不知窦婴究欲何为！"

于是，刘彻问在座的大臣道："两人孰是孰非？"

御史大夫韩安国道："魏其侯说灌夫的父亲为国而死。灌夫手持戈戟冲入到强大的吴军中，身受创伤几十处，名声在全军数第一，这是天下的勇士。如果不是有特别大的罪恶，只是因为喝醉了酒而引起口舌之争，是不值得援引其他的罪状来判处死刑的。"

汲黯道："作为朝臣，评价人要实事求是。灌夫虽有不当之处，陛下不可听信别有用心之人的夸大之词。魏其侯曾经是大汉朝的丞相，已经为灌夫的过失向武安侯道歉，朝廷应以国事为重，不能因为酒后失态就兴师问罪。魏其侯爱护朝廷大臣，每个做臣下的都应该效仿之，而不是去打压。"

汲黯和郑当时一起来时，商定都为窦婴辩护，要大事化小，不能让窦婴受到伤害。郑当时也认为魏其侯做得对，说一定站出来为魏其侯说话。汲黯为灌夫和窦婴辩护后，刘彻问郑当时是怎么看。不料，郑当时却不敢吭声了。其余大臣见郑当时无话，也都不敢发言。

刘彻怒斥郑当时道："汝平日多次说到魏其侯、武安侯的长处和短处，今天当廷辩论，畏首畏尾，像驾在车辕下的马驹，朕将一并杀掉汝等这些人。"

刘彻说罢，遂罢朝。

田蚡退朝出了停车门，招呼御史大夫韩安国同乘一辆车。韩安国曾为梁王刘武的国相，经常为梁王的事联络长公主，曾为窦太后及窦氏长公主所倚重。韩安国上了车，田蚡怒责他道："吾和汝共同对付一个老秃翁，何为惧之？汝模棱两可，首鼠两端，想两边讨好？"

过了好一会儿，韩安国道："丞相怎么这样不自爱自重？他魏其侯毁谤汝，汝应当摘下官帽，解下印绶，归还给皇上，说：'吾以皇帝的心腹，侥幸得此相位，本来是不称职的，魏其侯的话都是对的。'像这样，皇上必定会称赞汝有谦让的美德，也不会罢免汝。魏其侯一定内心惭愧，闭门咬舌自杀。现在别人诋毁汝，汝也诋毁人家，彼此互骂，好像商人、女人吵嘴一般，多么不识大体也！"

田蚡想了想，认错道："争辩时太性急了，没有想到应该这样做。"

到了吃饭的时候，刘彻为了不让太后过多地干预此事，特到东宫侍奉王太后进餐。王太后非常关心这次廷辩，早已派人在廷辩时探听消息，刘彻还没来到这里，王太后早已知晓廷辩的情况。王太后见刘彻到了跟前，盛怒，饭也不吃，厉声对刘彻斥责道："今吾在也，而人已敢如此欺辱吾弟。吾死后，皆鱼肉之矣！难道皇帝是石人、木偶乎？今日皇帝主持辩论，竟无结果，以后，大臣还有可信者乎？"

刘彻听了，忙向母亲谢罪道："因双方都是宗室外家，故廷辩之。不然，此一狱吏之事耳。"

于是，刘彻又召主管禁军的郎中令石建，分别再议双方廷辩之事。

石建是河内郡温县人，其父是"万石君"石奋。石奋初为随侍汉高祖刘邦的小吏，虽不通文学，却恭谨无比。汉高祖爱其恭敬，召其姊为美人，以石奋为中涓，相当于谒者、舍人这样的亲近之臣。汉文帝时，官至太子太傅、太中大夫。汉景帝即位后，列为九卿，秩比二千石，其四子后来皆官至二千石，号为"万石君"。石建承其父美德，不仅孝行第一，而且谨慎亦算第一。窦婴、田蚡被免职，王臧自杀时，石建已年届六旬，须发尽白，刘彻拜他为郎中令，管理宫内事务。一日，因事写成奏章，奏闻刘彻。刘彻阅毕，被发回。石建又将自己的奏章复看一遍，看到马字，十分惊恐。心想：马字下面是一弯，像个马尾，连着四点，算是马足，共有五画，如今只写四画，少却一画，不能成字，定被皇上看出，若责问起来，怕要死了，因此惶急异常。后见刘彻并未提起此事，这才放心。以后遇事，愈加谨慎。大凡谨慎太过的人，往往变得畏缩，石建却不如此，他见事有应直言者，便乘间屏退左右，向刘彻痛切言之。在大庭广众之间，则十分谨言。刘彻知其忠实，特加礼待。所以，这次又令他再次主持廷辩。

　　汲黯见廷辩无果，又得知刘彻令石建主持重议此事，担心窦婴没有田蚡的口才好，如果不及时相救，灌夫会凶多吉少，便准备去找张汤，想让他在必要的时候对灌夫手下留情。因为张汤为人多狡诈，以玩弄智谋驾驭他人。他上奏的疑难案件，一定预先为刘彻区别断案的原委，刘彻肯定的，便作为谳决法，视为延尉断案的法律依据，以显示刘彻的英明。因此，张汤很受刘彻的赏识。张汤若所奏的事受到斥责，便立即向刘彻拜谢，并揣摸刘彻的意图。他断决的罪犯，若是刘彻欲图加罪，便让廷尉监或掾史穷治其罪。若是刘彻意欲宽免其罪，便要廷尉监或掾史减轻其罪状。

　　第二天，汲黯正准备去找张汤，却见张汤来到了宣室殿。汲黯立即意识到他又是来揣摸刘彻的意图。于是，汲黯就先他一步，不让他提前向刘彻提及此事，阻止他揣摸刘彻的意图，对张汤道："灌夫常有酒后失态之陋习，并非有意为之。虽然有失丞相脸面，毕竟是有功之人，看人要看其大节，因此，不要对灌夫过于严苛，应给他改过的机会……"

不料，张汤尽管过去对汲黯礼让三分，这次却依仗他是田蚡举荐的人，是田蚡的心腹，要治罪灌夫田蚡已经铁了心，居然不给汲黯留一点情面，未等汲黯说完，立即道："灌夫犯下大不敬罪，是死罪，已成定局。"

汲黯耐着性子，强笑着问他道："什么是大不敬罪？"

张汤立即回答道："侵犯皇帝人身、权力及尊严的一种罪名。"

汲黯反问他道："灌夫侵犯皇帝人身、权力及尊严了吗？"

张汤被汲黯问得半天没有回答上来。停了一会儿，张汤又细究道："丞相设宴招待列侯宗室，是奉太后的诏令而举办的，侵犯太后的诏令，跟侵犯皇帝一样，属大不敬罪。"

上次廷辩，刘彻很想让大臣们都各抒己见，因为很多人不敢说，他愤然罢朝，此时，却不说一句话，让汲黯和张汤尽情地争辩。同时，他也特别喜欢听汲黯陈词，所以，默不作声。

汲黯为了灌夫，强忍怒火道："灌夫不计前嫌，前来向丞相祝贺，实属不易。他酒后失态，怒斥的是他的晚辈，是他宗亲的事，与太后无关，怎么能是犯罪呢？"

张汤看了一眼刘彻，坚持道："想当初，东方朔有一次喝醉了酒，进入殿中后，在殿上小便，而此举被其他官员弹劾，当时就被定大不敬之罪，皇上即下诏罢了他的官职，贬为庶人。"

汲黯反驳他道："酒后失态小便，是有些不当，也不足以定罪。你通晓律令，怎么可以把这些写进律条，当作罪名？皇上尽管给东方朔定了大不敬之罪，也仅仅将他免官，对他以警诫，后来，皇上不是又重用了东方朔吗？灌夫是有功之人，也是刚直之人，岂可因酒后失态就一棍子打死？"

张汤又辩解道："吾乃朝廷最高司法之官，只按律令办案，其他的不管。"

汲黯忍无可忍，怒斥道："汝总爱故意深究条文，苛求细节。在审讯犯人时，很多情况下不管事情对错，动辄严刑拷打，只想以快速审案、判案，向皇帝邀功。为一己之私，大兴冤狱，导致民怨沸腾，是何居心？天下人都说绝不能让刀笔之吏身居公卿之位，果真如此。如果非依汝之法行事不可，必令天下人恐惧得双足并拢站立而不敢迈步，眼睛也不敢正视了！"

张汤没想到汲黯敢对他如此大怒，并把他的所作所为全都揭穿，加上不见刘彻发声，再也不敢言。

汲黯并未因为张汤不敢说话而就此罢休，依然余怒未消，再次训斥他道："汝身为正卿，对上不能弘扬先帝的功业，对下不能遏止天下人的邪恶欲念，安国富民，使监狱空无罪犯，相反，错事竭力去做，大肆破坏律令，以成就自己的事业。尤为甚者，竟敢把高祖皇帝定下的汉律也乱改一通，这样做会断子绝孙的！汝也不得好死！"

刘彻听着他们的对话，直到汲黯大骂张汤，一句话也没说。最后，张汤看刘彻不说话，又看到汲黯如此愤怒，灰溜溜地走了。

张汤走了，刘彻也许久不说话。汲黯见状，也慢慢退了出去。

到了殿外，汲黯为把狂傲的张汤骂得灰头土脸而倍感畅快，但是，不一会儿就又担心起灌夫和窦婴的事，他既同情灌夫，又对灌夫怨恨——灌夫啊灌夫，人是好人，做事却又太肆意：刘彻即位后，我极力举荐，被任为淮阳郡太守。仅一年时间就被调回京城为太仆，跟随在皇帝身边。没想到，在京时间不长，在与长乐宫卫尉窦甫喝酒时，因为看不惯窦甫的傲慢，居然打了窦甫一顿。刘彻担心窦太皇太后加害你，调你到距离京城较远的燕国任国相。几年后，又因看不惯刘定国的淫乱，辱骂了刘定国，被污犯法，丢掉了官职，闲居在长安家中。你不喜欢当面奉承人，不论对皇亲国戚，还是有势力的人，凡是地位在自己之上的，从不阿谀，对地位在自己之下者，甚至越是贫贱者，就更加恭敬，跟他们平等相待。在大庭广众之中，总是推荐夸奖那些比自己地位低的人。不仅如此，还爱打抱不平，已经答应了别人的事，一定办到。因为失去了权势，达官贵人及一般宾客日渐减少。为了给人一个不被冷落的样子，广交朋友，每天请人到家里喝酒，食客少则几十，多则近百。为了炫耀自己在朝廷依然威风依旧，在老家摆阔，结果授人以柄，太糊涂了也。灌夫啊灌夫，财富不过是暂时寄托于你，有的是让你暂时使用，有的是让你暂时保管而已，到了最后，物归何主，都未可知。所以，智者把这些财富统统视为身外之物。灌夫啊灌夫，因为醉酒已经酿出几次大事，为何不吸取前车之鉴，又因为喝酒而酿出大祸？实在是可悲也。我汲黯很想救你，可是，心有余而力不足，何况又是田蚡和王太后都欲置你于死地？你凶多吉少啊！

汲黯抱怨了灌夫，又为魏其侯抱不平：魏其侯啊魏其侯，想当初你失去权势，门庭冷落的时候，灌夫不忘旧情，一如既往到你家去，你看不惯那些昔日仰慕自己、失势后又抛弃了自己的人，也想依靠灌夫去报复那些势利小人。当灌夫出事时，你能不遗余力地去拯救灌夫，足见你德高情厚。你有功有德，认理不认人，可是，偏偏遇上田蚡这样的认人不认理者。不是你生不逢时，是你为人铺路，反遇虎狼。

第十七章　带病治水淮阳郡

郑当时因为在评议武安侯田蚡、魏其侯窦婴的是非时未能坚持己见，刘彻恼羞成怒，第二天便将他一个从治理京师的右内史贬职为詹事，仅仅掌管皇后、太子家中之事，及宫中诸宦者，皇后法驾出行，则在前面驾导引车做导引。

正如汲黯所料，灌夫凶多吉少。刘彻为了证实田蚡的话，派御史按照文簿记载的灌夫的罪行进行追查。结果，与窦婴所说的有很多不相符，窦婴犯了欺骗皇上的罪行，被弹劾，拘禁在名叫都司空的特别监狱里。

窦婴被拘禁后，想到如果按照田蚡的指控，灌夫会被定为灭族之罪，情况十分紧急，忽然想到一件事：景帝临终时，曾有遗诏赐给他，曰："事有不便，以便宜论上。"窦婴想到这里，感到现在只有用此才能解救灌夫。因为被拘禁，则趁侄子来看望他的时候，把此事告诉了侄子，让他上书刘彻，报告接受遗诏的事，希望再次得到刘彻的召见。

刘彻接到窦婴侄子的奏书后，立即下令查对尚书保管的档案，结果，却没有查到景帝临终的这份遗诏。这道诏书只封藏在窦婴家中，是由窦婴的家臣盖印加封的。于是，便弹劾窦婴伪造先帝的诏书，应该判处斩首示众的罪。

元光四年（公元前131年）十月，灌夫和他的家族全部被处决。过了许久窦婴才听到这个消息，因为愤慨，患了中风病，饭也不吃了，打算一死了之。后听有人说刘彻没有杀他的意思，又开始吃饭并医治疾病。田蚡得知后，又编造了很多诽谤窦婴的话，故意让刘彻听到。十二月的最后一天，窦婴在渭城大街上被斩首示众。

田蚡害死了灌夫、窦婴后，十分得意。一日上朝，田蚡向刘彻请功道："张汤禁奸止邪，一切亦皆彬彬质有其文武矣……"

刘彻听了，正想赞美张汤一番，汲黯避开田蚡、张汤，大声问刘彻道："陛下，丞相的婚宴上，一壶酒的怨愤，陷害了两位贤人。全长安城一片骂声：该杀的不杀，不该杀的乱杀！罪名皆落在陛下的头上，陛下应该高兴，还是应该感到悲哀？"

刘彻听了，忽然瞪大眼睛，脸色煞白，半天无语。满朝大臣都瞪着惊恐的眼睛，一半盯着田蚡和刘彻，一半则瞪着汲黯，为汲黯捏着一把汗：汲黯啊汲黯，人已经死了，还说这些何干？对你何益？汲黯看到了大臣们的目光，领会大家的善意，但他丝毫也不后悔，依然满脸怒气，等待刘彻发落。

刘彻不仅没有发怒，而且异常地冷静，如醍醐灌顶，一下子清醒过来：灌夫、窦婴，一个是有名的功臣，一个是威望很高的外戚，自己即位之初，窦婴能够不顾窦太皇太后的压力，支持自己推崇儒术，主张大事不再向太皇太后奏报，足见他对我的忠心，而今仅仅因为田蚡婚宴，一壶酒的事，闹得满城风雨，人心向左，得不偿失……

田蚡看到汲黯竟然在满朝大臣面前直刺自己，大为光火。刚摆出巧舌如簧的架势要斥责汲黯，为自己辩护，刘彻忽然怒视着他道："丞相以灌夫家产数千万，食客每日数十百人，横暴颍川郡，置他于死地。汝修建的住宅，超过了所有的贵族的府第。田地庄园都极其肥沃，派到各郡县去购买器物的人，在大道上络绎不绝。前堂摆设着钟鼓，竖立着曲柄长幡，后房的美女数以百计。诸侯奉送的珍宝金玉、狗马和玩好器物，数也数不清。和汝相比，汝该杀十次！瓠子堤决口，因自己的封地在河道以北，不受水灾，竟编造谎言欺骗朕，力阻治理，让天下饱受洪灾。论功，汝比得上灌夫？论德，汝比得上窦婴？汝何功、何德、何能？汝还想说什么？"

田蚡满脸惊慌，张口结舌。

刘彻越想越气愤，不依不饶道："汝每日在朕面前甜言蜜语，对朝臣却颐指气使。汲黯的话没汝说的听着入耳，看看他，世代为卿大夫，京城没有豪宅，宅院与百姓无异，田园及家财也都是得自皇上的赏赐，且从不骄奢淫逸，而汝刚刚完婚，家财已经达到无人敢比……"

田蚡脸色煞白，还想辩解，刘彻把手一挥："朕今天不想听汝再说什么，也不想看见你！"

田蚡见状，灰溜溜地走了。

刘彻怒视着田蚡的背影，吼道："罢朝！"

从这天起，田蚡脑子里每天都是汲黯和刘彻怒斥他的情景，以及灌夫全家被杀、窦婴在渭城大街上被斩首示众的惨状，日夜都看见窦婴和灌夫的鬼魂围绕在他的身边。他请巫师来诊视，巫师说，是魏其侯和灌夫两个人的鬼魂共同监守着他，要杀死他。田蚡恐慌至极，每日不停地大声呼叫："田蚡有罪，田蚡有罪，魏其侯、灌将军，田蚡向尔等谢罪、谢罪、谢罪……"

元光五年（公元前130年）五月初七，田蚡在惊惧和恐慌中，暴毙于床榻之上。与灌夫、窦婴的死仅相隔几个月时间。

田蚡死后，刘彻命御史大夫韩安国代理丞相的职务，不料，韩安国很不幸运，在给刘彻导引车驾时，从车上摔了下来，受了重伤，跌跛了脚，不能上朝。汉律规定：官员请病假期限最长为三个月，逾期不视事则即行免职。此时因为朝廷人心惶惶，刘彻正是需要有丞相替他分忧的时候，只得将他病免，诏拜廷尉张欧为御史大夫，诏拜汉高祖的功臣广平侯薛欧的孙子薛泽做了丞相。

张欧在汉文帝的时候，凭借着研究刑名学说出众而被安排在太子身边，辅佐太子刘启，为东宫侍臣。他虽然研究刑名学说，为人却是十分地忠厚。所谓刑名学，就是将大臣向君主所做的议论加以制度化，使建议得以施行。刘启即位以后，用张欧为廷尉。张欧从做官的第一天起，从没有以惩办他人为目的，而是一心以诚实、忠厚的态度去对待自己的官职。他属下的官员认为他是一位忠厚的长者，因此，都对他敬重有加。他担任廷尉的时候，案件已经判定，需要呈送给皇上批准，其中如果有可以退回重审的，张欧就将案件退回。不能退回的，就忍不住为罪人流泪，不忍读文书，而是把文书封上。他作为廷尉，竟能如此爱惜人的性命。

薛泽是因为祖上的功德被继封为平棘侯，因为有这个爵位，故有这次做丞相的机会。薛泽汲取前几任丞相的教训，娓娓廉谨，谨言慎行，对刘彻言听计从，不敢越雷池一步。

朝廷内讧的消息很快传到北部边郡，边郡官民无不人心惶惶。朝廷的变故很快也被匈奴探知，于是，匈奴便趁机又一次兴兵南下，锋芒直指上谷郡十六个县，边郡纷纷告急。

灌夫和窦婴因为田蚡的婚宴被杀，田蚡精神崩溃离奇死亡，朝廷一片混乱，加上匈奴的大举南侵，边郡不安，汲黯忧心如焚，茶饭不思，大病了一场，半个月卧床不起。

六月的一天，汲黯刚刚病愈能上朝，淮阳郡又传来奏报：黄河上游大水猛涨，因瓠子一带大堤前年被冲毁，洪水汹涌南下淮阳郡。淮阳郡地势平缓，大水成灾。

刘彻看着奏章，两手发抖，大怒道："朝廷风波未平，匈奴乘机犯边，黄河又肆虐中原，大汉朝何以至此也！"

汲黯劝慰刘彻道："朝廷内的事，陛下当抓大放小，不料却因小而失大，实在让人痛心疾首。以后当谨记《周易·既济》里的话：'君子以思患而预防之。'以此为鉴，朝廷自然少生是非。天灾不可测，既来之则应全力应对之。"

刘彻忍不住问他道："内忧外患，朕如何是好？"

汲黯道："臣下虽不能领兵抵御匈奴，但通过近十年的观察，见卫青既沉稳、多谋，又勇敢过人，可重用之，可让他领兵御敌。臣下虽然未能堵塞住瓠子堤决口，尚有一些治水之策。黄河水肆虐淮阳郡，万分紧急，不容迟疑，请把治理淮阳郡洪灾的事交给臣下吧。"

刘彻忍不住红了眼睛，道："汲君刚刚病愈，朕怎能忍心让君前往呢？"

汲黯道："臣下入朝为官，就是为了能给百姓多做些事，岂能在百姓遭受水灾之时，瞻前顾后，患得患失？"

刘彻沉吟良久，叹息道："朕着实找不到更合适的人。汲君若能身体力行，朕只能委屈汲君矣。汲君看朝臣中谁当助手为宜？"

汲黯想了想，道："瓠子堤决口，即臣下与郑当时同往，且配合默契。又，郑当时乃淮阳郡陈县人，对那里的地理、水域，洞若观火，有他同往，可事半功倍也。只是他现在身为詹事，有些名不正言不顺。"

刘彻高兴道："朕把他降为詹事是一时气愤，朕马上升他为大农令，让他与君同行，前去治理洪灾。"

汲黯道："若如此，再好不过。"

于是，刘彻一道诏令，第二天命郑当时为大农令。

郑当时接到诏令，惊喜异常，对刘彻如此大度地对待自己十分敬佩，第二天便与汲黯乘车离开长安，奔向淮阳郡。

路上，汲黯笑问他道："上次前往瓠子堤决口，汝向皇上请治行五日，这次居然如此之快就动身了，何也？"

郑当时不好意思地笑笑，道："皇上如此厚爱，且淮阳大水，哪里还顾得上那么多？"

汲黯又道："不带些长安美食给桑梓之地的父老、朋友？"

郑当时笑笑："顾不上了。能把水灾止住，比美食好。"

汲黯开过玩笑，立即把话题转到淮阳郡上，道："淮阳郡西临河南郡，北临河内郡，南至淮水与楚国相邻，东与梁国相邻，广阔平坦，土地肥沃，乃汉朝之粮仓。自两年前瓠子堤决口，饱受水灾，刚刚复耕，今又遭受河水南下，朝廷仓储必亏，淮阳百姓必苦矣。"

郑当时也感叹道："汉朝初立时，为淮阳郡，归属楚国，十二月，韩信以谋反被抓，淮阳郡归属朝廷。高祖十一年，高祖刘邦置淮阳国，封其子刘友为淮阳王，领淮阳郡、颍川郡二郡。汉惠帝元

209

年，淮阳王刘友改封赵王，淮阳郡归属朝廷。汉高后元年四月，复置淮阳国，分封汉惠帝之子刘强为淮阳王，领淮阳郡。汉高后五年刘强去世，其弟刘武改封淮阳王。汉高后八年，周勃、灌婴等功臣和齐王刘襄杀诸吕外戚，称刘武不是汉惠帝的儿子，将他杀害。罢淮阳国为郡，归属朝廷。汉文帝四年又置淮阳国，此时的代王也叫刘武，是刘启的胞弟，于是文帝又改代王刘武为淮阳王。汉文帝十二年，刘武改封梁国，淮阳国又除为郡，归属朝廷。汉景帝二年，又置淮阳国，景帝之子刘余为淮阳王。三年，刘余改封鲁王，淮阳国又除为郡，归属朝廷。如此改来改去，足见淮阳郡是宝地，也是多灾多难之地也。"

汲黯沉思片刻，问郑当时道："知道这次皇上为何如此着急吗？"

郑当时不解他的意思，反问道："为何？"

汲黯道："这次淮阳郡大水，不是天灾，而是人祸也。"

郑当时问道："河水泛滥，怎么不是天灾？"

汲黯叹息一声："如若当初瓠子堤决口朝廷不放弃堵口，河水东南而下入海，会有今日淮阳郡水灾？此田蚡之罪也。"

郑当时也忍不住叹息道："田蚡一场婚宴，灌夫灭族，窦婴被斩于市，罪孽深重矣。两年来朝廷苦于内斗，没有去考虑治理黄河等天下大事，瓠子口成了黄河水南下的出水口，平坦肥沃的淮阳郡成了黄河的蓄水池，一片汪洋，实在让人痛心也。"

汲黯抱怀闭目，陷入苦痛之中。

郑当时道："今吾二人前往，如何治理如此广域的水面，乃一大难题也。"

汲黯睁开眼，道："这次若再像堵塞瓠子口那样无功而返，吾等将无颜面对朝廷和淮阳百姓也。"

郑当时听了，也禁不住陷入沉思之中。

汲黯想了一会儿，道："这次和瓠子堤决口完全两样：那次是堵水，这次则是放水，就是如何把淮阳郡的水放出去……"

没等汲黯的话说完，郑当时立即惊喜道："说得好！"

汲黯道:"吾想,为了尽快把水放出去,减少灾害,除疏浚原有河道外,还要依据地势,多挖掘河渠,以使平地的洪水分流,这样才能保住大量耕田和百姓的房屋。"

郑当时听了,禁不住惊喜道:"吾正揣度如何治之,经汝这么一说,不禁顿开茅塞。妙策,妙策也。"

二人商定了应对之策,心情也好了许多。

两日后,汲黯、郑当时进入淮阳郡。

进入淮阳郡西部的几个县时,只见大小河流河水皆奔腾东南而下,所有坑塘都灌满了水,除去一些地势较高的地块以外,农田大都被水淹没,谷子仅仅露出谷穗。坑塘和田野里到处是青蛙"呱呱"的叫声。村子里的很多房屋因为被水浸泡而倒塌,百姓都躲到高地上,婴儿的啼哭声,老人的哀号声,不绝于耳。道路泥泞不堪,而且大多路段被洪水冲毁,马车极其难行。

看到此情此景,汲黯、郑当时都意识到,越往东去,水会越来越深,灾情会越来越严重。

百姓看到他们的车,便知道他们是从朝廷来的大官,一定是来指挥治水的,纷纷赶到跟前帮助推车、铺路,实在不能通车时,十几人则抬车而过。不少人要背着汲黯、郑当时涉水,被他们拒绝,而是和百姓一样,脱鞋赤脚,蹚水而过。

汲黯、郑当时好不容易到了郡治陈县县城,未及歇息一阵,立即召集附近郡县官吏至郡府。附近郡县官吏见朝廷来人,皆不敢有半点疏忽,很快聚齐于府堂。郡守首先报告灾情道:"此次大水,西、北、东三面百余里,浅者淹没庄稼,坑满河平,深者房倒屋塌。因无处泄水,水势日益加重。城南四十里因有颍水东西流过,排水便利,尚不足为患。"

陈县县令补充道:"当下水灾仅仅是黄河水奔涌东南而下,如若再遇上暴雨,就更难以应对。"

汲黯没等郡守、县令说完,就意识到他与郑当时的治水之策非常可行,接着便商议疏浚河道,引洪水入城南四十余里的颍水之

211

事。汲黯对郡守、郡丞、县令、县丞等官吏道："大农令是陈县人，对这一带的地势、河流熟谙，一切由大农令指挥而使。"

郑当时果决地对众郡县官吏道："淮阳郡位于黄河之南，因为东郡一带黄河南岸已无大堤，黄河水患会时有发生，当从长计议。即日起，征发民夫，疏浚旧河渠，开挖新河渠，以快速泄洪。"

汲黯补充道："无论疏浚旧河渠，还是开挖新河渠，重在疏通陈城之北水道。因为洪水自北向南而来，要引洪水南入颍水，然后经颍水入淮水。如此，才能排泄农田中的洪水。"

郡县官吏听了，纷纷赞赏。

汲黯接着道："陈城自西周时筑城，历为陈国、楚国、淮阳国都城，今虽为郡、县治所，乃一古城也。在疏浚河道之时，还要征发民夫在县城五里外环城筑堤，谨防洪水冲毁城池，以保护先民遗迹。"

郡县官吏听到这里，无不叹服汲黯、郑当时的治水之策。于是，立即传令各县，征发民夫，在境内疏浚河道，以泄黄河洪水。

不几日，来自柘县、平舆、阳夏、寝县、项县等县的数万民夫携带锸、铲等掘土工具和筐、篓等运送工具，陆续到达郡城。让汲黯不能释怀的是，这些民夫中不仅有六十多岁的老人，还有很多妇女、少年。

因为时间紧迫，汲黯当即下令道：陈县民夫由陈县县令、县丞率队筑护城堤。大农令郑当时与郡守指挥郡北几个县的民夫疏浚旧河渠，汲黯与郡丞指挥郡南几个县的民夫奔赴城北和城西北，疏决新河渠。

旧河道有源于荥阳北的沙水，俗名小黄河。其上流受黄河水，为古荥阳荥渎，在荥阳的一段叫蒗荡渠。河东南过中牟县之北与汴水同流，东南至浚仪县一分为二：东流者为汴水，南流者为沙水。沙水经淮阳郡城西三十里南下入颍水。此水昔日可行舟，还可灌溉，百姓多飨其利。自瓠子堤决口，黄河水南下，此河严重淤塞，河水四溢，已不能通航。

另一旧河道是枯河，上流自郡城西北的长平古城而来，经郡城北二十里东下，又折而东南入颍水。因为上次黄河水泥沙沉积，也大多淤塞。

汲黯命令一下，郑当时率队奔赴沙水一线，郡守率队奔赴枯河一线，疏浚沙水和枯河。郡丞率队以城西北三十里为起点，疏决新河渠。该河渠经郡城西南，然后折而向东，经郡城南，入颍水。为了祈福让淮阳郡多产粮食，汲黯特命名这道新河为"谷水"。

汲黯率一队奔赴郡城北四十余里，开挖另一新河渠，西接沙水，东去老子故里苦县，再折而东南。汲黯为这道新开挖的泄洪河渠取名"典水"，意为引黄的经典之水。

因为天气炎热，汲黯也和民夫一样，光着膀子，高挽裤腿，站在泥泞中帮助铲土。民夫看到皇帝的大臣和他们一样，甚是感动，往岸上抬着土，"嗨哟、嗨哟"地喊着号子，不知劳累。

刘彻十分牵挂这里的治水情况，尽管汲黯每隔一段时日就向朝廷奏报一次，刘彻依然不断派使者前来察看。得知汲黯、郑当时的治水之策和疏浚、开掘进度非常之快后，十分高兴，赏赐他们很多猪肉和美酒。汲黯、郑当时把这些都分给民夫共享。

随着旧河道的疏浚和新河渠开掘，农田里的水很快顺着河渠东下，被淹没的农田逐渐都现出土地。

洪水渐渐泄去，但是，汲黯并没有感到轻松，甚至很悲凉：农田里沉积的泥沙厚达一尺以上，庄稼大都被压在泥沙下，或者倒伏于地，秋庄稼绝收已成定局。田地何时能耕作，尚未可知。没有粮食，百姓吃什么？淮阳百姓受苦矣！不仅是今年，甚至几年都无法耕种。即使能耕种，因为全是黄沙土，没有肥力，也难长出好的庄稼来！

这天，汲黯与郑当时察看谷水开掘情况时，对郑当时道："黄河水成灾，如若仅仅这一次，尚不足为惧，吾担心的是以后。每年夏季，黄河水都会涨，都会东南而下，黄河河道很快就会改道南移。移到何等位置，殃及多少百姓，多少村庄没淹没，均未可知也……"

郑当时也忍不住道："瓠子口没能堵塞，导致今日淮阳郡洪灾，以后的灾情尚难预见也。天灾不可怕，可怕的是人灾。"

汲黯扼腕长叹道："天灾一时，人祸几世。田蚡做了三年九个月的丞相，不知要害多少代、多少人！"

郑当时接着道："吾二人这次来淮阳疏浚河渠，治理洪水，一定不能草率行事，要着眼长远，以不愧于淮阳百姓。"

汲黯道："这正是汲黯所要的。无论是疏浚旧河渠还是开挖新河渠，不能只为今日之泄洪，还要使之在涝灾之年能排水，旱灾之年能灌溉，使之造福百姓。若能如此，汲黯才心安也。"

于是，他们都亲临每一河渠，认真查验，稍有不如意者，都及时修整：开始时是为了快速泄洪，现在洪水泄去，对深度宽度不足者，则加深加宽，使之成为以后排涝和灌溉的益河。

两个月后，新旧河渠全部疏浚和开掘完工。

汲黯、郑当时回到郡城，又沿着护城堤，绕城巡视。但见城与堤之间已是水波荡漾，成了一片湖面。汲黯望着湖面和被湖面包围的郡城，感慨道："如若不是筑堤及时，恐怕郡城已被洪水冲毁矣。"

郑当时道："保住这座城池，吾郑当时也算是为家乡办一件好事。"

汲黯道："战国时，毛遂自荐出使楚国，就是在这座城里促成楚、赵等国合纵抗秦，声威大振，并留下歃血为盟、三寸不烂之舌、一言九鼎等故事。吾等来此治水，向皇上承诺要把这里的洪水治理好，如今兑现了诺言，也算是一言九鼎了吧！"说着，情不自禁地笑起来。

郑当时很久没有看到汲黯的笑脸了，这时，也随着笑道："发生在淮阳的成语典故不仅仅这几个，要多达几十个。"

汲黯忽然来了兴致，问道："老兄列举几个，让汲黯听听。"

郑当时不假思索道："如大义灭亲、孔子问礼、明知故问、陈蔡绝粮、不远千里、察言观色……"

汲黯拦住他道："如此说来，太多了，等有机会，向你求教。"

他们巡视了护城堤，见一切均尽如人意，回到郡府，收拾行装，准备回京。

第二天，他们离开郡府走向街道时，不禁愣了：街道上人山人海，吏民列队路两旁，含泪相送，依依不舍。更有很多人跪在地上，大呼不止："汲公、郑公，俺淮阳百姓世代感恩，愿苍天保佑二位大人……"

汲黯一边走，一边含泪搀扶他们道："愿苍天保佑淮阳百姓、天下百姓。"

汲黯、郑当时走到城外，送行的人依然难分难舍。有几百人直至送到十里以外，汲黯、郑当时再三劝阻，他们方停下脚步。

百姓们不知昔日的淮阳郡守灌夫已被灭族，临分手时，纷纷对汲黯道："灌郡守在淮阳时，乐为百姓办事，可惜为时太短。回到京城后一定代俺向他问好。"

汲黯听了，忍不住一阵神情黯然，不觉间眼眶里已经盈满泪水。为了掩饰自己，也为了不让百姓伤心，急忙换上笑脸，答应他们道："一定转告，一定……"

第十八章　病榻之上话乾坤

几日后，汲黯、郑当时回到京城长安。朝臣们听说他们凯旋，纷纷到未央宫东门迎接。汲仁、司马安也在迎接的队伍中，看到他们，也感到十分荣耀。

当天晚上，刘彻诏令在京的秩比二千石以上的朝臣，在宣德殿设宴款待汲黯和郑当时一行，以示庆贺首次治黄成功。

汲黯在淮阳郡的两个多月，因为魂牵梦萦的都是治水，从不知劳累，晚宴后回到家里，长长地松了一口气后，忽然感到头晕眼花，喉咙喷火，肌肉疼痛，四肢好像没有了筋骨，胳膊不能伸，腿不能抬。好不容易走到床前，立即倒下，未及宽衣，便呼呼入睡。

汲黯一觉醒来，已是第二天中午时分，嘴里自责着"误了上朝，该罚"，便欲起床。不料，四肢动弹不得，怎么也起不来。不仅如此，还"喀喀喀"不停地咳嗽起来。想到这时朝廷已经退朝，索性又闭上眼睛继续睡起来。也就在这个时候，又感到浑身燥热。不知什么时候，又迷迷糊糊地进入梦境：黄河在瓠子堤又一次决口，他去堵塞决口，却被洪水卷走，一直被卷到淮阳郡。淮阳郡一片汪洋，水上漂浮很多庄稼、老人和孩子，他大声呼喊："皇上，快来救人，救人！"忽然，他被奔腾而来的洪水推倒，并撞上淮阳郡城外的护城堤，一阵剧烈的疼痛，停下来再不能动。淮阳百姓看到他，抱着他，摇晃着，哭着、呼喊着："汲公，醒醒，快醒醒……"

汲黯慢慢睁开了眼睛，看到汲仁和司马安在摇晃着他，呼叫他。这时才知道刚才是在梦中。

汲仁抚摸了一下他的头，道："阿兄在发烧。"

汲黯没有说话，感到没有说话的力气。汲仁把他扶起半躺着靠在床头，司马安把一碗水端到他跟前，道："快把水喝下，是太累了。"

汲黯又咳嗽了一阵，才把水喝下去。

这天中午，汲仁和司马安退朝后回到家中，见汲黯的病情有了好转，汲仁忍不住便对他道："阿兄，朝中又发生大事了。"

汲黯吃惊地问："是什么大事？"

汲仁道："陈皇后被废黜，退居长门宫。"

汲黯听了，不禁大惊："何以至此？"

因为这一段时间里汲黯在淮阳治水，不知宫中的情况，汲仁便细细地给他讲述道："前不久，陈阿娇得知卫子夫又怀身孕，更为嫉妒、怨恨，便在一个名叫楚服的女巫的说服下，求助于'巫蛊'之术，建祠堂祭祀，祝告鬼神，诅咒卫子夫等得宠的嫔妃。皇上得知后，命张汤查案，前后牵连三百多人，女巫楚服被斩首，陈皇后因此被废。皇上认为张汤很有能力，升张汤为太中大夫，旋即又拜为廷尉，位列九卿，管理天下刑狱。"

汲黯听了，不禁为陈阿娇惋惜不已：陈阿娇出身显贵，自幼荣宠至极，虽然性格骄纵率真，但有恩于刘彻，因不肯逢迎屈就，夫妻裂痕渐生。刘彻即位，立她为皇后，她虽然擅宠骄贵，却一直没有生下一子。后来，看到卫子夫来到京城，并很得宠，十分恼怒，不仅跟刘彻大闹，还对卫子夫几次暗下狠手，卫子夫察觉后，把此事奏告给了刘彻。刘彻勃然大怒，但是，想起馆陶长公主对自己的拥立之功，还是压下怒火，没有处置陈阿娇，只是再也不去她的寝宫了。卫子夫虽然先后生了卫长公主、诸邑公主、石邑公主三个女儿，刘彻还是很喜欢她。并且卫子夫如今又怀有身孕，刘彻正盼着卫子夫为他生下皇子，你陈皇后怎么可以这样对待卫子夫？难道不希望她为刘彻生下皇子？汝怎么聪明一世糊涂一时？

回想起陈阿娇的前前后后，汲黯忍不住叹息道："陈皇后金屋藏娇、长门买赋的故事为世人称道。遭此不测，实在不该也……"

汲黯叹息罢，想到一年间宫中的风风雨雨，泪眼蒙眬道："去年十月灌夫被灭族，十二月窦婴被斩首弃市，今年五月初田蚡死，薛泽刚任丞相，淮阳郡大水，匈奴屡屡犯边，今又发生陈阿娇'巫蛊'事件，朝廷动荡不安，之后还要发生什么事尚不可知。如此下去，汉室岂不危矣？"

因为心事过重，本来已经好转的病情忽然又加重了。

半个月时间过去了，可是汲黯依然每日发烧不退，咳嗽不止。汲仁忍不住埋怨他道："兄长的病迟迟不愈，不仅仅是因身体受到风雨的伤害，还因为……"

汲黯没等他说完便忍不住问："还因为什么？"

汲仁心疼道："心事太重！"

汲黯忙摇摇头道："没有啊，为兄没什么心事啊。"

汲仁苦笑道："兄长的心事能瞒得住弟？"接着，忙安慰他道："安心养病吧，病不愈，何以理政？"

司马安也带有几分埋怨的口气道："自视察东越落下病根，堵塞瓠子口泡于水中加重未愈，又在淮阳两个月，上有烈日，下有凉水，能不得病？如此拼命，怎么能撑得了？"

汲黯笑笑道："一人苦万人甜，虽苦犹甜也。"

汲仁、司马安知道不能如此安慰他，只得顺从他的意思，让他高兴，一致道："天下官吏都像兄长这样，汉朝岂有不强盛之理？"

汲黯见他们一直埋怨自己，便以身体不适为由，闭目以阻止他们。

汲黯以为在家静养一段，病很快就会治愈。不料，时好时坏，反反复复，居然近三个月不能痊愈。

这天，中大夫严助来看望汲黯，汲黯很为自己的病而苦恼，对严助道："吾已卧床近三个月，病情依然不见好转，不能上朝理政，依照汉法，当病免，请代吾向皇上陈明病情，请皇上免去吾主爵都尉的官职。"

218

严助替他不平道："若如此，谁还会为汉廷披肝沥胆，呕心沥血？"

汲黯道："吾身居九卿之位，岂能不守汉法？请如实禀奏皇上。"

当日，严助就面见了刘彻，把汲黯的话如实相告。

刘彻听了，问严助道："汲黯这个人怎么样？"

严助感叹道："让汲黯在平常情况下当官执事，显示不出他有多少过人之处。但是，让他辅佐少主，他会一心一意，任何力量都不能动摇他。即使有人自称是战国时期的著名勇士孟贲、夏育，也不能撼夺他的志节。"

刘彻频频点头道："是啊，古代有能与社稷共存亡的忠臣，今汲黯就是这样的人也！"

严助道："汲黯确实是社稷之臣。"

停了一会儿，刘彻对严助道："朕不仅不免他的官职，还准他继续休养，不会对他免官。"

严助再次来到汲黯家里，把刘彻的话转告了汲黯，让他安心治病。

汲黯得知刘彻如此看待自己，更加为自己的病着急，恨不能立即把病治愈，很快上朝建言献策。可是，却迟迟不见大的好转。

这天，汲黯正在病榻上思前想后，刘彻仅仅带了侍从就来到他的病榻前。汲黯不由得既高兴又惊诧，道："陛下日理万机，怎么有空闲看望臣下？"

刘彻握住他的手道："汲君乃社稷之臣，朕岂能不管不问？"

汲黯听了，感到欣慰的同时，细细地观察了一番刘彻的神情，从中读出了刘彻几多愁绪，问道："陛下，近来朝廷应该相安无事了吧？"

刘彻没有直接回答他，道："淮阳郡治水成功，朕免去一块心病，感到轻松了很多。"

停了一会儿，刘彻终于控制不住心中的郁闷，叹口气道："灌夫、窦婴、田蚡的死，以及近来朝廷内外发生的一些事，日夜萦绕于朕的脑海里，让朕身心俱疲。不仅如此，所到之处总感到朝臣们都是目光怪怪的，总觉得身边没有可相信的人，也没有人相信朕似的。喜欢甜言蜜语的人愈来愈多了……"

汲黯打断刘彻道："薛泽为名臣之后，当对朝廷忠心不贰。"

刘彻叹道："可能是近年宫廷风云变幻的缘故，薛泽谨言慎行，唯命是听，这是朕想要的，却又常常感到这并非朕想要的。朕感到身边没有可以相商国事的人，甚感孤独。"

汲黯面色沉郁道："陛下即位这十年来，既提刀而立，踌躇满志，亦凄风苦雨也。臣下近日思前想后，常常卧不安席、食不甘味：陛下即位之初，接受臣下谏言，举贤良方正直言极谏之士，因为太皇太后而前功尽弃。太皇太后崩，陛下颁布《举贤诏》，并定下'推明孔氏、抑黜百家'治国之策。然，因为近年来朝廷风雨无常，人不能尽其才，物不能尽其用。"

刘彻道："朕虽然努力不懈，仍深感人才不济。"

汲黯道："陛下若深感人才不济，以臣下之见，不妨再次征召天下才俊。没有人才，国将不兴也。"

刘彻激动道："汲君所言，乃朕之所思也。"

刘彻离开汲黯宅第回到未央宫没几日，即元光五年（公元前130年）八月下旬，又颁布诏令，征求文学儒士，征召天下才俊。

此举再次在朝中引起极大震动，汲黯的声名更是轰动朝野。他的好朋友再次来到他的宅第，一是看望，二是祝贺他的谏言再次被皇上采纳。

这天，汲黯刚刚服了药，司马谈带着儿子司马迁一块来到。汲黯非常高兴，道："太史令光临敝宅，汲黯不能相迎，实在抱歉。"

司马谈走到汲黯榻前，拉住汲黯的手，望了一阵汲黯的脸色，心痛道："汲君抱病数月，一直不愈，司马谈未能相助，深感不安……"

汲黯打断他的话，欣喜地看着司马迁，问道："迁儿今年十五岁了吧？"

司马迁忙回答："回汲公，正是一十五岁。"

汲黯夸赞他道:"听汝父讲,汝十岁时已能阅读诵习古文《尚书》《左传》《国语》《系本》等书,今已来京师五载,受学于孔安国、董仲舒,将来必有大的作为也。"

司马迁谦恭道:"晚辈不才,还望多多赐教。"

汲黯感叹道:"司马家自唐虞至今,都是世代相传的史家和天文家,功德无边。汝将来也定能如此也。"

司马迁自豪道:"吾先祖是颛顼时期的天官,命南正重司天,火正黎司地。唐、虞之际,绍重、黎之后,使复典之,至于夏、商,故重、黎氏世序天地。周宣王时期,祖上到了秦国,直系八世祖是秦国著名的武将司马错。六世祖司马靳为名将武安君白起裨将,参与长平之战。司马错、司马靳等军事之功为秦国奠定了一统天下的根基。高祖司马昌是秦始皇的铁官。曾祖司马无泽,在汉初为管理长安市场的市长。祖父司马喜虽然没有做官,却有第九等爵位,为五大夫……"

司马谈打断司马迁,问了一遍汲黯的病情,接着问道:"当初兄长说要把汲偃接来京师,与迁儿相互学之,为何至今没把他接来?"

汲黯苦笑道:"几年来,先是归田,后又被远放东海郡,又堵塞瓠子决口,淮阳治水,四处奔波,未能顾及也。"

他们正说着,卫青和他的外甥霍去病来到。卫青已二十二岁,长得英俊帅气,勇武过人。汲黯一向喜欢卫青,看到他,十分欣喜。卫青走到汲黯跟前道:"主爵都尉的病迟迟不愈,实在让人不安也。"

汲黯笑笑道:"难得在家歇息,这是天赐良机。"

卫青接着道:"外甥一直很崇敬主爵都尉,得知吾来府上,执意随同。"

霍去病自卫青来到京城,也随着而来,从不因为姨母卫子夫和舅舅卫青的尊贵而骄横,一向沉默寡言。虽然才十二岁,已显得老成持重。他看着汲黯,没有多言,只是紧紧地握住汲黯的手,许久不放,眼神里透着无尽的关切。

汲黯忽然问卫青道:"匈奴依然不停地侵扰边郡?"

卫青点点头："是，匈奴乃汉朝大患也。"

汲黯叹息道："吾本不主张兴兵，看来，不痛击之，边郡无宁日也。"

司马谈和卫青等与汲黯聊了一会儿，想到汲黯需要静养，便告辞而去。

司马谈和卫青刚走不一会儿，张汤面带微笑地走了进来。汲黯感到很吃惊，因为平时就讨厌他，认为他是一个酷烈和诈忠的人，不可相交，很少与他交往。看到他那微笑，感到更虚伪，更加讨厌他。于是，只瞟了他一眼，一句话也不说。

张汤看到此，很是尴尬。为了不至于太难堪，主动搭话道："主爵都尉一直大病不愈，张汤甚念也。"

汲黯冷笑道："廷尉善律条，是否认为汲黯该病免？"

张汤不知已经习惯了汲黯的严正和不讲究礼数，还是为了给自己挽回面子，笑笑道："主爵都尉心系大汉江山社稷，是皇上钟爱之臣也。"

汲黯忽然收住笑，正色道："与廷尉相比，相差甚远矣。皇上对廷尉言听计用，不然，何有窦婴、灌夫之死？可是，廷尉看似效忠有知遇之恩的丞相田蚡，其实，也正是廷尉的效忠害死了田蚡。"

张汤以为他刚被皇上拜为廷尉，正如日中天，且又登门看望，无论如何也要给点面子，汲黯不会再对他横加指责，听了汲黯的话，不由得尴尬万分。

汲黯没有因为张汤的不高兴而停止训斥，继续道："吾听说廷尉查办巫蛊案，抓了三百多人，女巫楚服也被斩首，因此被升为太中大夫和廷尉。汝入朝以来已经杀了多少人，可曾有数？自己也数不清吧？不爱惜性命，靠杀人升官，汝感到很得意乎？"

张汤忙为自己辩解道："张汤虽然用法严酷，但为官清廉俭朴，也是一忠臣也。"

汲黯反问道："何谓忠？忠，当是为国为民，竭力尽心，坦诚无私，而不是为某一个人或某一些人。若仅仅对一部分人忠，那不是忠，而是另有所图，是私欲使然，那所谓的忠，是诈也。"

张汤想说什么，还没有来得及张口，汲黯又道："河内郡失火，吾持节前去视察，才真正认识太守王温舒。他以杀立威，株连家族，以酷行贪。他是廷尉的红人，是廷尉在皇上面前为他美言，才把他推为太守，他最听廷尉的话。廷尉既然说自己清廉，何时让王温舒也清廉起来？"

张汤想到汲黯曾经当着皇上的面把他大骂一通，今天登门看望也不可能改变对他的蔑视，又羞又怒。可是，一向巧舌如簧、能言善辩的他，遇到汲黯总是笨口拙舌、理屈词穷。于是，一脸灰暗，借故有要事等待处理，急忙离去。

过了两天，中大夫主父偃也来到了汲黯家里。汲黯因为主父偃为了自己能得到刘彻的召见不惜出卖董仲舒，自从有了权势，迫不及待地施展他的报复，以往得罪过他的人，都加以罪名，纷纷收监治罪，哪怕只是从前对他态度冷淡的人，也不肯放过，不惜置人于死地，所以，汲黯很看不起他，平时很少与他交往。这时不禁暗暗思量：平时视汲黯为眼中钉，这时却来看望自己，为何？难道是皇上说我是"社稷之臣"的话传到了他的耳中？别人患病三个月不视朝就被病免，而皇上却不免我，他是看出了皇上的什么意图？

汲黯看了一眼主父偃，故作病情严重，半睁着眼，也不言谢，只做了个让他在床边坐下的手势。主父偃笑着问候他道："主爵都尉的病为时已久，该好了吧？"

汲黯稍微睁大一些双眼，道："眼下还死不了。"

主父偃强笑道："主爵都尉说话总是那么直接。"

汲黯回应他道："汲黯什么时候能像汝那样既精通儒学，又能说会道，那就官运亨通了。"

主父偃好像没有领会汲黯的言外之意，以为是赞扬他，回应汲黯道："主爵都尉如今位列九卿，地位显赫，皇上倚重，朝臣敬重，还不满足？"

汲黯道："吾入朝十七年才做了中大夫，入朝二十年时才做了个主爵都尉。汝呢？自从上奏章尝到甜头，时隔不久一道奏章，时隔不久一道奏章，每道奏章都让皇上称心如意，皇上每见汝一道奏章就重用一次，一年中就做了郎中、谒者、中郎、中大夫，升迁四次，吾怎能和汝相比矣？"

主父偃听了，不禁红了脸，一时不知说什么、怎么说是好。

汲黯又讥讽道："汝能否告诉汲黯：怎么写奏章，写什么样的奏章皇上才喜欢？汲黯也想学一学，尽快升职。"

主父偃哭笑不得，不一会儿只得满脸不安地告辞而去。

主父偃刚走不一会儿，张欧也来到他的家门，这更让汲黯吃惊。张欧是老臣了，自己一向很敬重他，却很少去看望他，现在他被拜为御史大夫，却能看望自己，感到十分不安。张欧看到汲黯脸色黄黄的，也消瘦了很多，心痛道："主爵都尉这次怎么病得如此厉害？有四个月了吧？"

汲黯掐指算了算，苦笑道："御史大夫比吾记得还清楚，就是四个月了。"

张欧望着汲黯，眼神里透着不安，道："这是积劳成疾。"

汲黯很自信地笑笑道："近来病情好多了，不几日就可上朝理政了。"

张欧也笑笑道："病未痊愈，还是安心养病为好。"

汲黯忽然脸色凝重道："近来朝廷发生的事太多了，汲黯为主爵都尉，位列九卿，如此白吃百姓之食，诚惶诚恐，食不甘味也。"

张欧听了汲黯的话，忍不住把头背到了一边，他不忍心汲黯看到他的眼泪。他恨自己作为一个男子汉总爱流泪，可是，又不能自控。停了一会儿，他转过脸来，安慰汲黯道："有这精气神，主爵都尉的病不日就会痊愈。"

张欧又与汲黯叙了好一阵，因为话语投机，迟迟不肯离开，直到他看到汲黯很疲惫，这才告辞而去。

自张欧来看望没隔几天，汲黯的病情明显好转。病情好转，心情也跟着好起来。这天，汲黯正在院子里散步，不经意间朝门口一望，只见淮南王刘安笑容满面地走了过来。汲黯感到更加惊奇，忍不住道："淮南王怎么来到寒舍？不会是走错门了吧？"

随着刘安走进院子，后面又跟着走进来他的两位侍从。两位侍从各搬着一个箱子，汲黯还没张口，刘安已经用手指着箱子道："听说主爵都尉病了，特来看望。因为相隔遥远，刚刚知道，来迟了，还请宽恕。"

汲黯明白是送的礼物，故意问道："都是带的什么东西？"

刘安赔笑道："几件珠宝玉器而已，不成敬意。"

汲黯并没有笑，问："才两箱，是否少了点？"

刘安愣住了：过去汲黯是不收礼的，今天却嫌少，是否已把我刘安视为知己？于是道："只要主爵都尉喜欢，吾明日即派人再送来。"

汲黯大笑道："臣听说大王的豆腐做得很好，且很好吃，还给母亲治愈了病。若送来的是豆腐，能治病，汲黯一定收下。至于这珠宝玉器，汲黯吃不下，不仅不能治病，反会加重汲黯的病，也就免了。"

刘安不顾汲黯说什么，一边暗示侍从把箱子放下，一边拉着汲黯进了屋。汲黯一边往屋子里走，一边对刘安的举动反复掂量。他虽然与刘安交往不多，但一些传言还是听说不少。

刘安是汉高祖刘邦之孙，他以长子的身份袭封为淮南王时，年仅十六岁。景帝三年（公元前154年），吴楚七国举兵反叛，吴国使者到淮南联络，刘安意欲发兵响应。淮南国相说："大王如果非要发兵响应吴王，臣愿为统军将领。"刘安就把军队交给了他。淮南国相得到兵权后，指挥军队据城防守叛军，不听刘安的命令而为朝廷效劳。朝廷也派出曲城侯蛊捷率军援救淮南。淮南国和刘安因此才得以保全。刘安才思敏捷，好读书，善文辞，乐于鼓琴，很注意抚慰百姓，因此流誉天下。他有宾客方术之士数千人，其中有苏飞、李尚、左吴、陈由、雷被、毛周、伍被、晋昌及大山、小山，等等。他与门客一起编写的《淮南子》，以道为归，杂采众家，堪称杰作。刘彻喜好文学，因为刘安是他的父辈，对刘安很为尊重。刘彻每次给刘安书信，常召司马相如等文士先看草稿，等确无差错后才发出。刘安入朝献上新作，往往为刘彻喜爱而秘藏。一次，刘安来京，刘彻命他写《离骚传》，早上受诏，到了晚上就能献上。刘彻每次宴见他，他谈说治国及方技赋颂，常常到了黄昏才罢休。刘彻对他曾经欲发兵响应吴楚七国之乱也有耳闻，后来看他对朝廷不再有过分举动，就没有再追究。自从田蚡婚宴上灌夫控诉田蚡与刘安私下来往，刘安送武安侯田蚡金银财物时，刘彻才惊觉起来，对刘安十分小心。

汲黯等刘安坐下，先是对刘安的文采予以赞扬，接着直言道："当下刘氏宗室，除皇上外，大王则出于其类，拔乎其萃，当珍惜之。《易》曰：'君子慎始，差若毫厘，谬以千里。'大王在《淮南子·要略》中言：兵，失道而弱，得道而强；将，失道而拙，得道而工；国，得道而存，失道而亡。所谓道者，即是与天地顺、与四时合。得道者，众之所助，虽弱必强；失道者，众之所去，虽大必亡。君在《淮南子·主术训》中又言：国之所以存者，仁义是也。遍知万物而不知人道，不可谓智；遍爱群生而不爱人类，不可谓仁。仁者爱其类也，智者不可惑也。"

刘安十分明白汲黯言外之意，不仅说得很含蓄，而且都是借用他的话。刘安一向才思敏捷，文辞练达，此时竟然感到应对乏力。于是，笑了笑，忙赞誉汲黯为自己解脱道："主爵都尉真乃社稷之臣也。所以，特来拜访、求教。"

汲黯听了他这句话，心下道：皇上跟严助说这话还不太久，他怎么就知道了？怪不得能从遥远的淮南来看望我汲黯！正不得其解，忽然想到了他在京城的女儿刘陵，也立即明白刘安安排女儿住在长安的动机了。汲黯想到要说的忠告之言已经说了，便与他扯起闲话："翁主在京城已经多年，她的婚事可曾定下来？大王的豆腐很有名，是如何做成的？"

刘安却避开女儿的婚事不谈，只是得意地讲起豆腐的来历："一次母亲患病，迟迟不愈，吾每日用泡好的黄豆磨成豆浆给母亲饮用，母亲的病遂逐渐好转。一日，吾端着一碗豆浆，在炼丹炉旁看苏飞、李尚、左吴、因由、雷被、伍被、毛周、晋昌八公炼丹看走了神，竟忘记手中端着的豆浆碗，手一抖，豆浆泼到了炉旁供炼丹的一小块石膏上。不多时，那块石膏不见了，豆浆竟然变成了一摊白生生的东西。八公中的一人大胆地尝了尝，觉得味道甚好。于是，吾就让人把没喝完的豆浆连锅一起端来，把石膏碾碎搅拌到豆浆里。不多时，一锅豆浆全变成白生生的豆腐。"

汲黯听了，忍不住笑起来，而后又赞美他道："臣听说大王是个孝子，果然如此。"

他们正说笑着，董仲舒、司马相如、东方朔等也来到这里，刘安见状，起身告辞。刘安没有想到，他送来的两箱珠宝玉器，汲黯一件也不留。刘安只得尴尬地又把东西带走。

司马相如、东方朔已经来过两次，每次来，很少问汲黯的病情，东方朔不是大讲笑话，就是与司马相如大谈辞赋，设法让汲黯开心。这次与崇尚儒学的董仲舒结伴而来，有点出乎汲黯的意料。司马相如看出了汲黯的不解，对汲黯道："吾与东方朔来到门口，恰遇董仲舒先生。"

董仲舒自元光元年（公元前134年）任江都易王刘非国相，今已五年。汲黯虽然与他多次进行儒道相争，但很佩服董仲舒的学问和为人。汲黯忙问董仲舒："董公何时回到京城的？"

董仲舒道："今日刚到。得知主爵都尉患病，特回京看望。"

汲黯笑道："多谢惦记。如今朝廷的大学问家还有谁？"

东方朔笑道："吾和司马相如与董仲舒不同，他讲治国之道，吾等则舞文弄墨，雕虫小技也。"

董仲舒谦虚道："治国有道，文可载道也。"

汲黯却正色庄容道："道家创始于老子，儒家创始于孔子，孔子曾经问礼于老子，儒道本师出一门，如今却弄得各不相容，实乃人之过也。老子道：道可道，非恒道。名可名，非恒名。即圣人之道是可以行走的，但并非唯一不变的道路。真正的名声是可以去求得的，并非一般人能追求。顺应自然，为所当为。为何劳神苦思，画地为牢，一定要独尊儒术？"

司马相如别有意味地笑道："主爵都尉才真正是名可名非恒名，不鸣则已，一鸣惊人。"

东方朔不甘示弱，也笑道："仲舒著书不论书，大论治世；长孺不论儒，大论治身；长卿薄为卿，辞赋伴终生。"

司马相如听了，笑着反问东方朔道："东方朔是何等人焉？"

东方朔呵呵一笑道："曼倩貌不倩，常常胡扯淡。"

董仲舒、司马相如、东方朔谈笑自若，妙语横生，庭院内洋溢着少有的欢快气氛。汲黯倍感神清气爽，病情一下子好了许多。

第十九章　献计破敌拒授功

刘彻接受汲黯的谏言，再次颁诏征召天下才俊，各郡国接到诏令，纷纷举荐本地人才。这次郡国举荐的人才达一百多人。他们到了京城后，刘彻令他们先各自写对策，然后再进行策问。策问的这天上午，汲黯的病已痊愈，上朝理政。董仲舒也被刘彻召来，让他参与评判策问。

让汲黯惊奇的是，这次被举荐的依然有菑川国的公孙弘。他忍不住问身边的一位大臣道："公孙弘上次被举荐时已年届六十，且被皇上任职，因为出使匈奴，复命之言不合皇上的心意，被免官回了老家。今年他已是七十岁的人了，菑川国又举荐他，难道菑川国没有人才了？"

这位大臣道："公孙弘回到老家后，恭谦谨慎地孝顺后母，在后母去世后又为之守孝三年，在菑川国传为美谈。举贤诏传到菑川国后，菑川国再一次推荐公孙弘赴京，公孙弘推辞说：'十年前吾已应过诏，曾经应天子之命西入函谷关，因为无才能而被罢官回家，希望推选别人为宜。'可是，菑川国国人一意推举他，所以，他只好又一次来京。"

汲黯听了，没有再问什么。几位被征召者对策之后，接着是公孙弘。

公孙弘虽已年迈，却一表人才，风度不凡，此时不仅没有表现出因为被免过官而自惭形秽，反而表现得不卑不亢、镇定自若。刘彻看到他，不仅没有鄙视他，反而连连投去赞许的目光。公孙弘接到刘彻的目光，微微一笑，然后又环顾左右，给身边的人以微笑。接着，公孙弘侃侃而谈道："治国，天子须身正，为百姓树信义。凭才干任官职，不听无用的进言，不制造无用的器物，不夺民时，不妨碍民力，有德者进，无德者退，有功者上，无功者下，犯罪者应受到相应惩罚，贤良者应得到相应奖赏。仁、义、礼、智、信为治国之道，不可废弛。"

董仲舒听了，不禁一笑，道："臣早在《天人三策》中说过：'故为人君者，正心以正朝廷，正朝廷以正百官，正百官以正万民，正万民以正四方。'公孙弘所言只是把吾的话换换词而已，并无新意。"

汲黯听了，也对公孙弘不以为意。

被举荐者对策之后，刘彻又下令把这些被举荐者的对策书交给几位文臣审阅。几位文臣遍阅一百余位贤良的对策之后，认为公孙弘的对策平平，无甚新意，在向刘彻上奏众贤良对策成绩时，将公孙弘列为下等。

疏文呈上，刘彻看过之后，却将公孙弘之文提升为第一，并召公孙弘入见，再一次拜公孙弘为博士，令其在金马门待诏。

公孙弘待诏金马门后，又主动向刘彻上疏，指出当朝因"吏邪"而至"民薄"，又使"邪吏"行"政弊"、用"倦令"治"薄民"，以致百姓不得教化，故而天子虽在先圣的位置却不如先圣时期的治世。并盛赞周公旦辅佐成王治化之功，而周公时期的治世也是当今天子的志向所在。

刘彻看后，立即再次召见公孙弘，并让汲黯作陪。公孙弘来到刘彻面前，刘彻问公孙弘道："先生称颂周公之治，觉得自己的才能与周公相比，谁更优呢？"

公孙弘回答道："臣下见识浅薄，岂敢与周公相比！虽然如此，还是明白行治世之道是可以达到先圣之时的大治的。虎豹马牛，都是禽兽中不易制服的，然而待到它们被驯服，却可以对人唯命是从。匠人烘直曲木不过需要数日，销熔金石亦只有数月，而人对于利害好恶的认知，又岂是禽兽木石所能比的？教化经年才有变化，臣私下认为还是有点慢了。故期盼陛下当以早已定下的'推明孔氏，抑黜百家'这一治国良策，大治天下。"

刘彻听后，不禁连连点头。

汲黯听了，认为公孙弘在曲意逢迎刘彻，冷冷地一笑道："公孙先生上次被征召因为出使匈奴复命不合皇上心意被免官，这次却能让皇上开心，足见先生有超人的才智和处世之道。"

公孙弘早已知道汲黯和董仲舒认为他学识并不高深，此时汲黯是有意讥讽他，尽管心存不悦，却没有把不满表现在脸上，而是笑笑道："十年前因为没有才干被罢归，本不想来应选，不料这次竟然又被皇上选上，可能是鲁鱼亥豕吧。"

汲黯也笑笑道："既然能讨得皇上的喜爱，必将否极泰来，好运该至矣。"

正如汲黯所言，不久，公孙弘即被擢升为左内史，治理京畿。

这次征召天下才俊，刘彻为复得公孙弘而喜不自胜，内心也一扫因为窦婴、灌夫、田蚡、陈皇后等带来的悲愤之情，变得开心起来。为了表彰汲黯的献计献策，过了没几日，刘彻颁诏：汲仁宽厚待人，拜为太中大夫，秩比一千石。司马安善律条，拜为淮阳郡太守，秩比二千石。

汲黯大病治愈，弟弟和表弟又同日升职，许久不见的愉悦也挂上眉梢。

在司马安将要去淮阳郡赴任时，汲黯特别详细地给司马安讲了一遍淮阳之行的所见所闻及淮阳的风物人情、河流物产、历史人物，等等，以便司马安治理淮阳郡时把握轻重缓急，有的放矢。

司马安临行这天，汲黯又再三嘱咐他道："安弟擅长律法，巧于为官，故有今太守之位。做了郡守，乃权柄一方，不可一味死抠律条，当珍惜生命，以民为天。"

司马安拱手施礼道："司马安一定谨记兄长教诲。"

送走司马安的第二天上午上朝，汲黯准备向刘彻奏报一些有关兴盛江山社稷的宏图大计，他刚刚走到未央宫宣室殿前，还未登上进殿的石阶，只见一匹驿马飞奔而来。汲黯一看，见是边郡传递官，便知又是边郡急报。驿马来到石阶前，传递官一声喝令，驿马止步，传递官翻身下马，直奔宣室殿。汲黯也立即随着快步进殿。传递官到了殿内，看到刘彻，立即从背囊中取出奏折，双手托举，单膝下跪道："禀陛下，匈奴铁骑数万南侵上谷郡，杀掠吏民，十万火急。"

刘彻一听，双手发抖，脸色大变，口中忍不住念念有词："自马邑之谋失败的这四年来，匈奴不断扰边，朝野上下无不感到耻辱。因为这四年里，先是黄河瓠子堤决口，淹及十六郡，民不聊生。丞相田蚡的一场婚宴，窦婴、灌夫被诛杀，田蚡死于非命。陈皇后宫廷流言四起，人心惶惶。宫廷风未平，黄河水又再次决口，肆虐淮阳郡。四年来，内忧频生，朕忍辱负重，无暇顾及匈奴侵扰。没想到，宫廷流言稍息，灾异刚治，再次征召天下才俊刚刚结束，人心稍安，匈奴又大举南下！"

刘彻接过急报，未及细看，便大怒道："匈奴这是视朕怯弱可欺，才得寸进尺，是可忍孰不可忍也！朕要倾举国之力，与匈奴决一雌雄！"

刘彻怒罢，看了一眼汲黯，未等汲黯说话，便对传递官道："传朕诏令，宣朝臣快速进殿，廷议御敌之策。"

很快，朝臣们都来到宣室殿。群臣听到匈奴如此猖狂，无不满腔怒火，汲黯一向主张和亲，这次也忍无可忍，主张开战。

刘彻吸取马邑之谋的教训，先不亲自点将，而是先让群臣各抒己见，推举领兵将帅。丞相薛泽、御史大夫张欧、廷尉张汤、中大夫主父偃、左内史公孙弘等或相互窥视，或低头做思考状，回避先说。汲黯看着他们的表情，感到很可笑。虽然已经成竹在胸，却故意缄口不言。御史大夫张欧看出了汲黯的心思，笑笑，很想让他尽快说出。

刘彻等了半天，不见有人说话，甚至表情诡异，很是气愤，道：

"昔日，尔等总在一些小事过后喋喋不休，指责朕这不行，那不是，今日到了国家安危之际，定夺抗敌大计之时，怎么都成了哑巴？"说着，忍不住把目光盯住汲黯道，"主爵都尉一向敢言直谏，今日为何迟迟不语？"

汲黯笑道："臣下怕出言惹陛下不悦，故想让其他大臣先说。"

刘彻知道他是故意为之，又气又急，一时语塞。

汲黯趁机看了一眼张汤："廷尉审案一向引经据典、滴水不漏，这御敌之时，定有高见，不妨献给陛下。"

张汤知道这是汲黯在讥讽他，想让他出丑，脸腾地红了，但汲黯的话又无懈可击，不得不自找台阶道："这不是断案，不能按律条行事，故臣下不能先说。"

刘彻脸色冷峻道："不分先后，汝尽管说。"

张汤没有了退路，但又没有什么良策，立即把目光转向公孙弘，想向他求救。不料，公孙弘低下头去，故作没有看到。刘彻把目光转向主父偃，主父偃却看了看丞相薛泽。薛泽无退路，道："臣下不懂用兵，愿听陛下诏令……"

汲黯看到此情此景，忍不住怒道："廷尉、中大夫、博士、左内史，审案、策对时鸿篇大论，滔滔不绝，今日为何都三缄其口？"

汲黯此言既出，四座皆惊。汲黯接着又道："身居要职，危急时刻畏首畏尾，何也？难道是因为马邑之围，王恢献计遭受不测而心生忌惮，想婴城自保乎？汲黯不怕……"

没等汲黯说完，薛泽、公孙弘、张汤、主父偃等都面红耳赤，纷纷低下头，不敢正视刘彻和汲黯。但在低头时都向汲黯投去恨恨的目光。

汲黯看到朝臣和刘彻都把目光盯住了他，急忙向刘彻进言道："臣下以为，汉朝与匈奴边界漫长，上谷郡在东北，若仅仅派兵去东北迎敌，匈奴必趁机从北部南侵，攻汉朝长安……"

刘彻未等汲黯说完，便眼睛一亮，打断他道："如何迎击？"

汲黯道："当分多路兵力，同时进军，让匈奴首尾不能相顾，这样方可取胜。"

刘彻想到马邑之围的失败，忙问道："派谁领兵御敌为好？"

汲黯道："孙子兵法云：知己知彼，百战不殆。胜敌必须知敌，只有任用对匈奴相对明了者为将，方能克敌制胜。"

刘彻急不可耐，重复道："派谁领兵御敌为好？"

汲黯道："卫青入朝十年来，谦和做人，虚心求教，也常到舍下彻夜长谈，遇事沉着机智，勇武过人，且曾经为人牧马，有驭马之术，可为将。"

众臣听了，认为汲黯说得很有道理，纷纷把目光投向卫青。

汲黯接着道："卫尉李广，陇西成纪人，先祖李信是秦朝名将，曾率军击败燕太子丹。文帝十四年从军击匈奴，因功为中郎。陛下即位后，召他为未央宫卫尉。李广对匈奴了如指掌，也可为将。"

刘彻听了连连点头。御史大夫张欧也连连点头。

汲黯接着又道："太仆公孙贺，先祖为胡人。他的父亲公孙浑邪在景帝时担任典属国、陇西郡太守之职。吴、楚七国之乱爆发，公孙浑邪参与平叛并建有功勋。三年后，景帝封赏击吴楚有功者五人，公孙浑邪被封为平曲侯。陛下为太子时，年少的公孙贺因多次从军有功，且为平曲侯之子，故被选为太子舍人。陛下即位后，升任公孙贺为太仆，他对匈奴也很熟谙，也可为将。"

汲黯虽然没有说详细，众臣也都清楚：建元三年（公元前138年），卫子夫盛宠，刘彻任其弟卫青为建章监，加侍中，赏赐给卫家的赏金在数日之间累积至千金之多。刘彻犹觉不够，后又诏公孙贺娶卫夫人的姐姐卫君孺为妻。公孙贺也由此更加为刘彻所宠。

刘彻听了汲黯的谏言，又连连点头。

汲黯又举荐道："公孙敖是北地郡义渠县人，对匈奴也了如指掌……"

没等汲黯说完，刘彻就连连点头。公孙敖因为与卫青的关系非同一般，尤其是建元三年，公孙敖救下卫青，刘彻就对公孙敖另眼相看。刘彻听到这里，更感到汲黯洞察秋毫，识人察人若火眼金睛，所举荐的都是抗击匈奴的将帅之才。

于是，刘彻当即果断地任命太中大夫卫青为车骑将军、太中大夫公孙敖为骑将军、未央宫卫尉李广为骁骑将军、太仆公孙贺为轻车将军，分兵四路出击：车骑将军卫青出兵上谷郡，骑将军公孙敖从代郡出兵，轻车将军公孙贺出兵云中郡，骁骑将军李广出兵雁门郡。四路将领各率一万骑兵，其中三路皆指向北，唯卫青一路指向距京较远的东北——上谷郡。

卫青临行前，妻子特别为他送行。卫青的婚姻很不顺，前任妻子生下卫伉、卫不疑二子，因病辞世。卫青两年前又结婚，刚刚生下三子卫登，故妻子送行时怀里抱着卫不疑、卫登，身后跟着卫伉。战场上，生死一瞬间，妻子看着卫青跨上战马，忍不住眼泪汪汪。

卫青虽是首次出征，但他果敢冷静，避开匈奴前锋，出其不意地直捣匈奴祭祀祖先的圣地——龙城，首虏近千人。匈奴大骇，立即撤军北逃。

卫青取得胜利，打破了汉朝以来匈奴不可战胜的神话，大大鼓舞了汉军士气。不到二十天，卫青率军凯旋。

刘彻看到卫青大胜而归，大喜，对卫青非常赏识，立即晋升他的官职，封他为关内侯。

另外三路相继也都回到京城，但是，两路失败，一路无功而还：公孙敖为匈奴所败，亡卒七千。李广也阵亡数千骑兵，不仅如此，还负伤被俘，后佯死逃生。公孙贺出兵云中郡，未见一敌，驻扎数日，听说李广、公孙敖两路已败，失去呼应，遂引军退回。

原来，匈奴单于因素闻李广有才，在与李广交战时，部署了数倍于李广的兵力，并对部下下令说：“一定要俘获李广，并要把他活着送给我。”李广因敌我力量悬殊，虽然杀敌很多，但受伤生病。就在这时，数倍于李广的匈奴骑兵杀到他们营地，将李广俘虏。匈奴兵怕他死了，就把他装在绳编的网兜里躺着，放在两匹马中间，准备送给单于。李广随着他们走了十多里，一直闭着眼睛，佯装死去。匈奴兵以为他真的死了，准备把尸体送给单于邀功，于是，就放松了警惕。这样又走了数里路，李广悄悄地微微睁开一只眼，看到左边的匈奴兵是一个少年，且骑着一匹好马，突然纵身跳上那匈奴少年的马，趁势夺了他的弓，把少年推下去，打马向南飞驰。匈奴出动骑兵数百前来追赶，要把他抓回。李广边逃边用弓射杀追来的骑兵，直到奔逃数十里，重又遇到他的残部，率领残部进入关塞，才得以逃脱。

刘彻听到李广如此失败，十分恼怒，把他和公孙敖交给执法官吏，进行依法判决。李广虽然曾经功劳很大，但在马邑之战时是骁骑将军，属护军将军，马邑之战失败虽然不是他的过错，毕竟是无功而返。这次，执法官判他损失伤亡太众，自己又被匈奴活捉，应当斩首。公孙敖也被判死罪。

汲黯听到执法官要判李广、公孙敖斩首，立即面见刘彻道："李广先后任北部边域七郡太守，为汉朝立下无数战功，正是因为匈奴想得到他，才不惜以数倍于他的兵力，与他交战。如果仅因这次战败而斩首，岂不正中匈奴之计？陛下怎么能做出让仇者快的事呢？公孙敖这次是失败了，如果不是他当年救下卫青，能有今天卫青的胜仗？"

刘彻听了，点头道："说得很有道理。"

卫青听到消息，也立即赶到宣室殿。听了汲黯的话，深感佩服，也向刘彻为李广和公孙敖开脱道："若不是李广、公孙敖二位将军束住匈奴主力，凭卫青一万骑兵，怎能直捣龙城，取得大捷？请陛下宽恕他们。"

刘彻听了卫青的话，看了一眼汲黯，感叹道："卫青，真仁义也。"

于是，刘彻下令免李广死罪。执法官判李广、公孙敖缴纳赎金，免罪为民。

虽然李广、公孙敖两路军失败，但卫青龙城大捷却坚定了刘彻大胜匈奴的信心，发誓要从此洗雪几十年的耻辱：犯大汉者，虽远必诛！

就在刘彻正踌躇满志的时候，也就是龙城大捷的次年初，即元朔元年（公元前128年）二月，刘彻时年二十九岁时，卫子夫为刘彻生下期盼已久的皇长子，取名为刘据。

举朝臣子亦为这位迟来十余年的大汉皇长子的诞世而高兴，未央宫洋溢着很久不见的喜庆气氛。

欢喜之暇，中大夫主父偃上书刘彻，请立卫子夫为皇后。

武帝看了主父偃的奏书，感到正合他的心意，欣然准奏。并特别令卜筮择定良辰吉日，进行册封。不几日，卜筮择定为三月甲子日，即十三日，刘彻在承明殿举行了宏大的册立仪式，满朝文武齐聚一堂，欢声笑语，好不热闹。卫子夫端坐于殿堂之上，平静如水。宦官宣读了册立诏书后，她并没有因为被娇宠显得喜形于色，仅对满朝文武施以微笑，表示谢意。

接着，刘彻又颁布了大赦天下的诏书，诏曰：

> 朕闻天地不变，不成施化；阴阳不变，物不畅茂。《易》曰："通其变，使民不倦。"《诗》云："九变复贯，知言之选。"朕嘉唐、虞而乐殷、周，据旧以鉴新。其赦天下，与民更始。诸逋贷及辞讼在孝景后三年以前，皆勿听治。

京城民间早已对卫子夫恭谨克己、尽心尽力辅佐刘彻的事到处传扬，她被册立为皇后的消息传出后，民间不仅对刘彻一片赞美之声，也有人作《卫皇后歌》，赞美卫子夫：生男无喜，生女无怒，独不见卫子夫霸天下。

刘彻按捺不住激动的心情，接着，又诏令善为文者枚乘之子枚皋及东方朔作《皇太子生赋》及《立皇子禖祝》之赋，以昭告天下。

刘彻认为这是上苍赐予他的，为感谢上苍赐予他的第一位皇子，又在未央宫修建了婚育之神高禖神之祠，以祭拜之。

自卫子夫被封为夫人的时候，很多朝臣就对她和卫青极力逢迎，如今卫青因功被封为大将军，卫子夫做了皇后，都意识到卫青日后必定飞黄腾达，更加显贵，所以，见了他都毕恭毕敬。

第二天上朝，群臣早早地就到了宣室殿前，列队两旁，等待卫青的到来。卫青一到，纷纷匍匐于地，行跪拜之礼。

汲黯则不然，依然挺胸而立，和过去见面一样，不卑不亢，仅施以拱手之礼。

连续数次，汲黯一直这样。汲黯的几个朋友都替他担心，劝他道："如今皇上十分器重大将军，想让群臣居于大将军之下，难道看不出来吗？汝怎么不行跪拜之礼？"

汲黯反问他们道："为何一定要行跪拜之礼？"

朋友道："这样才显得对大将军的敬重也！"

汲黯呵呵一笑，不以为意，道："难道行了跪拜礼，就一定是对大将军敬重？不然就不敬重乎？"

朋友们再次劝他道："别人都跪，汝偏偏不跪，怎能说对大将军敬重？"

汲黯再次呵呵一笑道："大将军有行拱手礼的客人，难道不是显得他更受人敬重乎？"

卫青一向对这些跪拜之礼也很厌恶，但朝臣都喜欢这样，也就任之。他对汲黯一直十分敬重，听到汲黯这么说，对汲黯更加刮目相看。

一日，卫青亲自登门向汲黯请教治国之道、君臣之道，诚恳地问："主爵都尉与众不同，以为国家当如何治之？君臣当如何处之？"

汲黯道："治国、治郡之要当以民为本，有了恤民之心，必有利民之为，民安则国安。臣忠君，君更要爱臣。君臣相处之要，在于诚，忌于虚。有的人表面彬彬有礼，内里却包藏祸心，岂不可耻乎？"

卫青听了，频频点头，最后道："可惜，像主爵都尉这样的大臣太少也。"

卫青又向汲黯求教了一番，方才离去。

卫青没有回家，而是直接去了未央宫宣室殿，要立即把汲黯的话转告刘彻，让刘彻对汲黯更加信赖。

卫青到了殿内，不见刘彻。只有近侍在一边站着。正疑惑着刘彻是否在一侧的茅厕里方便，故意咳嗽了一声，以示探问。

刘彻听到卫青的咳嗽声，问道："是卫青吧？"

卫青忙答："正是微臣。"

刘彻道："何事？到这里说。"

卫青感到刘彻在茅厕里见他很不舒心，但也只得进入茅厕。刘彻见卫青进来，一边红着脸拉着大便，一边问道："有何事相奏？讲。"

卫青道："臣下去了主爵都尉汲黯家，从他家出来就来了这里……"

刘彻没等他说完，立即瞪大了眼睛："等一会儿再说，汝先到殿堂去。"

卫青出了茅厕，立于刘彻的御座前。刘彻回到御座上，戴上冠冕，又整了整冕服，重新系了一下赤带，这才问卫青："汲黯都说了什么？要如实告诉朕。"

卫青说完，刘彻想到严助曾经给他说过的一番话，再次叹道："没有汲黯的敢言直谏，未必会有今日的大胜匈奴。汲黯，真乃社稷之臣也。"

一年中，朝廷打破汉朝建立以来匈奴不可战胜的神话，卫子夫又生下皇子，又被册封为皇后，刘彻变得志得意满、趾高气扬，言行也更加随性，除了廷议朝政大事外，常常不戴冠冕。

左内史公孙弘想到自己是第二次被举荐入朝，刘彻不计前嫌，再次重用他，前不久让他代替朝廷视察西南夷，归来奏报，又不合刘彻之意，但刘彻却未深究，到目前尚未有一计被刘彻所用，心中很是不安。他看到刘彻近来心情很好，正是进言的好时机，这天，便到宣室殿觐见刘彻。

刘彻嫌冠冕戴在头上很不自如，常常摘下来放在一边。公孙弘来到，他依然不戴。刘彻的御座后面，挂着织有武士像的帷帐，他坐在帷帐前，尽管不戴冠冕，依然显得很威严。刘彻问公孙弘："可有事相奏？"

公孙弘道："如今朝廷威震匈奴，皇子降生，皇后新立，朝野一派祥和……"

刘彻打断他道："想跟朕说什么，直言便是。"

公孙弘道："臣下今日想跟陛下讲治国之道。"

刘彻笑笑："朕喜欢听，讲。"

公孙弘道："臣下今日只想跟陛下讲一个字。"

刘彻忙问："什么字？"

公孙弘道："和。"

刘彻笑道："朕记下了。还有事相奏吗？"

公孙弘道："臣下还没讲什么是'和'。"

刘彻讥笑他道："汝刚才不是跟朕说，就讲一个字吗？再讲不就多了？"

公孙弘也忍不住笑起来。接着，侃侃而谈道："臣下要讲的是人主和百姓之间的'和'，君主'和德'，百姓就会'和合'，从而达到天下太平。心和就会气和，气和就会形和，形和就会声和。声和则天地之和应矣。故阴阳和，风雨时，甘露降，五谷登，六畜蕃，嘉禾兴，朱草生，山不童，泽不涸，此和之至也。"

刘彻正听得津津有味，一抬头看到汲黯出现在殿前台阶上，且手中还捧着一卷奏章样的东西。刘彻看已经来不及戴好冠冕，急忙躲避到帷帐后，对近侍道："汝可代朕准他的奏章。"

近侍很奇怪，但不得不遵从刘彻的命令。

汲黯走进殿内不见刘彻，看看公孙弘，然后问近侍道："陛下呢？"

近侍忙回答道："皇上有事，刚刚出去。"

汲黯不满道："上朝的时辰怎能不在朝堂？若有急报，奈何？"

近侍随机应变道："皇上吩咐，主爵都尉的奏章都无可非议，可由在下代批。"

汲黯拿着近侍代批的奏章离开时，又抛下一句话："改日臣要向陛下问个明白：何事能使他不理朝政！"

刘彻看到汲黯走出宣室殿，这才从帷帐后面走出来。为了在公

240

孙弘跟前挽回面子，不让公孙弘看出他对汲黯的戒惧，对着汲黯的背影，煞有介事道："这个汲黯，居然要责问朕，越来越不知礼节也。"

公孙弘也趁机道："他病卧在家，主父偃、张汤去看望，他居然把他们嘲弄得愧汗怍人，无处容身。"

刘彻笑了笑，道："这样的人，不可跟他一般见识。"

刘彻想到汲黯在这次抗击匈奴中建言献策，功不可没，却没有给他点滴赏赐，第二天，便宴请汲黯。刘彻端起酒杯，对汲黯表示祝贺道："朝廷对匈奴此次大捷，得益于主爵都尉之计也。朕要授功于你。"

汲黯诚恳地辞谢道："作为朝臣，建言献策，是本分和天职。臣下足不出京，未杀一敌，无功可言，更不敢邀功。"

刘彻见汲黯如此，更为敬佩。忽然叹息一声道："朕为兴盛汉室，心机费尽，已三次颁诏，广纳才俊，有几人能懂朕的用心？回望各郡国举荐的人才，朕不寒而栗……"

刘彻说着，忽然停住，似有所思，又似有不安。群臣听着，都愣住了。

汲黯不知他要说什么，但知道是有话要说，所以，就静静地等待。

第二十章　危机四伏亦坦然

汲黯等了一会儿，刘彻终于说话："卫青击败匈奴，使朕联想到了很多很多，尤其是想到了马邑之谋——准备充分，最后失败，何也？缺少善谋之人。王恢提出开战却临阵脱逃，何也？缺少像卫青这样的勇气。对敌开战，勇谋缺一不可。"

汲黯也感叹道："陛下所言甚是。"

刘彻接着道："朕即位之初，接受君的谏言，下诏让丞相、御史、列侯、中二千石、二千石、诸侯相，举贤良直言极谏之士，广纳天下才俊，善作而非善成。五年后，朕又下诏征求治国方略，先后得到了董仲舒、司马相如、东方朔、主父偃等人。朕感到还远远不够，时隔五年，再次下诏让各郡国举荐人才，没想到，有的郡国居然没有举荐一人，才学出众者，若空谷足音，菑川国也是再一次推荐公孙弘。公孙弘通晓文书吏事，又能以儒术缘饰文法，朕很喜欢，但已经七十多岁了。难道一个诸侯国仅有公孙弘一人？其他郡国就没有一人？还有几个郡国居然没有推举出一个有才之士，有的仅仅是应付一下而已。"

汲黯听了，深深感到刘彻胸怀之大，求贤若渴。刘彻没等汲黯说话，接着又道："朕虽然下诏各郡国举贤良直言极谏之士，可是，被举荐者又有几人敢言直谏？田蚡欲害窦婴、灌夫时，朕让群臣在太后跟前廷议，只有汲黯敢言，其他大多察言观色，附会田蚡，郑当时也居然一反常态，大言不敢出。一些大臣空论治国之策时侃侃有词，紧要关头时却畏首畏尾。这次匈奴南侵上谷郡，朕征求迎敌之策，一些朝臣噤若寒蝉，唯有汲黯……"

汲黯见刘彻一直夸赞自己，如芒在背，笑着抢过话题道："陛下，想当初吾极力为窦婴、灌夫说情，也大骂张汤，而陛下不还是把窦婴和灌夫杀了？"

刘彻不好意思地笑道："田蚡不是也死了吗？"

汲黯依然不给刘彻台阶，道："他是罪该如此……"

刘彻忙打断他道："这是故意跟朕作对不是？不在其位，不知其难，当时朕也是无可奈何，朕已知错矣，以后可否不再提及此事？"

汲黯依然不罢休，道："臣下知道陛下也有难处，然，陛下是一国之君，岂可因小失大？孔子曰：良药苦口而利于病，忠言逆耳而利于行。臣遍观史上成就大业之帝王，皆乐听逆耳之言者，盼陛下是其中的一个。"

刘彻听了这话，放下手中的酒杯，道："朕欲再次征召天下贤士，如何？"

汲黯沉思了一会儿，道："此乃好事。但臣下以为，皇上用人，不可只听其言，更要察其行。"

刘彻听了，举起酒杯一饮而尽，然后又与汲黯碰了两杯。

不久，即元朔元年（公元前128年）十一月，刘彻再次下诏，让各郡国推举孝廉贤才。诏书曰：

> 公卿大夫，所使总方略，壹统类，广教化，美风俗也。夫本仁祖义，褒德禄贤，劝善刑暴，五帝、三王所由昌也。朕凤兴夜寐，嘉与宇内之士臻于斯路。故旅耆老，复孝敬，选豪俊，讲文学，稽参政事，祈进民心，深诏执事，兴廉举孝，庶几成风，绍休圣绪。夫十室之邑，必有忠信；三人并行，厥有我师。今或至阖郡而不荐一人，是化不下究，而积行之君子雍于上闻也。二千石官长纪纲人伦，将何以佐朕烛幽隐，劝元元，厉蒸庶，崇乡党之训

哉？且进贤受上赏，蔽贤蒙显戮，古之道也。其与中二千
石、礼官、博士议不举者罪。

诏令一出，朝廷震动，盛赞刘彻乃圣明的君主。

专司官吏看到诏书，向刘彻奏议道："在古代，诸侯贡人才于朝，
首次举得其人称为好德，二次举得其人称为贤明，三次举得其人称为
有功，朝廷对他进行崇高的奖赏。诸侯不向朝廷贡才，第一次贬爵，
第二次削地，第三次爵地俱削。勾结于下而欺罔君上的处死，谗媚
于上而欺罔臣民的加刑，参与国政而不能造福于民的弃逐，身居要
津而不能进荐贤才的退位，此乃劝善而贬恶之举措。今日诏书意在
扬先代帝王的举贤选能的传统，令郡守县令推举孝廉贤才，是为教
化百姓，移风易俗。对举贤诏令置若罔闻的官吏，当以不遵朝命
论。不举孝，不奉诏，当以不敬论。不察廉，不胜任也，当免。"

刘彻看了此奏，立即采纳。

汲黯又谏言刘彻道："凡被举荐者，皆用于朝廷，当心系大汉江
山社稷，否则，不可为用。狡诈、伪善者应远弃之。"

第二天，汲黯又写出奏章，上奏道："为官者，德为首，才为
要，廉为则，爱民为本。贤者兴国利民，奸诈者误国害民。荐贤者
有功，荐奸者罪之……"

刘彻看了，也采纳之。

主父偃开始时对刘彻的诏令不以为意，认为自己已在朝中官居
要职，出人头地，再有贤良才俊被推举到朝廷，对他来说未必是好
事，如果有才高者，说不定还会把他压下去。当得知汲黯上书刘彻
后，心生忌恨的同时，又顿生再搏一把之念:元光元年（公元前 134 年）
因为偷走董仲舒奏章草稿，直接上书刘彻，一年中升迁四次，因近
年没有大的举措，官位一直停留在中大夫一职，岂不哀哉？东方
朔在《答客难》中曾经说过："尊之则为将，卑之则为虏；抗之则
在青云之上，抑之则在深渊之下；用之则为虎，不用则为鼠。"而
今年事已高，再不抓住时机，哪里还有升迁的机会？即使最后升迁

了，能有几多显贵的岁月？汲黯向来蔑视自己，多次在朝臣面前讥讽自己，去他家看望也不给面子，想报复他又无懈可击，如果这次能在皇帝面前再显身手，讨得皇上的欢心，一能压住汲黯的锐气，二能得到升迁的机会，何乐而不为？

主父偃连续数日揣摩刘彻的所爱所求，思索怎么才能讨得刘彻的垂爱。这天夜里，他苦思冥想，忽然眼前一亮：汉初，诸侯王的爵位，封地都是嫡长子单独继承，其他庶出的子孙却得不到尺寸之地。自文、景两代起，为了限制和削弱日益膨胀的诸侯王势力，苦心孤诣，但皆未能如愿。文帝时，贾谊鉴于淮南王、济北王的谋逆，曾在《治安策》中提出：众建诸侯而少其力，令诸侯王各分为若干国，使诸侯王的子孙依次分享封土，地尽为止；封土广大而子孙少者，则虚建国号，待其子孙生后分封。景帝即位后，采纳晁错的削藩策，结果吴楚七国以武装叛乱相对抗。景帝虽然迅速平定了叛乱，使诸侯王的势力大大受挫，但现在一些大国仍然连城数十，地方千里，骄奢淫逸，甚至抗命、威胁朝廷。他们害怕朝廷强大，不举荐人才就是例证。这些也是刘彻常常忧虑又无计可施的地方。如果朝廷下一道诏令：诸侯王死后，嫡长子继承王位，其他子弟分割王国部分土地为列侯，列侯归郡统辖，允许诸侯王推"私恩"，把王国土地的一部分分给子弟为列侯，由朝廷制定这些侯国的名号。这样，那些侯王的子弟必定欢欣。若侯王或嫡长子不接受，他们必定内乱，届时，必定依附朝廷。同时，因为把王国析为侯国，允许诸侯王将自己的封地分给子弟，诸侯国就越分越小，朝廷直辖的土地也随之扩大，皇上能不高兴？主父偃越想越高兴，感到这是自己又一次升迁的好机会。他又琢磨了很久，终于给这份奏章起了一个好听的名字，叫《推恩》，即皇帝推恩于王国，王国推恩于子孙。这样，既能显示出皇帝对他们刘姓宗室的皇恩，又能让皇帝独掌皇权。至于侯国的大小，爵位如何分封，等等，那些棘手的事就由主爵都尉汲黯来处置。你汲黯不是自恃才高、目中无人吗？如果处置不当，导致这些王国和侯国生乱，那时，再奏请皇上给予治罪。这样，皇上高兴，王国子孙高兴，又能把汲黯置于风口浪尖，打击他的锐气，一箭三雕，何乐而不为?

第二天，主父偃很快就把奏章写好。为了避免有误，反复诵读，以纠欠佳之处："古者诸侯不过百里，强弱之形易制。今诸侯或连城数十，地方千里，缓则骄奢易为淫乱，急则阻其强而合从以逆京师。今以法割削之，则逆节萌起，前日晁错是也。今诸侯子弟或十数，而适嗣代立，馀虽骨肉，无尺寸之地封，则仁孝之道不宣。愿陛下令诸侯推恩分子弟，以地侯之。彼人人喜得所愿，上以德施，实分其国，不削而稍弱矣。"

主父偃读着，很为自己的文辞妙笔而自鸣得意。于是，揣上奏章，兴冲冲地走向未央宫。

主父偃到了未央宫宣室殿，汲黯、公孙弘等大臣在和刘彻议论如何让各郡国举荐人才的事。主父偃仅扫了一眼汲黯和公孙弘，便直接把奏章呈到刘彻面前。

刘彻读了主父偃的奏章，果然分外高兴，道："主父偃的妙策拨开了压在朕心头多年的阴云，如此下去，郡国之事，朕无忧矣。"

刘彻说罢，立即颁布《推恩令》，限五日内送达各诸侯王国。

推恩令传到各诸侯国后，各诸侯国不知这是计，纷纷请分邑给予子弟，因为过去各诸侯国也常常因为王位的事兄弟相残，内乱不止。这么一分，侯国达一百四十三个，其中菑川王国分为剧、怀昌等十六个侯国，赵王国分为尉文、封斯等十三个侯国。这些侯国大者数万户，小者五百户。很短的时间内，朝廷不行黜陟，而藩国自析。

正如主父偃所预见的，也是他想要的，一个王国析出多个侯国以后，立即出现很多棘手的问题：汉初，诸侯王国大者列郡数十，小的也有数郡，皆由诸侯王自治其国，汉廷仅为之置太傅而已，其余丞相、内史、中尉、御史大夫之类皆王自置，如今怎么置？谁来置？过去侯国的爵位叫彻侯，如今皇上的名字叫刘彻，不避刘彻讳能行吗？不叫彻侯，叫什么？这些本应由汲黯来决断处理。这天早朝，主父偃却忽然在朝议国政时，向刘彻提出。刘彻过去没有想得那么细，一时也没有了主张。

汲黯看到刘彻把目光转向自己，浅浅地一笑，看着主父偃道："中大夫既然献策推恩，应该是胸有定见，本应在陛下颁诏时也献给陛下，不知为何，却没有献出。"

大臣们一听，认为汲黯说得很有道理，纷纷把目光投向主父偃。刘彻也忍不住把目光投向他。主父偃故做料事不周之状道："《晏子春秋》里说：智者千虑，必有一失，臣当时确实没有想到。且这是主爵都尉分内之事，故没有想那么多。"

众臣和刘彻一听，又把目光转向了汲黯。

汲黯故意咳嗽一声，道："好办，臣早已思索再三：如今既然是列地建国，爵位一律把彻侯改称列侯。过去王国的丞相、内史、中尉、御史大夫之类皆王自置，今既然为侯国，当尽废内史、御史大夫、郎中令、廷尉、宗正、太仆等与汉朝设置相同的官称，改丞相为相，治事如郡太守，令中尉治事如郡都尉。王国官员皆由朝廷任命。但可自置家丞、庶子、门大夫、洗马、行人等官，治府事。"

大臣们听了，如释重负，都长长地出了一口气。尤其是改彻侯为列侯，既避刘彻讳，又和当下侯爵状况相符。于是，都忍不住向汲黯投去敬佩的目光。

刘彻听了，脸上立即布满了笑容："主爵都尉所言乃良策也。"

主父偃听了汲黯的话，又看到刘彻对汲黯之言如此赞赏，十分泄气。他苦心孤诣设计的要置汲黯于死地的"良策"，不料竟被汲黯轻而易举地就给化解了，于是，暗暗发誓：那些欺辱过自己的人，即使是过去冷落过自己的人，也一定予以报复。

就在各诸侯王国忙于推恩、主父偃要实施报复的时候，边郡又传来急报：匈奴为报龙城大败之仇，又兵分三路，突破长城，大举入侵。东路二万骑攻入辽西郡，杀死辽西郡太守，掠民两千余人。中路攻入渔阳郡。渔阳郡即战国时的燕国，因其位于渔水之北，故称为渔阳。匈奴击败渔阳郡守军千余人，旋又围攻屯守郡治渔阳城的韩安国。韩安国在田蚡死后本可接任丞相，因跌跛了脚，不能上

247

朝，御史大夫也给免了。几个月后，韩安国的跛脚好了，刘彻又任命他担任中尉。一年多后，调任卫尉，并担任材官将军，驻守在渔阳。韩安国千余骑，几尽战死，幸而救兵至，渔阳得以不陷。同时，匈奴本部兵又入雁门郡，败雁门校尉，杀掠千余人。

一时间汉之北方边郡也同时告急，匈奴大有文帝年间兵入关中之势。

刘彻接到边郡急报，勃然大怒，立即令车骑将军卫青和材官将军李息分别出兵攻击匈奴。李息从代郡出兵，卫青从云中郡出兵，分别领兵迎敌。

卫青率领四万大军从云中郡出发后，采用"迂回侧击"的战术，向西绕到匈奴军的后方，迅速攻占高阙，切断了驻守河南地的匈奴白羊王、楼烦王同单于王庭的联系。然后，又率精骑飞兵南下，进到陇县西，形成了对白羊王、楼烦王的包围。匈奴白羊王、楼烦王见势不好，仓皇率兵逃走。汉军活捉敌兵数千人，夺取牲畜一百多万头，完全控制了河南地。

卫青回到京师，刘彻喜出望外，得意地望了一阵汲黯、薛泽、张汤、公孙弘、主父偃、东方朔、司马谈、汲仁等大臣，情不自禁地吟咏起《诗经·小雅·出车》：

> 我出我车，于彼牧矣。
> 自天子所，谓我来矣。
> 召彼仆夫，谓之载矣。
> 王事多难，维其棘矣。
>
> 我出我车，于彼郊矣。
> 设此旐矣，建彼旄矣。
> 彼旟旐斯，胡不旆旆？
> 忧心悄悄，仆夫况瘁。

王命南仲，往城于方。

出车彭彭，旂旐央央。

天子命我，城彼朔方。

……

没几日，刘彻又封卫青为长平侯，食邑三千八百户。

主父偃见又有了讨得刘彻欢心的机会，立即向刘彻进言道："朔方郡、五原郡土地肥饶，宜屯田驻守，内省转输戍漕，广中国，灭胡之本也，应置为郡。修复秦代蒙恬所筑要塞，筑朔方城。徙天下豪杰兼并之家于茂陵，内实京师，外销奸猾，以达到强干弱枝的目的。"

朔方，战国时称为河南地以及北假，原为赵国领地。赵武灵王二十六年，赵国开拓疆土北至燕、代，西至云中、九原，置九原郡。其后赵国衰落，河南地被匈奴占据。因为位于长安城的正北方，《诗经·小雅·出车》又有"天子命我，城彼朔方"之句，故取这里地名为朔方，即北方之意。

茂陵是刘彻兴建寿陵的地方，位于京师西北。建元二年（公元前139年），即刘彻即皇帝位的第二年就下诏在此建寿陵。建陵时曾从各地征调建筑工匠、艺术大师数千人，每年征调来的劳役不计其数，整个汉朝，贡赋三分之一，一供山庙，一供宾客，一充山陵。

刘彻听了主父偃的进言，虽然明白主父偃在讨好他，尤其是徙天下豪杰兼并之家于茂陵，因为事关重大，不久，便召丞相薛泽、御史大夫张欧、主爵都尉汲黯、左内史公孙弘、廷尉张汤、太史令司马谈、中郎东方朔等大臣进行廷议。刘彻认为董仲舒有治国大计，特地把他从江都国召回京师，让他进言。

廷议一开始，公孙弘就反对道："秦朝时，秦始皇发三十万人，由蒙恬率领筑北河，但蒙恬到死，朔方城也没能建成，已而弃之，汉朝岂可视若珍宝？"

汲黯也反对主父偃的进言，道："如今各王国正在施行推恩令，大局未定。此地又刚刚收复，匈奴随时会再次犯边，若以疲敝中国为代价而去经营这些没有用的地方，则劳民伤财，得不偿失，暂且不宜筑城。"

接着，丞相薛泽、御史大夫张欧、江都国相董仲舒也都反对，认为那里是荒凉之地，没有必要劳民伤财设郡筑城。

主父偃对公孙弘、汲黯首先站出来反对他的上奏很不满，尤其是对第一个反对者公孙弘，更为恼怒。他怒视了公孙弘一眼，大声道："秦朝已相去九十多年，秦始皇不能为的事，难道大汉朝就不能为？"

刘彻认为主父偃说得很好，便对几个反对者道："先帝在位时，朝廷每年派兵卒轮流守卫边境，因为这些兵卒不熟悉敌情，多被战败。一御史大夫就提出守边备塞，如此派兵卒轮流守边，不如选派携带家眷前往垦殖的人员，修筑起高大的城墙和深广的壕堑，在城外和城墙上布置防御工事，再在城内兴筑一座子城，城内的居民不要少于一千户。可是，先帝没有这样做，故无力应对匈奴。如今朔方、五原已归属汉朝，岂能因为一时费财而不顾长远？"

刘彻说罢，立即采纳主父偃之计，诏令置朔方、五原二郡。朔方郡领三封、朔方、修都、临河、呼道、窳浑、渠搜、沃野、广牧、临戎等十县，五原郡领九原、固陵、五原、临沃、文国、河阴、蒲泽、南舆等十六县。修筑朔方城及各县县城。

主父偃因为献计实行《推恩令》，受刘彻的恩宠，进言设朔方郡，筑朔方城，又被刘彻采用，主父偃忍不住趾高气扬。大臣们都认为刘彻已经对主父偃言听计从，日后会更加重用，那些曾经看不惯他和与他有过嫌隙的人，都对他非常害怕，争相讨好他。一些职位低的人，也都极力逢迎。各诸侯都知道《推恩令》出自主父偃之手，也纷纷向他行贿，期望他能在刘彻面前为他们美言，得到更多的封地和食邑。

这些景象正是主父偃多年以来想看到和得到的，不仅日益骄横，对行贿者，来者不拒，从不推辞，甚至大肆索要。

因为受贿多了，不免引起朝臣的议论。他的几个朋友便劝告他说："不要太过分，当适可而止。"

主父偃笑笑道:"臣结发游学四十余年,身不得遂,亲不以为子,昆弟不收,吾厄日久矣。为有出头之日,不惜废弃研读四十年纵横之术,而逢迎皇上,改尊儒术。丈夫生不五鼎食,死则五鼎烹耳!吾日暮途远,故倒行暴施之。"

主父偃说到做到。想到当初在燕、齐、赵三国遭到冷遇,想对当时的国王"倒行暴施",但因那些国王大多已经死去,于是,便把一腔仇恨发泄在现任国王身上,因为这些国王也都是前任国王的儿子或者孙子。

一日,主父偃想到了燕国国王刘定国,他无恶不作,臭名昭著,先是霸占了父亲的小妾,生下一个儿子,接着又把弟弟的媳妇强行抢来,据为己有。过去虽然大臣们都听说过,但没人敢对刘彻奏报,主父偃正想以此向刘彻告发,报复刘定国,恰好这时有人向朝廷告发了燕王的丑行。主父偃主动请缨,获准受理此案。他不仅向刘彻诉说此中实情,还加油添醋说:当初燕王之所以把女儿嫁给田蚡,就是有朝一日想篡夺皇位。同时还编造了很多其他"罪行"。终于,迫使燕王自杀。

主父偃报了在燕国被冷遇之仇,又把目光盯向齐国。齐国国王刘次昌的曾祖父齐悼惠王刘肥是汉高祖刘邦的长子。其祖父是齐哀王刘襄,父亲是齐懿王刘寿。元光元年(公元前134年),即五年前,刘寿去世,刘次昌嗣位。刘次昌的母亲是纪太后,他的王后是纪太后的妹妹。刘次昌不喜欢王后,却与纪太后长女翁主相好。因为刘次昌是刘彻的远房侄子,主父偃想把自己的女儿嫁给他,以让女儿显贵,不料,却遭到刘次昌的拒绝。为此,主父偃怀恨在心。

一日,主父偃向刘彻进言说:"齐国物产丰饶,人口众多,仅临淄就有十万户人家,仅租税一项,就有黄金二十四万两之多,民多富有,超过长安。齐王至今没有子嗣,如此重要的大国,除非是陛下的亲弟弟或最心爱的儿子,不应在那里当王。眼下陛下爱子尚小,至少要有心腹做齐国丞相,这样,才能解除后患也。"

主父偃的一席话把刘彻说得毛骨悚然:是啊,这样的大国、富国，朝廷岂可不闻不问？于是，问主父偃道："汝认为谁做齐国相国为好呢？"

主父偃挺胸道："如果陛下不嫌弃臣下才疏，臣愿前往，为汉室尽心，为陛下分忧。"

汲黯听说主父偃想去齐国做相国，次日便向刘彻谏言道："主父偃是齐都临淄人，年轻时常常受到儒生的排挤，后来北游燕、赵、中山等诸侯王国时，也都未受到过礼遇，这些地方皆不宜让他到那里去做官。"

刘彻以为汲黯对主父偃有嫌隙，又想到主父偃的一次次上书，直至眼前的《推恩令》，认为主父偃有旷世之才，是一个有大智慧的人，不会因为年轻时受排挤而挟嫌报复，别说让他做相国，就是做国王治理齐国，其能力也绰绰有余。于是，不听汲黯的谏言，遂任命主父偃为齐国相国。

主父偃如愿以偿，大喜，很快到齐国赴任。

齐国人听到这个消息，有的人不远千里去迎接他。主父偃到了齐国，把他的哥哥、弟弟、宾客，以及故交，都召集过来，道："当年尔等都看不起主父偃，主父偃升官了，尔等不惜跑一千余里去迎接。不论当年尔等是否看得起吾主父偃，毕竟也算有过一点儿交情，主父偃也不能没有一点表示。"说罢，拿出五百金，往地下一撒，道："尔等捡吧，从此吾等互不相识。"

主父偃到了齐国后，什么事也不干，立即揭发刘次昌与翁主相好的事，并动用他的妙笔，写成奏章。写好后，却没有立即上奏刘彻，而是故意泄露给刘次昌的一位心腹。刘次昌得知消息，想到主父偃是刘彻的红人，十分恐惧，第二天便畏罪自杀。

刘次昌自杀后，因为无子嗣，齐国被除国为郡，归为朝廷直管。

不长的时间内，燕王和齐王都被主父偃害死，赵王刘彭祖很紧张。刘彭祖是景帝与贾夫人之子，前元二年（公元前155年）以皇子的身份受封为广川王，四年后改封为赵王。刘彭祖为人巧诈奸佞，卑下奉承，表面上谦卑恭敬讨好人，内心却刻薄阴毒，喜好玩弄法律，用诡辩中伤人。刘彭祖多有宠幸的姬妾及子孙。国相、二千石级的官员如果想奉行汉朝法律来治理政事，就会妨碍他。为此，每当国相、二千石级官员到任，刘彭祖便穿着黑布衣扮为奴仆，亲自出迎，清扫这些官员下榻的住所，多设惑乱之事来引动对方，一旦这些官员言语失当，触犯朝廷禁忌，他就记下来。如果这些官员想奉法治事，他就以此相威胁。如果对方不顺从，他就上书告发，并以作奸犯法图谋私利之事，诬陷对方。因此，齐国的国相、二千石级官员没有能任满两年的，经常因罪去位，罪过大的被处死，罪过小的受刑罚，所以二千石级官员没有谁敢奉法治事。当年主父偃长期待在赵国，知道赵王很多不法之事，赵王意识到日后自己必遭主父偃报复，决定先下手为强，使人向刘彻告发主父偃大肆接受诸侯贿金和要倒行暴施的狂言。

刘彻接到这些告状信，大怒，遂下令逮捕主父偃。朝中大臣都因主父偃喜欢揭发人隐私颇为害怕，纷纷落井下石。

公孙弘与主父偃因为在建立朔方郡一事上在朝廷几近争吵，遂生嫌隙，后来主父偃又多次当着刘彻的面与公孙弘争论，使公孙弘难以下台。因此，公孙弘对主父偃怀恨在心，表面上与主父偃往来，暗地里却寻机报复。得知刘彻把主父偃逮捕入狱，甚是高兴。

不久，公孙弘得知刘彻因为主父偃曾经多次建言献策，不想杀主父偃，十分着急。这天，公孙弘面色凝重地对刘彻道："齐王自杀无后，国除为郡，归入汉廷，然各郡国人人自危，边郡大捷带来的颂誉之声危乎殆尽，此主父偃首恶。陛下若不诛主父偃，无以谢天下。"

刘彻见公孙弘这么一说，立即下令灭主父偃全族。

元朔三年（公元前126年），即主父偃到齐国的第二年，主父偃被灭族。死前，家有数千宾客，但他死后只有洨孔车一人为他收尸，把他埋葬。

主父偃被杀后，刘彻心里很久不能平静。他恨主父偃，也为主父偃惋惜，忍不住叹道：朕颁诏广纳才俊，是想让你们为大汉江山施展才智，也使你们富贵荣禄，可是，一有权势就胆大妄为，成为害国之臣、害群之马，这是罪有应得也！

刘彻叹息一阵，不禁想到当初汲黯的谏言，后悔不迭，忍不住从奏章中找出汲黯曾经的奏章，再次翻看起来：为官者，德为首，才为要，廉为则，爱民为本。贤者兴国利民，奸诈者误国害民。

刘彻正一遍遍地读着，苦思冥想着，恰好看到汲黯健步走进宣室殿。刘彻看到汲黯，忍不住投去愧悔的目光。他想说什么，却迟迟不知该怎么说。

汲黯不知刘彻此时何故如此不悦，但因事情紧急，不得不奏报道："陛下，自施行《推恩令》以来，列侯都从封地纷纷来到京师居住，不问其封国之事，致使本国政事荒废。不仅如此，常常无事生非，相互攻击。到了街市，肆无忌惮，骄横霸道，京师居民怨声不绝，朝臣心烦意乱，不知所从。"

刘彻一听，怒道："朝廷大事已让朕焦头烂额，没想到这些人居然如此不自重。简直让人匪夷所思。"

刘彻怒罢，很久没说一句话。

汲黯想到在几件大事上刘彻因为没有听取他的谏言，导致朝野风起云生，早就心存芥蒂，憋得心里难受，此时便趁机给刘彻一点颜色，所以，也许久不说一句话。刘彻是想让汲黯谏言，看汲黯一直不说话，忍不住道："为何不语？"

汲黯道："担心陛下不接受臣下的谏言，故不敢言也。"

刘彻知道汲黯指的是什么，并心里对他窝气，忽然笑道："那好，朕就先说：列侯都惧主爵都尉，就由主爵都尉领之。朕明日即颁布诏令。"

汲黯却没有笑，叹气道："陛下，有好事时总想不到臣下，有了疑难之事时，总忘不掉臣下也。"

刘彻正被汲黯说得难堪不已，忽然，一朝臣来报："陛下，张骞出使西域归来，已至未央宫西门不远。"

刘彻、汲黯一听，目瞪口呆，以为是在做梦，怔在那里半天。停了一会儿，刘彻忘掉了刚才的不快，猛地朝汲黯一挥手："走，和朕去迎接张骞！"

第二十一章　后来居上斥刘彻

刘彻与汲黯走出宣室殿，直接奔向未央宫西门。接着，有很多大臣也随着奔向未央宫门外。

等了一会儿不见张骞出现，刘彻显得很着急，对汲黯道："张骞自离京那一天，只有那次早朝时有大臣奏报他被匈奴抓去的消息，以后再也不知他的生死，朕朝思暮想啊。他终于回来了，可是，十三年了，十三年了啊……"

刘彻说着，禁不住眼含热泪。汲黯劝慰他道："陛下，此刻应该高兴才是。"

刘彻立即换上笑脸："是，是，朕应该高兴。"

正说着，刘彻和汲黯看到张骞和堂邑父出现在眼前：张骞在前步行，堂邑父在后牵着两匹马。于是，刘彻和汲黯立即迎了上去。张骞看到刘彻亲自迎接，快步奔过来，忽然朝刘彻跪下道："微臣有辱使命，还望恕罪……"

刘彻忙拉起他，看着张骞憔悴的神情和比过去苍老了很多的面孔，不解地问道："就二位？随从呢？"

张骞痛哭道："陛下，他们有的死在匈奴手下，有的死在路上，只有我和堂邑父……"

没等他说完，刘彻和汲黯都忍不住泪下。

张骞看到刘彻、汲黯如此难过，再次跪下道："臣愧对汉廷……"

刘彻再次拉起他道："不，不，君是功臣，大功臣！快，快跟朕到宣室殿去。"

刘彻说罢，立即和汲黯把张骞迎接到宣室殿。其他大臣也相随而至。

张骞到了宣室殿，刚刚坐稳，便向刘彻和大臣们讲起这十三年的经历。他讲述完，刘彻和汲黯等大臣无不热泪盈眶，唏嘘不已。

十三年前，张骞一行匆匆穿过河西走廊时，不幸碰上匈奴的骑兵队，他们一行百余人全部被抓获。匈奴的右部诸王将立即把张骞等人押送到匈奴王庭。军臣单于得知张骞欲出使月氏国，对张骞道："月氏在吾北，汉何以得往？吾欲使越，汉肯听我乎？"于是，张骞一行被扣留和软禁起来。

军臣单于为软化、拉拢张骞，打消其出使月氏的念头，进行种种威逼利诱，还给张骞娶了匈奴的女子为妻，并生了孩子。张骞始终不忘记汉皇帝交给自己的使命，没有动摇通使月氏的意志和决心。他住在匈奴的西境，等待机会。当留居到第十年的时候，即元光六年（公元前129年），匈奴对他的监视渐渐有所松弛。一天，张骞趁匈奴人不备，果断地离开妻儿，带领其随从，逃出了匈奴王庭。

在这十年里，张骞等人详细了解了通往西域的道路，并学会了匈奴人的语言，他们穿上胡服，很难被匈奴人查获。因而，他们较顺利地穿过了匈奴人的控制地带。这是一次极为艰苦的出逃：漫漫戈壁滩上，飞沙走石，热浪滚滚。葱岭高如屋脊，冰雪皑皑，寒风刺骨。沿途人烟稀少，水源奇缺。加之匆匆出逃，物资又准备不足，张骞一行风餐露宿，备尝艰辛。干粮吃尽了，就靠善射的堂邑父射杀禽兽聊以充饥。不少随从或因饥渴倒毙途中，或葬身黄沙、冰窟。

张骞到大宛后，向大宛国王说明了自己出使月氏的使命和沿途种种遭遇，希望大宛能派人相送，并表示今后如能返回汉朝，一定奏明汉皇，送他很多财物，重重酬谢。大宛王本来早就风闻东方汉朝的富庶，很想与汉朝通使往来，但苦于匈奴的阻碍，未能实现。张骞的意外到来，使他非常高兴。张骞的一席话，更使他动心。于

256

是，满口答应了张骞的要求，热情款待后，派了向导和译员，将张骞等人送到康居，康居王又遣人将他们送至大月氏。

不料，这时的大月氏人由于新的国土十分肥沃，物产丰富，并且距匈奴和乌孙很远，外敌寇扰的危险已大大减少，便改变了对匈奴的态度。当张骞向他们提出建议时，他们已无意向匈奴复仇了。加之他们又以为汉朝离月氏太远，如果联合攻击匈奴，遇到危险恐难以相助。张骞等人在月氏逗留了一年多，始终未能说服月氏人与汉朝联盟夹击匈奴。在此期间，张骞曾越过妫水南下，抵达大夏的蓝氏城。元朔元年（公元前128年），张骞动身返国。归途中，为避开匈奴控制区，免遭匈奴人的阻留，改变了行动路线：循昆仑山北麓的"南道"，从莎车，经于阗、鄯善，进入羌人地区。张骞没有想到，这时，羌人也已沦为匈奴的附庸，他们再次被匈奴骑兵所俘，又扣留了一年多。今年初，匈奴为争夺王位发生内乱，张骞和堂邑父趁机出逃。可是，等进入汉朝边境，已经只剩下他们两个人。

张骞讲述完十三年的历险经过，又对西域各国的位置、特产、人口、城市、兵力等，尤其是什么汗血马、胡萝卜、葡萄、苜蓿、石榴、胡麻等作了细致的介绍。张骞介绍完，惋惜道："可惜，路途艰难，流离不定，这些物产的种子这次有的没有带回，有的是撒落在路上。"

汲黯拉着张骞的手，痛切道："此行虽历尽艰辛，却打通了汉朝通往西域的南北道路，让大汉的朝臣们知道了外面的天地，君是大汉的功臣。"

过去，朝臣们只知道汉朝北部有匈奴，西部有个大月氏国，没想到还有大宛、乌孙等很多国家。不仅如此，那里地域还那么辽阔，物产还那么丰富。很多国家还都痛恨匈奴，都想和大汉朝友好。于是，都兴奋不已。

刘彻对张骞这次出使西域的成果非常满意，激动道："有了这次，以后朝廷还会有下次。"

接着，刘彻颁诏，授张骞太中大夫之职，授堂邑父为"奉使君"，以表彰他们的功绩。

就在这之后不久，从匈奴那边传来消息：军臣单于死，他的弟弟左谷蠡王伊稚斜自立为单于，欲杀死对他不满的军臣单于的太子于单。于单害怕，偷偷逃入汉境，投降汉朝。

刘彻大喜，下令把于单召至长安，封他为涉安侯。

没想到，于单竟然于数月后去世。

伊稚斜单于知道于单投降汉朝，但不知他很快就已死去。因为匈奴主力已被卫青率领的汉朝大军几乎全部消灭，他又是抢夺单于之位，为了巩固权力和积蓄力量，率军向北逃走，迁至荒芜的漠北草原。

张骞出使西域归来，使大汉朝廷清楚了西域的一切。加上此时匈奴内乱和北撤，刘彻感到此时正是修筑朔方城的大好时机，如果等到伊稚斜单于翅膀强硬起来，恐怕会遭遇更大的抵抗。于是，正式颁诏修筑朔方城，及朔方郡属下的所有县城。

就在这时，御史大夫张欧因为年老又病倒在床，加上不赞成修筑朔方城，请求刘彻免去他的官职。于是，刘彻便将其免官。在谁接任御史大夫一职上，刘彻却想到了公孙弘：他虽然年事已高，但是由于晚年力学，所以广见博识。不仅善于辩论，通晓文书、法律，又能以儒家的学说对法律进行阐述。于是，便任命公孙弘为御史大夫。

公孙弘为御史大夫，让董仲舒大感不解，甚至对刘彻心生忌恨。公孙弘在研治《春秋》方面，远逊于董仲舒。董仲舒虽然教书，但是每逢朝中有大事，刘彻总是宣他进宫，向他请教。董仲舒对公孙弘的两面三刀、见风使舵，十分痛恨，常常痛斥他，公孙弘因此深恨董仲舒，表面上奉承董仲舒为人廉直，背后却把董仲舒说得一无是处。公孙弘痛恨的人除董仲舒外，就是汲黯，因为汲黯痛斥他比董仲舒更不留情，因为刘彻对汲黯也礼让三分，故不敢到处乱说汲黯的坏话，但却怀恨在心。

公孙弘为御史大夫不久，正巧胶西国相位空缺，公孙弘便借此机会首先对比较容易对付的董仲舒下了狠手，向皇帝谏言道："只有董仲舒这样的大儒才能够胜任胶西王相之位。"

胶西王刘端在汉景帝前元三年（公元前 154 年）吴、楚七国反叛被击败后，以皇子的身份受封为胶西王。刘端为人残暴凶狠，又患阳痿病，一接触女人，就会病几个月。刘端有一个宠爱的年轻人，被任为郎官。这个年轻的郎官因与后宫有淫乱行为，刘端妒忌，不仅捕杀了他，还杀死了他的儿子和母亲。刘端屡次触犯天子法令，汉朝的公卿大臣多次请求诛杀他，刘彻因为与他是兄弟的缘故，不忍心这样做，因而刘端的行为更加过分。朝臣请求刘彻削夺刘端的国土，以重挫他。刘彻为了平息朝臣们的愤怒，削夺了刘端的大半封地。刘端从此心里怀恨，对封国内的钱财不再计算管理。府库全都倒塌破漏，腐坏的财物以亿万计算，最终也不加以收拾整理，并命令官吏不准收取租赋。接着，刘端又全部撤除守卫，封闭宫门，只留下一门，从那里出宫游荡。他还屡次改换姓名，假扮为平民，到其他郡国去。他不仅不去治理国家，凡前往胶西任相国和二千石级的官员，如果奉行汉朝法律治理政事，刘端总是找出他们的罪过报告朝廷。如果找不到罪过，就设诡计用药毒死他们。他的强横足以拒绝他人的劝谏，智巧足以掩饰自己的过错。因此，胶西虽是小国，而被杀害的二千石级官员却很多。

刘彻很早就为胶西国忧心如焚，但不知公孙弘的真实意图，看到公孙弘言之切切，情之悠悠，以为真的是对董仲舒厚爱，于是，便把董仲舒派遣到胶西，任胶西王刘端国相。

汲黯虽然不欣赏董仲舒抑黜百家的治国之策，但很佩服他的学问和廉直。汲黯深知刘端的为人，因此，很替董仲舒担心。

主父偃虽然被杀，但是，刘彻对他迁民于朔方的谏言依然采用。到了秋天，刘彻下令，迁移郡国上层人士及资产在三百万以上的民户到茂陵，内实京师。迁淮阳郡及其东部几个郡国十万人于朔方。去年，校尉苏建跟随大将军卫青北击匈奴，因战功受封为平陵侯，食邑一千一百户，刘彻很欣赏他，令以将军的身份，率军修复秦代蒙恬所筑长城要塞和沿河的防御工事，筑朔方城及朔方郡下属的县城。

匈奴不甘心在河南地的失败，加上看到大汉朝大肆修筑朔方城及朔方郡治以下的县城，意识到日后他们更加危急，于是，出动数万骑兵进攻代郡，杀死太守共友，掳掠千余人。到了秋季，又侵入雁门郡，杀掠千余人。

元朔四年（公元前 125 年）夏，被迁移的十万人都不愿背离家乡，可是，在刀逼棒喝下，吞声饮恨，不得不踏上迁徙的路途。在他们刚刚到达这人生地不熟的朔方郡时，匈奴又分兵三路，各路三万骑，分别进攻代郡、定襄、上郡。同时，其右贤王欲夺回河南地，亦向朔方郡进攻。

经过一番调兵遣将，元朔五年（公元前 124 年）春，刘彻令车骑将军卫青率领三万骑兵，从高阙出兵。任命苏建为游击将军、左内史李沮为强弩将军、太仆公孙贺为骁骑将军、代国国相李蔡为轻车将军，都隶属于车骑将军卫青，一同率兵自朔方郡出塞北击匈奴。然后，命大行李息、岸头侯张次公为将军，一同自右北平出塞北击匈奴。刘彻前后共调集了十几万人，大军出发时，万马奔腾，扬起的尘烟，远远望去，可与天空中的彩云连接一起。

匈奴右贤王认为，汉军距自己路途遥远，不可能到达，经常饮酒而醉，毫不戒备。卫青等率兵出边塞六七百里，乘夜赶到，将右贤王大营团团包围。右贤王大惊，只率数百名精壮骑兵冲出包围圈向北逃奔。

此战共俘获右贤王手下各部首领十余人，匈奴男女部众一万五千余人，牲畜近百万头。于是，汉军班师回朝。

刘彻接到战报，喜出望外，立即派特使捧着印信，到军中拜卫青为大将军，加封食邑八千七百户，所有将领皆归他指挥。卫青的三个儿子有的还在襁褓之中，也被封为列侯。李蔡在这次战役中立下了显赫战功，被封为乐安侯。

卫青回到京城，对刘彻道："汉军胜利，全是将士们拼死奋战的功劳。陛下已加封了食邑，儿子年纪尚幼，毫无功劳，陛下却分割土地，并封为侯，这样不能鼓励将士奋力作战。"

汉武帝道："朕没有忘记诸将军的功劳，同样也会嘉赏。"

汲黯虽然为卫青大败匈奴很高兴，但是，看到连年征战，又迁民十万筑城，导致国库空虚，人心不稳，忍不住忧心如焚。他知道凭自己的力量难以说服刘彻放弃修筑朔方郡城及其县城，就分别面见丞相薛泽和御史大夫公孙弘。

薛泽任丞相七年多来，心系百姓，凡是朝廷要大肆修建城池之类的事，他都尽力阻止，尽量减少百姓的劳役，因而深受百姓们的尊敬。由于廉谨忠厚，痛恨奸诈虚伪之人，常被公孙弘、主父偃、张汤等排挤。加上刘彻不喜欢他的温文尔雅，权力被架空。虽无所为，也无所恶。虽然他不能左右大局，毕竟还是丞相。

汲黯见到薛泽，道："修筑朔方郡城以来，连年作战，百姓、兵卒死伤无数，吾等当一块奏请皇上暂停筑城，以全力应对匈奴。"

薛泽立即道："吾当极力上奏。"

接着，汲黯又找到公孙弘道："当初吾等都力阻修筑朔方城，如今因为筑城，战乱不止。吾等作为朝廷重臣，当为大汉江山和百姓着想，谏言皇上，暂停筑城，等边郡安定，再议筑城之事。"

公孙弘表示赞同汲黯的意见，道："主爵都尉所言极是，明日早朝，吾与汝分别上奏皇上。"

次日早朝，按照昨天的约定，薛泽、公孙弘、汲黯都分别向刘彻谏言暂停修筑朔方城。薛泽作为丞相，首先谏言。公孙弘是御史大夫，薛泽谏言后本应他先说，不料，他却让汲黯先说。汲黯也不推辞，立即谏言道："汉朝虽然经过文、景二帝的与民休息和陛下即位以来的大治，国库丰盈，然，当下朝廷开通西南夷道已九年，死者甚众，且工未竣，路亦未通。两年前，派遣大臣彭吴拓殖朝鲜，穿越濊貊之地，在朝鲜东海之滨设置沧海郡，依然尚未竣工。今又向北迁民修筑朔方郡城，导致匈奴大举犯边，朝廷不得不调集兵力迎敌，已连续数年征战不止。请陛下暂且停止修筑朔方郡城。"

公孙弘看刘彻听了汲黯的话没有什么反应，这才接着道："修筑朔方郡城，去经营那些无用的地方，会使中国疲惫不堪，希望停做这些事情。"

刘彻之所以不说话，是他早有准备。见他们三个都谏言停止修筑朔方郡城，于是，就设置朔方郡的益处，让刚刚拜为中大夫的朱买臣替他回答他们，也是借以察看一下朱买臣的能力。

朱买臣，字翁子，会稽郡吴县人。少年时，家里很贫穷，但非常爱好读书。他不置产业，四十岁仍然是个落魄儒生，常常靠砍柴卖掉以后换回粮食维持生计。刘彻即位后，经朋友帮忙到会稽郡当一名差役。年末，会稽郡上计吏进京奏报郡事，派朱买臣去押车。朱买臣随上计吏押送辎重车，第一次到长安。他到皇宫门前上送奏书，很久没有回音，于是，便在公车署里等待皇帝的诏令。粮食用品都没有了，上计吏的兵卒轮流送给他吃的东西。一天，朱买臣凑巧在街上遇到同县人严助。严助知道朱买臣很有学问，便向刘彻推荐，刘彻立即召见了朱买臣。朱买臣说《春秋》，讲《楚辞》，滔滔不绝，刘彻很高兴，立即封朱买臣为中大夫，与严助一起在宫廷侍奉他。

朱买臣提出十个问题，公孙弘一个也答不上来。

朱买臣道："陛下迁民于朔方，修筑朔方城，是际高而望。如今匈奴已是强弩之末，不足惧也。"

张汤看到朱买臣把公孙弘弄得羞愧难当，很为不满，跟公孙弘耳语道："朱买臣不过是一个刚刚入朝的中大夫，怎么可以对御史大夫颐指气使？"他正欲与朱买臣争辩，为公孙弘出一口恶气，却看到刘彻脸上露出笑容，意识到刘彻对朱买臣的十问和这番话很满意，但是，他依然要对朱买臣发难。公孙弘的反应更快，他看到刘彻对朱买臣的这番态度，没等张汤张口，已低首向刘彻谢罪道："吾乃齐地的鄙陋之人，不知筑朔方郡有这些好处，希望停做通西南夷和置沧海郡的事，集中力量经营朔方郡城。"

汲黯听了公孙弘的话，十分恼怒，立即诘责公孙弘道："齐人多诈而无情实，始与臣等建此议，今皆背之，不忠。"

刘彻随即问公孙弘："是这样吗？"

公孙弘立即回答道："夫知臣者以臣为忠，不知臣者以臣为不忠。"

刘彻听了，笑道："公孙弘说得很好。"

公孙弘进一步讨好刘彻道："人主的毛病，一般在于器量不够宏大，而人臣的毛病，一般在于生活上不够节俭。"

汲黯本不想再说什么，听公孙弘这么一说，忍不住又揭露他的奸诈行为道："公孙弘处于三公的地位，俸禄很多，足够享用，却故意盖布被。仅这样就算清廉乎？这是给人以假象，是诈也。"

刘彻听了，忙问公孙弘："有这事？"

公孙弘不愠不怒，仅仅斜了汲黯一眼，忙向刘彻谢罪道："有这样的事。九卿中与臣下好的人没有超过汲黯的了，但他今日在朝廷上诘难臣下，确实说中了臣下的毛病。臣下有三公的高贵地位却盖布被，确实是巧行欺诈，妄图钓取美名。况且，臣下听说管仲当齐国的相，有三处府邸，其奢侈可与齐王相比，齐桓公依靠管仲称霸，也是对在上位的国君周王的越礼行为。晏婴为齐景公的相，吃饭时不吃两样以上的肉菜，他的妾不穿丝织衣服，齐国治理得很好，这是晏婴向下面的百姓看齐。如今臣下当了御史大夫，却盖布被，这是为了做到从九卿直到小官吏，没有了贵贱的差别。臣下真的像汲黯所说的那样。若没有汲黯的忠诚，陛下怎能听到这些话呢！"

刘彻以为公孙弘听了汲黯的话会反唇相讥，不料不仅没有这样，反而谦让有礼，并夸赞汲黯。于是，对公孙弘连连夸奖，越发喜欢和厚待公孙弘。

薛泽因为早已被架空，有名无实，加上与刘彻政见不合，以及公孙弘在后面推波助澜，不久，即元朔五年（公元前124年）十一月初五，薛泽被免去丞相职务。

刘彻欲任用公孙弘为丞相，可是，立即在朝廷引起争议。按照汉朝先前的制度，丞相之职一直选用列侯担任，而公孙弘没有侯爵。于是，刘彻先下诏封公孙弘为平津侯，把平津乡六百五十户给他，二十天后即任公孙弘为丞相。于是，公孙弘在七十六岁高龄登上了丞相的高位。时元朔五年（公元前124年）十一月底。

公孙弘起身于乡鄙之间，曾为富人在海边放猪维持生计。因为苦读儒家学说居然官至丞相，在各郡国文人书生中引起了极大震动。很多人模仿公孙弘的飞黄腾达之路，潜心研读儒学。一时间，朝廷上下，各郡国都兴起儒学热潮。

公孙弘做了丞相，御史大夫的位置空缺。刘彻深知汲黯的忠诚，但是，想到他自入朝以来，不论什么场合，直来直去，从来没有给过他面子，甚至多次让他大失颜面，担心他做了御史大夫，位居三公后，更加有恃无恐，所以，想了很久，不敢用他。

最后，刘彻想到了张汤：近年来，因为西南又开通西南夷，东边设置沧海郡，北边又迁民修筑朔方郡城，征讨匈奴，赋役酷虐，百姓为之叫苦不迭。国内事端纷起，下层官吏和不法之民都弄巧逞志，以逃避法网，刘彻不得不要求张汤分条别律，严明法纪。张汤见刘彻如此信任他，很快与中大夫赵禹编定《越宫律》《朝律》等法律书籍。赵禹是右扶风䣕县人，年轻时有文才，以佐史的身份出任京都官府吏员。汉景帝三年（公元前154年），因为廉洁担任了令史，侍奉太尉周亚夫。周亚夫担任丞相，赵禹担任丞相史。刘彻即位后，赵禹凭借主办文案积有功劳，升为御史，后又被升为中大夫。张汤为博取刘彻的宠爱，便不断进奏所审判的要案。同时，张汤对于高官非常小心谨慎，常送给他们的宾客酒饭食物。对于旧友的子弟，不论为官的，还是贫穷的，照顾得都很周到。拜见各位公卿大夫，更是不避寒暑。因此，他虽然用法严峻、不公正，却由于他的这些做法，获得了很好的声誉，公孙弘也曾多次称道他的优点。

刘彻思谋再三，加上公孙弘在背后为张汤美言，没多久，升任张汤为御史大夫，位列三公。

公孙弘、张汤升任丞相和御史大夫后，最忌惮的是汲黯，因为在他们眼里，论忠论廉都无法和汲黯相比，汲黯的"罪责"除了敢言直谏、不留情面外，找不到他的毛病，因此，既恨又怕，又无可奈何。所以，每逢与汲黯相处和议事，总是谨小慎微、如履薄冰。甚至认为，汲黯就是他们仕途上的障碍，一直想置他于死地，但却苦于找不到下手的机会和理由。

五年前，即元朔元年（公元前 128 年）十一月刘彻颁诏，让各郡国兴廉举孝，因为匈奴的入侵，和迁民于朔方、修筑朔方郡城，加上燕、赵、齐三国因为主父偃导致的内乱，那次的荐贤举措被搁置。如今，因为北击匈奴连连大捷和新的丞相、御史大夫走马上任，为了稳定朝野，取得民心，刘彻又再次提起兴廉举孝的事。

这天早朝，刘彻再次宣读上次的诏令道："公卿大夫，所使总方略，壹统类，广教化，美风俗也。夫本仁祖义，褒德禄贤，劝善刑暴，五帝、三王所由昌也。朕夙兴夜寐，嘉与宇内之士臻于斯路。故旅耆老，复孝敬，选豪俊，讲文学，稽参政事，祈进民心，深诏执事，兴廉举孝，庶几成风，绍休圣绪。夫十室之邑，必有忠信；三人并行，厥有我师。今或至阖郡而不荐一人，是化不下究，而积行之君子雍于上闻也。二千石官长纪纲人伦，将何以佐朕烛幽隐，劝元元，厉蒸庶，崇乡党之训哉？且进贤受上赏，蔽贤蒙显戮，古之道也。其与中二千石、礼官、博士议不举者罪。"

汲黯感到刘彻随着皇位的稳固越来越好大喜功，越来越喜欢听赞歌和阿谀逢迎，有时说的和做的名不副实，感受最深的就是这几年在人才的使用上，所以，对刘彻的这次兴廉举孝很不以为意。

公孙弘刚刚官居丞相之位，又深知刘彻喜欢听什么，为取悦刘彻，首先进言道："天子须身正，为百姓树立信义。要凭才干任官职，不听无用的意见，不制造无用的器物，不夺民时妨碍民力，有德者进，无德者退，有功者上，无功者下，犯罪者受到相应惩罚，贤良者得到相应奖赏。仁、义、礼、智、信是儒家'五常'，为治国之道，不可废弛，为官者必遵守之。"

汲黯十分讨厌表里不一，打着仁、义、礼、智、信的旗帜教训别人，自己却反其道而行之的人，公孙弘刚说完，他立即反问道：

"如果吾没有记错的话，丞相这番话已经说了多次，自己做得如何？丞相推崇儒学，让人尊崇儒家礼仪，自己却表面慈善，内心奸诈，作为丞相，怎能服众？"

公孙弘听了，脸色铁青，半天无语。

汲黯接着反问道："不知丞相是否还记得想当年应召入朝时，辕固曾经对丞相说过的话：'公孙子，务正学以言，无曲学以阿世！'"

公孙弘听了，面色由铁青变得通红，想反击汲黯，却无言以对。

张汤看到公孙弘被汲黯说得无地自容，马上替公孙弘解围道："丞相恭谦谨慎地孝顺后母，在后母去世后更为之守孝三年。入朝后，兢兢业业，恪尽职守，是难得的孝顺亲长、廉能正直的大臣。"

汲黯听了张汤的话，想到他用法严峻深刻且不公正，让很多无辜的人死于非命，大声道："朝廷的一些官吏，享受着朝廷的俸禄，却做着危害朝廷的事，吃着百姓种的粮食，却做着欺压百姓的勾当，满口仁义道德，却满腹恶臭心肠。这些人正襟危坐，道貌岸然，一派君子之气，其实禽兽不如也。"

因为汲黯大胆直言，廷议无果而退朝。

汲黯走出宣室殿的时候，刘彻走在他的后面，公孙弘、张汤则紧紧地随在刘彻的两边。

汲黯回头看了公孙弘和张汤一眼，想到自己享受九卿待遇时，他们不过是一般小吏而已，因为都善于阿谀逢迎，如今公孙弘升为丞相，封为平津侯，张汤官至御史大夫。不仅如此，昔日他手下的郡丞、书史因为善于揣合逢迎，如今也和他同级了，有的被重用，地位甚至还超过了他，忍不住义愤填膺。于是，他停下脚步，等刘彻走到跟前时，对刘彻道："陛下用群臣如堆积柴薪耳，后来者居上。"

刘彻听了，不禁一愣，想想，汲黯的比喻不仅很形象，而且也击中了他的短处，半天沉默不语。

汲黯看刘彻不说话，又看到公孙弘、张汤对刘彻一脸的媚态，怒冲冲转身而去。

一会儿，刘彻看汲黯走远了，忍不住对公孙弘和张汤尴尬地苦笑道:"一个人确实不能没有儒学素养也! 这个汲黯, 越发锋芒毕露、不知礼数了。"

公孙弘、张汤知道汲黯是因为他们而指斥刘彻, 也很尴尬, 半天不知说什么为好, 最后, 都朝着汲黯的背影瞪了一眼, 哼了一声, 算是表达了对刘彻的忠诚。

公孙弘看到汲黯这样对待自己, 报复心理越来越迫切。

这天, 公孙弘正苦于找不到报复汲黯的理由, 忽然想到: 自施行《推恩令》以来, 列侯都居于京师, 因为迁移郡国上层人士及资产在三百万以上的民户到茂陵, 京师人口也迅速大增, 加上朝廷大臣的家人和皇室宗亲也都居于京师, 一向矛盾重重, 换了多任右内史, 都没把京师治理好, 皇上都不满意, 甚至被罢官, 过去就难于管理, 现在更难。于是, 想到了一个一箭双雕之计。

次日上朝, 他把京师的现状向刘彻详述了一番后, 进言道:"右内史管界内多有达官贵人和皇室宗亲居住, 很难治理, 不是素来有声望的大臣不能担此重任。"

刘彻忙问:"丞相认为谁最适宜? "

公孙弘立即道:"臣下以为汲黯最适宜, 请调任汲黯为右内史。"

刘彻不知公孙弘的真实用意, 想到他说的京师的状况, 想到汲黯对公孙弘多有微词, 公孙弘对汲黯不仅没有一点怨怼, 反而大加赞美, 于是, 赞扬公孙弘道:"丞相不因汲黯的斥责而记恨, 反而对他更尊重, 真乃品德高尚之臣也。"

不久, 刘彻采纳公孙弘的建议, 迁汲黯为右内史。

内史, 周朝时官名, 秦朝时沿袭, 掌治京师。因为京师是天子之都, 言其在内, 特号内史, 以别于诸郡守。因此, 也是地名。汉朝建立后, 景帝时置左、右内史, 左内史掌管由左冯翊西部数县设的左内史郡, 右内史则掌管京师。虽然右内史与主爵都尉同属九卿的职位, 毕竟京师乃是非之地, 稍有不慎, 就会不可自拔或声名狼藉, 甚至获罪入狱。

消息一传出, 京城很快掀起一阵波澜: 汲黯刚正谔谔, 抱经邦济世、造福苍生之情怀，任主爵都尉十余载，井井兮其有理，若网在纲，有条而不紊，没有升迁，反而被放置在人人避而远之的右内史任上，那些阿谀钻营的佞臣却飞黄腾达，仗势弄权。

汲黯明白这是刘彻听信了公孙弘的谗言，才至于此，但想到京师因为达官贵人和刘氏宗亲的横行霸道，确实需要治理，对此淡然一笑，欣然赴任。时元朔五年（公元前 124 年）十二月。

汲黯没有想到，他刚刚到任，还没有来得及着手治理京师，忽然，老家来人报丧：他的母亲因病去世。

第二十二章　火坑边缘任逍遥

汲黯听到母亲病故的消息，十分悲痛：自景帝前元七年（公元前 150 年）来到京城任太子洗马，至今日的元朔五年（公元前 124 年）底，他已经离开家二十六年。这二十六年里，每次回家看望母亲，都匆匆而去，又匆匆而归，每次都未能陪母亲几天。自从与田莺结婚和有了儿子汲偃，弟弟汲仁娶妻和有了孩子，母亲在种好自家的田园同时，既要抚养汲偃，又要抚育汲仁的孩子。乡邻们都说，汲黯在京做官了，显贵了，有谁知道汲黯没能在母亲面前尽孝的那种内心的疼痛？如今朝廷特别令各郡国再次举荐人才，兴廉举孝，汲黯作为朝臣，也倾力而为，可是，自己却没有在母亲跟前尽到孝心……

想到这里，忍不住放声大哭："母亲，孩儿不孝，孩儿对不起母亲也……"

弟弟汲仁也忍不住放声大哭："仁儿上次回家看望，母亲还步履稳健，怎么突然就走了？"

兄弟二人哭了一阵，汲黯立即奔向未央宫，向刘彻告假。刘彻立即准假道："孟子曰：养生者不足以当大事，惟送死可以当大事。"并多给了他们弟兄几天假期。

汲黯回到宅第，便收拾行装，准备驱车回老家奔丧。

那些刚刚迁居京师的列侯闻知讯息后，一是想到汲黯为人严厉无私，刘彻对汲黯也礼让三分；二是想到自己已经居于京师，以后很多事宜都离不开他这个右内史，纷纷来到汲黯的宅第，向汲黯表示哀痛，不少人还送来很多钱财，并要与他一块去濮阳，参加葬礼。这样，既彰显了他们来到京师的显贵，也借以与汲黯拉近关系。朝中的那些大臣的家族也都居于京师，近年都在寻找好的风水地块，扩建豪宅。那些新迁来的郡国上层人士及有钱人，也都想得到汲黯的关照，因此，也纷纷来到汲黯的宅第，表示哀痛，也都送了很多钱财。

汲黯对前来致哀者，表示谢意，而对所送钱财则一概退回。对要求和他一块到濮阳参加葬礼者也一概拒绝。

张汤虽然忌恨汲黯，但他恨在心里，面子上依然装出一番若无其事的样子，尤其是在众臣面前，从不显露。得知汲黯母亲病故，亲自带着张安世与张贺两个儿子来到汲黯的宅第。

张汤不仅为自己讨得刘彻欢心而煞费苦心，也为自己的两个儿子深谋远虑。张安世，字子孺，尽管还很年少，张汤已经让他做了郎官。张贺比太子刘据大十岁，自刘据会走路，便安排张贺与太子刘据一起玩耍，逗刘据开心。刘彻特别宠爱刘据，除了专门派人辅导他学习《谷梁春秋》《公羊春秋》外，还为他建了一座苑囿，称为博望苑，让他学习接待宾客。从此，张贺便做了太子宾客。所以，今年才四岁的刘据，竟然天天离不开张贺。这也是刘彻喜欢张汤的原因之一。

张汤一见汲黯，立即表示哀悼："惊闻右内史慈母仙逝，张汤不胜哀痛。"

汲黯对他们的到来丝毫也不感到惊奇，但是，因为是母亲大丧，便摒弃往日的嫌隙，对张汤表示谢意道："谢御史大夫前来致哀。"

张汤接着问道："若有张汤相帮之处，敬请直言。"

汲黯道："逝者如斯夫！吾只想着尽快回去安葬母亲，让母亲陪伴父亲。"

张汤父子刚刚走，乐安侯李蔡、大将军卫青、太子少傅庄青翟也来到了他的宅第。李蔡是李广的堂弟，汉文帝十四年（公元前

166年）随李广参加汉军，两人同为汉文帝的侍从，后任武骑常侍。到了汉景帝初年，李蔡已有军功，赐二千石俸禄。今年初，李蔡任轻骑将军，与卫青一同出兵朔方郡，击败匈奴右贤王，捉得几十个匈奴士兵，俘获民众一万五千余人，立下战功，被封为乐安侯。李蔡今年已经六十二岁。他的到来让汲黯很感动。

他们还没有离开，中大夫朱买臣和丞相长史王朝、边通也来到了这里。王朝是齐地人，以精通儒家经术而闻名。边通学纵横之术，辩才出众，官至济南国相，后因与济南王不和，辞去国相，前不久来到京城，与王朝同为协助丞相管理文书的丞相长史。王朝、边通一向敬重汲黯，得知朱买臣来汲黯家致哀，便与朱买臣一块来到这里。

朱买臣、王朝、边通三个人刚走，淮南王刘安的女儿刘陵也来到了这里。她一见汲黯便声泪俱下道："惊闻右内史慈母病故，甚为哀痛。因为父王离京太远，只有陵代父王前来致哀。"

刘陵不仅长得漂亮，而且聪敏善言，其父刘安把她安置在京城后，给了她很多钱财，以广交刘彻亲近的人。汲黯对刘陵如此巧言和精通人情世故，很为之佩服，对她道："请见到淮南王时，转告汲黯的谢意。"

汲黯本打算第二天一早离开京城，看到有那么多人前来送礼和致哀，为了不扰动朝臣，当晚便和汲仁离开京城。

汲黯回到濮阳，安葬了母亲，本想在家多守丧一些日子，因为前些时候曾经有朝臣以公孙弘曾为后母守丧三年为例，上奏刘彻：为使大汉朝兴起孝廉之风，凡朝臣父母大丧，可告假回家服丧三年。因为刘彻对此还没有准奏，他只得在安葬母亲后即回到京师。

汲黯虽然为右内史，主要掌治京师，凡朝廷议事，刘彻也都像往常一样召他入未央宫，只是不再每天到未央宫上朝。汲黯知道这是公孙弘在刘彻面前做的手脚，不仅对公孙弘嗤之以鼻，还对刘彻偏信公孙弘谗言心生几多怨恨，多次当着朝中大臣对刘彻直言："谗言好听，开心一时，忠言逆耳，受益一世。"这次回到京城，思前想后，不觉间也坦然起来：每日和那些虚伪奸诈之人为伍，满目疮痍，把人弄得身心俱疲，有何益？能把京师治理好，岂不也是有功有德？

想到治理京师，不由得回忆起前几任右内史的经历：刘彻即位后，命宁成为右内史。宁成是南阳郡穰县人，郅都为济南郡太守时，宁成为济南郡中尉。宁成为下级时，一定要欺负上级，对待下级又苛刻严酷。在刚直不阿、不畏权贵、敢于执法这一点上，宁成和郅都很相似，但却不如郅都廉洁。他任右内史后，借助手中的权力，大肆敛财，贪暴残酷，结果，民怨沸腾，很多皇亲国戚、贵族豪杰，人人惴恐，于是，都诋毁他。他任右内史不足一年，抵罪髡钳，即被判罪，并处剃发和以铁环束脖子的刑罚。九卿之位的官员犯罪，该处死的就处死，很少遭受这样的刑罚。宁成知道朝廷不会再用他，就解脱刑具越狱，逃了出来。汉朝严格限制臣民出行，远距离的旅行必须持有专用的证明身份的"符传"，否则寸步难行。宁成越狱之后决定逃回南阳老家。但是，没有"符传"就无法通过必经之地函谷关。于是，宁成竟然私下刻制出一枚"符传"，顺利出了函谷关，逃回家中。

宁成之后，刘彻又命"万石君"石奋的第四子石庆为右内史。可是，也仅仅任职一年多。之后又换了几任，皆因贵族的子弟、门客依权仗势，违禁乱法之事不断，京师依旧一片混乱。几任右内史虽然也很尽力，都未能把京师治理好。

郑当时为右内史的第二年，因为评议武安侯田蚡、魏其侯窦婴的争端时未能始终坚持己见，被贬职为詹事。从郑当时被免到眼前的七年时间里又换了四任，皆因没有把京师治理好而罢官，有两任被治罪。

刘彻有个同母异父的姐姐叫金俗。母亲王娡很小的时候，因为家里穷得难以维持生计，虽然如花似玉，但也只得早早地就嫁给了长陵的穷汉金王孙，并很快生了一个女儿。因为王娡的母亲臧儿占卜得知王娡有富贵命，会生下天子，便将她献入太子宫中。后来王娡成为汉景帝的皇后，此前的经历一直不便说出来。被她抛弃的丈夫金王孙，也是一个很有骨气的男人，他将王家痛斥了一顿，自己拉扯大了女儿。金氏长大以后，为了照顾父亲，招了一个倒插门的女婿，生了一双儿女。不久，金王孙病死了。金王孙到死，都没有说出妻子叛夫弃女的底细。金俗从来没有想过，自己的母亲就是母仪天下的太后。她像从前一样，操持家务，苦度岁月。刘彻即位后，通过韩王信的曾孙，也即他做胶东王时一块读书的韩嫣，得知了此事，亲自把金氏接入长安，封为修成君。修成君的女儿嫁给淮南王刘安的太子刘迁，儿子修成子仲也仗着有王太后撑腰，横行京师。修成子仲的行为，刘彻十分清楚，因为王太后对他十分娇惯，养成了在京师无所不为的习惯，所以，刘彻尽管很愤怒，却无可奈何。因为自汉代建立以来，帝王畏母似乎也成了一种习惯，个个都在生母面前噤若寒蝉。吕雉与刘盈就更为典型，就连最温和谨慎的薄太后，都让儿子刘恒奉若神明地供着。王娡自然也从前辈们的身上学了不少本事。比如窦太后向儿子绝食抗议的招数，在弟弟田蚡的事情上施展过，愣是逼着刘彻杀了几个不想杀的大臣。尽管王太后两年前已经去世，如今修成子仲依然恶性不改，有恃无恐。

然而，现在比过去更加麻烦：《推恩令》施行以来，列侯纷纷来到京师，在京师横行不恭，民怨四起。近年，刘彻诏令迁移郡国上层人士及资产在三百万以上的民户到茂陵，可是，因为茂陵距京城很近，这些人仅仅是在茂陵做做样子，其实也都云集于京师。各地的盗贼认为有机可乘，也纷纷来到京师。人员猛增，列侯、富人随意扩建豪宅，导致京师街道拥堵，就连未央宫周边一向宽敞的街道，现在也成了商人的天地，到处是商铺。前些年并没有现在之纷乱，换了几任右内史，刘彻都不满意，而今想让京师秩序井然，谈何容易？

想到这里，汲黯禁不住叹道：今日的京师就是一个火坑，弄不好，不被烧死也会身败名裂。所以，从回到京师这天起，汲黯把全部身心都用在了治理京师上。

汲黯虽然已在京城二十六年，却没有对京城细细地察看过，很多街道和街市甚至一次也没有去看过，一是因为那不是自己的职责，二是在皇上身边忙前忙后，献计献策，没有时间去光顾。

汲黯为了掌握京城眼下的详细情况，内史府的一切事宜均交给副职去处理，他则脱下朝服，装扮成一个平民，逐条街道进行巡视。

这天，汲黯正在大街上独自行走，忽然看见迎面来了一辆车，那车由两匹马驾着，跑得飞快，撞倒了路边几个行人，周围的人大声疾呼，却没有人敢上前阻拦。而车上的人看着被撞倒的人哭叫不止的惨状，不仅不下车安抚，反而在车上大笑不止。

汲黯一看，原来是王太后的外孙修成子仲，不由得火起。他大步走到车前，威风凛凛指着修成子仲厉声喝道："下车救人，不然休想再走一步……"

修成子仲哪里见过敢对他使横的人？扬鞭就要抽打。就在他刚刚扬起鞭子的时候，才看到眼前的这个人是汲黯，瞬间呆在那里。

修成子仲知道汲黯的厉害，却没有见过这阵势，一下子蒙了，乖乖地下车，忙和汲黯一块救人。围观的百姓并不认识汲黯，被这阵势给镇住了。当得知汲黯就是新任的右内史时，立即响起一阵叫好之声。

次日，汲黯转悠到覆盎门，看到张汤的儿子张贺与太子刘据的一帮宾客正在闲逛，所到之处，前面的人必须早早地让路，稍微迟疑，他们就大声呵斥，甚至口出秽语，路人皆不敢言。他们看到有人因为路上人员拥挤而走上路中间供皇帝出行的御道，张贺居然令门客抓住他们痛打一顿，并呵斥道："那是皇上行走的御道，其他人不得通行！"

太子宾客也即门客，最早出现于春秋时期，那时的养客之风盛行，每一个诸侯或君王的同族都有着大批的门客。这些门客有的具有真才实学，能在关键时刻替主人办事，有的是想借主子的地位有朝一日能平步青云。同时，也有一些是徒有虚名，骗吃骗喝。但是，养门客则是贵族地位和财富的象征。

汲黯看到张贺作为门客就这样霸道，走上去，迎头挺立在他们面前，大声呵斥道："再有欺压百姓者，依法论罪。"

张贺与众门客一看是汲黯，灰溜溜地走了。

十多天后，汲黯终于把京城巡视了一遍。他深知京师的痼疾非一日能够治理，于是，先从刘彻入手，写了一份奏章。这天，他带着写好的奏章，气昂昂奔向未央宫宣室殿。

刘彻正在阅读着什么，看到汲黯，不禁既惊讶又惊喜：惊讶的是汲黯怎么忽然来了；惊喜的是很久没有看到他了，正有点想他。

汲黯没有一句客套话，直言道："臣下近来已把长安城巡视了一番。"

刘彻对汲黯这么做，又这么快，感到很意外，禁不住"哦"了一声。

汲黯接着道："京城乃秦代旧址所建，其制为'前朝后市'：城南以宫室为主，与宫室相连的是官署、府库和朝臣的甲第。城北以市为主，以及手工作坊和居住闾里等。城外挖有护壕。每面城墙有三门，由北至南，东墙为宣平门、清明门、霸城门，西墙为雍门、直城门、章城门，由东至西，北垣为洛城门、厨城门、横门，南垣为覆盎门、安门、西安门。每门设三个门道，每道宽一丈八尺，可容四个车轨。霸城、覆盎、西安、章城四门内对长乐、未央二宫，其余八门各与城内一条笔直的大街相通。每条街均分成三条并行的道路，中为供帝王车驾通行的御道，两侧道路供吏民行走。"

刘彻听着，对汲黯任右内史这么短的时间就把京城了解这么详细，很感惊讶，但不知汲黯为何这么不厌其烦地说这些。最后，笑了笑，赞扬他道："这些街道，这么多门，有的朕也没走过，也不能述说这么详尽，没想到右内史到任不久，竟了如指掌。"

汲黯脸色严正道："陛下和丞相都曾经说：不是素来有声望的大臣不能当这个右内史。臣既然那么好，能不尽心尽职？"

刘彻明白汲黯话中有话，但不得不又故意笑笑道："由汝任右内史，京师一切事宜，朕就放心矣。"

汲黯道:"有一件事陛下能准奏,就更放心矣。"

汲黯说罢,便把准备好的奏章呈送上去。

刘彻听着汲黯的口气,便意识到这奏章一定不是一般的奏章,慢慢接到手中,若有所思地停了一会儿,又看了汲黯一眼,这才打开,慢慢地读起来:

> 汉定都长安近八十年来,长乐、未央二宫宏达巍峨,衙署、仓库、兵营、监狱、朝臣的甲第相连,供百姓居住之地最多不过三分之一耳。《推恩令》施行以来,陛下分封列侯,仅王子侯就多达一百七十多人。列侯云集京师,陛下不仅都赐予甲第,还各赐僮千人。如今,正在修筑的列侯甲第鳞次栉比,京师到处堵塞。陛下虽然诏令迁郡国豪富于茂陵,然,他们多居于京师。京城虽每门设三个门道,然中间之御道,百姓不得通行,有名无实,造成城中车如流水流不动,马若游龙游不成。为京师百姓之便,臣冒死进谏,非陛下出行之日,准许百姓行走御道,以缓解通行不便之状。

刘彻看完,脸色陡变,心下道:你这个汲黯,对右内史一职不满,居然敢拿朕先开刀——取消御道,怎能显示皇威?

汲黯看出了刘彻的不满,这也是预料之中的。于是,没等刘彻发话,立即讲述了修成子仲和刘据门客的行为。接着道:"天下是陛下的天下,如若陛下为了显示自己的皇威,城中处处都有百姓不得通行的御道,皇亲贵戚怎么能不效仿陛下而显威?长此下去,皇威仅徒有其表,百姓虽畏而不敬也。"

刘彻听着,看到汲黯那副不准奏不会罢休的表情,不得不应允,大笑道:"汲黯就是汲黯,果然不凡。朕准奏:非朕出行之日,臣民皆可行之。"

汲黯回到内史府,第二天便公告到长安城大街小巷。一时间,京城引起极大震动，上至朝臣，下至平民，一片欢呼。汲黯更是名声大振，备受尊崇。

不久，汲黯又模仿汉高祖刘邦攻入咸阳城时的做法，对城内居民也《约法三章》，并布于各个主要街道：车马行人，各行其道；凌弱霸市，以罪论处；仗势欺压百姓者，逐出京师。

《约法三章》一出，街道上的车马行人很快变得有序，街市上那些以强欺弱者，很快少了许多。那些皇亲贵戚及其门客，得知汲黯把皇帝的御道也敢改动，这三章一出，一定不会手软，再走在街道上的时候，跋扈之气很快大减。一向骄横的列侯们，因惧怕汲黯的严厉，再也不敢那么耀武扬威。京师出现少有的平和气象。

遏制了京师混乱的根源，汲黯则居于内史府堂读书，大事毫不疏忽，小事则交给属官处理。但，却也对他们《约法三章》，其一就是：凡不能尽责者，一律罢官，绝不姑息。

一日，汲黯正在府中读书，淮南王的女儿刘陵带着一个包裹来到他的府堂。刘陵居京师已经很多年，因为她的父王不仅给了她很多钱财，还为她建了一座甲第。她在京没有什么事，就每日游走于未央宫和内史府，以及豪门贵族的甲第，广交朋友。汲黯对刘陵的到来很感惊奇：我病，她去看望；母亲病故，她也前往致哀；今刚任右内史不久，她又来了。上几次倒未可厚非，这次又有什么说辞？

汲黯正找不到合适的辞令，刘陵已经微笑着道："父王知道内史最近特别爱读书，故为您重新抄写一部他的《离骚传》，特让人给汲公捎来，让陵转送于汲公。"

刘陵说着，便从包裹里掏出一卷书，放在了汲黯的案头。

汲黯惊喜道："此书是淮南王奉皇上之命所著，今特别抄写一部相送，太客气了。请代臣谢过大王。"

刘陵看汲黯喜欢，又道："父王敬佩汲公的为人，很想与汲公成为至交。"

汲黯道："大王学富五车，颇具文采，又好读书鼓琴，皇上甚爱大王，两年前赏赐他手杖，恩准他不必入京朝见。大王能看得起汲黯，并乐为朋友，汲黯荣幸之至。"

刘陵道："陵在京师，还望汲公多多关照。"

汲黯道："前不久臣从翁主甲第前路过，其壮观之势京城内无人能比焉。"

刘陵笑笑道："豪门贵族的宅第才称甲第，陵不过一女子，又没有显赫的地位，还是称宅第为好。"

汲黯笑道："如若这样乃名与实不相符也。"

刘陵转换话题道："父王来信说，近期可能来京，届时想和汲公一叙。"

汲黯笑笑道："汲黯温酒执壶，虚榻以待。"

因为刘彻对淮南王刘安高看几分，加上修成君的女儿又是刘安的儿媳，所以，刘陵在京师常常被人宠着。汲黯对刘陵这么频繁地与他接触，且几近讨好，每次都打着她父王的名义，不禁感到有些非同寻常。

刘陵又与汲黯聊了一会儿朝廷的其他事，留下一串甜美的笑声，这才离去。

刘陵走后，汲黯翻看着刘安的《离骚传》，感到刘安既有对屈原"呼天""呼父母"的同情和肯定，也有对楚怀王的批评，也暗含自己怀才不遇及对刘彻在用人上的指摘和告诫。他正反复琢磨着、品味着，一抬头，看到朱买臣微笑着来到他的府堂。

汲黯看到朱买臣的笑脸，不知怎么，竟然忽然想起朱买臣与他妻子的故事，忍不住也笑起来。朱买臣好生奇怪，想到汲黯一向不苟言笑，任右内史后心里一定很不高兴，更没有笑脸，此次来这里就是想逗他开心的，没想到，他还没有说话，汲黯先笑起来。于是，忍不住道："右内史看到老朋友来，不仅不起身迎接，反而发笑，何故？"

汲黯笑出声道："中大夫常有先见之明，请猜一猜？"

朱买臣见汲黯居然跟他玩起藏猫猫，呵呵一笑，调侃他道："右内史在京师赢得盆盈钵满，趾高气扬起来也。"

汲黯没有敷衍他，继续调侃朱买臣道："猜不出？吾笑中大夫能先知先觉也。"

朱买臣被他的话搞迷糊了，道："吾朱买臣不过一个侍奉皇上的中大夫，何事先知先觉？若如此，岂不也像公孙弘、张汤一样青云直上？"

汲黯直接挑明道："中大夫忘了曾经说过的话：吾五十岁要大富大贵？"

朱买臣听了，忍不住也得意地大笑起来："原来右内史是想起朱买臣很多年前的破事来也。"

吴、楚七国反叛时，朱买臣与妻子崔氏为逃离战乱，背井离乡逃到会稽郡富春县下涯。后到大洲源，在人烟稀少的深山里，搭个茅棚居住。夫妻俩同到山上砍柴，挑到山下去卖，维持生计。朱买臣在挑柴途中背诵诗文，有人在背后笑他是个书痴，惹得妻子很难堪，劝他挑柴时不要嘴里念个不停，让周围的人当笑柄。可朱买臣不听妻子的劝告，无动于衷，反而声音越来越响，引得周围的人都围过来讥笑着看热闹。他的妻子感到羞愧，不久，请求与朱买臣离婚。朱买臣笑着对她说："别看吾现在是个穷鬼，五十岁要大富大贵。汝跟吾吃苦已有二十多年，如今吾已是四十多岁的人，再等几年，等吾富贵时定好好报答汝。"妻子恼怒道："像汝这样的人，最后只能饿死在沟壑中，又怎么能够富贵呢？"朱买臣再三劝说，妻子便索性大哭大闹。朱买臣没有办法，只好写了休书，递到妻子手里，妻子毫不留恋，离家而去。一天，朱买臣背着柴在墓间行走，边走边歌咏，他的前妻和丈夫都去上坟，看到朱买臣又冷又饿，忍不住召唤他，给他饭吃。他的妻子怎么也没想到，朱买臣也就是在十年后进京，并在严助的举荐下，一步官至中大夫。

朱买臣见汲黯此时取笑他，意识到汲黯不仅没有他想象的那样郁郁寡欢，反而心情很好，便改变来时劝慰一番的初衷，聊起朝中的几个朋友来。

聊了一会儿，汲黯忽然问他道："最近东方朔可好？"

朱买臣笑道："右内史想他了？"

汲黯道："见了他，问他是否看不起某这个右内史，居然这么久也不来探望？"

朱买臣道："那好，今日就转告他。"

不料，他们正说着东方朔，只见东方朔已经出现在门口。汲黯、朱买臣忍不住都大笑起来。汲黯笑罢又道："真乃有缘心相通，不请自登门。"

东方朔不知根底，忙问："二位何以如此开心？"

朱买臣一说，东方朔自己也笑起来。

汲黯问东方朔："近来又著有大作否？"

东方朔笑笑道："没有。只是近日和皇上有一次对话，颇感味道十足。"

汲黯忙道："请快快讲来，一饱耳福。"

东方朔道："皇上问：'朕打算教化万民，先生可有良策？'吾答曰：'上古帝王尧、舜、禹、汤、文、武历经千载，已不好说也，且说说文帝的事吧。如今上了岁数的人都还记得，文帝虽贵为天子，富有四海，可还是穿粗麻布的衣服，穿生皮做的鞋子，剑鞘不加金玉装饰，铺着蒲草编的席子，用臣下上书的书囊做帷幔，以崇尚道德、行事仁义作为行为的规范，所以，天下望风成俗，昭然化之。今陛下嫌城池不够宽大，不仅大肆扩建未央宫，还在城外营造规模宏大的建章宫，号称千门万户，木头狗马都要用锦绣包裹装饰。陛下淫侈如此，却打算教化万民，可能乎？殿下如能用臣下之计，将宫中那些华丽的帐幔扔到大街上烧掉，将用于狩猎的千里驹弃而不用，以表示从俭的决心，那么尧舜那样修明的局面就可以实现。《易经》里说：'正其本，万事理，失之毫厘，差以千里。'愿陛下听取我的意见。"

汲黯立即瞪大了眼睛，问道："陛下如何说？"

朱买臣笑道："皇上本是漫不经心地发问东方朔，不料却招来东方朔的如此抨击。于是，皇上反问东方朔：'那先生以为朕是一位什么样的君主呢？'"

汲黯盯着东方朔的眼睛，等他的下文。

东方朔抿嘴一笑道："吾不紧不慢地对皇上说：臣以为，圣上的功德，超过三皇五帝，要不怎么天下贤士都来辅佐圣上？譬如周公旦、召公奭来做丞相，孔丘来做御史大夫，姜子牙来做大将军，毕公高来做太师，弁严子来做卫尉，后稷来做司农，伊尹来做少府，子贡来做使者，颜回来做博士，子夏来做太常寺卿，舜来管理山泽苑林，季路来做执金吾，契来做鸿胪寺卿，管仲来做冯翊左内史，鲁班来管匠作，仲山甫来做光禄寺卿，申伯来做太仆寺卿，公子札来管湖池之水，百里奚来任典属国，柳下惠来做大长秋，史鱼来做司直，蘧伯玉来做太傅，孔父来做詹事，孙叔敖来做诸侯相，子产来做郡太守，王庆忌来做期门，夏育当来做鼎官，后羿来做旌头，宋万来做式道侯。"

没等他说完，汲黯便忍不住大笑起来。

朱买臣笑了一阵，道："东方朔一口气将古代三十二个治世能臣都说成了皇上的大臣，他语带讽刺，但又装出一副滑稽相，使皇上欲恨不能，忍不住开怀大笑，笑恨之余又确实感到自己不如圣王。"

汲黯笑罢，又想起董仲舒，想问一问董仲舒在胶西国是否受到刘端的构陷。他还没来得及张开口，忽然看到朝廷使者来到了门口，对他们道："皇上召群臣进宫廷议攻打匈奴事宜。"

汲黯、朱买臣、东方朔相互对了一下眼神，不由得神情肃然，立即站起身，走出内史府堂，前往未央宫。

第二十三章　为民不惧犯龙颜

　　汲黯、朱买臣、东方朔来到未央宫宣室殿不久，大将军卫青和屡立战功的公孙敖、公孙贺、李广、苏建、赵信，以及左内史李沮也结伴而来。

　　李广于元光六年（公元前 129 年）因败于匈奴被贬为庶民后，在家闲居数年，后来，刘彻召见他，任他为右北平太守。李广驻守右北平后，匈奴人敬畏李广的威名，几年内没有骚扰辽西地区。后来，石建去世，于是刘彻召李广接替石建任郎中令。赵信本来是匈奴人的小王，因为战败，投降汉军，改名为赵信。赵信因为在多场战役中立过战功，被刘彻封为翕侯。李沮是云中郡人，曾服侍汉景帝，元朔三年（公元前 126 年），即刘彻即位的第十五年，公孙弘由左内史升任御史大夫后，刘彻命他为左内史。

　　文武大臣很快到齐。刘彻往下面扫了一眼，道："自元朔二年（公元前 127 年）汉朝收复河朔之地，驱走白羊、楼烦王，筑朔方城，匈奴南下袭掠更加频繁，右贤王更是不断袭掠朔方，企图夺回河南。事关国运长久之计，朕欲兴兵迎击，众卿有何妙计，尽可谏言。"

　　大臣们不知是还没有考虑好，还是害怕说出的话不合刘彻的意思，一时都不敢说话，出现了冷场。刘彻接着道："这次不是廷议战与和的事，是一定要战。大汉既然收复河南之地，岂容匈奴再从手中夺去？匈奴欺辱汉朝几十年了，朕只要活着，就不能再忍受这等耻辱。收复河南地，仅仅是开始，朕还要把匈奴之地收归大汉！"

停了一会儿，刘彻见还没有进言者，又道："这不是朕好战，是被逼无奈。朕从即位那天起，就立志让大汉北部建久安之势，成长治之业！"

丞相公孙弘一向主张和亲，反对修筑朔方郡城，此时，见刘彻这么说，立即附和道："陛下圣明。"

御史大夫张汤也附和道："臣下向来反对和亲。大汉已经数次大捷，定要乘胜击之。"

汲黯道："臣以为，当下朝廷正在全力修筑朔方郡城及以下县城，财力人力有限，不如等到郡县城池修筑好，让百姓和兵卒休养一些时日，再进攻匈奴为宜。"

刘彻讥笑道："右内史做事总是谨小慎微，畏首畏尾，没有宏图大志。"

汲黯道："臣不是畏首畏尾，是未雨绸缪，让汉室万无一失也。"

最后，大臣们一致赞同向匈奴来一次大规模作战，以稳定北部局势。

元朔六年（公元前 123 年）二月底，即汲黯任右内史的第三个月，刘彻命公孙敖为中将军，公孙贺为左将军，赵信为前将军，苏建为右将军，李广为后将军，李沮为强弩将军，分兵六路，计十万大军，统归大将军卫青指挥，浩浩荡荡，从定襄出发，向北方开进。

听说要进攻匈奴，卫青的外甥、年仅十八岁的霍去病也请缨参战。刘彻十分高兴，任命他为骠姚校尉，跟随卫青左右。张骞因为已经熟悉大漠的地理环境和匈奴的语言，也奋然随军出征。

当大军将要与匈奴相遇时，卫青忽然派霍去病独自领八百骑兵，作为一支奇兵，脱离大军，避开匈奴锋芒，绕道向北，直奔大漠数百里。

匈奴大军依仗自己的骑兵优势，决心全歼汉军。他们只顾在前方与汉军作战，完全没有想到卫青会派骑兵袭击他们的后方。

霍去病善骑射，不拘古法，勇猛果断，快速突袭，并采取大迂回、大穿插的战法，直抵匈奴后方，很快斩敌两千多人，接着斩杀伊稚斜单于祖父，俘虏伊稚斜单于的国相及叔叔。同时也斩杀了单于的祖父辈籍若侯产，俘虏了单于的叔父罗姑比。此战，霍去病勇冠全军。

卫青得知霍去病旗开得胜，趁机令六路大军对匈奴猛攻，前后夹击。匈奴首尾不能相顾，阵脚大乱，仓皇溃逃。

大获全胜后，卫青率全军返回定襄休整。

刘彻得知消息，激动不已，封霍去病为冠军侯，食邑一千六百户。张骞出使西域，功勋卓著，这次抗击匈奴中又冲锋在前，战功赫赫，刘彻认为他宽广博大、朝野瞻望，被封为"博望侯"。

一个月后，卫青再次率军出塞，扫荡漠南伊稚斜单于大本营，斩获匈奴军一万九千多人。

就在这时，赵信和苏建所率的三千骑兵和单于的上万主力意外遭遇，赵信见敌众我寡，又投降匈奴。苏建率军苦战一日后，全军覆没，只有他一人突围逃回。

虽然卫青取得大捷，但毕竟赵信投降匈奴，苏建全军覆没。刘彻大怒，要立即重整大军，对匈奴进行疯狂的进攻。

可是，就在这个时候，淮南王刘安的"八公"之一，也是他八公中最有才气的一个人——雷被，偷偷来到京师，状告刘安谋反。刘彻大惊，因为事关他的皇权，只得下令暂缓进攻匈奴，先铲除内患。

雷被是淮南王刘安手下的文士，曾参与编纂《淮南子》，与苏飞、李尚、左吴、陈由、伍被、毛被、晋昌并称为淮南王府上的"淮南八公"。

原来，雷被剑艺精湛，素有"淮南第一剑客"之称。淮南王刘安的太子刘迁少好学剑，自以为无人可及，听闻此事后很不服气，便欲与雷被较量。雷被屡辞不获，两人比试起来。尽管雷被再三相让，然而毕竟刘迁剑艺远逊雷被，还是被伤及皮肤。从此，刘迁对雷被怀恨在心，处处为难。雷被感到在淮南国无法待下去了，便向刘安请求跟随大将军卫青去攻打匈奴。不料，刘安认为雷被起了叛心，将其免职。心怀怨恨的雷被索性逃出淮南王府，跑到京师状告起刘安来。此时，刘彻虽然派兵攻打匈奴，但是，自《推恩令》颁布以来，虽然不少诸侯国藩地被削减，他感到还远远不够，在攻打匈奴的同时，依然在一步步削减侯国的藩地。刘彻早已对刘安的所作所为有所耳闻，只是念于刘安的才气和骨肉之情，一直没有对刘安下狠手。这时听了雷被举报，不仅没有对雷被判罪，反而遣中尉段宏查办刘安。

段宏原姓高，名文悦，后避汉文帝的宠妾名，改为段宏，是一占卜家。他不仅与汲黯同乡，而且交往甚厚。最初在王太后之兄、盖侯王信身边做事，后来在淮南国官至中尉。

刘安得知刘彻派段宏查办他，欲与太子刘迁把段宏刺死，然后起兵。可是，段宏因为善于占卜，知道自己该怎么做。一到淮南，他仅仅问了问雷被免官的事，并未讯及别情，且辞色甚是谦和。刘安见段宏这样，以为没有他患，热情款待后，就拜托段宏为他从中调停斡旋。段宏满脸含笑，允诺而别。

段宏回到京师，把所知道的一切都报知刘彻。刘彻召问公卿，众公卿都说：刘安阻挠雷被从军奋击匈奴等行径，破坏了执行天子明确下达的诏令，应判处弃市死罪。刘彻不从，只准削夺刘安二县，赦免其罪。

刘安早已心怀异志，当段宏再次来到淮南宣布赦免刘安的罪过，却用削地以示惩罚时，刘安愧愤道："吾行仁义之事却被削地，此事太耻辱也！"

段宏离开淮南后，刘安日夜与左吴等查考地图，整备行军路径，准备指日起军。"八公"中的另外一位门客伍被，是楚国人，为伍子胥的后代，被誉为八骏之首，因有才能，做了淮南国的中郎，是刘安的心腹。他得知刘安准备谋反时，多次进行劝阻，但刘安不仅不听，并对心腹们说："满朝文武中孤独惧汲黯。汲黯每每挺身而出，直言诤谏，固守志节而宁愿为正义捐躯，孤多次绞尽脑汁想收买诱惑他，结果，比登天还难！至于丞相公孙弘，要游说拿下，简直就像要揭掉盖东西的布，或者要把枯黄即将坠落的树叶震掉那么容易。"

伍被再次劝说他时，他就拿出秦末陈胜、吴广起义成功的例子来反唇相讥伍被。伍被就用昔日伍子胥谏吴王，吴王不用其计而被迫自杀的故事来劝谏刘安。刘安愤怒，把伍被的父母囚禁了三个月。然后，又把伍被召到跟前问道："将军答应寡人吗？"伍被回答："不，在下只是来为大王筹划而已。臣听说听力好的人能在无声时听出动静，视力好的人能在未成形前看出征兆，所以，最智慧、最有道德的圣人做事总是万无一失。从前周文王为灭商纣率周族东进，一行动就功显千代，使周朝继夏、商之后，列入'三代'，这就是所谓顺从天意而行动的结果，因此，四海之内的人都不约而同地追随响应他。这是千年前可以看见的史实。至于百年前的秦王朝，近来的吴楚两国，也足以说明国家存亡的道理。臣不敢逃避伍子胥被杀害的厄运，希望大王不要重蹈吴王不听忠谏的覆辙。过去秦朝弃绝圣人之道，坑杀儒生，焚烧《诗》《书》，抛弃礼义，崇尚伪诈和暴力，凭借刑罚，强迫百姓把海滨的谷子运送到西河。在那个时候，男子奋力耕作却吃不饱糟糠，女子织布绩麻却衣不蔽体。秦始皇派蒙恬修筑长城，东西绵延数千里，长年戍边、风餐露宿的士兵常常有数十万人，死者不可胜数，僵尸暴野千里，流血遍及百亩，百姓气力耗尽，想造反的十家有五。"刘安反驳伍被道："陈胜、吴广身无立锥之地，聚集起一千人，在大泽乡起事，奋臂大呼造反，天下就群起响应，他们西行到达戏水时已有一百二十万人相随。现今淮南国虽小，可是会用兵器打仗者十几万，他们绝非被迫戍边的乌合之众，所持也不是木弩和戟柄，汝怎么说起事有祸无福？"伍被再次劝阻刘安道："从前秦王朝暴虐无道，残害天下百姓。朝廷征发民间万辆车驾，营建阿房宫，收取百姓大半的收入作为赋税，还征调家居闾左的贫民去远戍边疆，弄得父亲无法保护儿子平安，哥哥不能让弟弟过上安逸生活，政令苛严刑法峻急，天下人忍受百般熬煎几近枯焦。百姓都挺颈盼望，侧耳倾听，仰首向天悲呼，捶胸怨恨皇上，因而陈胜大呼造反，天下人立刻响应。如今陛下临朝治理天下，统一海内四方，泛爱普天黎民，广施德政恩惠。他即使不开口讲话，声音传播也如雷霆般迅疾；诏令即使不颁布，而教化的飞速推广也似有神力；他心有所想，便威动万里，下民响应主上，就好比影之随形、响之应声一般。并且，大将军卫青的才能不是秦将章邯、杨熊可比的，汲黯的明察秋毫和廉直敢言，也是有史以来少有的，陛下稍有不当，汲黯便及时指出。因此，大王以陈胜、吴广反秦来自喻，臣下认为不当。"

就在刘安和儿子刘迁及心腹们商议如何起兵的时刻，他的那个经常遭受冷落的孙子刘建又跳了出来。刘建的父亲刘不害因为是刘安的姬妾所生，很少得到刘安的宠爱，刘建对此心存怨言已久，就在这时，他终于忍不住，跑到长安，向刘彻状告爷爷刘安谋反。

刘彻从刘建的口中得知这一消息，忍无可忍，怒道："刘安啊刘安，亲为骨肉，疆土千里，列为诸侯，不务遵蕃臣职以承辅朕，反而专挟邪僻之计，谋为叛逆，欲再亡国。朕怜惜汝之才华，对汝一忍再忍，一让再让，给汝最高的礼遇，汝竟然把朕视为软弱可欺，既然如此，那就别怪朕无情也！"

于是，刘彻很快把此案交给执法严酷的张汤查办。

张汤接到刘彻的诏令，立即下令逮捕了淮南王太子、王后，包围了王宫，将国中参与谋反的刘安的宾客也全部搜查抓捕起来，还搜出了谋反的器具，然后书奏刘彻。刘彻看到张汤的奏书，十分震怒，立即将此案交给公卿大臣审理，案中牵连出与刘安一同谋反的列侯、二千石、地方豪强有几千人，一律处以死刑。刘安自知罪不可赦，自杀而亡。衡山王刘赐是刘安的弟弟，他与刘安串通一气，也准备随同刘安起兵，闻讯后，也自杀而亡。

接着，刘安被满门抄斩，公卿宾客等被杀者数千人。他安排在京收集情报的女儿刘陵，在被张汤审问期间吞金自杀。岸头侯张次公因与刘陵有奸情，及受财物罪，被除侯爵。刘陵虽然承认与丞相田蚡有肉体关系，但是田蚡早已死去。

刘建的目的原本是想陷害太子刘迁，让自己的父亲当上淮南王的继承人。只是他没有想到，这一状恰恰将自己的祖父送上了死路。

刘彻看了伍被劝阻刘安谋反时的言词，说了很多称美朝政的话，不想杀他。张汤却坚持道："伍被是最先为淮南王策划反叛的谋划者，罪不可赦免。"于是，把伍被也杀了。不久，淮南国被废为九江郡。

张汤不仅杀了伍被，还趁机把汲黯也告了一状，以解除很久以来的心头之恨，向刘彻诬陷汲黯与刘安、刘陵素有来往，并把刘陵的供词逐一念给刘彻。刘彻清楚张汤对汲黯早就怀恨在心，不予采信，但心中也对汲黯有了一道重重的阴影。

汲黯忙于治理京师，对此并不知情。不仅如此，他担心刘彻在内乱平定后又会下令出兵攻打匈奴，便在设立九江郡没几日，立即前往未央宫，谏言刘彻道："陛下，如今匈奴已经北迁到漠北荒芜之地，边境也安定下来，加上十多年来的无数次交战，已致国库空虚，兵马损失很重，臣谏言不要再兴兵打仗。"

汲黯没有想到，刘彻却避开兴兵打仗的事，而问起他与刘安、刘陵交往的事，道："朕听说刘安对右内史很崇敬，在右内史生病时曾经千里迢迢从淮南来看望……"

汲黯一听，立即意识到张汤在办理刘安的案件时一定在刘彻面前诬陷了自己。但是，他没有丝毫惧色，没等刘彻说完，便坦然一笑道："确有此事。刘安谋反罪不可赦，但他的才华又不能不让人敬佩。就连陛下还那么欣赏他的才华，为臣怎么能不喜欢？"

刘彻对汲黯的毫不掩饰感到震惊。接着又问他："刘陵的供词中，说她曾经送汝刘安特意书写的《离骚传》？"

汲黯鄙夷地一笑："如果臣下没有记错的话，那《离骚传》还是陛下让刘安写的。陛下曾经指责臣下说：一个人确实不能没有儒学素养啊，你们看看汲黯，越发地锋芒毕露，不知礼数了。臣接受陛下的指责，读陛下让写的书，是对还是错？"

刘彻一时哑口无言。

汲黯又笑笑道："刘安在《离骚传》中借助对楚怀王的责备，也暗含他怀才不遇和对陛下在用人上的指摘与告诫。臣一个愚直之人都看出来了，陛下那么聪明大智，难道没有看出来？"

汲黯说到这里，刘彻不由得面红耳赤。他正没有台阶可下，忽然，上谷郡使者来到未央宫宣室殿，奏报说：匈奴发兵侵犯汉朝上谷郡。

原来，伊稚斜单于得知汉朝内乱，又因得到赵信，且赵信在汉军内时间很久，熟悉汉地军情，遂封之为"自次王"，又把妹妹嫁给赵信为妻，企图利用他共同对付汉军。赵信见伊稚斜单于如此厚待自己，立即献计，让伊稚斜单于离开阴山地区，徙居漠北，以诱疲汉兵。这就是上次交战后匈奴北撤的原因。赵信得知淮南王刘安反叛的消息后，又献计伊稚斜单于乘机发兵侵犯上谷郡。

上谷郡始建于战国燕昭王二十九年，因建在大山谷上边而得名。当时，燕昭王派曾在东胡做人质归来的大将秦开击败东胡，使东胡北退千余里，将燕国的北部疆土拓展至辽东。其后，沿北部边界修筑长城，置上谷、渔阳、辽东、辽西、右北平五郡，上谷郡是燕国北疆西部第一郡，下辖十六个县。秦始皇统一中国后，分天下为三十六郡，上谷郡亦名列其中。郡设郡守，也称郡将，本为武官，后渐为地方行政长官。汉景帝中元二年（公元前148年），改称太守，太守之下设郡丞和郡尉，分管民事和军事。李广就曾任上谷郡太守。

刘彻看了上谷郡的奏报，拍案而起："伊稚斜单于，朕本不想现在开打，既然如此逼朕，那就开战！"

刘彻怒罢，忍不住看了一眼汲黯，其意在说：你汲黯不是常常谏言朕，不让朕兴兵进攻匈奴吗？此时，朕该不该兴兵？

汲黯会意道："匈奴既然如此无视汉朝，那就只有像陛下说的，对匈奴开战。"

这样，刘彻有了台阶，汲黯也有了台阶，二人相视一笑，汲黯告辞。

元狩二年（公元前 121 年）初，即霍去病受封冠军侯的第三个年头，刘彻令骠骑将军霍去病、合骑侯公孙敖、博望侯张骞、郎中令李广分别自陇西、北地、右北平出兵，大举攻击匈奴。

霍去病在焉支山、居延泽、祁连山等地与浑邪王、休屠王军先后相遇，大败其众，俘斩三万八千余人。接着，又擒获单桓、酋涂王、稽沮王、单于阏氏、王母、王子、相国、将军、当户、都尉等一百二十多人。

面对如此惨败，伊稚斜大怒，欲诛杀屡战屡败的浑邪王和休屠王。

浑邪王、休屠王十分害怕，便密谋一起归附于汉。但不久，休屠王反悔，又拒绝降汉。在部分降众变乱的紧急关头，霍去病率部驰入匈奴军中，斩杀变乱者，稳定了局势，浑邪王得以率四万余众归汉。

匈奴人看到如此惨状，为此悲歌道："失我祁连山，使我六畜不蕃息；失我焉支山，使我嫁妇无颜色。"

四万匈奴赴长安归汉，这是汉朝对匈作战以来第一次接受如此大规模匈奴的降兵降将。刘彻高兴至极，准备用两万辆车去迎接。

因为一辆车是四匹马驾驭，两万辆车需八万匹马。但是，因为连年战争已使汉朝不堪重负，朝廷没有那么多的马匹，只好向百姓借马。百姓好不容易饲养一到两匹马，被朝廷借出后，是死是活都不好说，哪里舍得？于是，纷纷将马藏起来。没有马，两万辆车迟迟不能到位。

刘彻看到这种情景，以为是长安县令义纵故意违抗诏令，非常恼火，准备处死义纵。

汲黯得到消息，既惊又急，立即大步走出内史府，驱车奔赴未央宫。

长安县于汉高帝五年（公元前 202 年）始置，属右内史的辖县，初属渭南郡，高帝九年（公元前 198 年）属内史，刘彻即位后，于建元六年（公元前 135 年）归属右内史。汲黯一路愤愤地自言自语道：长安县是我的辖地，杀县令与杀我汲黯有何区别？说是县令违抗诏令不如说是我汲黯违抗诏令！县令是我的属官，我不保护他谁来保护？迎接匈奴的马匹不能及时借到就杀人，是马重要还是人重要？是你皇上的面子重要，还是人命重要？不要说是我的一个县令，就是一个平民百姓也不行！作为皇帝，如若视百姓如草芥，视属下的官吏如玩物，怎么能称王天下？还做谁的皇帝？

汲黯来到未央宫宣室殿的时候，只见刘彻还在满脸怒色，可能还在因为长安县令不能如数借到马匹而不平。公孙弘、张汤等朝廷重臣在一边相互偷觑，却没有人敢言。

汲黯大步走到刘彻面前，脸色比刘彻还难看，道："臣听说陛下因为长安县令义纵不能如期借到马匹，要把义纵杀掉？"

刘彻怒狠狠地道："几万马匹都不能借到，这样的县令要他何用？"

汲黯面色冷峻地问刘彻道："陛下只知道下诏让下官向百姓借马，可曾知道百姓为何不借马给朝廷乎？"

刘彻不由得一愣，半天接不上话来。

汲黯接着怒对刘彻道："迎接匈奴的车马不能如期到达边境，是汲黯的罪，长安县令义纵无罪，且官太小，杀了也不管用，要杀就杀右内史汲黯，只要杀了汲黯，百姓就肯献出马匹也。"

一听汲黯这话，刘彻便知来者不善，又愣而不语。所有的朝臣也都愣了。

义纵有个姐姐叫姁，因医术高明，得宠于王娡太后。依赖这种关系，义纵被拜为中郎，任刘彻的侍从。不久被派往上党郡任县令。任县令期间，义纵从不对任何人容情，使得县境之内没有盗贼容身之地，随后被迁为长安县令。长安县多贵族权贵，他们的子弟门客，依权仗势，违禁乱法之事不断。汲黯任右内史大局稳定后，大胆放权。义纵按照汲黯的安排，直法行治，不避贵戚，对违反法令者一律严惩。王太后的外孙仲，身为皇亲，继续有恃无恐，横行京师，义纵派人捕获，绳之以法，曾得到刘彻的赞赏。而今一个有功于朝廷的县令，仅仅因为迎接降兵降将的马匹没有及时借齐，就要杀头，岂不荒唐？

汲黯不管不顾刘彻和朝臣的反应，继续大声道："匈奴将领背叛他们的君主来投降汉朝，朝廷可以慢慢地让沿途各县准备车马，把他们按顺序接运过来即可，何至于让全国上下骚动不安？甚至使国人疲于奔命地去侍奉那些匈奴的降兵降将呢？难道朝廷攻打匈奴就是为了侍奉他们？这样做岂不是爱毛反裘、黄钟毁弃？"

刘彻听到这里，禁不住羞愧道："是朕一时糊涂。若不是右内史慷慨直言，朕将犯下大错。今日朕不仅不杀义纵，还要升他的职位。河内郡都尉一职空缺，明日即令他赴任。"

消息传出，朝廷一片沸腾，长安县县令和百姓无不对汲黯感激涕零。

接着，刘彻采纳汲黯的谏言，把匈奴的降兵降将按顺序接运到长安，朝廷也不再派大臣前往边境迎接。

不久，四万匈奴被接到长安，并被安置下来。

汲黯管辖的人口一下子多出四万，而且多数还是射杀不少汉军的匈奴兵卒。一时间，高兴者有之，不安者有之，观望者有之，想趁机报仇者也有之，京城长安人心浮动。汲黯既要应付朝廷，又要对下安抚，更要对匈奴降兵降将及其家人进行妥善安置。因为语言不通、习俗不同，其间闹出不少误会和笑话。

为了加强对这些降者的管制，和对北部边郡的治理，元狩二年（公元前121年）七月壬午，刘彻封浑邪王为漯阴侯，邑万户。陇西、北地、朔方、云中、代五郡设五属国，皆纳其部众。浑邪王因为得到朝廷的重用，也引以为自豪，全力按朝廷的旨意，治理其辖地。汉朝也从此占有河间地，汉朝的疆域进一步扩大。

浑邪王率部入住长安后，为了化解汉人与匈奴的矛盾，保京师平安，汲黯可谓是处心积虑，煞费苦心。过了一段时间，一切终于安定下来。

汲黯没有想到，这天他正在内史府准备向朝廷写一份关于汉人与匈奴通商的奏章时，长安县令和县丞等忽然来到他的面前。县令哭诉道："内史大人，长安县五百多名商人因与匈奴投降者做生意，被昔日张汤手下的酷吏抓到，要判他们死刑……"

汲黯一听，大惊失色，怒道："这是何等道理？朝廷命官，拿百姓性命当儿戏不成？张汤怙恶不悛，罪不容诛！"

县丞也哭诉道："汉法不许汉人与匈奴人私下交易，违者要判处死罪。可那是过去匈奴人不在长安之时。今匈奴人入住长安，长安的商人均以为这个汉法只适宜于边疆之地，在京城里面与已经投降的匈奴人做生意，应当不属此列。于是，他们便不掩饰与匈奴人做生意，更不知这样做已经触犯了律法。时势变了，怎么能死抠律法条文而不珍惜性命？"

县令接着又道："匈奴人降汉时，随身带来了一些当地的物产，很乐意拿出来与长安人交换，长安人也很喜欢来自异域的稀罕物件，于是，两者之间的交易便不可避免。没想到执法官只讲过去的汉法条文，将五百多名长安县商人拘捕，关进监狱，并判以死罪。"

汲黯忍不住泪下道："人命大于天，何况是五百多条人命？五百多条人命啊！"

汲黯呼唤罢，立即乘坐一辆快车，奔赴未央宫。

可是，等了很久，刘彻才在未央宫的高门殿召见他。

刘彻看到汲黯的脸色阴森森的，知道他一定又有狂言，也板着脸，但忍不住看了看身边的公孙弘和张汤，示意他们在必要的时候要给予挡驾。公孙弘因为大病刚愈，加上逸言刘彻让汲黯迁任右内史，内心对汲黯忌惮，每次看见汲黯都会十分不安，所以，不敢正视汲黯。

汲黯好像没有看到这些，斩钉截铁对刘彻道："几十年来，匈奴攻打汉朝设在往来要道上的关塞，杀我边民，掠我财富，断绝先帝的和亲之策，坏事做绝。朝廷发兵征讨他们，战死疆场与负伤的人，数不胜数。臣愚蠢，以为陛下抓获匈奴人，会把他们都作为奴婢赏给从军而死的家属，并将掳获的财物也顺便送给他们，以此告谢天下人付出的辛劳，满足百姓的心愿。这一点即使当下做不到，浑邪王率领几万部众前来归降，也不该倾尽官家府库的财物赏赐他们，征调老实本分的百姓去伺候他们，把他们捧得如同宠儿一般。"

刘彻听着，表情十分尴尬。汲黯不管不顾，扫了一眼张汤，又把目光投向刘彻："汉法是有这样的条文，可此一时彼一时也，无知的百姓哪里懂得让匈奴人购买长安城中的货物，就会被死抠律条的执法官视为将财物非法出关而判罪呢？陛下不用缴获匈奴的财物来慰劳天下人，纵然又要用苛严的法令杀戮五百多无知的老百姓，这就是所谓'保护树叶而损害树枝'的做法，臣私下认为，陛下此举极为不当，不可取也。"

刘彻听完，又是许久沉默不语，但不得不承认汲黯说得很有道理。最后，不得不令张汤道："此事暂且不予追究。"

汲黯见刘彻发令了，不由得长长地松了一口气。停了一会儿，朝张汤怒视了一眼，这才离去。

汲黯走后，刘彻为了保全自己的面子，望着汲黯的背影，苦笑着对公孙弘和张汤道："很久没听到汲黯的话了，今日他又一次信口胡说起来。"

张汤知道汲黯的话很多是冲着他而来的，很想借此机会报复，看到刘彻虽然这样说，却没有一点要治汲黯忤逆圣意之罪的意思，也只好随着苦笑了一下。

刘彻正要问公孙弘和张汤如何处置长安县那五百多商人，却看到汲黯面色阴郁地又折了回来，而且身后还跟着胶西国的一位使者。刘彻正诧异着，胶西国使者双手向刘彻呈送上一份奏章。刘彻一看，不是奏章，而是董仲舒的辞官书。

原来，董仲舒到了胶西国后，一直提心吊胆，小心谨慎，想到朝廷有公孙弘在皇帝面前谗言，身边是凶残、蛮横的刘端，唯恐时间长了遭到不测，于是，以年老有病为由，向刘彻上书，辞官回家。

刘彻看完董仲舒的辞官书，长长地叹口气，目光怪怪地看看汲黯，又看看公孙弘和张汤。汲黯看到刘彻那怪怪的目光，也看看他，接着也看看公孙弘和张汤。汲黯的目光虽然不会说话，但刘彻和公孙弘都能读懂，甚至可以从中听出声音：这都是居心叵测的公孙弘设置的陷阱，想把董仲舒害死。如今虽然没有害死，朝廷却要失去一位旷世之才！

公孙弘忽然别有一番意味地笑着对刘彻道："陛下，董仲舒是一难得人才，当留在胶西国，继续辅佐胶西王。"

刘彻沉吟了一下，又看了一眼公孙弘，叹息道："董仲舒确实是一难得人才，朕很欣赏他。既然如此，就遂他的心愿为是。然，朝廷若有大事，朕还会派人到他家向他请教。"

公孙弘听了刘彻的话，忽然脸色煞白，晕倒在地。

第二十四章　遭受暗算被罢官

公孙弘不知道自己是怎么回到府邸的，等他醒过来，满脑子都是惊恐之事，且如在眼前，口中禁不住呓语般念念有词，像在梦中说胡话似的，断断续续，反反复复，想控制都控制不住："淮南王刘安谋反，作为丞相事前居然没有察觉，是没有尽到职责也。迎接匈奴降兵降将和治罪长安商人与匈奴交易，作为丞相也没有适时谏言皇上，以致闹得满城风雨，难辞其咎也。进言刘彻把汲黯置于右内史位置上，是想对他烧煮烹煎，没想到京城被他治理得井井有条，不仅再无贵戚闹事，反而让他声震朝堂。前不久皇上得一神马，皇上认为是太一神所赐，遂作《太一之歌》，作为祭祀太一神的歌曲，汲黯斥责皇上，自己曾以'诽谤圣制'罪的名义谗言皇上灭其族，皇上却置之不理。本打算借刘端之手杀掉董仲舒，没想到董仲舒不仅没死，今又辞官不做，是否看透了我的用意？汲黯更是明察秋毫，对自己的丑行难道看不出来？如今皇上对他们都很倚重和敬佩，日后皇上一旦明白过来，吾公孙弘岂不大祸临头？"

两日后，公孙弘虽然身体有所好转，想到朝中的一些重臣，以及当过丞相的窦婴、田蚡和有功之臣灌夫的下场，心下道：自己已树敌很多，且都是皇上倚重的人，如果不趁机急流勇退，最后像窦婴、灌夫、田蚡那样被灭族、腰斩、惊吓而死，岂不悲哉？于是，连夜写了辞官书，第二日便呈给了刘彻。书中道："力行近乎仁，好问乎智，知耻近乎勇。知此三者，则知所以自治。知所以自治，

296

然后知所以治人。天下未有不能自治而能治人者也，此百世不易之道也。今陛下躬行大孝，建周道，兼文武，厉贤予禄，量能授官。今臣弘罢驾之质，无汗马之劳，陛下过意擢臣弘卒伍之中，封为列侯，致位三公。臣恐先狗马填沟壑，终无以报德塞责。愿归侯印，乞骸骨，避贤者路。"

刘彻对公孙弘忽然上书辞官，颇感不解，答复他道："古代奖赏有功的人，表彰有德的人，守住先人已成的事业要崇尚文德教化，遭遇祸患要崇尚武功，没有改变这个道理的。吾从前幸运地得以继承皇位，害怕不能安宁，一心想同各位大臣共同治理天下。大概君子都是善良的人，憎恶丑恶的人，汝若谨慎行事，就可常留朕的身边。汝不幸得了霜露风寒之病，何必忧虑不愈，竟然上书要交回侯印，辞官归家？这样做就是显扬朕的无德矣。"

于是，刘彻恩准公孙弘继续休假，并赐给他牛肉和酒，及各种布帛。

不料，没过多久，即元狩二年（公元前121年）春三月戊寅日，公孙弘因惶恐不安死于床上，年八十岁。

公孙弘四十岁时开始研究《春秋公羊传》，六十岁以贤良被征为博士，七十岁再被拜为博士，七十四岁时任御史大夫，封平津侯，七十七岁时任丞相，历时两年零四个月。虽然他的才干被人称道，但他外表善良，内心险恶，也为世人所不齿。

公孙弘死后，张汤以为丞相之位非他莫属：公孙弘由御史大夫升任为丞相，我张汤现在是御史大夫，丞相之位舍我其谁？他怎么也没有想到刘彻没有用他，而是用了击战匈奴有功的乐安侯李蔡为丞相。于是，张汤便对刘彻心存不悦，对李蔡也心存嫉恨。

对于张汤的表现，刘彻看在眼里，却根本没有放在心上：你张汤虽然执法严酷，但并无大计于汉朝，也无北击匈奴之功，朕当以强国兴邦为重也！这么多年，大汉朝痛击匈奴，清扫漠南，匈奴大面积土地皆归属汉朝。施行《推恩令》，诸侯手中的势力被瓜分，淮南王谋反也被挫败，天下皆掌控于朕的手中。一向混乱的京师，因为右内史汲黯的治理，也变得井井兮其有理也。李蔡勇敢聪明，军功显赫，也必将有大的作为。有史以来，何朝何代有今日中国疆域之辽阔？何朝何代有今日中国之尊严？哪一代帝王能像朕这样能挺立千秋？

元狩三年（公元前 120 年）正月初，刘彻想到很多年来事事如愿以偿，心下道：这都是上苍保佑的结果，现在已是正月初，快到郊祀节了，必须尽快准备，赴南郊祭天，到北郊祭地，行郊祀之礼，以求得神灵更大的保佑。

刘彻之所以这么重视郊祀，是想到他即位不久就定下郊祀之礼，并创立乐府，可是，因为近年北击匈奴、施行《推恩令》及平息淮南王谋反等，被搞得身心疲惫，疏于到郊外祭祀天地，更没有到乐府去吟过诗作过赋，或者听听歌，所以心中一直很是不安。今天下大定，不能不祭祀天地。

不久，即元狩三年正月上辛日，即十五日，刘彻诏令群臣到郊外行郊祀之礼，并特别令侍者去右内史府召汲黯到未央宫，让汲黯与他同乘一车而去。因为京郊之地都属于右内史的辖地，加上这几年汲黯把京师治理得秩序井然，这样做也是借此显示一下对汲黯的表彰之意。

同行的有丞相李蔡、御史大夫张汤等朝中重臣，还有郎官司马相如、协律都尉李延年及主管祭祀礼的太祝令、丞等。

刘彻一向欣赏司马相如的辞赋，常常与他一起畅谈，尤其是《郊祀歌》十九章，多数都是出自他的手，因此，这次不能没有他。因为李延年善乐舞，刘彻对他也是宠爱有加。故他们都是刘彻钦点的必须随行的人物。

李延年是中山国人，出身于音乐歌舞家庭，父母兄弟姐妹均通音乐，都是以乐舞为职业的艺人。李延年年轻时因犯法而被处腐刑，后来在宫里主管饲养皇帝的猎犬。刘彻知道他的歌唱得好，一天，便把他召到宫中，让他演唱。李延年在刘彻面前演唱了一曲他自己创作的《佳人曲》："北方有佳人，绝世而独立。一顾倾人城，再顾倾人国。宁不知倾城与倾国？佳人难再得。"刘彻听完后，叹息道："善！世岂有此人乎？"在刘彻身边的平阳公主立即回答他道："延年有个妹妹，堪称佳人。"刘彻听了，立即召见李延年的妹妹。刘彻一见，看到她不仅长得漂亮，而且善舞，甚是喜欢。不久，便把李延年的妹妹召进宫，后来立为夫人，而且十分宠爱她。因其妹妹受宠，李延年被封为协律都尉，即负责乐府管理的官，每年二千石的俸禄，荣宠一时。

刘彻因为心里高兴，刚刚坐上车走出未央宫，便忍不住对汲黯津津乐道："天增授皇帝泰元神策，周而复始，皇帝应敬拜太一神。"

汲黯道："这个臣下明白，太一已经是汉朝至高至尊的国神。"

刘彻得意地笑问汲黯道："过去岂是这样？"

汲黯也笑笑道："太一神，秦朝时称为太皇，它与天皇、地皇并称三皇，全名天乙贵人，属于四柱神煞，或作泰一、太乙、天一。把太一神提高到至尊的地位，是陛下的功劳也。"

刘彻道："这也有方士谬忌的功劳。"

汲黯回应道："是啊，是谬忌首先奏请陛下祭祀太一神，说天神贵者是太一，五帝只是太一神之佐。并说：古者天子以春秋祭太一神于东南郊，祭祀的方法是用牛、羊、豕三牲举行祭祀，叫作'太牢'。羊、豕各一只，叫作'少牢'。祭祀所用的牺牲，行祭前需先饲养于牢，故这类牺牲称为牢。天子祭祀社稷用太牢，诸侯祭祀用少牢。陛下以为这样很好，就采纳了谬忌的奏请。"

刘彻忽然问道："朕一直不解，为何把祭祀用的牛、羊、豕叫牺牲？"

汲黯笑道："这些动物饲养着的时候叫牺，宰杀后待食时为牲，故合称牺牲。"

刘彻一听，大笑道："原来如此。"

汲黯忍不住笑道："没想到陛下也有不懂之处。"

刘彻好像没有听到汲黯说什么，接着又自豪道："自朕祭祀太一神以来，朝廷常常在正月的第一个辛日祭祀太一神于甘泉宫，使男女儿童共七十人一起歌唱，从黄昏开始夜祀，到黎明时结束。后来，春季唱《青阳》，夏季唱《朱明》，秋天唱《西暤》，冬天唱《玄冥》。"

汲黯收住笑，道："如此祭祀神灵，恐怕是前所未见矣。"

刘彻由于内心喜悦，没有注意到汲黯表情的变化。想到马上就要祭祀太一神，忽然想起去年有人在一个叫"渥洼"的水中得到一匹神马，并献给他的情景。渥洼是传说中产神马之处，他很早就想得到这里的一匹神马，却迟迟未能如愿，他认为这是太一神的佑助，当即赋诗一首，名为《太一之歌》。他对去年即兴写的这首诗很欣赏，于是，情不自禁，又放声吟咏起来：

> 太一贡兮天马下，
> 沾赤汗兮沫流赭。
> 骋容与兮跇万里，
> 今安匹兮龙为友。

司马相如在另一辆车上正琢磨着什么，听到刘彻的吟咏之声，品味了一会儿，也即兴赋诗并吟咏起来：

> 世有大人兮，在乎中州。
> 宅弥万里兮，曾不足以少留。
> 悲世俗之迫隘兮，朅轻举而远游。
> 乘绛幡之素蜺兮，载云气而上浮。
> 建格泽之修竿兮，总光耀之采旄。
> 垂旬始以为幓兮，曳彗星而为髾。
> 掉指桥以偃蹇兮，又猗抳以招摇。
> ……

刘彻没等司马相如吟咏完，忙问他道："司马君这首诗何时所作，诗名若何？"

司马相如笑笑道："这是看到陛下高兴，即兴而作，名叫《大人赋》，等完成后献给陛下。"

刘彻一听更加高兴。高兴之余，想到近年来汉朝诗词歌赋如此繁荣，不禁又想起他创立乐府的事。乐府是一音乐机构，用来训练乐工，制定乐谱和采集歌词，其中采集了大量民歌。行政长官是乐府令，隶属于少府，是少府所管辖的十六令丞之一。想到这里，刘彻自豪地对汲黯道："乐府最初始于秦代，设立了官署，然，并没有像今日这样成为'府'。朕命司马相如等作《郊祀歌》十九章，也是前所未有者也。"

汲黯浅浅一笑，面带几分讥笑之意道："陛下所立乐府，宫廷官署之大确实是前无古人。诏令文人所创作的乐府歌诗也不再像《安世房中歌》那样仅限于享宴所用，还在祭天时演唱，乐府诗的地位给拔得很高。"

刘彻一路滔滔不绝，兴致益然。

到了南郊圜丘，刘彻立即把朝服脱下，换上祭祀礼服：内着饰有日月星辰及山、龙等纹饰图案的衮服，外穿大裘冕。头戴前后垂有十二旒的冕，腰间插大圭，手持镇圭。换好礼服，然后行至圜丘前，面向西方立于圜丘东南侧。接着刘彻献给天帝的牛、羊、豕三牲，随同玉璧、玉圭、缯帛等祭品被放在柴垛上，再点燃积柴，让烟火高高地升腾于天，使天帝嗅到气味。

接着，群臣唱《郊祀歌》十九章。《郊祀歌》十九章即《练时日》《帝临》《青阳》《朱明》《西颢》《玄冥》《惟泰元》《天地》《日出入》《天马》《天门》《景星》《齐房》《后皇》《华晔晔》《五神》《朝陇首》《象载瑜》《赤蛟》，由司马相如、东方朔、董仲舒等人作词，李延年作曲。群臣昂首肃立，首先唱《练时日》：

练时日，侯有望，爇膋萧，延四方。
九重开，灵之游，垂惠恩，鸿祜休。
灵之车，结玄云，驾飞龙，羽旄纷。

灵之下，若风马，左仓龙，右白虎。

灵之来，神哉沛，先以雨，般裔裔。

灵之至，庆阴阴，相放怫，震澹心。

灵已坐，五音饬，虞至旦，承灵亿。

牲茧栗，粢盛香，尊桂酒，宾八乡。

灵安留，吟青黄，遍观此，眺瑶堂。

众嫭并，绰奇丽，颜如茶，兆逐靡。

被华文，厕雾縠，曳阿锡，佩珠玉。

侠嘉夜，荭兰芳，澹容与，献嘉觞。

《练时日》唱完，接着是《帝临》。这时，群臣的声音更加响亮：

帝临中坛，四方承宇，绳绳意变，备得其所。

清和六合，制数以五。海内安宁，兴文匽武。

后土富媪，昭明三光。穆穆优游，嘉服上黄。

汲黯只唱了这两首，接下来的十几首，虽然嘴唇也动着，却没有发出一点声音。祭祀没有结束，汲黯便感到非常地累。

刘彻行了郊祀之礼，即命返回。路上，汲黯向刘彻谏言道："十几年来，陛下北征匈奴，西南开西南夷，又迁民筑朔方郡县，虽战功赫赫，城池泱泱，然国库空虚，民多疾苦。如今四海归一，天下安定，当以民为本，先让百姓安居乐业为重，不宜空耗钱财而务虚也。"

刘彻听了脸色一变，半天默然不语：这个汲黯，总是与朕唱反调，实在可恶。

回到未央宫的第二天，刘彻召群臣在宣室殿，廷议对祭祀之礼的看法，以及收集编纂各地民间音乐，并整理改编与创作，及进行演唱、演奏等事宜。汲黯知道这是因为自己的谏言引起的，首先陈述他的看法。接着，大臣们争相进言。讨好刘彻者都说当下的郊祀场面还不够宏大，还不能彰显大汉朝的威武之势。

有公卿道："民间祠尚有鼓舞乐，今天子郊祀而无乐，岂称乎？"

又一公卿接着道："古者祀天地皆有乐，而神祇可得而礼。"

刘彻立即问道："再郊祀，是否当配以歌舞乐？"

汲黯不悦道："如今的郊祀虽然没有鼓舞乐，文武百官都前往，且共唱《郊祀歌》十九章，气势已够宏大，若再有鼓舞乐，难道想千军万马乎？凡王者作乐，上以承祖宗，下以化兆民。陛下得马，诗以为歌，且将鼓舞乐协于宗庙，在那里歌之舞之，歌舞再好，上帝、先帝、百姓岂能知其音邪？"

刘彻听了汲黯的话，尴尬地一笑，半天没有接上话。

汲黯望了刘彻一眼，接着又道："秦二世更加喜好以音声为娱乐。丞相李斯谏言道：'放弃《诗》《书》所载道理，极力肆意于音声和女色，是引起殷代贤臣祖伊忧惧的原因。轻视细小过失的积累，恣意于长夜的欢乐，是殷纣王灭亡的原因。'赵高说：'五帝、三王的乐曲各不相同，表明彼此不相沿袭。而上自朝廷，下至百姓，得以同欢喜，共勤劳，非音乐上下的和顺欢悦不能相通，结节的恩泽不能流布，各自同样是一世的教化，超度时俗的音乐。难道一定要有产于华山的骤骊骏马，然后才能远行吗？'秦二世以为赵高说得对。陛下以为是李斯说得对，还是赵高说得对？"

群臣听着汲黯的话，都忍不住瞠目结舌，都为他捏着一把汗。全场顿时鸦雀无声。刘彻听了这话极为不悦，道："汝讥讽朕将鼓舞乐协于宗庙已经够了，怎么把朕与秦二世相提并论？"

汲黯好像没有听到刘彻的话，接着又道："高祖讨平淮南王黥布的叛乱，回兵路过沛郡时，作了《三侯之章》，命儿童歌唱。高祖崩后，沛郡以四时祭祀宗庙时，以此诗为歌舞乐曲。历孝惠、孝文、孝景帝无所变更，乐府中不过是演习旧有乐曲罢了。陛下即位后，作《郊祀歌》十九章，命侍中李延年次第配曲，不久，封拜李延年为协律都尉。当时通一经的儒士们不能单独解释歌词含意，必会集五经各名家，共同讲习、研读，才能贯通、明了词意，歌词中许多地方皆出自《尔雅》的文字，并没有多少新东西。"

刘彻看汲黯说个没完，讥笑他道："朕即位以来，广招天下才俊，不计年龄，不计尊卑，凡有才识者，一律重用，历代以来，何人能做到？李延年精通乐舞，朕重用他，朝廷多些歌舞，何错之有？"

汲黯早就想指责刘彻杀人太多，听了这话，满脸记恨之色，不仅没有就此打住，反而讥笑刘彻道："陛下求贤甚劳，也很爱惜人才，是过去历朝历代所没有的，汲黯也很佩服。然，未尽其用，辄已杀之，即使平日信任的人，也不予宽恕，几近杀人如麻。这样下去，臣恐天下贤才将尽，到时候，谁与陛下共为治天下？"

满朝大臣都为汲黯的直言不讳而心惊胆战，一个个唏嘘不已。

不料，刘彻不为所动，漠然一笑道："何世无才？患人不能识之耳，苟能识之，何患无人？夫所谓才者，犹有用之器也，有才而不肯尽用，与无才同，不杀何用？"

汲黯见刘彻这样，摇摇头，叹道："臣说这么多，虽然不能说服陛下，而心里还是希望陛下不要这样。愿陛下自今改之，不要以为臣愚昧而不知理也。"

刘彻环顾群臣道："说汲黯谄媚逢迎，则不可信。他自言自己愚昧，岂能不信乎？"

群臣听了，不知说什么好，只有尴尬地笑笑。

张汤早就想谋害汲黯，一直找不到能下手的地方，当即就想依据汉法向汲黯问罪，但是，因为底气不足，内心戒惧，一直没有张口。

张汤琢磨了一夜，认为这次是个难得的机会：去年公孙弘活着的时候，曾经因为汲黯讽刺皇上的《太一之歌》，欲以"诽谤圣制"罪灭其族，今皇上又言他愚昧，可见皇上已经讨厌他，何不以此解除心头之恨？可惜的是公孙弘已去，若他还在，吾等一起上奏皇上，汲黯必死无疑。尽管他已不在，然，这次也是个好机会，不能错过，凭自己的口才和对汉律的精通，也一定能置他于死地，不然，再也没有机会也！

第二天上朝，张汤第一个奔赴宣室殿。他大步走到刘彻面前，满面凶光地向刘彻谗言道:"高祖刚兴起的时候,杀死过一条大蛇,有神仙道:'蛇是白帝的儿子,而杀蛇的人是赤帝的儿子。'等到高祖攻占了沛县,为沛公,于是祭祀蚩尤,血祭军鼓军旗。于是,在十月到达霸上,被立为汉王。因此以十月为一年之开端,服色以赤为尊贵。第二年,向东攻打了项籍回到关中后,高祖问属下:'以前秦祭上帝祭的是何帝?'属下答道:'四帝,有白、青、黄、赤帝的祠庙。'高祖问:'朕听说天有五帝,而只有四个,这是何故?'没有人能答上来。于是,高祖道:'朕知矣,是等朕来就具备五个也。'于是建立黑帝庙,叫作北畤。有关官员到庙里去,高祖不亲自去,而是把秦朝的祀官全招来,重新设置太祝、太宰宫,与以前的礼仪一样。下诏道:'朕极重视祠庙,尊敬祭祀。现在上帝的祭祀以及山川各神应当祭祀的,各自按时,用和以前一样的礼仪来祭祀。'四年后,天下已安定,令丰地整治扮榆社,常按时来祭,春天用羊和猪来祭祀。命令祝官在长安建立蚩尤的祠庙。长安设置祠祀官、女巫。其中梁地的巫祭天、地、天社、天水、房中、堂上之类;晋地的巫祭祀五帝、东君、云中君、巫社、巫祠、族人炊之类;秦地的巫祭祀杜主、巫保、族纍之类;荆地的巫祭祀堂下、巫先、司命、施糜之类;九天的巫祭祀九天。都按照一年四季在宫中祭祀。其中黄河巫在临晋祭祀黄河,南山巫祭祀南山、秦中。祭祀神灵是圣制,汲黯居然当众诽谤圣制,已触犯汉法,罪当灭族。"

刘彻听着张汤的话,开始时不以为意,听完,不由得立即变了脸色:是啊,我怎么没有想到这一层呢?这个汲黯,多次顶撞朕,甚至是诋毁朕,朕都忍了,如今竟然又当众诽谤圣制,肆无忌惮,太不知天高地厚了!这不是犯罪是什么?于是,一时气恼,对张汤道:"汲黯虽然不及灭族,当判罪。"

刘彻说罢,把此案交给张汤办理。

张汤感到报仇的机会终于来了,心中大喜,又趁机谗言刘彻道:"汲黯表弟司马安在淮阳郡已数年,根深蒂固,如若让他长期在一地,恐有后患。"

305

刘彻认为张汤说得有道理，于是，一道诏令把司马安调任为河南郡太守，而任用张汤荐举的人为淮阳郡太守。

元狩三年（公元前 120 年）三月，就在张汤死抠汉法条文要把汲黯逮捕入狱时，刘彻在鼎湖宫忽然得病，而且病得很重，巫医们什么法子都用了，却不见好转。这时，有人对刘彻道："上郡有个巫师，他能作法让鬼神附在他的身上，为人治病。"

于是，刘彻便把巫师召来，供奉在甘泉宫。等到巫师作法鬼神附身子的时候，刘彻便派人去问附在巫师身上的神君。神君对派去的人道："天子不必为病担忧，不一会儿就会好，汝可以让天子强撑着来甘泉宫，跟吾在此相会。"

不多久，刘彻的病见轻了。于是，刘彻就亲自前往甘泉宫与神君相会，后来果然完全好了。刘彻想，这样的神君能保佑自己很快病除，若把神君安置在寿宫敬奉，岂不是能保佑大汉江山？于是，把神君以隆重的礼仪安置在了寿宫。

完成这一切，刘彻竟忽然不安起来：自己年纪轻轻，怎么忽然得了这么奇怪的病？即位以来，祭祖的地方长陵高园殿和辽东高庙大火，黄河多次决口，其他涝灾、旱灾、蝗灾等灾异不断，董仲舒曾经有"天人感应"说，难道是自己做了对不起上天的事？近来自己做了什么对不起上天的事？他这样想着想着，忽然想到了汲黯：他的清正廉洁哪一个朝臣能比？他多次忤逆圣命，哪一次是为自己？他屡屡直言直谏不畏我龙颜大怒，哪一次不是为大汉江山社稷？他常常献计献策，哪一次不是为大汉深谋远虑？自己曾经给严助和其他大臣称赞他是社稷之臣，作为大汉天子竟然一时气恼就下令让张汤对他治罪，这次忽然病倒，又这么奇怪，是不是上天给自己的惩罚？刘彻想到这里十分后悔，可是，诏令已出，怎么是好？于是，刘彻忽生一计：趁自己病愈，颁诏大赦天下，既不失自己的尊严，又能挽救汲黯。

第二天，刘彻便颁布诏令，大赦天下，趁机赦免了汲黯所谓的"诽谤圣制"罪，仅予免官。

张汤对不能把汲黯灭族感到很失望，对刘彻也嫉恨不已：窦婴、灌夫、主父偃、田蚡等你说杀就杀了，甚至灭族，对那些皇室宗亲和诸侯王也毫不姑息，那些比他汲黯小的官被杀的不计其数，唯独对这个让人恨之入骨的汲黯不肯下手！何时不能大赦天下？为何偏偏赶在臣给他判罪的时候？真是匪夷所思。

汲黯对自己被判罪和罢官似乎早有准备，始终一副笑脸，还津津有味道："一年既然有春夏秋冬四季，就必有风霜雨雪，应热之不喜，冷之不惧，风起不怕，雨来不慌。"不仅如此，他不像其他被免官的朝臣那样，免官后依然居于京师。被免官的第二天，就收拾行囊，踏上了回濮阳的路程。

听说汲黯要回濮阳，汲仁、司马谈、东方朔、朱买臣、严助等都来送行。司马谈望着昔日声震朝堂的忠臣就这样被罢官归田了，惋惜地叹口气道："君一直说要把汲偃接到京城，让他和迁儿一块读书，吾等了数年也没等到，没想，他没来，君反而又回老家了。"

汲黯笑笑道："《诗经·豳风·鸱鸮》里有句话：'迨天之未阴雨，彻彼桑土，绸缪牖户。'吾没有把他接来，是怕给他带来不测也。"说罢，忽然问司马谈道，"迁儿如今可好？"

司马谈赔笑道："他来长安没几年，到了二十岁时就南游江水、淮水一带，登会稽山，探察禹穴，观览九嶷山，泛舟于沅水、湘水之上；北渡汶水、泗水，在齐、鲁两地讲业齐鲁之都，观夫子遗风，在邹县、峄山行乡射之礼。"

汲黯赞美司马迁道："迁辩而不华，质而不俚，其文直，其事核，不虚美，不隐恶，是良史之材。"

司马谈笑笑，道："迁平生喜游，足迹不肯一日休，既然如此，就随他去耶。"

汲黯看一向风趣幽默的东方朔此时一直不说话，借他的话自嘲道："小隐隐于野，中隐隐于市，大隐隐于朝。汲黯这是小隐也。"

东方朔则没有笑，道："孟子曰：天将降大任于斯人也，必先苦其心志，劳其筋骨，饿其体肤，空乏其身，行拂乱其所为也。"

汲黯笑问道："汝说说天将降多大的任于斯人？"

东方朔神情诡秘地眨眨眼道："天机不可泄露也。"

汲黯道："想当年皇上励精图治倾向占上风时，心胸豁达，大肚能容，而今纵逸酣嬉，沾沾自喜于颂歌盈耳，容不得不同声音矣。汲黯已没有什么大任，也没有什么天机也。"

朱买臣、严助笑笑道："时至今日汲君依然在直言铮铮。"

笑了一阵，汲黯这才上车，朝濮阳方向而去。

见汲黯走远，东方朔竟忽然想起汲黯与屈原的经历十分相似，仰天长叹道："信而见疑，忠而被谤，忠贞遭弃，无辜被治罪罢官，悲哉！"叹罢，又忍不住吟咏起讴歌屈原的《七谏·初放》：

平生于国兮，长于原野。

言语讷涩兮，又无强辅。

浅智褊能兮，闻见又寡。

数言便事兮，见怨门下。

王不察其长利兮，卒见弃乎原野。

伏念思过兮，无可改者。

群众成朋兮，上浸以惑。

巧佞在前兮，贤者灭息。

……

第二十五章 门可罗雀思交情

汲黯的车刚刚走上长安城大街，只见一路两行全是挥泪送行的长安城吏民。汲黯很是感动，不停地拱手向送行的人施礼，让他们留步，可是，却没有一个停下来，并纷纷靠近他的车，想和他说上几句话，以表感恩之情。当这些吏民靠近他的车，看到车上汲黯行李萧然，仅有他喜欢的图书数卷而已，无不感慨万分，纷纷攀附车辕，一下子卧辙数里，车马为之不能行。接着，哭声一片：

"汲公，不能走、不能走啊，长安百姓离不开汲公……"

"汲公，吾家虽不富有，愿视作慈父奉养汲公……"

汲黯无奈，只得下车一一挽扶。几近费了一天时间，汲黯方走出长安城。时元狩三年（公元前120年）五月。

出了长安城，汲黯的心中一直沉浸在与百姓辞别的情景中，忍不住泪水涟涟。

不知什么时候刮起风来，而且越来越大。当他意识到起风的时候，抬头往天空中一望，只见乌云也飞快地翻卷着，像被追赶，也似在追赶着什么。汲黯已经归心似箭，没有心思顾及这些，满脑子都是他老家那一片片田园和田园上空自由自在飞翔的小鸟，更有在田园里收割庄稼的妻子田莺和儿子汲偃，耳边还有田莺的笑声和歌声，还有汲偃琅琅的读书声。此刻，他感到什么地方都没有自己的家乡好，什么都没有自己的妻子和儿子好。想着家乡的美景和妻儿的笑脸，想到不久就能和他们在一起，竟情不自禁地笑起来。

途经河南郡的时候，汲黯想到已经很久没有见过表弟司马安了，于是，直抵郡治洛阳。司马安因为刚到河南郡不久，此时正忙于阅读各县上报的文书，以了解各县的情况。当属下报告汲黯来到时，他不由得十分惊喜，以为是皇上派遣他巡视什么。当来到郡府门前迎接，听了汲黯的讲述后，不由得更为吃惊。

司马安把汲黯迎接到自己的住处，忍不住惋惜地对汲黯道："弟早就奉劝兄长不要那么当面谏诤皇上，也不要当众怒斥佞臣，兄长总是不听，以致今日被罢官，险遭入狱。若不是适逢朝廷大赦天下，岂不已在狱中遭受拷打？"

汲黯听了，笑笑道："孔子曰：汤武以谔谔而昌，桀纣以唯唯而亡。君无争臣，父无争子，兄无争弟，士无争友，无其过者，未之有也。"

司马安苦笑道："道理都懂，然，有史以来，像商汤与周武王那样的帝王有几许？"

汲黯道："吾没能力让以后的帝王们都能乐听谏诤之言，但能让自己做一个直谏之臣，只要身居官位，意志已不会移转也。"

司马安知道再说这些已经多余，便转换话题道："兄长身体多病，回家后，农事交给嫂嫂和侄儿，以静养为重。"

汲黯笑道："吾为朝廷而身染恶疾，今罢官回家养病，不知是悲是喜也。"

司马安赔笑道："不少人为了这个官被杀头，甚至被灭族，兄长屡次犯上，仅被罢官，已空谷足音，实属不易。"

汲黯忽然正色道："那些人做官是打着为朝廷、为百姓的旗号为自己做事，吾做官则是想借助手中的权力为百姓做事，不可与他们同日而语也。"

司马安本想宽慰他，见他又忽然如此动怒，一时无语。

汲黯又与司马安聊了一阵，辞行道："如今不能为百姓做事矣，所以回家好好做自己的事。"

司马安不得不敬佩地笑道："弟虽然没有兄长那样的情怀，今后定当效仿之。"

汲黯出了洛阳，一路朝东北而行。看着两边的美景，回味着帝喾、唐尧、虞舜、夏禹在此的神话，想象着帝喾都亳邑，夏太康迁都斟寻，商汤定都西亳，武王伐纣，八百诸侯会孟津，周公辅政，迁九鼎于洛邑，平王东迁，汉高祖初都于此的情景，不由得一阵感慨，蓦然想起《庄子·知北游》里一句话："人生天地之间，若白驹之过隙，忽然而已。"接着，回望一下自己几十年来身为朝臣的风风雨雨，自言自语道："汲黯虽无撼山动地之举，却也倾心而为，无悔矣。"

数日后，汲黯回到了家乡。当他走到距离自己的村子还有几里路的时候，就看到了村头那郁郁葱葱的木瓜树、桃树、梨树和桂花树，似乎闻到一股桂花香扑鼻而来，眼前也似乎看到一片片桃花、梨花竞相开放，还看到桃花、梨花上的蝴蝶、蜜蜂在竞相起舞。

当走到自己的田园边时，一种亲切之感油然而生。他下了车，抓起一把黄土，放到鼻子前，闻了闻，感到比猪肉还香。又揪下一把禾苗，放到鼻子下闻了闻，感到比宫廷御膳的味道还甜。这时，头顶上一群鸟儿鸣叫着飞过，他听着，感到比京城乐府里的音乐之声动听很多。

汲黯正惬意地走着，欣赏着，不经意间看到了父母的坟头，似乎看到父母正站在那里神情不安地望着他。忽然，不由得一阵悲伤。他快步奔到父母的坟前，扑通往下一跪，失声痛哭起来："父母大人，黯儿回来了，可是却再也见不到您，您也看不见黯儿了……"

这时，坟的对面刮起一阵轻轻的旋风，那旋风卷起坟边的几片草叶和细细的尘土，绕着坟头转了一圈，草叶和尘土落下，风慢慢消失。看到此，汲黯哭得更痛："父母大人，是您看到黯儿回来了？是吗？是吗？父母大人，黯儿多想听听您的声音啊，可是，黯儿再也听不到了……黯儿该常常回来看您，可是，黯儿没有做到，黯儿不孝，黯儿对不起二老……黯儿没有做好，今失去了为百姓做事的官职，愧对您的养育教诲之恩……"

汲黯的车一出现在村外很远的地方时，村里人就看到了，就知道是汲黯的车，要不也是汲仁的车，于是，村里人立即奔到他家，告诉了田莺和汲偃。田莺和汲偃得知消息，在家中高兴地等待。可是，等了好半天等不到他，这才意识到他一定是先去父母的坟茔拜祭父母了。于是，一块儿奔了过来。

田莺看到汲黯跪在父母的坟头，示意汲偃不要惊扰他，于是，母子悄悄地站在后面。听了他的哭诉，便明白了一切。最后，一起走上去，一左一右地把他搀扶了起来。汲黯站起身，看看田莺，再看看汲偃，三个人很久都没有一句话，只是默默地往家走。

走了一会儿，田莺打破沉默，安慰他道："夫君回来了，田莺再不会每日为夫君提心揪肺矣。"

汲偃接着道："能跟父亲在一块，是偃儿期盼已久的事，父亲当高兴才是。"

汲黯知道他们是在安慰自己，为了不让他们伤心，勉强挤出一丝笑意，亲切地看看他们。就这么一望，忍不住又悲从中来：田莺的额头上已经是一道道皱纹，汲偃已经高出他的母亲，嘴唇上面已经长出细细的胡须。他低下头，双腿也有些打战：自己十八岁入朝为太子洗马，至今已经离开家三十年，今年已经四十八岁，田莺也已经是四十七岁的人了。这几十年，她一直操持这个家，风霜雪雨，怎么能不显老呢？儿子已经二十五岁了，虽然读书很多，也有才气，如今却依然和他的母亲一块在家种地，别的朝臣都借助自己的官位为儿子谋个一官半职的，自己不仅没有给儿子带来什么，反而连他的婚姻大事也没顾上问，以致如今尚未完婚，对不起儿子呀……想到这里，忍不住伸出双手把他们揽在怀里，再次痛哭起来："田莺，偃儿，吾对不住尔等也……"

田莺和汲偃见他如此悲痛，也都泣不成声。

停了一会儿，汲偃擦去泪水道："父亲常常训诲偃儿：要么做个好官，要么不做官。父亲今日不做官了，归家种田，应该心安意满才是，何以如此？"

汲黯听了汲偃的话，拍拍儿子的肩膀，点头道："说得好，往后为父要振作起来，好好耕耘咱的田园。"

这时，他们走到了一条小溪边，田莺看到小溪里有泉水在汩汩地流淌，忽然挣开汲黯的手臂，拭泪而笑道："夫君还欠田莺一笔账呢，还记得否？"

汲黯没有意识到田莺是想逗他开心，愣愣地问田莺道："吾欠过夫人一笔账？何账？"

田莺故意笑得更响，道："呵呵，想当年夫君入朝为官，吾欲断绝婚姻，夫君回来了，曾经许诺吟咏《诗经·国风·邶风》里的《泉水》，三十年了，夫君至今没有吟咏也。"

汲黯忽然明白了田莺的良苦用心，也忙还给田莺一个笑脸道："夫人，没想到那时的一句玩笑话，至今还记在心里。"

汲偃在一边也忍不住偷偷地笑起来。汲黯刚要给田莺吟咏，不料，田莺却自己吟咏起来：

毖彼泉水，亦流于淇。
有怀于卫，靡日不思。
娈彼诸姬，聊与之谋。

出宿于泲，饮饯于祢。
女子有行，远父母兄弟。
问我诸姑，遂及伯姊。

出宿于干，饮饯于言。
载脂载辖，还车言迈。
遄臻于卫，不瑕有害。

我思肥泉，兹之永叹。
思须与漕，我心悠悠。

驾言出游，以写我忧。

汲黯听着，不由得慨叹：田莺能文善歌，不仅没有因为自己位列九卿而显贵，一直在家种田，而且无怨无悔，汲黯好福气也。想到田莺对自己的深情，想到她为这个家已经劳累得如此苍老，对他还依然保持着年轻时的心境，看到他不高兴，就设法逗他开心，心中暗暗道：从今以后，一定要善待她，一应农活儿要由自己承担起来。

为了不让田莺和儿子为自己被罢官而悲伤，也是让他们尽快忘记这些，并很快开心起来，也是为了向田莺表达爱慕之情，对田莺道："那首诗夫人吟咏了，吾就不再吟咏，吾吟咏一首《诗经·国风·邶风·静女》，以示偿还旧账如何？"

田莺本是以此逗他开心，没想到汲黯竟然如此认真，立即夸张地表示自己的高兴，道："善哉，善哉！"

汲黯停下脚步，深情地望着田莺的脸庞，吟咏道：

静女其姝，俟我于城隅。
爱而不见，搔首踟蹰。

静女其娈，贻我彤管。
彤管有炜，说怿女美。

自牧归荑，洵美且异。
匪女之为美，美人之贻。

田莺笑了，笑得很开心。接着，她想也让汲黯更开心，于是，笑着道："前几天，村里有人讲一个故事，现在想来还感到可笑……"

田莺说着，看着汲黯的眼睛，见汲黯透出乐听之意，接着道："蜀汉之地有个人到了吴越之地，主人煮竹笋招待他。他吃得津津有味，就问做的是什么那么好吃。主人告诉他说：这是竹子。这人回到家后，一天，就把竹席放在锅里煮，翻来覆去却煮不熟，他气愤愤地对妻子说：吴人竟然如此欺骗我，真是可恨！"

汲黯忍不住笑问道："村里人还像过去那样爱讲故事？"

田莺笑着回答道："每到晚上，乡亲们就在一起讲故事，都很开心。"

汲黯环顾了一下身边的田园，意味深长地道："家乡好啊，到处花香鸟语，不需怒发冲冠，也不会如履薄冰。往后，和乡亲们在一起了，也要学会讲故事。"

就在汲黯和田莺、汲偃将要回到了自己的宅院时，乡亲们听说汲黯回来了，都赶来看望他。汲黯看到乡亲们，非常高兴。他把乡亲们迎到院内，直至日落，依然和乡亲们有说不完的话。

晚上，汲偃特别为父亲准备了好酒。除他们三口外，还有汲仁的妻子和儿子。汲黯看到亲人都在一起，十分开心。不知不觉间，汲黯有了几分醉意，忽然问田莺道："偃儿有了意中人没有？"

田莺忙回答："有了，是邻村的一个女孩……"

汲黯没等她说完，就打断她道："择个吉日，把偃儿的婚事办了吧，吾想抱孙子也。"说着，两眼紧紧地盯着汲偃。

汲偃笑笑道："孩儿愿听父亲的安排。"

汲黯很高兴，又连着喝了几杯，直到喝得醉眼蒙眬，才在田莺和汲偃的劝说下，躺下来歇息。

第二天，汲黯虽然起床晚了一点，但一起床就扛着锄头，朝自己的田园走去。田莺劝他道："你一路劳顿，等歇息几日不迟。"

汲黯笑道："种庄稼岂可错过季节？有时候错一天就会长势不一样。"

田莺赔笑道："离开家三十年了，还记得这个？"

汲黯道："耕种之事已嵌在骨子里，离家再久也忘不了。"

田莺笑道："如此，吾就放心了，不担心夫君锄掉禾苗矣。"

说罢，田莺便也扛起锄头，和汲黯一起朝田园走去。汲偃还没有和父亲一起耕耘过，也跟了上来。他们一路走着，汲黯得意地把锄头朝田莺晃了晃，问田莺道："知道这铁锄头何时才有的乎？"

田莺笑道："不知道。"

汲黯更得意，看了一眼田莺和汲偃，侃侃而谈道："过去耕地都是用耒、耜。耒就是一根削尖的木棍，可以用来掘松土地。耜是从单尖耒发展而来的，是用整块木头砍斫而成，刃部为扁平的板状。后来才有铜制农具。春秋时，出现了冶铁，才有铁农具。秦统一天下后在少府内设置铁官，汉朝初年，侯国和郡、县大多都设有铁官，近几十年才有这铁制的犁铧、镢、锸、耙、耧车、锄、铲、镰。如今耕田比过去省事很多也。"

汲偃笑道："没想到父亲做了几十年的官，对耕田的事还这么熟稔。"

汲黯长长地出口气："几十年来，为父每日都想着百姓啊，没想到……"

田莺听了汲黯的话，立即转换话题，问汲黯道："幼小时，夫君会学很多鸟叫，如今还会否？"

汲黯忽然笑了，不仅学了黄鹂、斑鸠、喜鹊等鸟叫，还学了一阵小狗、小猫"汪、汪……""喵、喵……"的叫声。田莺、汲偃听着都忍不住笑起来。

从这天起，汲黯开始了他日出而作、日落而息的田园生活。

过了一些日子，每当累了停下歇息的时候，汲黯总免不了久久地眺望着西方长安的方向，常常呆呆地如傻了一般。每到傍晚，还总是不由自主地走到庭院的西面看日落和晚霞，好像那里有他无限的眷恋，有他很多的梦想。其实，晚霞里什么也没有，只是因为那日落的地方正是长安，那晚霞笼罩的地方也是长安。

几个月就这样过去了，每次从田园回到家里，看着自己宽敞的庭院，总免不了想起昔日每次回来探家，郡县的官吏都会来看望他，院子外面停的全是车马，院子里站的、屋子里坐的都是人，而今，却没有一辆车、一个人来。前些日子，汲偃举行婚礼，除了村里的乡亲，郡县官吏居然也没有一个人来，甚至那些被他帮助过的人，也不与他来往了。进而又想到母亲病逝他回来奔丧时，京城的宅第挤满了前去吊丧的人。自己任主爵都尉后有病在床，每日都是前去看望的人。即使没有什么事，家里也是人来人往，而今……想到这里，不由得想到了一个老朋友：下邽县的翟公，他任廷尉时，拜访的人很多，终日门庭若市。罢官后，门外冷冷清清，连以往投靠过他的朋友也不再往来。后来，翟公官复原职，这些人又想来投靠。于是，他便在自家的门上写了几行大字："一死一生，乃知交情。一贫一富，乃知交态。一贵一贱，交情乃见。"想起翟公，不由得叹道："现在自己不是和当年的翟公一样吗？"

不几日，汲黯忍不住也学着翟公，把翟公的那几句话也写在了门前。

又过了不知多少时日，汲黯依然不见一个人来看他。这天，他拿出家里用来捕鱼的网，想到田园里张网捕几只鸟烤烤吃，走到门外时，却忽然止住了步：家门口和田园一样清净，鸟儿乱飞，何苦跑到田园里去？于是，就在家门口东西两棵树的中间张开了网。不偏不倚，正堵住门口。汲黯则坐在院子里，静静地看着网，等有鸟撞上，立即捕获。

田莺看到这情景感到很奇怪，问他道："夫君，这是干什么？"

汲黯笑道："想逮几只麻雀烤烤吃。"

田莺道："想吃麻雀，到田园里去逮，那里麻雀多。"

汲黯心不在焉道："那不是要蹲在田边等吗？这样做，省得来回收网了。"

田莺道："家门口人来人往的，怎么能逮到麻雀？"

汲黯笑道："吾现在是百姓一个了，哪里还会有人登门？"

田莺听了，明白了一切，奔到屋子里，忍不住掩面而泣。

元狩四年（公元前 119 年）秋天，就是汲黯归隐田园的第二年秋，田园里的庄稼刚刚收割完不久，这天，汲仁和司马安一块回来了。汲黯看到他们，虽然表面上并没有显出高兴，内心里却异常喜悦。汲仁的妻子和孩子看到他们也都有着说不出的高兴。

兄弟相见，虽然和往常一样没有一句客套话，眼神里的亲切无论是多少话语都不能代替的。汲仁和司马安知道汲黯的心情，故意避开朝廷不论，只和他聊一些田园之事和家长里短。

不一会儿，汲黯忍不住问汲仁道："如今是谁接任吾为右内史？京师一切可好？"

汲仁觑了一眼司马安，见司马安微微一笑，便回答道："皇上把义纵从南阳郡调回京师任了右内史。"

汲黯点头道："这样好，义纵很清廉。"

汲仁又道："皇上把河内郡太守王温舒也调回了京师，拔为中尉，专管京师的治安。"

汲黯听了十分吃惊，忍不住怒道："京师刚刚治理有序，民怨止息，怎么可以将王温舒这等酷吏调回京师？如此下去不知有多少人又会死于非命，可悲也！"

汲仁道："王温舒虽然在河内郡很狂傲，但他惧怕义纵，自到京师后还未敢恣意妄为。"

汲黯惊奇道："他为何惧怕义纵？"

汲仁笑道："还不是因为兄长？"

汲黯更为不解："弟越说吾越糊涂了。吾已罢官为民，他怎么会怕吾？"

原来，义纵被汲黯保护下来升任为河内郡都尉后，对王温舒的以酷行贪大为不满，对王温舒毫不畏惧，并严加指责。王温舒知道义纵与汲黯感情深厚，再不敢放纵。河内郡民怨得以止息。刘彻得知消息，不到一年时间就把义纵旋升为南阳郡太守。原右内史宁成解脱刑具越狱逃回家中后，靠借贷租赁了山田千余顷，尽数租佃给贫民，共有雇农数千家，几年之内居然成了大富豪，其使民，威重于郡守。宁成得知义纵担任南阳郡太守，感到胆寒。当义纵出关赴任时，宁成亲自去迎接，对义纵毕恭毕敬。义纵洞悉宁成用意，却不为所动。义纵抵达南阳上任后，马上查办宁成家族劣迹，不仅破碎其家，而且追根究底，将宁成治罪。南阳还有孔氏、暴氏等豪强，见义纵对宁成都不留情面，吓得举家逃匿他郡。南阳郡吏民看到义纵不惧权贵和豪强，且为政清廉，无不畏服。刘彻对义纵很欣赏，便在免去汲黯的右内史官职后提升他为右内史，以稳定京师。

汲仁看兄长不解，笑道："想当年兄长作为皇上的使者去河内郡巡视失火的事，因为摸透了王温舒的根底，从那时起王温舒已畏惧兄长几分。义纵从长安令升为河内郡都尉，虽是王温舒的属下，却因为义纵曾是兄长的属下，王温舒反十分畏惧义纵。"

司马安笑道："不是那次兄长在皇上面前以死相护义纵，义纵哪还有今日？所以，义纵很崇敬兄长，无论在河内郡还是在南阳郡，都像兄长那样清廉且不惧权贵。有趣的是，昔日义纵是王温舒的属下，如今王温舒是义纵的属下，皇上的安排太有意思了。"

汲仁也笑道："昔日王温舒为太守时尚且畏惧义纵，今日任义纵的中尉，岂敢骄横？"

听了汲仁和司马安的话，汲黯心里踏实了许多，稍稍松了一口气。

汲仁忽然又道："不过，义纵今年又遇到了麻烦事，皇上对他很不满……"

汲黯吃惊道："为何？"

汲仁沉思了一下道："近年因为兴兵攻伐匈奴，修筑朔方郡县城池等，再加上关东一带遭受水灾，府库空虚，去年，就是兄长返乡的当年，为增加府库收入，皇上颁诏推行算缗、盐铁官营……"

没等他说完，汲黯忍不住道："何谓算缗？"

汲仁道："算缗亦称'算缗钱'，就是针对商人所征的赋税，一缗为一贯，一贯为一千钱，一算为一百二十钱。是针对商人所征收的赋税。"

汲黯又问："以后盐铁都是官营了？"

汲仁道："不仅如此，还重新铸造三铢钱，并造皮币和白金币，将铸币权由私人手中收归朝廷。朝廷想借铸钱之利以弥补府库亏空，也是想用更换新币来限制豪商巨贾居奇取利，故销毁四铢钱，改为三铢钱。"

汲黯对钱币十分熟悉。汉朝建立之初，所铸的各种铜币皆承袭秦制——半两钱。由于允许民间私铸钱币，各种铜币大小、轻重、成色都不一致。民间还出现剪边半两，也就是一些投机商将秦制的半两，用剪刀剪下一圈，七到八个半两，就可剪下一个半两的青铜，用剪下的铜再铸半两，这样一来，导致钱制混乱。文帝时改铸四铢钱，因为钱币都是由郡国铸造，各地从中取利，私人盗铸者亦多，钱质恶劣，更增加了币制的混乱。尽管诏令禁私人铸钱，却一直禁止不了。私铸者还往往磨取官钱的铜屑以盗铸钱，官钱也因此逐渐减轻，同私铸的劣币一样。钱益多而轻，物价高涨，币值低落。

汲黯想到这里，忍不住道："文帝时私人盗铸钱币者就很多，这样一来，盗铸者岂不更甚？"

汲仁道："皇上担心如此，故颁布了盗铸金钱者死罪令。可是，各地盗铸者依然屡禁不止，京师地区盗铸者尤其猖獗。义纵、王温舒尽管大加捕杀，却依然不能遏止盗铸之风，盗铸之事仍时有发生。"

汲黯听汲仁这么一说，脸色不由得沉了下来。

汲仁接着道："改铸三铢钱由张汤掌管，他以为能万不失一，不料，不仅京师盗铸者猖獗，淮阳郡和楚地盗铸者比京师更甚……"

没等汲仁说完，汲黯忍不住怒道："张汤掌管铸钱？他只会死抠律条给人治罪，哪有治理天下之才？淮阳郡守是张汤的亲信，淮阳郡就不能治理好，其他地方怎么能治理好呢？"

司马安也忍不住叹道："是啊，张汤以酷烈为声，出尔反尔，舞文巧诋，岂是治国之才？"

汲黯恼怒地一甩手，长长地出了一口气，又摇摇头，怒道："孔子曰：'不在其位，不谋其政。'吾已是平民百姓，只讲种田，就不要跟吾讲朝政上的事了。"

汲仁和司马安听了，不由得一愣。

停了一会儿，司马安笑道："真的如此？社稷大事兄长真的不关心乎？"

汲仁朝司马安挤了一下眼，道："既然兄长不喜欢国之大事，咱就不再提国事了。”

汲黯目视着窗外，半天无语。

司马安也朝汲仁挤了一下眼，偏偏又讲国事，问汲仁道：“吾听说今年春天和夏天大将军卫青大战匈奴于漠北，伊稚斜单于逃走。骠骑将军霍去病的东路军大败左贤王，左贤王败逃而去，汉朝再无匈奴之患，从此漠南无匈奴王庭。”

汲黯忽然转过头来，扫了一眼汲仁和司马安，激动地问道：“果真如此？”

汲仁点点头。司马安忍不住在一边偷笑。

汲黯长长地松口气：“看来，皇上深谋远虑也。”说罢，又叹息道，“外患除，而内忧则不可小视也。”说着，连声咳嗽起来。

等到汲黯咳嗽止息，汲仁不安地劝他道：“如今已是秋末，冬天即将来临，天气变化无常，兄长多病，要多多保重。”

汲黯“嗯”了一声，道：“为兄没什么事，不用牵挂。为兄见到尔等就已很高兴。尔等都在任上，不宜在家久留，应及早返回。”

汲仁和司马安叹口气道：“兄长，吾等回来后一顿饭还没在家吃，怎么就催吾等返京呢？”

汲黯忍不住红着脸笑道：“唉，迷糊了，当成都在长安了。”

第二天，在汲黯的再三催促下，汲仁只得辞别妻儿，与司马安提前启程返回。

汲黯目送着他们，直至他们消失在远处的树林里，才慢慢回到院内。

就在这时，不知是身心俱疲，还是想到了朝廷的什么，汲黯又忽然咳嗽起来，而且一阵接着一阵，咳嗽得两眼泪水滂沱。

第二十六章　皇帝三诏拒接印

送走汲仁和司马安，汲黯又与田莺和儿子汲偃扛着农具去了田园，开始了劳作。此时，微风习习，野兔不断地在身边奔跑，鸟儿不停地在头上盘旋鸣叫。

到了日落时分，一家人迎着晚霞一块往家走，像往常一样，一边走一边吟咏《诗经》。吟咏罢，或唱上一曲，或学着鸟叫什么的，相互取笑逗乐。今天汲黯显得格外高兴，吟咏了一首《诗经》中的《周颂·良耜》后，又学了一阵鸟叫，接着又唱起一首过去不曾唱过的歌：

> 日出而作，日入而息。
> 凿井而饮，耕田而食。
> 帝力于我何有哉！

田莺和汲偃都不曾听过此歌，惊喜之余，田莺忍不住问："这是何时由谁作的歌？"

汲黯笑道："相传帝尧之世，天下大和，百姓安居乐业。有一位八九十岁的老人十分快乐，常常一边劳作一边唱歌，这首歌就是他自作自唱的，名叫《击壤歌》。"

汲黯说罢，神情格外自在。接着，田莺和汲偃也都禁不住唱起《击壤歌》来，而且唱了一遍又一遍。

等他们唱了几遍后，汲黯又独自唱起一首他们不曾听过的歌：

> 卿云烂兮，纠缦缦兮。
> 日月光华，旦复旦兮。
> 明明上天，烂然星陈。
> 日月光华，弘于一人。
> 日月有常，星辰有行。
> 四时从经，万姓允诚。
> 于予论乐，配天之灵。
> 迁于圣贤，莫不咸听。
> 鼗乎鼓之，轩乎舞之。
> 菁华已竭，褰裳去之。

田莺和汲偃再次惊奇起来，汲偃忍不住问："父亲，这首歌是何时何人所作？叫何名字？"

汲黯笑道："这首歌叫《卿云歌》，是上古时的诗歌。相传功成身退的舜帝禅位给治水有功的大禹时，同群臣互贺，舜帝首唱，八伯相和。从古至今，都称赞此歌辞藻华美，情绪热烈，气象高浑，文采风流，辉映千古。"

汲偃忙问道："父亲，何谓八伯？"

汲黯道："八伯者，畿外八州的首领。这里指舜帝周围的群臣百官。"

汲偃感叹道："和父亲在一起，能学到很多东西也。"

他们走着，唱着，说着，不觉间又走到了一条小溪边。汲黯和往常一样，又让田莺、汲偃和他一起脱下鞋子，坐在溪边洗脚。汲黯一边洗，又一边唱起来：

> 沧浪之水清兮，可以濯吾缨。
> 沧浪之水浊兮，可以濯吾足。

汲偃听完，忍不住笑起来："这首歌偃儿倒是听过，源于屈原的《楚辞·渔父》：屈原既放，游于江潭，行吟泽畔，颜色憔悴，形容枯槁。渔父见而问之曰：'子非三闾大夫与！何故至于斯？'屈原曰：'举世皆浊我独清，众人皆醉我独醒，是以见放。'渔父曰：'圣人不凝滞于物，而能与世推移。世人皆浊，何不淈其泥而扬其波？众人皆醉，何不哺其糟而歠其醨？何故深思高举，自令放为？'屈原曰：'吾闻之，新沐者必弹冠，新浴者必振衣；安能以身之察察，受物之汶汶者乎？宁赴湘流，葬于江鱼之腹中。安能以皓皓之白，而蒙世俗之尘埃乎！'渔父莞尔而笑，鼓枻而去，乃歌也。后人则取名《沧浪水之歌》。"

汲黯笑道："偃儿此言差矣。早在春秋时期已经传唱，孔子、孟子都提到它了。屈原不过引用而已，并非屈原所作。"

汲偃听了，面色羞红："若不是听父亲这么讲，偃儿会一错到底也。"

晚上，一家人围坐一起，或读书，或者讲一些故事，有说有笑，其乐无穷。

汲黯一心只想着耕田，心无旁骛，不觉间两年多的时间就过去了。

元狩五年（公元前118年）秋的一天，就是汲黯回到家乡第三年秋的一天，汲黯和田莺、汲偃刚从田园里收割谷子回到家门口，忽然看到一辆朝廷传递公文的轺车朝他家奔来。这车，他不知道多少次乘坐，对他来说太熟悉了。不过今天却感到很陌生，因为很久没有看到过了，忍不住瞥了一眼，心中讥笑道：朝廷的使者，居然能走错路！大道不走，偏偏走村间小道，可笑！讥笑罢，收回目光，大步朝家里走去。

走了没几步，心里又犯起嘀咕：难道是哪位朝臣忽然想到了汲黯，来看望一下？仅仅这么一闪念，自己便笑起来：几年来有谁来看过自己？自作多情而已。于是，便再也不去胡思乱想。

就在他即将走到庭院门口时，那辎车来到了他的跟前。他面无表情地看看，以为是驭手迷路，前来问路，便不动声色地等那驭手问话。这时，坐在车左边的朝廷使者，跳下车，大声地朝汲黯道："请汲太守听旨！"

按朝廷礼节，圣旨到，朝臣们都要跪拜于地。此时，汲黯不仅不跪，反而嘲笑道："汝是否搞错了？这里哪有什么太守？"

使者正色道："请汲太守听旨。"

汲黯忽然面无表情，依然不跪，再次重复道："汝搞错了，这里没有汲太守。"

使者见状，打开圣旨道："诏曰：元狩四年，朝廷销毁文帝时所用之四铢钱，另铸文如其重的三铢钱，以广流通。法令虽严禁私人铸钱，但白金币定值过高，三铢钱轻，易作奸诈，盗铸仍然盛行。五年春，罢三铢钱，改行五铢钱。京师五铢钱在上林苑铸造，由均输、钟官、辨铜三令丞专管，称上林三官五铢钱。各郡国也改铸行五铢钱，称郡国五铢。自朕改铸五铢钱，各地从中取利，私人盗铸者甚多，楚地尤甚。淮阳郡乃通往楚地要道，位置显赫，特诏命汲黯为淮阳郡太守，前往治之。钦此。"

使者宣诏完毕，立即托举出淮阳郡守印绶，等待汲黯接印。

汲黯听完，看着使者的举动，愣了：我是在做梦？他用右手掐了一下左手，感到很疼，才知道不是在做梦。此时，汲黯才知道是皇上又重新起用他，并命为淮阳郡太守。于是，汲黯淡然一笑，不得不依照朝廷的礼节，拜伏于地。但是，他不是接受圣旨，而是辞谢圣旨，道："谢皇上还记得汲黯，然，汲黯已乐于田园，不愿做什么太守。请回禀皇上，予以恕罪！"

汲黯拜过，即站起身，拒不接印。

使者举着印绶等了半天，见他一直不接印，只得返回。

数日后，又一朝廷使者来到他的庭院前，再次宣诏举印，汲黯再次拜伏于地，辞谢圣旨，拒不接印。

又过了数日，又有一朝廷使者来到他的庭院前，汲黯再次拜伏于地，辞谢圣旨，依然拒不接印。

又过了数日，又有一朝廷使者来到他的庭院前。这次的车不是辎车，而是一辆驷马高车，即由四匹马驾驭的高盖车。此车不仅装饰考究华丽，而且宽敞，里面可以坐多人，这是只有俸禄二千石的官吏方能乘坐的车。汲黯见此，更为奇怪：会是哪位朝臣走错了路？

正在汲黯感到诧异间，车已停下，车上下来的使者，是刘彻的一位侍从。使者下了车，没有宣读什么任命诏书，而是朝他亲切地笑笑，直言道："皇上召见汲公，臣奉命前来接驾，请汲公即日即动身前往京师，并带上汲偃，皇上已命他为郎官。"

汲黯听了，不禁一愣，满肚子怨气顿时消散：皇上能再三诏命自己，并任用儿子为郎官，说明皇上已经知错。一个傲视一切的帝王如此对待自己，还能再说什么？可是，他依然没有立即答应，犹豫了一阵道："容汲黯思谋一下。"

就在他犹豫着是否赴京的时候，田莺来到跟前劝他道："夫君一向深明大义，岂能因为皇上一时的过失，再三迁怒于一人，而把社稷大事甩在脑后？岂能安于自己的快乐，而置百姓疾苦于不顾？"

汲黯没想到田莺能说出如此犀利之言，顿时脸红心跳。于是，只得把使者让进院内。汲偃得知消息，不禁喜形于色，忙与父亲一块收拾行装。

汲黯好像已经习惯了在家的田园生活，十分恋恋不舍。汲偃帮他收拾行装，便搀着他的胳膊登车。汲黯环顾了一下又要分别的庭院，忍不住一步一回首。

田莺望着他们，面上笑着，眼里却噙满泪花。见此情景，汲黯忽然跳下车来，再次犹豫起来：母亲在世时，田莺和母亲在一起，后来还有儿子。母亲去世后，和儿子在一起。如今他和儿子都离开了家，她一个人在家怎么办？如若让她随儿子赴京，或随自己去淮阳，家和田园怎么办？田莺不知道他此时在想什么，忙问："夫君怎么又下车矣？"

汲黯红着眼睛道："夫人一个人在家，要受苦矣。"

326

田蚡明白了一切，故意淡然一笑道："无忧无虑，何言受苦？"

汲偃望了一眼汲黯："父亲，让母亲和偃儿一块赴京可好？"

田蚡立即反对道："汝还未赴京，怎能立即让母亲随汝而去？不妥。"

汲黯试探着问道："与吾去淮阳如何？"

田蚡又反对道："夫君还未到淮阳，且不知能待多久，吾怎能拖累你？再说，那也不是家也。"

汲黯沉思了一会儿，道："父母在时，父母在哪儿哪儿是家；父母不在时，作为官吏，百姓就是自己的父母，哪里有百姓，哪里就是家。"

田蚡笑笑道："吾还要加上一句：作为官吏，把一方治理好，对得起百姓，那里才能是家；如若不能治理好，为百姓所不齿，何能称为家？"

汲黯听了，连连点头道："夫人说得好。等把淮阳治理好，就回来接夫人，在淮阳安家。"

汲黯说罢，辞别田蚡和儿媳，与汲偃登上车，前往长安。

几日后，汲黯与汲偃到了京城。汲黯看着京城的每一条街道，每一座居民房舍，每一个人，都感到是那么亲切，不时地让驭手停下，观望一番。

居民看到汲黯又回到了京城，奔走相告，把他的车团团围住，嘘寒问暖，好像对待亲人一般，直到把汲黯送到未央宫大门，方才止步。

汲黯进了未央宫大门，立即与汲偃下车步行，前往宣室殿。正在宣室殿批阅奏章的刘彻见汲黯来到，喜不自胜，急忙满面微笑，走下御座迎接，并紧紧拉住他的手，嗔怒似的道："朕以为汲君再也不来宣室殿见朕，没想到还是来了。朕有多想君，君知之乎？"

汲黯看到刘彻今天如此对待自己，想到仅因谏阻他不要搞那些奢华的郊祀而被判"诽谤圣制"罪，险遭入狱，不禁悲喜交集，忍不住泪下道："汲黯自以为死后尸骨将被弃置沟壑，再也见不到陛下了，想不到陛下又收纳任用汲黯。"

刘彻忍不住眼睛也红了："朕委屈君了，不需赘言。朕即位以来，通观朝臣，唯长孺堪称社稷之臣也！"

汲黯哭得更痛："臣常有狗病马病的，体力难以胜任太守之职的烦劳。仅希望当一中郎，出入宫禁之门，为陛下纠正过失，补救缺漏，其他，别无所求也……"

刘彻埋怨道："君是看不上淮阳郡太守这个职位乎？"

汲黯道："汲黯入朝三十年，一向任怨任劳，从不挑三拣四，今身患狗马之病，实难胜任太守之职也。"

刘彻着急道："难道君还在记恨朕？"

汲黯道："岂止是记恨陛下？吾也记恨自己也，恨自己太愚直，不会阿谀逢迎之言，让陛下高兴。可是，今生本性难移矣。"

刘彻笑道："长孺就是长孺，直至今日依然刚正谔谔。"

汲黯却没有笑："如果陛下不喜欢臣下，臣下明日即回濮阳。"

刘彻收住笑，道："淮阳郡是通往楚地之要道，且官民关系紧张，君曾经在淮阳治水，深得民心，朕只好借助君的威望前去治理。君若有病不能去府堂，请躺在家中去治理。过些时候若想回京师，朕召君回来就是。"

汲黯听到刘彻说到这个分上，知道已经无法再拒绝，只得领命，道："臣下虽然智谋浅短，到淮阳后，当为大汉社稷和淮阳百姓效犬马之劳。"

刘彻道："眼下改铸五铢钱事关重大，请君尽快启程赴淮阳。"

汲黯忙回应道："两日内即启程。"

汲偃第一次来到京师，没有见过刘彻，此时不由得有些拘谨。刘彻看着他，笑笑道："汝就是汲偃吧？朕早有耳闻，果然气度不凡。从今日起，朕任汝为郎官，跟随朕的左右。"

汲偃忙拜谢道："谢陛下。"

汲黯正要向刘彻进言一些朝中之事，这时，张汤走了进来，只得把话打住。然而，却对张汤视而不见。张汤则不以为意，依然对汲黯一副笑脸："恭贺淮阳郡太守。"

汲黯冷颜道："御史大夫应该说：汲黯赶快死吧。"

张汤满脸通红，一句话也说不出来。

汲黯说罢，向刘彻一拱手，便带着汲偃大步走出宣室殿。

张汤看着汲黯愤然而去，羞怒不已，却也无可奈何。

汲黯与汲偃出了未央宫，又回到了他原来的宅第。此宅第此时只有汲仁一个人住。汲仁看到他们，激动不已。向汲黯和汲偃祝贺道："祝贺兄长再次从田园回到京城。也祝贺侄儿能脱颖而出，青云直上。"

汲偃忙答谢道："谢叔父。"

汲黯苦笑道："死灰而复燃，有火难旺矣，有何可祝贺的？不过，从濮阳到淮阳，都有一个'阳'字，只盼一路阳光。"

汲偃在一边听着，不禁被父亲的话给逗笑了。

汲黯看了他一阵，正色道："从今日起，偃儿已入朝为官，虽然只是郎官，以守卫门户、出充车骑为主要职责，亦随时备皇上顾问差遣，并常有出任地方长吏之机。无论以后官职大小，当胸怀天下，以民为本，广施仁爱，不能如此，官职越大，害人越深。"

汲偃扑通朝汲黯跪下，立誓道："此是汲家世代之为官之道，为官之德，偃儿定当谨记。"

汲黯又道："鸟儿大了要飞出巢，自己谋生。人长大了要自己去闯天下。吾后天即离开京城前往淮阳郡，从此，汝就离开父母了，一切都靠自己矣。"

汲偃再拜道："儿子记下了。"

汲黯拉起汲偃道："吾已经离京近三年，今日再次离京，不知何时能再来京城，要去见见几个朋友。"

归隐田园后，汲黯不再想朝中的事，而今一到朝廷，不禁又心血来潮，总感到朝中很多人要见一见，有很多事、很多话要说一说，可是，因为时间紧迫，汲黯只能前往居住相距很近的几个朋友家。

他首先到了朱买臣的宅第。与朱买臣聊了一会儿，然后去了司马谈的宅第。司马谈得知汲偃来到京城，并为郎官，甚是高兴，道：“汲偃终于来到京城。等迁儿出游归来，二人就能一块为朝廷做事也。”

从司马谈家回来，汲黯准备再到丞相李蔡府上。汲仁立即阻止他道：“李蔡遇上了大事，这次恐怕要毁于张汤之手。”

汲黯听了，既惊又怒：“张汤早就妒忌李蔡，一直想居于丞相之位而除掉李蔡，这次张汤对李蔡下手，难道又找到了可乘之机？”

汲仁道：“因为京师和淮阳郡、楚地盗铸五铢钱不能遏制，皇上大怒，掌管此事的张汤却把罪责推到李蔡身上，而李蔡则在皇上面前进言，说是张汤不作为。张汤早就对李蔡怀恨在心，恰好，前不久李蔡在景帝陵园神道旁一块空地上修建甲第，而被张汤以‘欺君犯上罪’奏报到皇上那里，李蔡正为此事心烦意乱，不知所从。”

汲黯忍不住两眼露出火光：“这个张汤，严刑峻法，对他想加害的人，舞弄文辞，巧言诋毁，无所不用其极，什么事都可以立罪！”

汲仁道：“张汤因为居于御史大夫之位，朝臣都对他噤若寒蝉。”

汲黯担心地问道：“皇上对李蔡如何？”

汲仁道：“暂时尚不知。”

汲黯叹息道：“有奸佞在朝，贤臣必危也。”

汲黯叹罢，想到此时李蔡正心神难安，只得放弃面见李蔡，接着去了李息家。

元朔五年（公元前124年）时李息即为掌四方朝聘宾客及使命往来的大行令，因为在出击匈奴中屡立战功，被封为关内侯，食邑三百户。如今位居九卿，在朝中也是举足轻重之人。汲黯到了李息家，恰好李息的几个朋友也来看望李息。

汲黯见到李息，聊了一会儿闲话，想到张汤对李蔡的构陷，对李息道：“吾被弃置于外郡，不能参与朝廷的议政了。可是，御史大夫张汤的智巧足以拒谏，奸诈足以文饰他的罪责。他专用机巧谄媚之语，强辩挑剔之词，不肯堂堂正正地替天下人说话，而一心去迎合主上的心思。皇上不想要的，他就顺其心意诋毁；皇上想要的，他就跟着夸赞。他喜欢无事生非，搬弄法令条文，在朝中深怀奸诈以逢迎皇上的旨意，在朝外以挟制贼吏来加强自己的威势。公位居九卿，若不及早向皇上进言，公和吾迟早都会被诛杀也。"

李息的几个朋友听着，纷纷点头。李息答应汲黯道："吾很快就向皇上进谏。"

次日，汲黯依照对刘彻的承诺，离开京城，前往淮阳郡。临行，司马相如、东方朔、司马谈、朱买臣、义纵等都前来送行。让汲黯没有想到的是，在他刚要上车出发的时候，刘彻和丞相李蔡、御史大夫张汤也都来送行。汲黯特别观察了一眼李蔡，见他虽然紧锁眉宇，但依然很淡定，心里稍微踏实了一点。

东方朔见刘彻来了，没有先看刘彻，而是先看了一眼张汤，然后才转向刘彻道："陛下喜听夸赞之词，不到危难的时候不知汲黯之忠诚也。"

刘彻习惯了东方朔的滑稽多智，口无遮拦，笑笑，不语。

东方朔又道：《诗经》里说：飞来飞去的苍蝇，落在篱笆上面。慈祥善良的君子，不要听信谗言。谗言没有止境，四方邻国不得安宁。希望陛下远离巧言谄媚的人，斥退他们的谗言。"

东方朔一向滑稽，此时却正颜厉色，刘彻不由得感到十分惊奇，愣愣地看了他一眼道："没想到如今东方朔说话竟如此正经。"

汲黯心中牵挂李蔡，等刘彻的话刚说完，就往李蔡跟前跨了一步，道："身为丞相，一人之下，万人之上，然万丈深渊终有底，唯有人心不可量，害人之心不可有，防人之心不可无也。"

李蔡呵呵一笑："不论何时何地，长孺刚正之气永不改色。"

张汤知道汲黯的话外音，虽然双目深处发出凶光，很想给汲黯一点颜色，却不知如何下手。为了不让刘彻看出他的不满，最后也不得不随着李蔡干笑几声。

在一片笑声之中，汲黯朝刘彻说了声"臣去也"，立即登上车，朝东而去。

刚走不远，汲黯忽然跳下车，奔回到刘彻、李蔡和张汤面前，对张汤道："御史大夫，手中可有五铢钱给汲黯几枚？"

张汤不知汲黯何意，眨了几下眼，偷窥了一眼刘彻，见刘彻面无表情，一时揣摩不定，不知如何回答，最后只好尴尬地回应道："没有。"

汲黯怒道："吾居于田园数载，今受皇上诏命前往淮阳治理私铸之事，没有此币，不知何谓五铢钱，何以治理？汝掌管钱币铸造，不知其薄厚尺寸质地，岂不失职？不让吾见到朝廷定制的五铢钱之规范，怎么知道真假？难道也像给朝臣治罪一样，随心所欲，巧立名目？"

张汤张口结舌，面若死灰。这时，义纵从怀中掏出两枚五铢钱交给了汲黯，并分别介绍道："这两枚钱，一枚为上林三官五铢钱，一枚为郡国五铢钱。"

汲黯接过来揣入怀中，转身而去。

汲黯上了车，催促驭手快马加鞭，很快驶出城外。

第二天，汲黯到了河南郡郡治雒阳附近。想到表弟司马安常常牵挂自己，曾经几次到濮阳看望，此次赴淮阳恰好路过雒阳，加上天色已晚，不能不去见他。于是，便直奔雒阳城，告知他自己已被皇上起用，此是赴任淮阳郡，免得他惦记。

司马安对汲黯的突然到来，又做了淮阳郡太守，惊喜异常。不仅盛情款待，而且安排汲黯就住在他家，兄弟两个同榻相向而坐，感到有说不完的话。

司马安说着说着，呵呵一笑道："河南郡与淮阳郡是邻邦，吾等是表兄弟，一东一西，一兄一弟，都是京师的门户，弟先做了淮阳郡守，接着兄长也去做淮阳郡守，皇上如此安排，是否特意而为之？"

汲黯恍然大悟道："经弟这么一说，吾忽然想到荀子的一句话：'持之有故，言之成理。'皇上不仅给了汲黯人情，还给吾等都套上了桎梏：弟若不能把河南郡治理好，可以拿兄长相挟；兄长若不能把淮阳郡治理好，可以拿弟相挟。"

司马安道："皇上这是一面起风，三面树摇也。"

停了一会儿，汲黯问司马安道："弟任淮阳郡守数载，对那里熟稔，可否对兄长指点一二？"

司马安笑道："兄长曾经在那里治水，难道还需弟指点乎？"

汲黯故作不悦道："兄长在那里治水来去匆匆，对那里所知甚少。弟难道想看兄长的笑话不成？"

司马安想了想，道："淮阳是伏羲、女娲、神农三皇建都之地，也是陈、楚之都，道家始祖老子李耳的祖籍地，孔子曾经三次到那里讲学，为时四年，创立儒家学说，儒、道皆源于此也。故淮阳人爱读书，喜欢辞赋，崇尚有贤德、有学识的官吏，否则，会嗤之以鼻。"

汲黯静静地听着，等他的下文。司马安见状，又道："淮阳位置之重要，不仅是当今皇上才看重，汉兴以来，每位皇帝都看得很重。汉文帝十一年（公元前 169 年），梁怀王刘揖入朝，骑马摔死了。贾谊感到自己身为太傅，没有尽到责任，深深自责，经常哭泣，心情十分忧郁。尽管如此，他还是以国事为重，为文帝出谋献计。因为梁怀王刘揖没有儿子，按例他的封国就要罢黜。贾谊感到，如果这样做，将对整个局势不利，不如加强淮阳王刘武和代王刘参这两个文帝亲子的地位。为此，贾谊进言文帝：为梁王刘揖立继承人，或者让代王刘参迁到梁国，扩大梁国和淮阳国的封地，使梁国的封地北到黄河，淮阳国的封地南到江水，从而连成一片。这样一来，如果一旦国家有事，梁国足以抵御齐赵，淮阳国足以控制吴楚，陛下就可以安然消除华山以东的忧患了。文帝听了贾谊的建议，因代王封地北接匈奴，地位重要，没有加以变动，就迁淮阳王刘武为梁王，另迁城阳王刘喜为淮南王。景帝时，景帝让其子刘余为淮阳王。后来吴、楚七国之乱，叛军不敢攻打淮阳国，攻打梁国时，梁王刘武坚决抵御。由此可见，淮阳的位置对汉朝多么重要。今皇上命兄长为郡守，是何等地看重兄长，也确实是深谋远虑的。"

汲黯听了，十分钦佩司马安的分析。

司马安接着道："淮阳人不惧权贵，但敬畏贤德之人。张汤的亲信任淮阳郡守后，走张汤的路子，故把此地搞得一团糟。兄长此去，定能把此地治理好，但一定会劳心费神也。"

汲黯笑道："什么时候学会奉承兄长了？"

司马安道："弟说的是真话，绝非奉承之言。"

汲黯收住笑，道："身为朝臣，能为朝廷尽力，使国安民乐，死能瞑目矣。"

弟兄两个聊至深夜，直至鸡叫三遍，方灭灯而息。

次日一大早，汲黯便匆匆上路。河南郡府官吏一起为汲黯送行，直至城外。

汲黯一扫多年来的阴郁心情，倍感心旷神怡。他眺望着东方，不由得吟咏起屈原《离骚》中的诗句："屈心而抑志兮，忍尤而攘诟。伏清白以死直兮，固前圣之所厚……路漫漫其修远兮，吾将上下而求索。"

吟咏罢，不经意间听到天空中鸟儿的鸣叫，禁不住想起了与田莺在一起学鸟叫的往事，又轻轻地学叫几声。叫罢，忽然想到自己前往淮阳，儿子去了京城，而妻子一人还远在北方，又不由得一阵悲伤，进而又哼起一阵司马相如的名曲《凤求凰》和李延年的《北方有佳人》。

不知走了多久，汲黯看到眼前有一段路非常熟悉，想了想，终于想起是十几年前在荥阳赈灾时走过的一段路。他正感慨着，忽然看到前面路上有上千人拦住去路。他还没弄清发生了什么事，这一千多人已经都纷纷跪下。

见此情景，汲黯急忙下车，上前询问。还没到跟前，荥阳县令从人群中走了过来："汲公，荥阳百姓不忘汲公的救命之恩，听说汲公前往淮阳，特为汲公送行……"

原来，汲黯到了雒阳后，郡丞早已把汲黯要去淮阳的消息通报到沿途各县，荥阳县令得知后，第二天便与属下等候在路口。百姓得知后，相互传送消息，很快有千余人聚集在这里。

汲黯得知缘由，感慨不已，急忙一边搀扶，一边呼唤道："乡亲父老，使不得，使不得也。"

可是，百姓们却长跪不起。汲黯无奈，朝着百姓跪了下去："各位乡亲父老，快快请起，一件小事，父老至今不忘，汲黯羞愧也！"

他还没说完，一群百姓已猛地站起身奔到他的跟前，把他搀扶起来，然后再次朝他跪下，声泪俱下道："汲公，该草民给汲公下跪，汲公怎能给草民下跪？当年若没有汲公下令开仓放粮，荥阳不知有多少人被活活饿死，吾等也不一定能见上汲公也……"

汲黯忍不住泪下道："吾汲黯只有三跪：跪天、跪地、跪父母。汲黯吃百姓饭，穿百姓衣，百姓乃汲黯衣食父母，怎不可下跪？让百姓挨饿，该下跪的是官吏，而不是百姓，岂可颠倒？汲黯当年未来做县令，至今想来非常惭愧，深感对不起荥阳百姓……"

有人走近汲黯："汲公，可否在荥阳停留一日，到民家喝一杯水？"

汲黯道："这里距淮阳不远，荥阳是淮阳通往京城的必经之地，等汲黯到任并安顿停当后，方便时一定会来看望乡亲们。"

汲黯劝解了半天，人群终于闪出一条通道。汲黯重新上车，与百姓挥泪告别。

第二十七章 无为而治五铢钱

汲黯被诏命为淮阳郡太守的消息早在刘彻第一次颁诏时就已传到了淮阳郡府，并很快传遍全城，全城吏民无不雀跃，以为他很快就能到达淮阳。可是，等了很久，迟迟不见汲黯来到，不禁心灰意冷，以为是汲黯看不上这个太守职位。起初，城内居民不知汲黯早已被罢官，当得知汲黯被罢官归隐田园后，则万念俱灰，以为汲黯再也不会来淮阳郡了。

当汲黯到达洛阳时，消息很快便传到了洛阳通往淮阳郡的各县，接着，又很快传到了淮阳郡的沿线各县，这些县令也立即快马报告给了郡府。郡丞李斌、郡尉张怀廷等当即驱车出郡城，到西部郡境迎接，并带上沿途的县令。沿途百姓听说后，奔走相告，也都纷纷赶到路口迎接。他们为了能见上汲黯一面，在路边一直等着，甚至一天没吃一点东西，夜里就睡在路边。

汲黯刚到河南郡与淮阳郡的交界处，天空忽然由多云转阴，并很快下起雨来，道路极其难行。走进淮阳郡境不远，雨越下越大。汲黯看到路边有很多百姓在迎接自己，尤其是看到他们多是蹑屩担簦，知道他们是走了很远的路来到这里，尤其是得知有的人在路边等了两天后，忍不住热泪盈眶，一边指责郡丞、郡尉、县令不该来迎接，更不应该扰民，一边劝大家赶快离开。

百姓看到汲黯这样关心他们，更为感动，边撤离边道："俺这里很久干旱无雨，汲公一到，就下起雨来，庄稼收成有望，百姓有粮吃矣。"

汲黯听着，不禁五味杂陈：百姓寄希望于我汲黯，我汲黯如何才能不负百姓？

因为下雨，路异常难行，汲黯于三日后才到达郡府。

汲黯到了郡丞给他安排的一处宅第，盥洗了一下，想立即到府堂料理政事，不料，往床榻上一坐，却再也站不起来，而且咳嗽不止。

汲黯从濮阳到长安，一路颠簸千余里，没有顾上歇息就会见朋友，接着就从长安奔向淮阳，连续数日马不停蹄。到淮阳郡后又被淋了一场雨，加上本身就有疾病，未到郡城就已病情加重。一到郡城，心劲松懈，浑身不禁瘫软下来。

汲黯非常痛恨自己的身体，心中不由得愤愤地斥责自己：虽然皇上准许卧而治之，难道能真的这样吗？如此下去，郡县官吏都像自己这样怎么办？他想歇息几日再处理政务，但考虑到治理五铢钱时间紧迫，不得不令郡丞道："速传各县县令、县丞到郡府议事。"

郡丞李斌心疼他道："太守，等歇息几日再议不迟。"

汲黯摇摇头道："淮阳郡辖二十多个县，有的相距很远，等传令下去，县令们来到，也需几日，这时岂不是歇息了？如果等吾歇息几日再传令，岂不耽误时日？"

郡丞李斌听了，立即派出二十多匹驿马，奔向二十多个县。

汲黯虽然以等待县令代替歇息，却一刻也不懈怠，先是让郡丞李斌找出汉兴以来淮阳郡、国的文书，把郡、国更迭和太守、国王的所作所为及功过梳理了一遍。接着又让找来几位有学识的读书人，讲述淮阳的历史、风土人情，对淮阳先做了一下大致的了解。

仅仅这一粗略的了解，第二天汲黯便忍不住对郡丞、郡尉等感慨道："上次来淮阳因为忙于治水，对这里知之甚少，今仅初步探询一下，不禁顿生敬畏之心：伏羲、女娲、神农都建都于此，天下独一也。伏羲在此创八卦，混沌初开；女娲在此炼石补天、抟土造人、始造笙簧；神农在此尝百草、艺五谷，始有农耕。西周初，周武王封妫满于陈，妫满建陈国，谥号陈胡公。陈国历二十世，二十六君，达五百六十八年，陈、胡、田、孙等几十姓皆源于此。道家始祖老子是这里人，孔子三次来此，讲学四年，创下儒家学说。楚国灭陈，置为县，后又迁都于此。秦国在灭掉韩国的时候，占领陈地，并将其归属颍川郡，因位于淮水之北，更名为淮阳，建淮阳郡。秦朝建立后降为陈县。秦末，楚国人陈胜、吴广起义，以此为都，号'张楚'。这里不仅是圣地，而且历朝历代也都是兵家必争之地，岂能任人践踏？吾等岂有不珍惜之理？"

郡丞李斌也禁不住道："属下自前年来此，每日皆毕敬毕恭也，只是遇上了时而未遇上该遇的人，无能为力也。"

汲黯接着感慨道："高祖五年正月，在郡城西之固陵战胜项羽，以郡城西之鸿沟划分楚河汉界。后来郡国反复更迭。为郡时，申屠嘉、灌夫、司马安先后为太守，淮阳郡大治。正是因为这里是一块宝地，张汤谗言皇上让他的亲信任太守。不料，仅几年光景，淮阳被搞得吏民分庭抗礼，私铸五铢钱也不能遏制。今汲黯为太守，虽有治民、进贤、决讼、检奸之权，还可以自行任免所属掾史。然，如踏在裂冰之上，稍有不慎，就会坠入冷水之中也。"

郡丞李斌道："汲太守乃社稷之臣，治一郡易如反掌也。李斌虽不才，当不遗余力，尽心助之。"

不到两日，各县县令、县丞都先后赶到了郡府。

汲黯尽管借传令之际歇息了一下，病情依然不见好转，行走仍旧不便，只得让郡县官吏来到他的宅第，围坐于他的床榻前，他半躺着与郡县官吏见面。虽然自元光五年（公元前130年）汲黯和郑当时来治水已经相距十二年，不少官吏依然在任上，汲黯还都认识他们。十二年后再相聚，回想当年治水的情景，都不禁眼含热泪，唏嘘不已。汲黯与众官吏叙旧一番后，立即道："汲黯没想到再次被皇上复收用之，更没想到会再来淮阳郡。《论语》里有言：'夫如是，故远人不服，则修文德以来之。既来之，则安之。'汲黯虽才识浅陋，但愿与众位同舟共济，以不负淮阳百姓。"

338

众人听了，无不钦敬。

汲黯接着道："当今皇上即位的当年行三铢钱，因其与四钱重的半两钱等价使用，导致盗铸盛行。到了第五年春，只得废三铢钱，行用半两钱，依然不能遏制盗铸。去年，朝廷又重新铸造三铢钱并造皮币和白金币，为此还颁布了盗铸金钱者死罪令，但依然盗铸盛行。今年，朝廷又废三铢钱，改铸五铢钱。因盗铸者盛，市场一片混乱。各郡国与商民争利，都拼命铸钱，使得物价飞涨。民众无法生存，流亡他乡，靠出卖苦力来糊口。有的则铤而走险，也私铸钱币，以赚取厚利。近年，百姓因私铸而死亡者近万人，而私斗殒命和畏罪自杀者，无法计算，淮阳郡和楚地很多百姓因此而丧命，作为一方官吏，每个人都难辞其咎。"

众官吏听到这里，不由得都羞愧地低下头去。汲黯扫了一眼，继续道："汉兴以来，法令繁多，且不断更新，百姓哪能懂那么多？百姓是吾等衣食父母，岂能让百姓犯法入狱、杀头？既然朝廷有法，就要守法。怎么才能让百姓守法？这是吾等要做的。"

众官吏听到这里，都禁不住抬起头来。

汲黯接着道："其他暂且不说，眼下当务之急是既要遏制盗铸之风，确保五铢钱和朝廷一致，又要保护百姓。"

众官吏听着，不禁露出犯难之色。

汲黯从怀中掏出一枚上林三官五铢钱道："这一枚是上林三官五铢钱，为何这么叫？因为是在上林苑所铸，由均输、钟官、辨铜三令丞监铸。此钱外圆内方，象征天地乾坤。钱文为'五铢'，上面的文字为小篆书，光背，正面有轮无廓，背面则轮廓俱备。'五'字交笔斜直或有弯曲。'铢'字的'朱'，头呈方折形，'金'字头较小，仿如一箭镞。"

众官吏过去也只是知道五铢钱的大致形状，哪里知道这些知识，这么详细？也从没有人把官府的钱币解释这么清楚，以致搜查假币时，把真币也当成了假币，为此，抓错了许多人。有的百姓因为被抓而感到冤屈，撞墙死于狱中，还有不少人愤而起之，打死、打伤了几个官吏。听了汲黯的讲述，无不叹服。

汲黯说完，让郡县官吏逐一察看该五铢钱，熟记其特征。等全部都细细地看了一遍，正色道："各位都能记住此五铢钱的形状乎？"

众官吏齐声回答："记住了。"

汲黯停顿了一下，道："淮阳郡所铸的钱币若与其不符，当立即重铸。明日派人到京城索要一些上林三官五铢钱，凡在郡、县享受俸禄者，皆持此钱到街市察看，遇见不一致者，即视为假币。然，只能警告，告诫不得再次使用。不得抓人，更不能治罪。凡过去因使用假币被判入狱者，一律释放。"

众官吏在惊诧的瞬间之后，几乎是齐声应答："谨受命。"

汲黯咳嗽了一阵，接着道："今召见诸位，只讲真假五铢钱一事，一个月后来郡府述职，禀告本辖地假币流通之状。凡高高在上，不入民间帮助百姓识别真假五铢钱，给百姓造成损害者，一律罢官。"

众官吏再次齐声回答："谨受命。"

汲黯望了一眼郡丞、郡尉道："郡内一切事宜由汝等掌管，并督察各县，小事可自行处置。"

郡县官吏看到汲黯十分疲惫，虽有很多话想跟他说，但只得慢慢离去。

看到他们离去，汲黯忽然感到两眼发酸，头昏脑涨，四肢无力，立即躺倒在床榻上。

因为得到了歇息和及时服药，过了十多天，汲黯的病情明显好转。于是，他走出家门，立即去了府堂。郡丞李斌看到他，劝他多在家歇息一些日子，道："皇上准你在家卧而治之，如今病未痊愈，怎么就到府堂理政？"

汲黯笑笑道："皇上准许那样，那是皇上体恤下情，难道病愈了还能如此？上对吾宽，吾当对己严也。"

郡丞李斌见劝阻不了，只得把他扶向郡守的位置。汲黯制止道："作为郡守，每日坐于府堂，不解下情，怎么能治理一方？"

李斌愣了："太守这个样子，还打算下去？"

汲黯道："淮阳郡是一大郡，且位居华夏之中，淮阳稳乃四方固。眼下朝廷改铸五铢钱，淮阳不可乱也。"

李斌着急道："太守命令一下，各县正依令而行，在郡府等着禀报就是。"

汲黯道："遏制假币流通是树的枝叶，断绝假币铸造才是根。淮阳郡、国不断更迭，钱币用何法铸造，铜质如何？作为郡守不知其要害，怎么杜绝造假？吾必须巡查钱币的作坊，对其了如指掌，方能辨证施治，对症用药。"

李斌见阻止不了，只得带路去了郡城西南部的钱币铸造作坊。

此作坊是一个很大的院子，门口有多名兵卒把守。进了院子，只见里面是一个环状的房屋，都悬挂着坊名，分别是古钱坊、钱范坊、合范坊、烘范坊、浇铸坊。汲黯先进了古钱坊，只见里面展示的多是战国时期的铜铸币和黄金，有流行于韩、赵、魏三晋之地的布币，有流行于齐、燕、赵三国的刀币，有流行于周、秦及赵、魏两国的圆钱，有流行于楚国的铜质蚁鼻钱、银质的铲状布币和金质的郢爰。对于这些，汲黯都懂，早在东海郡的时候就做了全面了解。但是，他不得不感慨：淮阳曾经是楚国的国都，金银铜钱币的铸造，楚国最盛。楚都在鄀郢的时候为郢爰，迁都到陈县的时候称陈爰，铸造技术最为先进。秦灭楚后，铸造术便流于民间，这也是汉兴以来，淮阳民间多私铸钱币的重要原因。他感慨着，立即逐个作坊查看起来。

汲黯进了钱范坊，只见有不少工匠正在制作钱范。这些钱范都是泥范，因为泥范很多，有的工匠在上面雕刻钱型，有的制作浇道和浇口，有的把这些刻制好的泥范放至窗下进行阴干。到了合范坊和烘范坊，只见很多匠人先将钱币的正面范和背面范进行对合，敷泥固定，随后入窑室烘范，使泥范成为陶范。每个窑室平面为长方形，窑室一侧有火膛、火道、窑门、排水沟等。

到了浇铸坊，看到有很多匠人有的在熔炉边熔化铜块，另有匠人把熔化好的铜液倒入坩埚，通过陶范的浇口，把铜液注入陶范进行浇铸。在浇铸陶范的不远处，有几个匠人在敲碎冷却后的钱范，取出成型的钱，有的在对成型的钱币进行清理打磨。

看完钱币的制作过程，汲黯忍不住对李斌道："早在齐、楚、燕、韩、赵、魏、秦七国称雄时，秦国就使用铜范铸钱了，而今淮阳郡还在使用泥范铸钱，铸钱如此便利，民间岂有不私铸者？同时，匠人们辛辛苦苦制成的泥范不能重复使用，太费时费力也。"

郡丞李斌立即赞誉道："太守说得太对了。"

汲黯想了想，果断道："从即日起，要改泥范为铜范，这样，不仅铸出的钱币铸工精细，面、背比较平整，内外廓宽窄均匀，规矩整齐，民间也不易仿制。"

李斌犹豫道："如此，恐怕需要一些时日。"

汲黯笑道："要相信淮阳人的智慧。很快就能改制而成。"

李斌赔笑道："明日即安排改制。"

汲黯沉思了一下，又道："无论文帝时的四铢钱，还是前年的三铢钱，还是当下的上林三官五铢钱、郡国的五铢钱，因各地技艺不同，铜矿的成分亦有差别，钱币的颜色很难一致。加上各郡国官吏领会诏命的水平与奉行力不会一致，故所铸出的钱差别很大，有的与旧半两钱一样，背平无轮廓。有的穿孔大、肉薄，也有穿孔小、肉厚者。朝廷曾经允许私人铸钱，今在中原首先发行五铢钱，有假币出现，不可避免也。夫千乘之王主，万家之侯，百室之君，尚犹患贫，而况匹夫编户之民乎？加上几年间钱币兴废无常，怎么能归罪于百姓？吾等当胸怀天下苍生，以引导为重也。"

李斌听了连连点头。

汲黯离开铸造坊，把改泥范为铜范及铸造钱币，还有郡府中的一切事宜，均交给了李斌，然后，回到家中歇息。

一个月后，各县县令、县丞如期而至，汲黯的病也已基本痊愈。

这天，汲黯走向府堂时，郡县官吏已齐聚于大堂内。汲黯坐定，首先问南部的上蔡县令道："上蔡县可曾有假币流于市？"

上蔡县令如实禀告道："回太守，不仅有，还很多。"

汲黯又问道："官吏去查问时，可有抗命者？"

上蔡县令道："起初以为要治罪，都很痛恨，当按太守令告知后，都很感激，承诺不再使用。"

汲黯又问北部的阳夏县令道："阳夏县可曾出现使用假币者？"

阳夏县令忙回答道："也很多，然，他们并不知道所用的钱币是假币，当见到真币后才知晓。对郡府的举措都很称赞。"

汲黯逐个县令问了一遍，回答都如出一辙。这令汲黯很欣慰：官府爱惜百姓，百姓岂有不尊官府者？

汲黯接着问道："既然有假币流通于市，众位可曾知晓都是哪里有造假者？"

汲黯这么一问，郡县官吏均哑口无言。

汲黯接着又问："众位对造假者有何对策？"

众官吏面面相觑，无一人应答。

汲黯忽然正色道："众位都是朝廷命官，当深知汉兴以来之风雨。秦朝时曾有蒙恬北击匈奴，并获得大捷。秦始皇死后，匈奴乘中原战乱之机崛起，并不断南侵。高祖为天下太平，率军抵御，不想竟遭白登之围那样的耻辱，只好采取同匈奴和亲之策。至文、景二帝，经几十年的与民休息，国富民丰。然，匈奴一直侵扰不止，今皇上即位后不再姑息迁就匈奴的骚扰，开始了反击。由于连年用兵，一次出兵动辄数万、数十万，死伤不计其数，征发的劳役人数众多，造成劳力减少。加上大兴土木和水旱、地震等灾情不断，致生产减少，府库空虚，朝廷不得不常常向富豪借债，或让犯罪者赎罪等筹集金钱，但这只是杯水车薪。无奈之下，朝廷曾经改行皮币，就是用皇家上林苑中养的白鹿的皮，长宽各一尺，上面有彩色的绘图。小小一块画了图的鹿皮，竟然作钱四十万，如何能行得通？正是因为此，朝廷不得不用改铸钱币之策以应急，并禁止私铸钱币。可是，一些郡国官吏为了一己之私，不为大汉江山社稷着想，与盗铸者上下联手，以谋中饱私囊。淮阳郡有此等官吏乎？"

汲黯说到这里，忽然打住，细细地观察众县令、县丞的神色，有不少官吏低下头去。

汲黯接着道："据我所知，不仅有之，而且不少。"

汲黯再次打住，观察下面官吏的神情，发现不少人露出惊惧之色。接着又道："《论语》里有言：'成事不说，遂事不谏，既往不咎。'过去的一切均由郡府担负，不再追究。从今日起，凡本郡官吏，若有再不遵朝廷法令者，当重罪处置。不仅如此，凡本郡官吏的亲戚、友人有私铸五铢钱者，不予禁止，一并处置。从今日起，各县均要发布公告，凡藏有钱范者，一律由县令上缴郡府，不问来历。存有假币者，一律销毁，其铜料由郡府购买，用于铸造五铢钱。一月之内告成，否则以重罪论处。"

汲黯说罢，当即命令各县令、县丞速回本县行令，不再赘言。

郡府官吏散去，汲黯回到家中，脸上洋溢着喜悦。晚上，把所有侍者召至家中，置上酒，和他们开怀畅饮，以示对忙碌于自己身边的侍者的答谢。

汲黯初到淮阳的时候，郡府门前告状者终日不绝，而今，郡府的官吏都下去督查盗铸钱币的事去了，也没有百姓哭天喊地的告状者了，府堂却变得冷冷清清。他坐于府堂之上，全身心读起书来，主要了解淮阳的人文地理、历史掌故和一些种植五谷的事宜，以备日后全面治理淮阳之用。

就在他想借此清静下来的时候，从京城传来让他极度不安的消息：李蔡私自侵占景帝陵园前路旁一块空地一事，因张汤肆意夸大，而被刘彻问罪。李蔡不愿受审对质，自杀身亡，他的封国也被废除。张汤本以为把李蔡治死后，丞相之位非他莫属，不料，刘彻却又没有用他，而是准备任命太子少傅庄青翟为丞相。张汤想，朝廷中没有任何人的声望能比得上自己，庄青翟虽然曾经任过御史大夫，如今不过是一个教习太子的太子少傅，没有什么功绩，一定会推辞相让。出乎他的预料，庄青翟直受不辞，一句相让的话也没有。张汤以为这是庄青翟没有把他放在眼里，怀恨在心，于是，又像构陷李蔡一样，在伺机构陷庄青翟。

汲黯得知这一消息，想到近年来朝廷中的风风雨雨，不由得忧心如焚：财匮力尽，民不聊生，再生内乱，百姓更苦矣。他连续几日寝食难安，满脑子反反复复都是《孟子》里的话："立于恶人之朝，与恶人言，如以朝衣朝冠坐于涂炭。"由于内心焦虑，不久，又大病一场，卧床不起。

这天，汲黯正在家中服药，郡丞李斌来报："各县送到郡府的钱范堆了满满几间屋子，收购的铜料足够铸造五铢钱一年之用。"

汲黯一听，立即来了精神，也没有了病痛，边下床边喜悦道："仅二十多天，各县就把私铸五铢钱的钱范清查完了？"

李斌恳切道："凡盗铸钱币者，皆与官吏相通，受官吏保护，不然，怎么能屡禁不止？过去，各地官吏害怕被治罪，故不得不暗中与盗铸者私通。今太守既往不咎，官吏无忧，故很快告厥成功。"

汲黯道："国之立，在圣上明，大臣廉。郡之强，在官爱民，风气正。无论治国或治郡，皆应先治官，官恶则民反，官清则民安。"

汲黯说罢，与李斌走向府堂。到了收缴钱范处，汲黯看到，收缴上来的不仅有五铢钱的钱范，还有四铢钱、三铢钱的钱范。不仅如此，还有战国时的陈爰钱范、齐国的刀币钱范。当看了收缴的铜块时，看到铜的颜色有红铜、紫铜，有的明显是杂入了铅、铁，或者是铅、锡，汲黯陷入了沉思：即使杜绝了民间私铸钱币，谁能保证每一郡国不在钱币中杂入铅、铁、锡之类？

由于治理得当，几个月后，淮阳郡使用铜范铸造五铢钱，不仅制作精美，而且铜色纯正，加上百姓都能辨识真假五铢钱，假币不得流通。因此，淮阳郡再无私铸五铢钱者出现，吏民之间也极少有冲突者，各县秩序一片井然。

汲黯看到淮阳郡大治，解除了朝廷对淮阳忧虑。但是，不久又得到其他郡国私铸者依然盛行的消息，忍不住为朝廷担忧起来。

汲黯任淮阳郡太守的第三个年头，即元鼎元年（公元前116年），他想到本郡当初收缴的铜块颜色不一，如果不从根本上治理，过几年，钱币依然会混乱。于是，按捺不住焦虑的心情，又大胆直谏，向刘彻写了一份奏章：

微臣受陛下复用，夙夜不懈，私铸五铢钱者已在淮阳郡禁绝。然，汉朝郡国甚多，各地铜矿质地不一，若依然沿袭郡国铸造钱币之策，长此下去，私铸和造假者仍会死灰复燃。陛下即位以来，攘夷拓土，东并朝鲜，南吞百越，西征大宛，北破匈奴，汉地日益广阔，盛世之基已现，钱币岂能长此各自为政？微臣以为，虽无近忧，当有远虑也。因此，臣大胆谏言，收回郡国铸币权，由朝廷统一铸造，统一发行，以建久安之势，成长治之业。若如此，朝廷无须忧患钱币无序矣。

汲黯把奏章写好，立即派遣传递官奔向京城。

传递官走后，汲黯心里还久久不能平静：陛下，朝廷若能收回铸币权，私铸者便不难禁绝也，能否纳谏，为臣已尽心矣。

第二十八章　郡守任上仍忧国

汲黯派出的传递官没几日就把奏章传送到京城。

不料，传递官回到淮阳，没有带回刘彻纳谏的回音，倒带回了御史大夫张汤自杀身死和关内侯李息被判罪的消息，并说张汤和李息的被判罪都与汲黯有着牵丝挂藤的联系，整个长安城传得沸沸扬扬。

汲黯听了，不由得大惊，未等传递官讲完便怒道："我汲黯罢官归田三载，今来淮阳也已三载有余，前后六年多远离京师，不再参与朝政，他们怎么还会与我汲黯有瓜葛？"

传递官看到汲黯焦急的神情，笑笑，急忙拦住他的话，细细地向他讲述道：

河东郡人李文，曾与张汤有隔阂，不久担任御史中丞。为了泄愤，多次在上奏的文书中寻找对张汤不利的证据，结果都没有得逞。张汤有个心爱的属吏叫鲁谒居，他知道张汤对李文不满，便指使人上奏，影射李文有图谋不轨的奸邪之事。刘彻接到奏书，将此事交给张汤处理，张汤将李文处以死罪。张汤心里明白李文之死是鲁谒居所为，对鲁谒居十分感激。

一天，刘彻忽然问张汤道："告发李文图谋不轨之事，是如何引起的？"

张汤假装吃惊地回道："大概是因李文与以前熟人间的怨恨引起的。"刘彻虽然有疑惑，也没再问。之后，鲁谒居患病住在里巷的一户人家，张汤亲自去探望，并为鲁谒居按摩双足。不料，这事给传了出去，并传到了赵王刘彭祖的耳朵里。赵国靠冶炼铸造营利，赵王刘彭祖多次指控铁官有不法之事，张汤却每每排斥赵王。于是，赵王便寻查张汤不可告人之事。鲁谒居曾受张汤的指使审理赵王的讼案，赵王对鲁谒居怀恨在心。于是就上书刘彻，告发鲁谒居："张汤身为御史大夫，掾史鲁谒居有病，张汤却亲自到他那里为其按摩双足，他们一定有大阴谋。"刘彻把此事交给廷尉审理。鲁谒居因病而死，他的弟弟被拘押在导官那里。张汤到导官的官衙审理其他囚犯，见到鲁谒居的弟弟，欲暗中帮他，面上却装作不认识。鲁谒居的弟弟不知道张汤的用意，因此怨恨张汤，指使人上书告发张汤与鲁谒居以图谋不轨的罪名诬陷李文之事。刘彻很震惊，将此案交给减宣处理。

减宣是河东郡杨县人，曾在河东郡府任职。大将军卫青派人到河东郡买马，看到他才能出众，就向皇上推荐了他，被征召到京城做了管理养马的大厩丞。他做事公平，因此得以逐渐升任。刘彻先后派他处理主父偃和淮南王谋反案，他因敢于判决疑难案件而备受称赞。减宣曾与张汤不和，接手此事后，穷追狠治，也不向刘彻进奏。恰在这时，有人盗走了孝文帝陵园的瘗钱，丞相庄青翟与张汤相约一起上朝向刘彻谢罪。然而，当到了刘彻面前，庄青翟谢罪后，张汤却不请罪。张汤早想置庄青翟于死地，然后取代丞相，退朝以后，张汤秘密召见御史，道："庄青翟身为丞相，应四时巡视陵园，瘗钱被盗，他不仅没有去巡视，且不知为何人所犯，可办他'明知故纵'的罪名，使他受谴免官。"

不料，张汤的话被泄露出去，并为丞相府三长史朱买臣、王朝、边通所闻。他们三人素受张汤欺侮，早已萌生怨恨。于是，急忙报知庄青翟，并替他谋划说："当初张汤与丞相相约向皇帝谢罪，他却出卖了丞相。如今又欲以宗庙之事弹劾丞相，这是欲取代丞相之位。吾等知道张汤很多不可告人之事。要先发制汤。"

很快，朱买臣、王朝、边通便派属吏逮捕审讯了张汤的友人田信等人。田信等皆为张汤爪牙，一经严刑逼供，招认与张汤营奸牟利。于是，三人一起上奏刘彻道："张汤向皇上奏请施行法令时，商人们总是先知道，而能囤积居奇，赚了钱后又分给张汤。"刘彻便召见张汤，问他道："朕有什么打算，商人都事先知道，加倍囤积货物，这都是因为有人提前告诉了他们。"张汤却装作不知，并诧异道："是否有人泄露，亦未可知。"刘彻闻言，面色愠怒，张汤只得退去。

就在这时，减宣又上奏了鲁谒居之事。刘彻果然认为张汤心中险诈，当面撒谎，立即派中大夫赵禹带着簿籍，以八项罪名指责张汤。张汤不服，全部予以否认。赵禹微笑道："君也太不知自己的分量了吧？试想君决狱以来，杀人几何？灭族几何？今君被人评发，事皆有据，天子不忍加诛，欲令君自为计，君何必哓哓置辩？不如就此自决，还可保全家族！"至此，张汤自知不可免死，于是，执笔在竹简上写道："臣汤无尺寸之功，起刀笔吏，幸蒙陛下过宠，忝位三公，无自塞责，然谋陷汤者，乃三长史也。臣汤临死上闻！"写毕，取剑在手，拼命一挥，喉管立断，当场毙命。

汲黯听到这里，急忙问传递官道："张汤的死是罪该如此，与吾何干？汝怎么说与吾有牵丝挂藤的联系？"

传递官反问道："太守来淮阳时是否跟李息讲过什么话？"

汲黯吃惊道："讲过，难道那番话惹祸了？"

传递官道："太守临行时说给李息的那番话，李息曾答应太守要向皇上进谏，不料，他因为害怕张汤的权势，始终没有向皇上进谏……"

汲黯忍不住打断他道："皇上是怎么知道的？"

传递官道："是张汤死后，李息的朋友讲出来的……"

汲黯再次打断他道："皇上知道后对李息如何看待？"

传递官道："皇上大怒，说李息不忠，判李息知情不报罪。"

汲黯听了，拍案而起，对李息既痛恨又惋惜道："智勇兼备，战功赫赫，竟然畏惧一个奸诈之人，最后被判罪，岂不哀哉？"

传递官接着道："如今，京城朝臣和百姓无不对太守有先见之明而大加称赞。"

汲黯这时才松了一口气，却冷笑道："吾汲黯有何可称赞的？不过是善于辨别善恶而已。善恶终有报应。"

不料，停了一会儿，传递官又忽然变了脸色道："皇上判李息有罪后，也对太守很气愤……"

汲黯顿时也变了脸色："皇上怎么又对吾会这样？"

传递官道："皇上说太守应直接向他进谏，却没有进谏，是无视他，所以……"

汲黯忽然怒道："吾多次向他直谏，还多次当着他的面大骂张汤，他都知道，他不仅不对张汤严惩，还予以重用，今日居然又怪罪汲黯，真是谬悠之说，荒唐之言，无端崖之辞。"

不知是因为本身多病，还是因为越来越易动怒，汲黯自听了皇上怪罪自己的话，胸中憋气，长吁短叹，不久又病卧在床，只得又在家料理郡府之事。

这天，汲黯正在家中服药，忽然，郡丞李斌领着刘彻的使者来到他的床前。汲黯一见，立即意识到又发生了大事，不然不会派使者前来，很有可能牵涉到了自己。瞬间，他的脑海里禁不住翻江倒海：是什么事呢？是因为自己临离开京城时规劝李息远离张汤的话传到了张汤的耳朵里，张汤临死前上奏皇上，再次构陷了自己？他还能构陷自己什么罪呢？如果是这样，当初派往京城的传递官怎么没有听到一点风声？是传递官不敢向老臣直言？如果不是张汤，难道是李息？是李息因为被判罪不服而构陷于吾？吾与李息一向交往甚密，他怎么能构陷吾？难道是在京城的儿子汲偃得罪了谁？或者是弟弟汲仁在京城得罪了谁？是这些被得罪的人都要拿老臣发泄？如果这些都不是，是否哪份奏章惹怒了皇上？或者是老臣经常卧病在床，皇上的那句准许卧而治之的话仅仅是敷衍之词？自己真的这样做了，他反而不高兴？如果都不是，是否皇上因为吾没有向他当面进谏，要判罪于吾？皇上既然能判李息知情不报罪，岂能不可判吾汲黯同样的罪名？《左传》里说过：欲加之罪，何患无辞？何况吾已是被判过罪的人？

正在他忐忑不安的时候，使者朝他大声道："汲太守接旨。"

汲黯想到凶多吉少，接与不接都是一样，淡定并轻蔑地一笑道："不接了，说吧，是给老臣治什么罪？怎么处置？直说得了。"

使者重复道："汲太守接旨。"

汲黯依然不接，再次问道："皇上嫌老臣治理淮阳不好？是让老臣到别处去还是要免官？还是又被治罪？直说吧。"

使者再次重复道："汲太守接旨。"

汲黯怒道："是老臣的奏章惹怒了皇上？还是又有奸佞构陷老臣什么罪名？是皇上要老臣回京赐死老臣？老臣哪儿也不去，爱上这里了，死也死在这里。"

使者看他一直不接，只得把诏书展示给他看。汲黯一看，不由得愣了，只见诏书上写道：

> 汲黯身居外郡，依然心系大汉江山社稷，不仅治理淮阳郡有功，还奏请朝廷统一铸造钱币，乃卓识远见，定国安邦之计也。即日起，享受诸侯国相之俸秩。因统一铸币未及施行，楚地盗铸之风未息，淮阳郡乃中原重郡，且是通往楚地要道，请君暂且屈身，依旧掌管淮阳郡，为朝廷解忧。为表彰汲黯，特拜其弟汲仁为骑都尉，秩比二千石，位列九卿，拜其子汲偃为太中大夫，掌论议，秩比千石。

汲黯看完，愣了一阵，忽然泪流满面，哽咽不止。

使者十分惊诧，忙道："太守，皇上对太守如此尊宠，还让太守享受诸侯国相的俸秩，汲偃又升为太中大夫，当高兴才是，为何这等悲痛？"

使者不说还好，这么一说，汲黯居然哭得更痛。

使者不知所措，一时乱了阵脚，不知如何劝说是好。

汲黯哭了一阵，拭着眼泪道："臣虽然来到淮阳已三年有余，然，做得还远远不够……淮阳人太良善，太守礼节，太可爱了……臣老了，又多病，常常卧床，仅仅才治理一下五铢钱……"

使者忙劝慰他道："前些年淮阳吏民相左，一片混乱，太守来此三年就能风清气正，已属不易……"

没等使者说完，汲黯又哽咽道："老臣以为皇上此次下诏是要对臣治罪，或者是把臣迁于他郡……老臣还未为淮阳百姓做出多少好事，真怕改任别处，来回折腾，再也不能为淮阳百姓做事……若如此，老臣对不起淮阳百姓对老臣的厚爱也……"

使者终于明白汲黯痛哭的原因：他舍不得离开淮阳，是怕失去为淮阳百姓做事的机会。是皇上让他继续任淮阳郡太守，他才激动得泪流不止。

原来，刘彻接到汲黯的奏章后，很快纳谏，并诏令推广均输法，新设水衡都尉一官，都尉府设在上林苑，总管上林五铢钱的铸造，并由钟官、辨铜、均输三官具体实施。这次的铸造工艺多为铜范所造，币材的颜色为红色，含铜量和含铅量均比郡国五铢略低，但配比合理，颜色适中。

元鼎二年（公元前115年），即汲黯任淮阳郡太守的第五年，新的五铢钱铸成后，刘彻立即颁布诏令：收回各郡国的铸币权，由朝廷统一铸造，郡国以前所铸半成品钱全部销毁，将铜料输送给三官。在产铜之地设置铜官，负责采矿冶铜，把所炼之铜输送到上林苑。朝廷用新铸五铢钱收兑各郡国五铢钱，无论优劣，一律收兑，一枚兑五枚。

汲黯接到诏令，喜忧参半：喜的是新铸的五铢钱十分精细，不易被造假。忧的是：淮阳郡新铸的五铢钱都是按上林三官五铢钱的规制，刚刚流通于市，一枚兑五枚，淮阳百姓岂不深受其害？眼下淮阳郡两个月无雨，庄稼多枯死，旱灾已成定局，如果再让百姓承受朝廷更换五铢钱之苦，我汲黯有何颜面对淮阳百姓？汲黯思虑再三，召郡府官吏到府堂，果断下令：不惜把费尽心思才改造好的铜钱范全部销毁，把淮阳郡铸造好的五铢钱，悉数兑换成新的上林三官五铢钱，并将铜料很快送往上林苑。为了不让淮阳百姓吃亏，不经上奏，凡淮阳郡百姓到郡府兑换钱币者，以一兑一，因此造成的亏空，一律由郡府承担。

郡丞李斌替他担心道："不经上奏，擅自行事，属欺君犯上，一旦皇上怪罪下来……"

汲黯没等他说完，便冷冷一笑，不以为意道："汲黯既为淮阳郡太守，当替淮阳百姓着想，尽职守责。若不然，腹为饭坑，肠为酒囊，与猪狗何异？何况吾已多次忤逆圣命，早把生死置之度外，还怕皇上为此而治罪？作为一方官吏处处只为自己着想，不为百姓谋福祉，即使不被治罪，其实已是犯罪也。"

第二天，汲黯下令淮阳郡兑换上林三官五铢钱的告示悬挂于各个街道。接着，下令各县也都如法炮制。很快，淮阳郡五铢钱的兑换全部完成。

当郡城百姓得知汲黯不顾自己生死，一兑一为百姓兑换五铢钱时，无不感激涕零，纷纷来到郡府门前，要见汲黯一面，请他接受跪拜。

汲黯得知消息，让郡丞李斌出门劝阻。李斌走到门外，劝众人离开道："诸位的心情太守已领，然，太守在为咱百姓谋划大事，请暂且不要相扰。"

不料，无数百姓忽然在门前跪下，声泪俱下道："汲太守不受拜，吾等将长跪不起也……"

无奈，汲黯只得走出郡府，一个个搀扶。不料，人越来越多，这个被搀扶起，那个又跪下。汲黯看到有几个穿着十分破旧，知道他们家里很贫穷，趁搀扶他们的时候，从怀里掏出自己的几枚五铢钱，偷偷塞进了他们的怀里。

尽管他做得很巧妙，还是被发现了。几个贫民一边跪，一边哭喊："今生能遇上这样的好官，死也能瞑目也。"

一些富豪被汲黯的爱民之举所感动，纷纷慷慨解囊，资助郡府，以减轻郡府的压力。

各郡国得知淮阳郡行动如此之快，纷纷效仿。很快，各郡国所铸的钱币大部分被收回。

不久，刘彻再次颁诏，明令禁止郡国钱，永不流通。盗铸者见无利可图，且法令严苛，全国上下再无盗铸钱币之患。

自从汲黯来到淮阳郡，没有因为盗铸钱币而治罪一个人。因为对郡县官吏下令"若有欺压百姓者，一律严惩"，官民之间不仅再没有冲突发生，而且郡无盗贼，道不拾遗，夜不闭户，到处都是一片祥和的气氛。汲黯看到这种局面，十分欣慰，身体也出奇地好起来，很久没有生过病。

元鼎二年（公元前 115 年）底，也即汲黯来到淮阳郡的第四年底，汲黯写了一份关于淮阳郡情的奏章，派传递官送往京城，以解除刘彻对淮阳郡的担忧。

传递官奔向京城的时候，汲黯开始下县。他要把淮阳郡每一个县都察看一遍，要摸透各县县情和民情，因地制宜，制定良策，让百姓的日子一天比一天好。

这天，汲黯从寝县刚刚回到郡府，传递官也回到郡府。传递官一见他，立即禀告道："皇上看了奏章，十分喜悦。"

汲黯也掩饰不住心头的欣喜，问传递官道："皇上说什么没有？"

传递官道："皇上说，各郡国若都像淮阳一样，他就高枕而卧，国必无忧矣。"

汲黯若有所思道："如今淮阳郡只是没有盗铸钱币之患，吏民涣然冰释，仅此，还远远不够。作为朝廷命官，能让百姓过上好日子，才是根本。"

传递官接着道："在下在京遇见了汲偃，他说他十分想念太守，最近要向皇上告假，来淮阳看望太守……"

汲黯听到这里，不由得一阵心酸：来淮阳五年了，不仅没有回濮阳看望过妻子，也没有回京城关心过儿子，作为人夫、人父，实在羞愧羞惭不已也。

传递官不知汲黯在想什么，忽然换了话题道："丞相庄青翟服毒自杀。"

汲黯以为听错了，惊问道："汝说什么？"

传递官重复道："丞相庄青翟服毒自杀。"

汲黯顿时呆在那里。停了一会儿，自言自语道："必与张汤的死有干系也！"

传递官向他讲述道："张汤死后，他的兄弟们想厚葬，他母亲却说：'张汤身为天子的大臣，却遭受恶言中伤而死，何必要厚葬？'家人乃草草棺殓，只用牛车一乘，载棺出葬，棺外无椁，就土埋讫。后来，皇上得知是赵禹报复，尤其是看了张汤的遗书和家产还不到五百金，心下又生后悔。于是，下令追查。丞相庄青翟因此被连坐下狱。没几日，庄青翟在狱中服毒自尽。"

汲黯忙问："皇上又任谁为丞相？"

传递官道："太子太傅赵周。"

汲黯听了，许久无语。他对赵周很了解。赵周的父亲赵夷吾曾任楚王刘戊的太傅，因为不跟从刘戊反叛，被刘戊杀死。景帝中元二年（公元前148年），赵周因父亲的功德被封为高陵侯，后来，与庄青翟一块辅佐太子刘据，庄青翟任太子少傅，赵周任太子太傅。

汲黯想到这里，忍不住叹息道："太子太师教文，太子太傅教武，太子太保佑护太子平安。太子少师、太子少傅、太子少保均是他们的副职，都是太子左右最亲近的人，庄青翟去了，赵周今任丞相……"

不知是因为传递官在跟前，还是因为不知道下面该说什么、怎么说，于是，没有了下言。

汲黯对张汤的下场早有预见，不再关心他，但对丞相一职一直放心不下，因为这关系到汉廷的稳固：汉初，丞相位极人臣，辅佐皇帝，总管政务，集司法、行政大权于一身，一人之下，万人之上。百官向皇帝奏事，必须经过丞相。刘彻即位后，九卿可以不经过丞相而直接向皇帝奏事，丞相权力大减。到了李蔡任丞相时，丞相府的客馆竟然都破损得被当作马厩、车库或者奴婢住的房子。刘彻即位以来，已有卫绾、窦婴、许昌、田蚡、薛泽、公孙弘、李蔡、庄青翟、赵周九任丞相。前八任丞相中，除卫绾、许昌、薛泽被免，公孙弘病死外，窦婴、田蚡、李蔡、庄青翟均被斩杀或自杀。赵周虽然被封为高陵侯，并为太子太傅，却并未见治国理政的超众之才，这种情况下任丞相，是吉是凶，命运如何，尚难预见也！朝廷不稳，郡国岂能安定？郡国生变，百姓能不遭殃？

当天晚上，汲黯忧心忡忡，滴水未进。躺到床上后，又辗转反侧，一夜无眠。

连续几日，汲黯一直郁郁寡欢：朝廷芴漠无形，变化无常，岂不波及郡国？淮阳郡才平静了几年，百姓刚刚过上安稳的日子，岂能再无宁日？也许是因为在朝廷几十年，一直在皇帝身边议论国政，强调以民为本，如今尽管是一郡之守，每有事情发生，总是情不自禁地联想到国计民生，这既是习惯使然，也是本性难移。因为心事太重，不能按时作息和饮食，加上进入冬季，天气寒冷，汲黯再次病卧在床。

第二十九章　防患未然惠民生

三个月后，即元鼎三年（公元前114年）三月，时令已是春天，田地里的小草都欢喜地露出嫩绿的笑靥，柳树、桃树、李树等都扒开冻枯的树皮，吐出了嫩绿的新叶。不料，忽然之间，天气陡变，先是大风数日，接着，阴云森森，气温比寒冬腊月还冷，出现了极少见的倒春寒，坑塘、河流全部冰封。

汲黯看到这一情况，十分不安，立即想到了去年关东地区的倒春寒：去年三月，关东十几个县就遭受了一次倒春寒，大雪平地厚五尺，家家户户被大雪封门，道路不通，车马不能行，很多百姓的房屋被压塌，被困于家中冻死和饿死者达数千人。淮阳郡西部的几个县也遭受大雪，虽然仅仅一尺多厚，很多家禽家畜也被冻死。近来，淮阳郡的天气和去年的关东极其相似，淮阳郡是否也会突降那样的大雪？若如此，淮阳百姓岂不也面临同样的遭遇？若如此，能有什么办法去拯救？百姓分散在各个村落，日出而作，日落而息，势单力薄，一旦遇上灾害，便束手无策。他们期望好官，无非两条：一是平时不要欺压他们，二是遇到灾害时能及时相救。作为官府，养了那么多的官吏，享受着俸禄，那俸禄，无论是二千石、千石、五百石，不都是百姓耕种的粮食吗？平时能为他们做什么？与其灾害发生了去救助，让百姓感恩戴德，何不早日替百姓着想，就像《周易·既济》里说的：君子以思患而预防之？汲黯想到这里，这一夜再也无法入睡。

第二天一大早，汲黯顾不上吃早饭，便拖着两条沉重的腿，到了府堂，立即对属下下令道："传吾令，所有郡府官吏，无论官职大小，一律到府堂议事。"

　　因为天寒地冻，很多郡府官吏都还躺在家中睡觉，接到汲黯的紧急召令，意识到必有要事，皆不敢迟疑，也都顾不上吃早饭，便匆匆赶往郡府。

　　很快，所有郡府官吏都来到了府堂。他们看到汲黯消瘦的面容，想到他不顾病体，这么寒冷的天气紧急召见属吏，无疑又在为淮阳郡用尽精力、费尽心思地谋划大事，都不禁对他更加崇敬。

　　汲黯看官吏们齐聚一堂，强打精神，开口便直言道："今日急召诸位到郡府，只为一事：防御灾害。"

　　众官吏听了，都不禁一愣：没有什么灾情呀？仅为此事，值得这么紧急？

　　汲黯看出了众官吏眼中的不解，不得不如数家珍地先讲述几十年来的灾异，以警醒不解者："天灾不可测，但不可不防也，否则，遗患无穷。《春秋左氏传》里早已说过：'居安思危，思则有备，有备无患。'远的不说，仅当今皇上即位以来的二十六年里，所发生的灾害已经足够触目惊心：皇上即位的第三年春，黄河水溢，大饥，人相食。第四年夏，有风赤如血。六月，大旱。十月，地震。第五年五月，大蝗。第六年四月壬子，长陵高园殿火灾。六月丁酉，辽东高庙火灾。皇上即位的第七年二月，京师雨雹。七月，京师又雨雹。第九年春，黄河水徙，从顿丘南流入渤海。夏五月，河水决濮阳瓠子，东南注野，泛郡十六，淮阳郡深受其害。第十年夏四月，陨霜杀草木。十二月丁亥，地震。第十一年七月，大风拔木，八月，螟灾。这一年，淮阳郡大水，吾第一次来淮阳，与郑当时来此治水。第十二年，夏，大旱，接着又遭受蝗灾。第十九年十月，大雨雪，民多冻死。十二月，大雨雪，民多冻死。第二十一年，山东水灾，民多饥乏。夏，又大旱。第二十四年冬，雨水亡冰。第二十六年，即去年三月，关东河南郡十几个县大雨雪，平地厚五尺，被困于家中冻死和饿死者达数千人。夏，又大水，关东饿死者数千人。至秋九月，水灾殃及江南……”

过去，众官吏虽然知道几十年来地震、水灾、旱灾、风灾、蝗灾、雹灾、雪灾、寒冷以及因各种自然灾害引起的疾疫、灾异频发，却没有掌握得这么详尽。听了汲黯的讲述，无不心惊肉跳。

汲黯接着道：“灾害到来，朝廷常常令百官祭祀社稷、山川河流，皇帝也常常亲自祭祀，祈晴、祈雨、驱蝗、祛病、遣瘟等，祷告神明平息灾祸，福庆延长。文帝即位的第二年冬，因发生日食而颁罪己诏，说自己德行不够、布政不均，不能治育群生而遭天谴，表达深深的戒惧和愧疚，并声明要采取相应补救措施以示改过诚意。尽管如此，可曾抵挡住灾害发生乎？”

众官吏都知道汲黯曾经批评刘彻兴师动众举行郊祀，并以“诽谤圣制”罪遭受罢官，此时听他在此非议朝廷的禳灾制度，不禁都瞪大眼睛，身上惊出冷汗，一个个大气不敢出。

汲黯好像没有看到众人表情变化似的，接着道：“近年，淮阳郡无灾无难，是淮阳百姓的福气。然而，今年进入三月以来，本该是春暖花开之时，可是，天气骤变，寒冷入骨，十分诡异。几日来，吾思前想后，十分不安，担心淮阳郡会像去年的关东一样，遭受大雪之灾，故急召众位到府堂，商议防灾事宜。”

听到这里，有人禁不住叹息道：“太守，这样的天灾如何预防得了？”

一部分官吏则异口同声道：“需吾等如何做，太守下令即是。”

汲黯没有回答他们，进一步道：“若是遇上大风、大雨尚不足畏惧，因为路可行，不能行车马，可以步行。若遇上关东十几个县那样大的雪灾，大雪封路，百姓则大祸临头也。吾等均不希望此灾发生，但不得不防。《诗经》里说：‘未雨绸缪。’即趁着天没下雨，先修缮房屋门窗。淮阳郡未雪绸缪，岂不远胜灾后祈福？”

众官吏听了纷纷点头，再次齐声道：“太守，需吾等如何做，下令即是。”

汲黯不再多说，先是慢慢逐个扫了一眼太守属官：郡丞、都尉、长史、功曹史、五官掾、督邮，接着，又逐个扫视了一眼主录记事的主记事掾史、主记的录事掾史、主奏议事的奏事掾史、总典财务的少府史、主兵卫的门下督贼曹、主侍卫的门下贼曹、主守卫的府门亭长、主谋议的门下议曹史，以及主民户祭祀农桑的户曹掾史、主垦殖蓄养的田曹掾史、主水利的水曹掾史、主时节祭祀的时曹掾史、主郡内财物的比曹掾史、主仓谷事的仓曹掾史、主货币盐铁事的金曹掾史，以及计曹掾史、市掾、兵曹掾史、尉曹掾史、贼曹掾史、塞曹掾史、贼捕掾、决曹掾史、辞曹掾史、督邮掾、法曹掾史、漕曹掾史、学官掾史、郡掾祭酒、学经师、文学史、医曹掾史等郡府属官。扫视完，正色道："除都尉随本太守留守郡城以应急外，从今日起，其余一律下到各县，并与县令、县长、功曹史、县尉、县丞、主簿、县府门长、廷掾、主记室、少府、门下游缴、门下贼曹、门下议曹、门下掾史、闾师、县佐、县史等，凡是享受俸禄者，都直接下到村子。县以下的乡长、里长、亭长，更不在话下。要让百姓备好粮食和防寒衣物，对房屋破旧者，帮助整修，以防不测，直至大寒过去。一旦有雪灾发生，就在乡下和百姓救灾。若怠忽职守，出现冻死、饿死人者，派去的郡府官吏和当地县长、乡长、里长、亭长四长，一律罢免。重者，一律依法治罪。"

汲黯讲完，令郡丞把郡府官吏悉数分到各县，然后离开郡府，回家歇息。

所有郡府官吏被明确所下县之后，立即乘车或骑马，离开郡府，火速奔赴各县。郡城街道及四门，马蹄声声，车轮滚滚。居民们看到这阵势，得知是汲黯下令防范雪灾，无不激动异常，也都很快相互传递消息，准备衣物和食物，以防大雪降临。

郡府官吏下县后，汲黯每天都心神不宁地观察着天气。尽管上下都在做着大雪来临的准备，他依然不希望大雪来临。因为这雪真的来了，它不仅会给百姓的性命带来不测，还会影响春耕，以至整年的农事。大雪不来，郡府官吏下到县里，也是一次对百姓的慈恤，对民情的一次巡察，不无裨益也。

正在汲黯忧虑不安的时候，他担心的事情还是发生了：不几日，天空便下起大雪来，而且连续几日下个不停，雪片比梨树的花片还大，鸟不飞，狗不叫，人不行，分不出天地，看不清房舍，整个郡城成了雪的世界。

汲黯望着这极少遇见的大雪，既忧虑又欣慰。忧虑的是那些居于乡野、缺衣少食的贫弱之民能否扛得住这场雪灾；欣慰的是早有所防，郡府官吏都在下面，会及时和百姓抵御雪灾，百姓会少受其害。

城中百姓看到如此大雪，十分惊慌，进而想到汲黯早有预见，并及早下令上下防范，无不感激涕零：汲太守啊汲太守，若不是您早有安排，家中及早准备防寒的衣物和食物，这样的大雪封门和封路，进不来出不去，不被冻死也会饿死也。

这天早晨，大雪终于停了。汲黯起床后，没有盥洗，立即走到门口开门，要尽快得知大雪下到什么程度。不料，门刚打开，一堆雪便像倒塌的雪山似的扑进屋内，往外不见天空，什么也看不见，只有雪。汲黯看到这情景，不由得大惊：雪能封门，外面的雪至少也要有数尺之厚。他惊恐不安起来：这样的大雪，何时能融化完？百姓是否都准备了足够的食物？是否准备了足够的柴薪？想到这里，立即操起铁铲清理门前的积雪，要尽快清理出一条通向外面的道路，要先到郡府，令留在郡府的都尉统帅士卒在全城打通各条街道，开展救灾。

汲黯刚刚清理不足五尺远，忽然听到前面有唰唰的响声和人的喘气声。汲黯愣住了：难道有人被埋在雪中？这人是什么人？被埋了多久？想到此，汲黯惊出一身冷汗，急忙重新操起铁铲，奋力往前清理积雪。

汲黯正奋力往前铲雪，忽然，眼前闪出一个洞来，而且闪出一道亮光。他正诧异间，洞上面的雪塌下来，眼前闪出一条通道，通道里是十几个正在铲雪的百姓。汲黯看到他们，惊愕地瞪着双眼，说不出话来：他们是被埋在雪中，还是很早就开始铲雪？而百姓们看到汲黯安然无恙，更是高兴，一个个激动得热泪盈眶，奔到他跟前，紧紧地抱住他不放。等到居民们松开手，汲黯朝通向外面的雪道一望，只见积雪厚达四尺，他住的屋子周围，因为风的原因，比外面高出二尺有余。

原来，居民们看到这样的雪灾，也想到了汲黯：太守多病，身边的人多数都派到了下面，他住的庭院不大，也被雪埋没，身边无人，谁帮他清理积雪？雪还未下，他就首先想到了百姓，他是百姓的恩人，百姓岂能忘了他？他无法出门，万一有丁点闪失，岂不愧对这位爱民的太守？不少人不顾雪还在下着，就开始往这里清理，以打开一条雪路。一部分则在雪刚停之时，也想到了汲黯，也从家中急忙开门清理积雪。于是，他们不期而遇。

这十几个人是从不同的方向，不约而同地开路到汲黯门前的，他们也没有想到是在这种情况下与汲黯相见。所以，看到汲黯平安无事，都无法控制自己激动的心情。汲黯看到百姓如此善待自己，十分感动，也紧紧地和他们拥抱在一起，很久没有松开。

都尉惦记着汲黯的安危，此时也带着十几个士卒，在打通郡府中的道路后，也接着铲着雪朝这里而来。都尉和士卒们看到眼前的一幕，无不惊喜异常。

汲黯看到他们，立即命令都尉道："速带全城士卒清理街道积雪，打通四门，尽快与城外相通，及早与各县取得联系。"

都尉听命后，立即率士卒向外面奔去。

接着，汲黯与十几位居民也走向街头，一铲铲清理积雪。

此时，城中的民众也自发走上街头清理积雪。汲黯则指挥一部分青年清理通向民宅的道路，下令道："不能让一家受困，让一人挨饿。"

连续两日，郡城民众在汲黯和都尉的指挥下，郡城中的士兵也都参与了清理积雪。很快，所有街道皆被疏通，全城没有一人因为雪灾而冻死、饿死。

大雪停止几日后，天气也迅速变暖，地上的积雪很快融化，郡城通往各县的要道也都恢复正常。虽然泥泞不堪，不能通车，但已都能步行。

　　不多久，下到各县的郡府官吏完成使命，也都先后回到郡府，带回的消息也让汲黯欣慰：因为郡府官吏和县乡里亭官吏提前下到村庄，令各村都提前做好了防范准备，各县没有一人因为雪灾冻死、饿死者。不仅如此，郡府官吏离开时，各县百姓都挥泪相送，对官府更加亲近。

　　过了没几日，汲黯想到近年来水灾过后往往出现旱灾，有涝必有旱，且淮阳郡东西南北的几个郡国均已出现旱灾，于是，再次把郡府官吏召集到府堂，商议防范旱灾举措。

　　汲黯再次列举了近年的各种灾害，以提醒郡府官吏不可大意。接着，对郡府官吏道："《管子·度地》云：'善为国者，必先除其五害。'五害者：水、旱、风雾雹霜、瘟疫、虫灾。五害之属，水为最大，其次是旱。《荀子·王制》云：'修堤梁，通沟浍，行水潦，安水臧，以时决塞，岁虽凶败水旱，使民有所耘艾。'古人尚且如此重防灾，时至今日，吾等岂能安枕而卧，亡羊而补牢？"

　　众官吏听了汲黯的问话，不觉间沉下脸来。

　　汲黯接着道："文帝时，晁错就曾经上疏《论贵粟疏》：'民贫，则奸邪生。贫生于不足，不足生于不农，不农则不地著，不地著则离乡轻家，民如鸟兽。虽有高城深池，严法重刑，犹不能禁也。夫寒之于衣，不待轻暖；饥之于食，不待甘旨；饥寒至身，不顾廉耻。人情一日不再食则饥，终岁不制衣则寒。夫腹饥不得食，肤寒不得衣，虽慈母不能保其子，君安能以有其民哉？明主知其然也，故务民于农桑，薄赋敛，广蓄积，以实仓廪，备水旱，故民可得而有也。'皇上曾经说过：'农，天下之本也。泉流灌浸，所以育五谷也。通沟渎，畜陂泽，所以备旱也。'淮阳郡田地肥美，然而，每遇干旱都是靠天等雨。从今年起，淮阳郡境内，河边要架水车，每块田至少要有一口井，做到泉流灌浸。"

众官吏听了，无不点头称是。

汲黯接着道："淮阳郡饱受黄河水患，农田皆为厚达数尺的黄河泥沙所覆盖，故水灾过去，往往会发生旱灾。每次水旱灾害发生，郡府官吏便花费财力物力人力，兴师动众，祭天祭地，祈求神灵止水或降雨。然，有多少灾害是祈求后得以消除者？长此下去，有百害而无一利也。"

官吏们听着，无不惭愧地低下头。

汲黯接着道："百姓多称地方官为父母官，那是对廉洁奉公、关怀百姓、造福一方的官员的敬称，若不能为百姓谋福祉，有何颜居于郡府？从即日起，所有郡府官吏，一律下县，对不通水渠河道者，要选好点，与民掘井。通河道者，每一里远要架设桔槔。淮阳之地，要做到涝能排，旱能灌，如此，方能水旱无忧。"

汲黯讲完，郡府官吏纷纷说："此乃好事，只是做起来很难。"

郡丞李斌提出疑问道："淮阳近年财力虽有好转，仅靠郡府恐怕难以为继。"

汲黯道："秦始皇四年，因蝗灾大疫，许百姓纳粟千石，拜爵一级。汉兴以来，惠帝、文帝、景帝也都采用过此策。今皇上即位以来，因边关多事，国库开销甚大，施行捐纳，即用爵位换取粮食，凡是向朝廷捐献物品、牲畜、粮食、货币者，皆可换得官位。光是收入的粮食就边食可支五岁，郡县可支一岁。今淮阳郡财力不足，为预防旱灾，何不效仿朝廷的做法，施行捐纳，掘井架桔槔？"

郡丞李斌疑问道："郡国可否与朝廷一样？"

汲黯道："郡国乃朝廷的郡国，有何不可？"

郡丞李斌依然心有悸悸道："是否奏请朝廷？"

汲黯提高嗓门道："这是利民之事，也是淮阳郡府分内之事，不必上奏。"

次日，汲黯令官吏全部下县，鼓励各县在不通河流的地方掘井，在河流的边沿架桔槔，官府有力办者，一律由官府出资实施，并鼓励捐资纳粟，视其捐资数量，在县府和郡府均可给予官职。

汲黯要求郡府官吏都下到各县实地调查，自己也亲自下去。这天，他到了郡城北部的阳夏县，当走到一个叫黄寨的村子附近时，看到村头有一条河流，河边竖立着一个木架，木架上横着一根长长的木棍。木棍伸向河水的一端吊着一只水桶，正是他想要架设的灌溉田地的桔槔。他来淮阳郡后，很少见到这样的桔槔，不由得十分好奇，便下车走上前去。

汲黯走到桔槔前时，发现有一个十六七岁的少年在桔槔边读书，更是奇怪：一个少年，一边照看桔槔浇灌农田，歇息时还抽空读书，必定不是一般的少年。他知道，能有这样的桔槔，有这么大的农田，还能读书，一定是一个豪富之家的公子。汲黯走到少年跟前的时候，少年不知是没有听到他的脚步声，还是不为他的脚步声所动，依然在专心致志地读着书。汲黯故意咳嗽了一声，那少年才抬起头来。

少年看到汲黯，又看到不远处的车马，便知道汲黯不是一般的人物，随即放下书站起身，但却不卑不亢地问道："长者是郡府的人乎？"

汲黯有些诧异道："汝从何看出？"

少年笑笑道："过去常见这种车，知道是郡府的车。"

汲黯忙问："这桔槔是汝家的？"

少年自豪地回答道："不仅是吾家的，还是吾一手制作的。"

汲黯更加惊讶："汝小小年纪就能制作此桔槔？"

少年笑道："吾已十七岁，怎能说是小小年纪？"

汲黯问道："汝叫什么名字？"

少年回答道："吾叫黄霸，乃战国时楚国令尹春申君黄歇的七世孙。"

汲黯听了不由得一笑："明白矣。"

汲黯自来淮阳后，就对这里的名人掌故做了一番探求，对黄歇的故事可谓是如数家珍：黄歇虽然是楚国属国黄国人，祖籍地却是淮阳郡南部距淮阳城不过七八十里的阳城。楚顷襄王二十一年，楚都被秦将白起攻破，黄歇辞别妻儿，先是游学息国，不久又游学齐、鲁、赵三国。顷襄王接受大臣庄辛的建议，把都城迁到陈城，就是如今的淮阳，进行亡羊补牢。顷襄王得知黄歇见识广博，辩才出众，三次请他回楚，并拜为左徒。顷襄王二十七年，秦国再次攻楚，楚顷襄王派黄歇护卫太子熊完到秦国做质子求和，结果被困于秦国十年。十年后，与熊完回到楚都，楚顷襄王病逝，熊完做了楚王，黄歇做了楚国令尹，被封为春申君，门客数千人，与魏国的信陵君魏无忌、赵国的平原君赵胜、齐国的孟尝君田文并称为当时的四君子。楚考烈王二十二年，因合纵抗秦失败，楚国被迫迁都于寿春。黄歇的几个妻妾和儿女没能全部迁往寿春，而继续在此繁衍生息。淮阳郡的黄姓，皆黄歇后裔。

汲黯想到这里，不由得对黄霸另眼相看，忙问他道："汝在读什么书？"

黄霸道："《春秋左氏传》。"

汲黯不由得一愣：小小年纪就喜读史书，必胸怀大志也，遂问他道："还喜欢读哪些书？"

黄霸道："喜读律法之书。"

汲黯听了，更加喜欢黄霸，忙问道："汝可愿意做官？"

黄霸笑道："在家耕地，只能种好一己之田，只有做了官，才能成就治国之志也。"

汲黯忙问他道："汝回家问一下父母，可否愿意捐纳为官？"

黄霸道："吾父母早就听说朝廷有此策，想让吾像祖上黄歇那样，报国为民，可是，因居于乡野，不通官道，不知如何捐纳。"

汲黯道："汝家若乐意捐纳，助官府在河渠上架设桔槔或掘井灌浸农田，我让汝到郡府为官如何？"

黄霸激动道："长者能做主？"

汲黯笑道："吾乃淮阳郡太守汲黯。"

黄霸吃惊道："原来长者就是声名赫赫的汲太守？"

汲黯笑道："声名赫赫不敢当，是太守无疑。"

黄霸更加激动："吾家是阳夏县少有的富家，已助很多乡邻掘井。广厦三千，夜眠仅需六尺；家财万贯，日食不过三餐。能拔毛济世，黄霸岂能不为？"

汲黯当即承诺黄霸道："若乐意捐纳，助郡府架设桔槔或掘井灌溉农田，可先到郡府为官，若才华出众，本郡守定会向朝廷荐举。"

黄霸也答应道："若如此，吾将联络其他富家进行捐纳，以助郡县防灾之举。"

汲黯与黄霸话别后，离开阳夏县，又折而向东，去了淮阳郡东部。当走到距离郡城四十里远的宗岗寨时，看到这里的土地都是黄河泛滥时沉积的黄沙，既没有河流，也没有水井，地势虽然平坦，由于水分不足，庄稼苗都是黄黄的、稀稀的。看到这里，汲黯不由得感慨：这样的土地，怎么能耐得住干旱？一旦出现长期干旱，百姓就会面临饥荒，那时，则是哭天无泪，为时晚矣。于是，更加坚定了掘井灌田的决心。

汲黯回到郡府，再次颁布郡府令：凡捐纳帮助郡县防灾者，视捐纳数量和个人才气，一律接纳至郡县为官。

不到半个月时间，各县都涌现很多捐纳者，汲黯根据其捐纳数量及才能，分别安排在郡府和县府。阳夏县的黄霸不仅因为捐纳数额巨大，也是因为他学识广博，胸有大志，被命为学官掾史，主郡内学校事。同时，又向朝廷进行了推举。

不久，淮阳郡各县，凡有河流者，都在河边架设了桔槔，凡是大块田地，都掘井及泉，达到旱能灌浸。

让郡县官吏和百姓折服的是，几个月后，淮阳郡果然发生大旱，连续两个多月无雨。然而，淮阳郡因为在多数河流上都架设了很多桔槔，大的地块都有井泉，受灾很小，庄稼虽然歉收，却没有造成饥荒，没有一人因为旱灾饿死和外出逃荒。

这天，汲黯从县里巡视灾情回到居舍刚刚盥洗毕，郡丞李斌满面笑容，急匆匆走进门来。他还没有来得及问李斌为何这么高兴，不经意间往李斌身后一看，不由得愣住了：儿子汲偃和夫人田莺面色红红地出现在眼前。汲黯以为是因为思念他们而产生的幻觉，呆在那里。当田莺和汲偃一起奔到他跟前，紧紧抱住他，失声痛哭时，他才知道这不是幻觉，不禁悲喜交集。

田莺边哭边指责道："夫君，五年多了，一次也不回家看看，一点也不想田莺啊……汝把儿子往京城一放就是五年多，再也不管不顾，夫君不想田莺，难道一点也不想儿子……"

汲黯听了，看看汲偃，再看看田莺，不由得泪眼蒙眬。

汲偃看到母亲如此悲痛，在一边也哭成了泪人。汲偃擦去泪水，望了父亲一阵，走上前抓住汲黯的手，心疼道："父亲，瘦多了，也苍老好多也……"

汲黯一手揽着田莺，一手揽着汲偃，咬紧牙关，很想控制住自己的眼泪，可是，忍了半天还是没有忍住，一串老泪顺着面颊滚落下来。此时，他感到有很多话想说要说，可是却不知道先说什么、怎么说为好。为了不使这难得的相聚太过悲伤，最后，拍了拍田莺的肩膀，劝慰她道："吾怎么会不想夫人和儿子？每日都想啊，不是常给汝去信乎？"

田莺不依不饶道："见信不见人，夫君又多病，夫君可知道田莺心中之味？"

汲黯忙安慰她道：《淮南子》里有句话吾很欣赏：夫大寒至，霜雪降，然后知松柏之茂也。

不料，田莺哭得更痛："夫君别妻离子，五年多不见一面，心里哪还有田莺和偃儿？不是偃儿回家看吾，吾拉上他来看夫君，不知何时能见夫君一面。夫君只讲自己的松柏之茂，给夫人的却都是霜雪也……"

汲黯知道此时说什么都不能表达对妻子和儿子的歉疚，心想：与其劝她，不如逗她，于是，强笑着吟咏起屈原的诗句道："入不言兮出不辞，乘回风兮载云旗。悲莫悲兮生别离，乐莫乐兮新相知。"

田莺被他逗得破涕为笑，反过来调侃他道："原来夫君是有了新相知，嫌吾老树枯柴也。"

汲黯看她笑了，知道她是故意曲解自己的意思，也随着笑起来，并又赠她几年前流传于长安乐府的诗句道："茕茕白兔，东走西顾。衣不如新，人不如故。"

汲黯说罢，笑了笑，忙拉田莺和汲偃向室内走去。

郡丞李斌望着他们一家人先哭后笑，最后也笑起来。为了让他们好好地叙一叙五年多来的思念之情，便借故离开，返回郡府。

第三十章　大义疏亲情更浓

汲黯把田莺、汲偃迎进屋内，亲自把田莺搀扶到床榻上，关切地问道："夫人怎么想到来淮阳，是怎么来的？"

田莺故作怒色道："怎么来的？飞来的。"

汲黯尴尬地一笑道："对了，夫人是一只莺，会飞。"

田莺忍不住转怒为笑，但忽然又恨恨地斥责他道："夫君不想田莺，难道也不让田莺想夫君？"

汲黯难为情地笑笑，不由得轻轻地叹口气道："吾怎么能不想夫人和偃儿？每逢夜里一个人的时候就更想，常常在梦里呼唤夫人，只是夫人不知道而已。"

田莺听了，禁不住双目潮潮的。

汲黯望着田莺的脸，关切地问："夫人是从濮阳直接来的，还是从京城来的？"

汲偃替母亲回答道："偃儿趁休沐回老家看望母亲，把母亲接到了京城。皇上得知父亲五年多没有回过老家，且淮阳又遭遇雪灾和旱灾，均因为父亲治理有方，百姓无难，特命儿子为使者，代他看望，并说，他不久要来淮阳郡……"

汲黯听到这里，感到很欣慰，却忍不住含泪自语道："在淮阳这五年多，虽然委屈了夫人和孩子，然而，郡无盗贼，路不拾遗，百姓安居乐业，上无愧朝廷，下无愧黎民，汲黯死亦瞑目矣！"

田莺不由得感慨："夫君一生心中牵挂的就是百姓。"

汲黯笑笑，自嘲似的道："《论语·雍也》云：知者乐水，仁者乐山……"

没等他说完，田莺便打断他道："夫君乐什么？不见夫人和儿子？"

汲黯笑道："汲黯乐民也。"

田莺苦笑道："然，也不能不要家呀。"

汲黯做惊讶之状道："夫人忘记了吾曾经说过的话？"

田莺忙问："是什么话？"

汲黯道："父母在时，父母在哪儿哪儿是家。作为朝廷命官，当以百姓为父母，在哪儿为官哪儿是家。"

田莺反问他道："如此说来，夫君不打算回濮阳了？"

汲黯正色道："还没想过此事。"

田莺似乎有些伤感："自夫君入朝为官，至今已三十七年，从此夫妻相隔千里，一年仅见一两次面……如今都老了，夫君还想……"

汲黯听了，深深感到有愧于田莺，但不得不设法逗她开心，故意笑笑道："夫人说错了，吾被免官的三年不是每日都在家？"

田莺哭笑不得，一时无语。

汲黯又笑笑道："吾今年才五十六岁怎么就算老了？冯唐九十岁还在广征贤良时被举荐为官呢。"

田莺讥讽道："皇上封冯唐官职了吗？"

汲黯又笑笑道："冯唐没有，可公孙弘七十岁还做了丞相呢。"

田莺讥讽他道："凭你这愚直的秉性，还想做丞相？做梦吧。"

汲黯则反过来讥讽她道："若仅为私欲而做官，吾不是做不了丞相。吾宁可去官，决不做贻害百姓之事。"

田莺看争辩不过他，只得作罢，遂站起身，整理汲黯凌乱的床铺和室内无序的杂物。

汲偃一直在听父母斗嘴，在一边笑，此时见母亲帮父亲整理房间，想到刚才父亲提到冯唐，禁不住问道："父亲，偃儿听说后来冯唐来淮阳定居了，朝臣都为他惋惜。他情况如何？"

汲黯感叹道："冯唐是大才之人，然，生不逢辰也。他来淮阳后不久即辞世，葬在城东南四十里处。说来惭愧：他来淮阳，是吾的举荐。因为郡务繁忙，只到他坟前哀念过一两次。"

汲黯回想自己为官几十年的风风雨雨，近年又远离京师，想到儿子也是以使者的身份来看望自己，又关心起朝廷和其他大臣的事，问汲偃道："董仲舒称病辞官后，再没被皇上起用？"

汲偃道："他已对什么事情都不过问，只是埋头读书、著作。但朝廷有大事，还常派人到他家向他请教，董仲舒都直言自己的看法，毫不掩饰。"

汲黯叹息道："吾等虽然主张不同，在为人和学识上，董仲舒还是值得称赞也。"叹罢，又问，"东方朔现今如何？"

汲偃道："依然为太中大夫。"

汲黯叹道："东方朔乃一奇才，滑稽多智，常在皇帝前谈笑取乐，皇帝则把他当作俳优看待，始终不予重用，实在可惜也。"

汲偃道："也是因为他像父亲一样，常常直言切谏而至此矣！"

汲黯自嘲地笑笑道："此话不无道理。"

汲偃道："官场诡异多变，才大者未必就能大用。"

汲黯听了汲偃的话，不由得凝视他良久，心中暗自惊叹：儿子入朝时日虽短，已深有感受，有独到之见，不需挂牵也。

汲偃不知父亲在想什么，自豪道："朝臣们常常议论父亲：以智慧见，以忠诚明，今皇上即位以来，能容忍的仅此一人。偃儿为父亲骄傲。"

汲黯报以浅笑，道："记住父亲的话——为官，无私则无畏，人皆敬之；私欲膨胀，必身败名裂，人皆耻之。"

汲偃深深地点了点头。

汲黯又问："可曾与司马迁有过交往？"

汲偃道："他依然在漫游各地，五年多来仅仅见过两次面。"

汲黯道："司马迁乃是有大志之人，遇有机会，定要向他求教。"说罢，又别有一番意味地望了汲偃一眼，道，"无德无才，做不了好官，即使做了官，必定是误国害民之官。"

汲偃道："儿子记下了。"

汲黯又问："丞相赵周是否很受皇帝赏识？"

汲偃道："赵周谨小慎微，瞻前顾后，皇帝多有微词。"

汲黯叹道："但愿朝廷不再滋生事端。"

田莺听到这里，禁不住停下来，对汲黯道："夫君已不在朝廷，何必又如此忧心忡忡？"

汲黯道："国宁乃百姓安，否则，百姓苦矣。"

田莺笑道："古时候，杞国有个人，担心天塌下来，吃不好饭，睡不着觉……"

没等她说完，汲偃便呵呵笑起来。

汲黯也有些不好意思地笑道："好，不说朝廷的事了，只讲淮阳……"

没等他说完，田莺也呵呵笑起来："夫君不说朝廷，就说淮阳，怎么就没有自己的妻子、儿子？夫君多次讲淮阳是伏羲、女娲、神农三皇建都之地，还有很多动人的故事，且美景宜人，偃儿不几日就要返京，怎么就不知道带吾母子在淮阳游玩一番？"

汲黯歉意地笑笑："请夫人恕罪，等夫人歇息一阵后即带夫人和儿子游玩。"

田莺忙问道："先去何处？"

汲黯想了想，道："先到楚考烈王的宫殿看看。那里便是毛遂歃血为盟、一言九鼎的地方。然后……"

没等汲黯说完，田莺惊喜道："毛遂自荐的目的地就是来这里？就是在这里有了三寸不烂之舌的美名？"

汲黯现出几分得意，道："这个夫人就不懂了吧？不仅如此，有几十个成语故事都发生在淮阳。"

田莺有些不敢相信，忙道："夫君先说出十个让吾听听如何？"

汲黯不假思索道："大义灭亲、面似桃花、五乘从游、陈蔡绝粮、颜回食尘、与人为善、叶公好龙、亡羊补牢、明知故问……"

田莺听着，不由得现出惊讶之色："这些故事都发生在这里？"

汲黯不顾她的表情，又道："汉高祖与项羽的固陵之战、楚河汉界就在郡城西四十里……"

听到这里，田莺打断他道："先别说了，还是尽快带吾和偃儿到这些地方看看，边看边听你讲为好。"

汲黯取笑她道："这里是出美女的地方，像息夫人，她是春秋时期陈国陈庄公之女，容颜绝代，'面似桃花'一词说的就是她。我怕你看到淮阳人，自感失色，故不敢带夫人在这里出游也。"

田莺笑道："夫君不是怕吾自感失色，是怕淮阳人说夫君有个寒素之妻吧？"

汲黯听了忍不住笑起来。

田莺一边笑一边道：《诗经·邶风·泉水》里有一句话：驾言出游，以写我忧。为让田莺失色，夫君还是尽快带吾等出游为是。"

汲黯答应道："今日稍事歇息，明日即带夫人和偃儿先看郡城，然后……"

汲偃道："偃儿时间紧迫，饭后即启程吧。"

汲黯听了汲偃的话，想到他在皇帝身边，当以国事为重。又想到多年来对田莺的亏欠，此次来到淮阳，一定设法让她开心一些，便立即答应。

饭后，汲黯带上田莺和汲偃，步出家门，走向郡城大街。汲黯边走边给田莺和汲偃讲道："淮阳在周时为陈国，不仅是三皇建都之地，还是道家始祖老子的祖籍地。儒家创始人孔子曾经三次来陈，在此讲学四年，形成了他的儒家学说。"

汲偃听到这里，不禁对这里生起敬畏之心，忙道："原来陈蔡绝粮的故事就在今淮阳？是怎么一回事？"

汲黯笑道："一次，孔子在陈国断了粮，跟随的弟子都饿倒了，孔子仍慷慨激昂地给弟子们讲诵礼仪，弦歌不止。子路问孔子道：'君子也有穷得毫无办法的时候吗？'孔子说：'君子虽然穷，依然不失节操；小人一穷就胡作非为。'"

汲偃道："父亲是否在告诫儿子无论到了何种境地都要坚守节操？"

汲黯笑而不语，接着又讲道："一次，孔子望见颜回从锅中捞饭吃，认为颜回不先敬奉长者，而是自己偷吃，不顾礼规，很是生气。颜回给孔子奉上饭食，孔子装作没看见，起身说：'吾梦见了先人，吾要用饭先敬奉。'颜回说：'不可，有炭块掉进饭锅里，饭已不干净，用它祭祀先人不吉祥，丢掉又可惜，吾已将脏饭团吃了。'孔子听后，深为感叹地对弟子们说：'人们相信的是眼睛，总以为眼见为实，其实并不见得；人们相信的是心，然心感悟到的也不一定可靠，弟子们要牢牢记住：识别一个人很不易也！'"

汲偃叹息道："最难的事莫过于知人。"

汲黯深深地望他一眼："偃儿如今也是朝廷命官，要以江山社稷为重，秉持为国之诚、为民之心，切勿轻信轻疑一个人。"

汲偃道："孩儿记下了。"

停了一会儿，汲黯看了田莺一眼，道："春秋时，濮阳是卫国，淮阳是陈国，夫人可知道卫国和陈国的一段故事？"

田莺笑道："卫国和陈国相距甚远，会有何故事？"

汲黯边走边讲述道：春秋时期，卫国卫庄公对他的二儿子州吁非常溺爱，委以为将，养成他恃勇凌人、骄纵不法的恶习。卫庄公死后，州吁的哥哥即位，为卫桓公。州吁有个心腹叫石厚，心术不正，助纣为虐，二人相互勾结，为非作歹，阴谋策划篡夺君位。周桓王元年的一天，卫桓公出外巡行，州吁在石厚的配合之下，在途中偷偷刺死了兄长，却向大臣和百姓说："卫侯害急病而死，由吾承继王位。"州吁窃位不久，肆意残害百姓，并要攻打邻国，致使卫国上至大夫，下至百姓，都视他与石厚二人为乱党贼子。州吁面对众叛亲离的时势，担心百姓不服而造反，于是和石厚商议如何安抚民心。因石厚的父亲石碏是卫国有威望的老臣，州吁便让石厚向父亲讨教对策。石碏因年高辞官居家，憎恶州吁、石厚狼狈为奸，就趁机出计，欲以锄奸：让石厚陪同州吁去陈国求助陈桓公。石碏对石厚说：当今陈国亲近周朝，陈桓公得宠于周天子，陈国与卫国交情甚好，由陈桓公向周天子美言，定可得到周天子的扶助，这样便

375

可安抚百姓。州吁、石厚不知是计,便一同来到了陈国。在他们未动身时,石碏已暗地里抢先派人给陈桓公送去密信一封,言明州吁和石厚是杀害国君的罪人,请求陈桓公援助卫国锄奸。州吁和石厚到达陈国后,迎接他们的大夫子针立即带他们到太庙去见陈桓公。州吁和石厚走到太庙前,只见门口挂有一块牌子,上面写着:不忠不孝、无德无义者不得入内。二人吃了一惊,但还是硬着头皮进了太庙。陈桓公一见,立即下令将二人拿下,当众宣读石碏的密信道:"州吁、石厚谋杀国君,篡夺君位,吾年岁已高,无力惩治他们,请陈国帮助卫国伸张正义,除掉二人。"州吁、石厚想逃,可是,大门已闭,二人只得乖乖就擒。石碏接到陈桓公的通报后,立即与大臣商议如何处置。处死州吁都毫无异议,因石厚是石碏的儿子,众臣拟从轻处置。石碏说:"吾怎能为私情而不顾天下大义呢?"石碏坚决不容,并要亲自到陈国行刑!家臣獳羊肩将他拉住,表示愿意代替年迈的石碏前去。于是,卫国派出左宰丑来陈国监杀州吁,石碏的家臣一同来这里处死石厚。很快,卫国立了新君,恢复了安定。人们称赞石碏为了卫国利益及正义,不徇私情,称之为大义灭亲。

田蚡听了,笑道:"石碏实在可赞。不知是巧合,还是有人有意为之,当今也有个仅次于石碏的人来到了昔日的陈国之地,夫君知道乎?"

汲黯听了不禁一愣,忙问:"这个人是哪里人?"

田蚡故作高深道:"昔日卫国,今日濮阳人。"

汲黯更感到惊奇:"吾为郡守,怎么没有听说?"

田蚡道:"这么大的人和事,作为郡守居然不知,岂不悲哉?"

汲黯愈加惊奇:"是啊,罪过罪过。"

田蚡声情并茂道:"这个人从濮阳来到淮阳,为了淮阳百姓,五年多不见妻子和儿子……"

听到这里,汲黯和儿子汲偃都忍不住大笑起来。

汲黯笑得两眼流泪。笑罢,目光里带着对田蚡的赞美,道:"没想到夫人绕了半天是在嘲讽汲黯也。"

田莺也不得不笑道:"石碏是大义灭亲,夫君这是大义疏亲也。都是卫国人,一个在淮阳灭亲,一个在淮阳疏亲,岂不可赞?"

汲偃也感叹道:"世间巧合之事很多,没想到有这样的巧合之事。"

一家三口说着笑着,不觉间走到了昔日陈国国君的宫殿前。汲黯驻足道:"这座宫殿,始建于陈国开国君主陈胡公,后来楚国灭陈,陈夷为县,为陈县治所。楚都被秦国攻破后,楚顷襄王迁都到这里,对宫殿大加修建。顷襄王死后,他的儿子熊完即位,为考烈王。后来,赵国要联合楚国抗秦,毛遂自荐来到楚国,就是在这座宫殿里,与考烈王歃血为盟。"

田莺道:"不来此,真不知这里有这么多故事。"

汲黯接着道:"秦始皇一统天下时,曾经派大将王翦攻打这座古城,围困一年,秦始皇亲自来督战。秦朝后期,楚人,也即今淮阳人陈胜、吴广被征戍边,因遇雨被迫反秦,以此为都,号张楚。接着,被秦灭掉的六国又纷纷复国。陈胜被车夫杀害后,汉高祖起兵,曾途经此地反秦。后与项羽楚汉相争时,在城西四十里的固陵进行一次大战,并以固陵附近的鸿沟,与项羽划定楚河汉界。故高祖统一天下后,建淮阳国,封子刘友为淮阳王。后来虽然郡国不断更迭,淮阳一直是大汉的宝地也!"

田莺和汲偃听着,都不禁对这里肃然起敬。

走到城西门口,汲黯道:"汉朝建立初,淮阳为楚地,韩信为楚王。后有人告发韩信谋反,汉高祖采听陈平的谏言,以巡游云梦的名义,诱韩信出城迎接,将韩信擒拿。"

田莺感叹道:"难怪大汉皇帝都对淮阳厚爱有加。"

汲黯本想领他们继续游览古城,因天色已晚,只得作罢。

次日,汲黯领田莺和汲偃走向东门。到了东门口,见门内有一池塘,池塘里荷花开得正艳,荷叶的旁边还有着茂密的苎麻、菅草。田莺激动地奔到池边,摘下一朵,放到鼻子下闻了又闻。

汲黯见田莺如此高兴,笑道:"淮阳城不仅城内池塘有荷,城外池塘更大，荷花更多，还有蒲苇，煞是好看。"

汲偃问道：《诗经》里的《陈风》十首，是否写的就是这里？"

汲黯道："正是。"

田莺逗汲黯道："夫君可否吟咏下来？"

汲黯赔笑道："来淮阳五年多了，岂能不会吟咏《陈风》？其中一首《东门之池》，写的就是这里。"接着，也逗她道："有夫人在一边晤歌，吾才能吟咏好。"

田莺笑而不语。汲黯没等田莺回答，便指着池内的荷花、苎麻、菅草，又望了一阵田莺，声音里带着一种回味，背诵道：

> 东门之池，可以沤麻。
> 彼美淑姬，可与晤歌。
>
> 东门之池，可以沤纻。
> 彼美淑姬，可与晤语。
>
> 东门之池，可以沤菅。
> 彼美淑姬，可与晤言。

田莺听着，不由得回想起当年汲黯与她的恋情，在田园里与汲黯吟咏《诗经·卫风·河广》和《诗经·卫风·木瓜》时的情景，感到心里十分甜蜜。

走到东门外，看到门外的一排排枝叶茂盛的杨树，听着杨树叶牂牂的响声，汲黯想到自己自入朝为官后，田莺每日在家盼着他能回到家中陪她的心情，尤其是来淮阳的这五年多，每到日暮时分都会站在门外，遥望南方，盼他回到家中的情景，不由得深情地望着田莺，又吟咏起《诗经·陈风·东门之杨》：

> 东门之杨，其叶牂牂。

昏以为期，明星煌煌。

东门之杨，其叶肺肺。
昏以为期，明星皙皙。

田莺望着汲黯那充满深深爱意的眼神，眼眶里不由得盈满泪花。她知道，汲黯心系百姓，虽然五年多没有回过濮阳，对她的情谊却更加浓厚。

到了城东门外，汲黯望着大面积的荷塘，想到十六年前来淮阳治理洪水时，他下令在城五里外筑堤，才保持住这些春秋时期的古城和荷塘，不由得自豪道："每次看到荷塘里如画般的荷花、蒲苇，心中皆顿生喜悦。"

田莺不解道："为何？"

汲黯讲完十六年前的治水经过，田莺忍不住道："难怪夫君对淮阳一往情深。"

汲黯不再谈论过去的作为，而是眺望着荷塘，情不自禁地吟咏起《诗经·陈风·泽陂》：

彼泽之陂，有蒲与荷。
有美一人，伤如之何？
寤寐无为，涕泗滂沱。

彼泽之陂，有蒲与蕳。
有美一人，硕大且卷。
寤寐无为，中心悁悁。

彼泽之陂，有蒲菡萏。
有美一人，硕大且俨。
寤寐无为，辗转伏枕。

汲黯和田莺、汲偃游完城东荷塘，又走向城南，想向他们讲一讲陈胡公筑陈城的故事，告诉他们这里是陈姓的起源地，以及从陈姓派生的胡、田、孙、王等几十个姓氏。当他们走到南门口附近时，忽然，迎面拥来一群百姓，一下子把他们给团团围住。田莺和汲偃不知发生了什么事，甚至以为是汲黯做了对不起百姓的事，于是，一前一后护住汲黯。

就在汲黯也心生疑窦时，一个老汉挑着一担水来到他的跟前，大声道："汲太守，没有太守下令给百姓掘井找甜水，俺吃不到这么甜的水也。"

汲黯还没顾上说什么，另外一老人拿着一个水瓢，从水桶里舀出一瓢水，恭恭敬敬地递到汲黯面前道："汲太守，俺过去吃的水都是苦苦的，尝尝这井水，好甜好甜也。"

汲黯接过水，先是尝了一口，接着一饮而尽。

原来，汲黯来到淮阳后，发现城中水井里的水有些苦苦的，就下令在城中多处掘井，找甜水井，几年来，一直没有找到。去年在全郡掘井防旱时，又下令让郡尉负责，无论多难，也要找到甜水。郡尉带领士卒和百姓在城中多处掘井，终于在城南门内掘出一口甜水井。

担水的老汉大声道："俺这担水就是给太守送去的，没想到在这里碰上太守。"

汲黯为不负百姓的深情，立即与田莺、汲偃返回家中。

又过了一天，因为汲偃要按时返京，只得辞别父亲。按来时的安排，汲偃回京时要带上母亲，等机会再送母亲回濮阳。不料，在他给母亲收拾行装时，田莺却制止他道："偃儿一个人回吧，母亲不走了。"

听了她的话，汲黯和汲偃都愣了。停了一会儿，田莺带着几分不安的神情，对汲偃道："偃儿，母亲想陪汝父在淮阳……"

汲偃一时不知说什么好，静静地望着她。汲黯也对田莺突然的决定给搞蒙了，愣愣地望着她，一时也不知说什么好。田莺好像早有准备，不紧不慢地对汲偃道："哪一天回到濮阳时，告诉汝妻，说母亲喜欢淮阳了，也放心不下汝父，只能委屈她，让她一个人在家种田带子，母亲有愧于她了……"

汲偃望着母亲，一句话也说不出来，两眼禁不住泪光一片。汲黯也对汲偃道："既然汝母愿意和吾在淮阳，就遂她的心愿，让她留在这里吧。几十年来，父亲没有照顾上汝母，父亲要好好补偿一下。"汲黯说着，眼泪也流了下来。

汲偃忍不住泪流满面道："父母大人，多保重，等有机会儿子再来看望。"

汲黯正色道："既已在京为官，定要记住父亲的话：宁可去官，也不做贻害百姓之事。汲家世代以民为本，到汝这里亦应承继下去，要牢记祖训，光大祖德，心志不可一日坠放也。"

汲偃深深地鞠躬道："儿子记下了。"

汲黯又嘱咐道："淮阳百姓待吾如亲人一般，不需惦记。等把淮阳治理好，父亲就辞官归田，回去好好照看孙子，让汝全心做官为民。"

汲偃泪下道："父亲不要想那么多，照顾好自身即可。"说着，又对母亲道："母亲，儿子不能在二老面前尽孝，恳请原宥……"

这时，郡丞李斌、郡尉张怀廷带领郡府的官吏们都来送行，年轻的黄霸也在其中。看到黄霸，汲黯嘱咐汲偃道："见了皇上，一定转告父亲的话——因为远离京师，朝廷的事已不能及时进言，淮阳郡捐纳防旱的事未能及时奏报……"

汲偃知道父亲要说什么，忙道："皇上十分赞赏，多次赞誉父亲是社稷之臣，故派儿子为使者来此。"

汲黯指着黄霸道："这个黄霸是淮阳郡捐纳最多者，且胸怀大志，若被朝廷重用，定会泽加于民，汝可先向皇上举荐，等过些日子，父亲再奏请皇上。"

黄霸听了，感动得泪光闪闪。郡府官吏也为汲黯这么推举贤良、爱惜人才而感慨不已。

城内百姓得知消息，也都来送行。郡府门外，官吏和百姓看到他们亲人别离的场面，虽然面带微笑，眼里无不含着热泪。

汲偃依依不舍地与父母和郡府官吏话别，而后缓缓地上了车。汲黯和田莺望着儿子远去，很久很久伫立不动。

黄霸望着此情此景，忽然吟咏道："来匆匆兮去忙忙，家国情爱兮愁断肠。东西南北兮何处是？只把淮阳兮作故乡。"

第三十一章　鞠躬尽瘁卒于任

汲黯回到院子中，想到五年多才与儿子见上一面，相聚仅三日儿子便匆匆离去，几日来的那种相见的愉悦一下子消失殆尽，他怅然若失地站在院子里，目光呆滞，感到非常疲惫。

田莺心里也很不快，但看到汲黯闷闷不乐，十分心疼，便立即换上一副笑脸，想找一个开心的话题。恰在这时，她看到庭院里有一棵桂花树，马上问汲黯道："这棵桂花树是夫君来到淮阳后亲自栽的？"

汲黯点点头："来的当年栽的。"

田莺道："夫君，吾来的路上听到一个与桂花树有关的故事，感到特别有趣。"

汲黯意识到田莺是想让他开心一些，故意也笑笑，但是，仅投去一片飘忽不定的目光。田莺没有顾及这些，津津有味地讲起来："有个读书人，他的邻居庭院里也栽有一棵桂花树。这天，读书人到邻居家串门，见邻居正要挥斧砍掉庭院中的桂花树，感到很奇怪，上前问道：这桂花树长得甚好，老伯何故要砍掉它？邻居叹曰：吾这庭院四四方方，有了此树，便成了个'困'字，老夫怕不吉利，故如此也。读书人听后，笑道：依老伯的说法，除去树后，院内岂不只有了人？不又成了个'囚徒'的'囚'字？岂不更不吉利？老人听了，立即停止砍树。"

汲黯知道田莺的良苦用心，尽管感到这个故事不怎么好笑，还是装作很开心的样子，呵呵地笑了一阵。

停了一会儿，汲黯想到儿子入朝才五年多已能对官场感悟颇深，以后定能有所成就，不由得又生出几分自豪感，心情也随之好转了许多。于是，对田莺道："夫人有故事，夫君也有故事。"

田莺看到汲黯高兴了，立即笑问道："是谁的故事？"

汲黯道："是孔子与儿子孔鲤的故事。"

田莺笑道："那就快快讲来。"

汲黯道："当年，孔子看到儿子孔鲤年近五十岁时尚无建树，而孔鲤的儿子孔伋年纪轻轻就写出《中庸》，被看成是道德准绳，总是不断责备孔鲤，说他无所成就。这天，孔子当着孙子孔伋的面，又抱怨孔鲤时，孔鲤含笑回敬老父道：'汝子不如吾子。'孔子听了，不觉一愣。孔子还没有明白过来，孔鲤接着又转脸对孔伋道：'汝父不如吾父。'孔子一听，哑然而笑，再不抱怨孔鲤。"

田莺忍不住笑起来："赞父夸子，孔鲤此乃惊世之语也。"

田莺笑罢，忽然意识到汲黯有自责之意，忙转换话题道："夫君说三皇之首太昊伏羲氏定都和长眠于此，炎帝神农氏也在此建都，他们的陵墓在哪儿？何时能带吾前去其陵前拜祭？"

汲黯立即神情肃穆道："伏羲氏长眠于此，而神农氏未葬在淮阳，然，城北却有他尝百草、艺五谷的地方，那里是一高台，被称为五谷台。"

田莺忙问道："明日可否一同前往拜祭？"

汲黯回应道："吾已许久未去拜祭，也正想带郡府官吏前往，明日一起前往祭祀。"

第二天，汲黯令郡丞李斌与负责时节祭祀的时曹掾史备好牛、羊、豕三牲及时令水果，然后带郡丞李斌、郡尉张怀廷及郡府主要官吏，前往郡城北三里许的太昊伏羲氏陵墓，举行祭祀。田莺同行。此祭祀不像朝廷的郊祀那样要"绝地天通"，也不要繁文缛节和歌舞，如《郊祀歌》、鼓舞乐之类，只带上祭品，在陵前行跪拜大礼即可。

礼毕，汲黯对郡丞李斌及其他属下道："汲黯只跪天地父母。吾心中的天即祖先，地即百姓。没有祖先、百姓，就没有吾等这些为官者，故要尊之跪之。跪天地在于心诚，而非在于表象。"

　　属下听了，无不称是。

　　汲黯接着又对属下道："太昊伏羲氏在淮阳定都，画八卦、定姓氏、制嫁娶、结网罟、养牺牲、刻书契，崩葬于此，春秋前，人死后墓而不坟，亦不栽树，即不封不树。春秋时，淮阳人为祭祀先祖太昊伏羲氏，在其墓上封土，始有坟。坟者，帝王的称为陵，诸侯的称为冢，圣人的称为林，百姓的称为坟。汉朝前，陵前没有祠，汉初，淮阳人又在太昊伏羲氏陵前建祠堂，陵前建祠也始于此也。今祠堂已旧，当重修之。"

　　属下皆齐声应诺。

　　离开太昊伏羲陵，汲黯又与属下往东北行六里许，在一高台前停下。汲黯对田莺道："此台即炎帝神农氏尝百草、艺五谷之地，台四周有神农井九眼。"

　　田莺问道："神农氏后迁都何处？"

　　汲黯道："神农氏以火德代伏羲氏君临天下，故号炎帝。淮阳在神农氏时称为陈，神农氏初都陈，后徙鲁。"接着，对属下道，"神农氏后来虽然迁都于鲁，也未葬于此，然，尝百草、艺五谷则在此也，吾等有责在台上建祠，让吏民四时祭祀，以不忘先祖功德。"

　　属下听了，皆齐声应诺。

　　郡丞李斌道："近日即重修伏羲陵前祠堂，在五谷台上建祠堂。"

　　汲黯扫视一番五谷台周围的田地，意味深长地对属下道："没有当年神农氏尝百草、艺五谷，哪有今日五谷香？吾辈不能数典而忘祖也。"

　　离开五谷台后，汲黯忽然想到曾经到城东四十里的宗岗寨，那里的田地多为黄沙，土地瘠薄，且常遭旱灾，百姓叫苦不迭，自下令各县掘井灌田后，再没来过此地，不知情况如何，于是，放弃回郡府歇息，接着带领属下往东而去。

到了宗岗寨西边，汲黯看到田地里不远处就有一口井，井口上架着辘轳，十分高兴，立即下车。汲黯走到井边，探过头去，往井下看了看井水。看了一会儿，又捡起一土块，投了下去。他听到井水"咚"的一响，意识到井水很深，不由得快慰地笑起来，对属下道："有水，再有旱灾也不惧也。"

汲黯带领属下走向寨子，想见见寨子里的百姓，问问他们有何疑难。不料，就在这时，看到前面数百人在举行丧葬。汲黯见过不少葬礼，哭者皆为死者亲人，汲黯不解的是，这次，所有送葬者都恸哭不已。

汲黯忙问时曹掾史道："去问一下，何人卒，众人如此哀痛？"

时曹掾史立即前去询问。

时曹掾史回来后，向汲黯禀报道："此寨有一陈姓女子，年十六岁而嫁。不久，其夫被征为戍边的兵卒，然，夫妇未生一子。夫将要离开家时，问其妇道：'吾没有兄弟，此去生死未可知，吾若不还，汝肯养吾母乎？'陈妇立即回答道：'肯。'后来，其夫果然死于战场不还。陈妇养夫母不衰，孝爱愈固，纺绩织纴以为业，无再嫁意。陈妇生母哀其无子而少寡，欲将其改嫁。陈妇对生母道：'受人之托，岂可弃哉？弃托不信，背死不义也。'其母多方相劝，陈妇依然不改嫁，道：'所贵乎人，贵其行。行之不修，将何以立于世？夫母老矣，夫不幸，又没有子嗣，而妇又弃之，是负夫之心，而伤妇之行也。'陈妇生母十分不悦，陈妇遂欲自杀。其母恐惧，不再让她再嫁。陈妇养夫母二十八年，母八十余以天年终。陈妇家贫，却卖掉田宅、财物，厚葬夫母，奉祭祀。百姓感其德，故皆哀痛不已。"

汲黯听了，不由得眼含热泪道："这既是哀其母之不幸，也是赞陈妇之美德也。"

田蚡也泪下道："此淮阳郡真乃礼仪之邦，陈妇乃孝悌之表率也。"

郡丞李斌等也都为之动容。

汲黯再次感叹道："所贵乎人，贵其行，行之不修，将何以立于世？说得何等好焉！既守妇节，又尽子道。艰苦几经，不贰其心，若非她，其夫母岂不为沟壑之枯骨乎？"

众属下皆同声道："淮阳郡当大扬其善，大布其德也。"

汲黯当即下令道："郡府赐她黄金四十斤，以复其家，扬其孝悌。"

众属下皆同声称赞："甚好。"

接着，汲黯又道："以郡府的名义，号其为'陈孝妇'。"

郡丞李斌立即回应道："遵办。"

汲黯沉吟了一会儿，又望了一眼属下道："陈孝妇乃一民妇，别时一诺，持以终身，吾等为官者，岂能不如陈孝妇乎？吾等对待百姓当以她为表率，一言九鼎，不贰其心。"

众属下皆点头称是。

汲黯等回到郡府的第二天，即派使者送给陈孝妇黄金四十斤。陈孝妇看到黄金，忍不住痛哭失声："夫君、母亲，淮阳郡有好郡守，当长笑九天，不要再牵挂吾也！"

没几日，陈孝妇赎回田宅、财物，重新有了家。

此消息很快传遍淮阳郡各县，各地百姓无不对郡府和汲黯感恩戴德，并以陈孝妇为楷模，孝敬父母。从此，整个淮阳郡，诚信、孝悌蔚然成风。

元鼎五年（公元前112年）夏初，即汲黯任淮阳郡太守的第七年夏初，淮阳郡连续七日大雨不止，遭受了一场少见的雨水涝灾，大量农田被淹没，各县纷纷向郡府告急。汲黯十分清楚，田地里的水若能及时排出，庄稼即使减收，但不会绝收，否则，下半年各地将会出现粮荒。于是，立即下令，郡府及各县官吏一律下到各县，指挥排水。汲黯不顾身体多病，每日和郡府官吏一同下到县里，带领百姓冒雨疏浚河道，下田排水，一日也不懈怠。

几日后，大雨停止。由于疏浚河道，排涝及时，农田里的水很快泄出去。

水灾过去，汲黯忽然感到浑身乏力，两眼昏花，咳嗽不止，一下子又倒在床上，连续多日不能行走。

汲黯病卧在床的消息传开，各地百姓纷纷带着礼物前来看望。他们不知道汲黯的家，都聚集到郡府门前，盼能见上汲黯一面。因为人数太多，郡丞李斌想到汲黯需要歇息静养，只得代汲黯向百姓致谢，但拒收礼物。

田莺看到这种情景，很是感动，也为汲黯能得到老百姓的如此爱戴而骄傲。让田莺和郡府官吏没有想到的是，百姓见带礼物不能见到汲黯，又有很多人前来奉献医治各种疾病的秘方和药材，要亲自为汲黯治病。

汲黯听到这种情况，为了不辜负百姓的盛情，只得拖着疲惫的身子，出门致谢。看到汲黯出现在面前，赶来献秘方和药材的百姓都激动得热泪盈眶。

一老妇托举着一包药和写着秘方的竹简，喜极而泣道："汲公，老妇听说大人两眼发花，特从寝县送来明目秘方：青皮二两，皮硝一两，上二味以水一斗半，煎煮去滓，先熏后渍！十余日可令眼明目清。口服方：菊花三两，杞果三两。上药晨起沸腾之水泡，一日饮尽。"

汲黯还没来得及答谢，又一老伯走到跟前，举着一包药和药方道："汲太守，吾乃从阳夏县而来，给太守带来医治久咳的家传秘方：百部根六斤，捣取汁，煎如饴，服一方寸匕，日三服，伴咯血者，加服白芨二钱。"

他刚说完，一中年人又举着药包和秘方走到汲黯跟前道："吾给汲太守带来的是医治筋脉失濡、腿脚挛急疼秘方：芍药三两，蜜炙甘草二两，木瓜二两，鸡血藤二两，日二服，五日愈。"

接着，又有一人托举着药包道："汲公，此乃医治便脓血下利秘方：赤石脂一斤，一半锉，一半筛末。干姜一两，粳米一升。上三味，以水七升，煮米令熟，去滓，温服七合，内赤石脂末方寸匕，日三服。若一服愈，余勿服。"

他刚说完，又有人举着药包道："汲公，此乃医治爆发耳聋、耳鸣秘方：寸香末少许塞耳，隔日一次，十余日令耳聪。若有耳鸣发生，当应时服之。"

接着，还有很多人送来医治各种疾病的秘方。汲黯一边答谢，一边让田莺给众人付钱。不料，献药者忽然都跪了下去，纷纷道："汲府君一心为俺百姓，不计得失，俺无以为报，送一服药岂能要钱？府君是想让世人骂俺绝情寡义乎？"

无奈，汲黯只得答应暂且收下。就在这时，汲黯看到黄霸来到他的跟前，立即命他把药方进行归整，把药材一一登记，并查清药价，一是要广为传播，让更多的人以此药方治病，二是以日后按价付钱。

因为有了这些秘方，经一段医治后，汲黯的病情很快好转。

让汲黯没有想到的是，自大雨成灾后，也就是在他医治疾病的时候，淮阳郡又连续数月无雨，各县又出现干旱。这天，汲黯刚到府堂坐下，北部、东部的几个县又传来急报：蝗虫幼虫四起，不久会成大灾。汲黯听了，大惊失色：过去的几十年不说，仅刘彻即位以来，几乎年年灾害不断，淮阳也岁苦水患。自己来到淮阳郡的几年里，淮阳郡出现过前所未有的大雨雪。前不久，相邻的山东之地也遭受水灾，庄稼绝收，人相食，很多逃荒到淮阳郡。而今淮阳郡水灾过去，接着又大旱，旱灾未解，蝗虫又起……汲黯不敢往下想，但又不得不想：蝗灾往往和旱灾相伴相生，每当蝗灾发生，大量的蝗虫会吞食禾田，庄稼遭到严重破坏，引发粮食短缺而发生饥荒。淮阳郡百姓才安居乐业几年，难道今年要遭受蝗灾？以这些年各种灾情相互交替发生来看，淮阳郡难逃此劫也！水灾可以疏浚河道泄洪，旱灾可以掘井以浇灌，这蝗灾……汲黯想到这里，立即召集郡府官吏商议对策。

郡丞李斌叹息道："朝廷对蝗灾也无很好的应对之策，淮阳郡能奈何之？"

汲黯不悦道："难道吾等皆坐而待毙？"

郡尉张怀廷道："纵观历次蝗灾发生，各地皆无良策。"

众官吏也皆无可奈何地叹息。

389

汲黯见此情景，下令道："像上次抵御雪灾一样，郡府和各县官吏一律下到村中，和百姓一起扑蝗，扑一个即少一分危害。趁眼下蝗虫初起，当及早动手，以无害百姓田稚。"

当日，所有郡府官吏皆奔向各县。

因为过度忧虑，第二天，汲黯感到身体极为不适，只得躺在家中歇息。就在他刚刚躺下不久，陈县县令来报：郡东宗岗寨一带已漫天飞蝗，粟、豆的叶子很多被吃光，百姓恐慌至极。

汲黯没有多想，立即起身，令县令与他前往宗岗寨。

田莺劝阻道："夫君大病未愈，岂可前去……"

汲黯没等田莺说完，立即道："吾作为一郡之守，岂能听任蝗虫贻害淮阳百姓之食？"

田莺含泪再次劝阻道："多夫君一人，能多扑几只蝗虫？"

汲黯坚持道："多扑一只就少一分危害。"

田莺放心不下，道："既如此，吾也随夫君前去扑蝗。"

汲黯内疚而又喜悦道："夫人去，又能扑杀很多蝗虫也。"

说罢，汲黯立即奔向郡府。因为匆忙和腿脚不灵，几次都险些栽倒。他到了郡府，乘上车，立即与县令奔向宗岗寨。

学官掾史黄霸因为文笔较好，此次汲黯没有让他下县，被留在府内应付文字事宜。黄霸听说汲黯也要下县，赶过来劝阻道："太守，郡府事宜很多，作为一郡之守，岂可离开？"

汲黯正色道："何事有救灾的事大？百姓之事无小事也。"说着，忽然想起一件事，对黄霸道，"昨日吾接到皇上诏令，已命汝近日赴京为待诏之官。等扑蝗归来，吾为汝送行。"

黄霸听了，不由得一愣，继而欣喜不已。

汲黯说罢，立即令车夫驱车东去。车将启动，又回头对黄霸道："品行高卓者，定有驰骋之天地。"

黄霸望着汲黯远去，久久伫立。他感到汲黯没有在车上，而是站在很远很远的地方，高高的身影连接云端，需仰视才见。

由于很久干旱无雨，路面全被车马碾轧成厚厚的一层沙土，车到之处，马蹄和车轮带起的沙土经风一吹，好似柴薪燃起的烟雾一般，许久不散。汲黯看到这情景，不由得神情黯然。

汲黯到了宗岗寨西边，只见空中、地上蝗虫飞舞，男女老少都在田地里奋力扑蝗。汲黯与田莺下了车，车夫立即遵照汲黯的安排，攀上树，撅下几把树枝，分别给汲黯和田莺各一把，自己也操起一把，与百姓一起扑打蝗虫。

百姓当得知汲黯来到宗岗寨扑蝗，纷纷奔过来劝阻道："汲府君年事已高，又是太守，怎能与草民一样扑蝗？"

汲黯一边扑蝗，一边道："吾吃百姓饭，穿百姓衣，年事愈高，证明吃过的愈多，岂能坐视不问？"

到了夜晚，汲黯没有回郡府，就住在了宗岗寨，一是为了好好歇息一下，二是为了明日一大早就下到田间扑蝗。百姓得知，纷纷来看望。陈孝妇得知后，也赶了过来。但是，当她到了汲黯住处的门外，却止住了步，不仅没有去见汲黯，反而劝阻乡邻道："府君太累，还是不要打扰，让府君多静心歇息为好。"

众人皆赞同道："陈孝妇说得有理。"

汲黯和田莺听到众人喊出陈孝妇的名字，不顾劳累，打开门，走到陈孝妇跟前，田莺拉住她的一只手，汲黯夸赞她道："汝是天下人的表率也。"

陈孝妇泪下道："幸遇爱民之官是民女一生之福，也是淮阳郡百姓之福也。"

第二天，汲黯不顾劳累，再次与田莺走向田野。就在他操起树枝扑打蝗虫的时候，突然感到胸闷，头晕目眩，一口气没上来，栽倒于地。百姓见状，纷纷奔过来搀扶哭叫："汲府君，汲府君……"

田莺惊慌失措，伸手把汲黯搂在怀里，哽咽不止道："夫君，夫君……怎么了……怎么了？"

好一会儿，汲黯醒过来。他捂住胸口，对呼叫的百姓，少气无力道："吾……恐怕是不行了……"

听了他的话，跟前的人都禁不住哭出声来："汲府君，不会，你

391

不会……"

田莺也忍不住哭出声来:"夫君,不要、不要这么说,夫君没事,是太累了……歇会儿就会好了也……"

汲黯微微地摇摇头,闭上眼睛,说不出话来。

田莺看到这一情景,泪流满面道:"夫君,暂且在此歇息一会儿,等好一些了再回家歇息,回家……"

停了一会儿,汲黯睁开了眼睛,轻轻地摇了摇头:"不,不,这……就是汲黯的……家。"说罢,又闭上了眼睛。

田莺和百姓听了,哭得更痛,周围哭声一片。陈孝妇哭着劝阻乡亲们道:"兄弟姐妹,别在此大声哭泣,让府君好好歇一会儿……"

众人闻听,一个个不得不把衣袖塞进嘴里,以止住哭声。有几个老者因为哭不出声来,胸闷气短,晕倒在地。

又停了一会儿,汲黯又睁开了眼睛。他轻轻地扭了一下头,望着田莺和百姓,上气不接下气道:"天灾流行,国家代有。吾为郡守,未能与民救灾恤邻……愧对百姓……吾若不治,就把吾葬在这里……"

汲黯正说着,忽然痛苦地一瞪眼,头歪了下去。接着,双臂下垂,双腿伸直……

乡亲们一见,一个个跪伏于地,一片哀嚎:"汲府君、汲府君……百姓离不开汲府君啊……汝怎么舍得离开百姓而去啊……"

田莺捶胸顿足,一口气没上来,晕厥于地。

田莺醒过来后,欲让车夫先把汲黯接回郡府,然后考虑后事,陈孝妇及众人都跪地哭求道:"汲府君太累了,此时不宜颠动,或许静一静会醒过来。也让俺多守他一会儿吧。"

百姓们一边劝慰田莺,一边脱下衣服给汲黯盖上,轻轻地呼唤。田莺知道汲黯已回天乏术,却再次把汲黯抱在怀里,一遍遍不停地呼唤:"夫君……夫君……醒醒,醒醒好吗……"

这时,有两位年轻人悄悄走出人群,奔跑着回到家中,牵出自家饲养的马匹，骑上马奔向郡城。

郡丞李斌等郡府官吏得知汲黯的不幸，纷纷从各地赶来。众人等了一天一夜，汲黯最终没有醒来。

见此情景，郡丞李斌一边令驿传快速奔向京城，奏报朝廷，一边与郡府官吏将汲黯遗体入殓于灵柩。

几日后，汲黯弟弟汲仁、儿子汲偃、表弟司马安及多位朝臣奉刘彻诏令来淮阳处理汲黯后事。汲仁、汲偃、司马安来到汲黯灵柩前，抚柩长跪，哀号不止。其他朝臣也都哭作一团。

汲仁、汲偃欲接汲黯回濮阳，将他葬于老家。田莺虽然知道汲黯有遗言，想到淮阳距离濮阳太远，儿孙祭祀多有不便，也同意汲仁、汲偃的主张。

这天中午，郡府备好车，要把汲黯起灵上车，忽然，周围刮起大风。那大风从四面刮起，旋转着朝汲黯灵柩而来，卷起的黄沙致天地一片昏暗，人皆站立不稳，睁不开眼。大风整整刮了两个时辰才渐渐止息。

大风过去，众人却见眼前出现一个大大的土丘，汲黯的灵柩恰被掩埋于土丘之下。众人望着土丘，再次一片哀号之声：

"这是天葬汲府君于此也。"

"汲府君不想走，不要让汲府君走了也……"

到了下午，田莺、汲仁、汲偃、司马安及朝臣和郡府官吏正商议是否迁葬时，忽然，天空乌云密布，不一会儿大雨如注，直至第二天早晨方止。

大雨致道路泥泞不堪，车马皆不能行。蝗灾因为这场大雨而解除。

陈孝妇及宗岗寨百姓，或跪在田莺、汲仁、汲偃面前，或卧在郡府准备好的灵车前。陈孝妇等哭求道："汲府君爱民之心感动上苍，汲府君不愿走，上天也不想让他离开这里矣。"

众人也一起哭求道："汲府君爱民如父母，感天动地，故大雨降，蝗灾除。他不愿离开淮阳，老天也想把他葬于此，以让淮阳人世代守护他、祭祀他……"

田鸢、汲仁、汲偃、司马安及朝臣和郡府官吏听了，甚为感动。田鸢痛哭一阵后，拉住汲偃的手道："汝父爱淮阳，曾言：吾若不治，就把吾葬在这里。他不愿离开这里，就把他葬在这里吧……"

看到淮阳人对汲黯的尊崇以及有汲黯遗言，汲仁、汲偃、司马安不再强调起灵回濮阳，一致同意汲黯长眠于此。

汲黯任淮阳郡太守七年，卒年五十七岁。

刘彻得到朝臣的奏报，怀念他的功德，罢朝七日举哀，并颁诏：命汲黯在淮阳郡城卧治处为"卧治阁"，命汲黯墓为汲冢，并增高其冢，冢前竖墓碑及"清风亭"，世代享祀。

宗岗寨百姓感汲黯盛德，将宗岗寨改名为汲冢。

篇外语

司马迁《史记·汲郑列传》载:汲黯死后,皇上因为汲黯的关系,让他的弟弟汲仁官至九卿,儿子汲偃官至诸侯国相。汲黯姑母的儿子司马安官位四次做到九卿,在河南郡太守任上去世。他的弟兄们也因他的缘故,官至二千石职位的计十人。濮阳人段宏起初侍奉盖侯王信,王信保举段宏,段宏也两次官至九卿。濮阳同乡做官的人都很敬畏汲黯,但却都甘居其下。

因为汲黯的举荐,淮阳郡阳夏县人黄霸先以待诏身份做了侍郎谒者,深得汉武帝信任,先后任河南太守丞、廷尉正、扬州刺史、颍川郡太守等地方官职。他以汲黯为榜样,待百姓宽大仁慈,所到之处,皆深得吏民拥护,治绩天下第一,并是中国历史上十大断案高手之一。汉宣帝五凤三年(公元前55年),黄霸出任丞相,总揽朝纲社稷。他为官清廉,外宽内明,文治有方,政绩突出。黄霸去世后,谥号定。

汲黯功在当代,名闻天下,泽流后世,无绝已时,世代享祀不绝。隋朝时淮阳郡更名为陈州。淮阳现存最早的志书——清顺治《陈州志》载:明万历年间,淮阳人将有功于淮阳者:汉之汲长孺、宋之范文正公、包孝肃公、岳武穆王定为四贤,在城北立四贤祠,汲黯列为四贤之首,让人们永久祭祀。后来,淮阳人文景观定为"七台八景",汲黯"卧治阁"被命名为"卧阁清风",居八景之首。清朝时期淮阳置淮宁府,在重新命名"七台八景"时,汲黯之"卧阁清风"依然位列八景之首。

民国初年，淮宁府裁府设县，复为淮阳县。民国五年、民国二十二年《淮阳县志》载：汲黯卧治阁，民国时期也被列为八景之首。中华人民共和国成立至今，依然为淮阳"七台八景"中的八景之首。淮阳县城东南二十五公里处有一村庄名为"汲公集"，是汲黯卒后，该地为感念他多次带病到此赈济百姓而取的村名，至今沿用。

1952年淮阳县东部建郸城县，汲冢划入该县。1958年，汲冢被郸城县命为汲冢公社，1984年改为汲冢乡，1987年改为汲冢镇。1963年，汲冢被河南省人民政府公布为重点文物保护单位。

2016年，淮阳县委、县人民政府为纪念汲黯勤政为民，又特别为汲黯建"清风园"，雕塑汲黯像。2017年，淮阳县委、县人民政府建"廉园"，内塑淮阳历史上十位清官像，汲黯被列为廉吏之首，园中再次雕塑汲黯像，树为清廉之楷模。

2016年8月—2017年2月草成
2017年5—7月二稿

后　记

自古直臣多命舛，历史上的刚直忠正之臣，因为诤谏皇帝、指斥弊政、斥责权贵而遭遇罢官、流放、坐牢、杀身，甚至惨遭灭族者，史不绝书：比干被剖心，伍子胥被赐死，屈原被流放，司马迁遭宫刑，不胜枚举。

汲黯，西汉第一清正廉洁、敢言直谏之臣，他不畏皇权，虽屡屡犯上、忤逆圣命，却又被汉武帝称为"社稷之臣"，这在中国历史上绝无仅有。

汉武帝雄才大略，群臣莫不畏服。然而，他励精图治的思想占上风时，心胸豁达；纵逸酣嬉的思想占上风时，又刚愎自用，沾沾自喜于颂歌盈耳，容不得任何不同声音。他执政的五十四年里，十三个丞相中除一人在他死后留任外，其他十二位有五人下狱治罪和自杀，有七人被免，其中窦婴被免职后又被斩于市，田蚡因受惊而患疯病亡故。汲黯历任太子洗马、谒者、中大夫、东海郡太守、主爵都尉、右内史、淮阳郡太守，从不屈从权贵，逢迎主上。数度因廷争面折忤怒汉武帝，被逐出京师去任地方官：也曾遭权臣算计陷害，险遭灭族。一生宦海沉浮，曲曲折折，但汉武帝却对他处处妥协相让，是唯一能容的"犯上"臣子。汲黯死后，汉武帝让他的弟弟汲仁官至九卿，儿子汲偃官至诸侯国相，表弟司马安四次官至九卿，其他弟兄也因汲黯的缘故官至二千石职位者达十余人。这是一个奇迹，也是千古佳话。两千多年来，人们无不对汲黯怀有敬仰之心。

笔者很早的时候就敬佩汲黯，不仅因为他名列《史记》《汉书》等史籍，还因为他做过七年的淮阳郡守，一心为民，卒于任，被供奉在"四贤祠"和"卧阁清风"等地，淮阳人世代对他顶礼膜拜，祭祀不绝。过去虽然对他十分崇敬，也久有为他立传之心，因忌惮水平不济，担心会损害他的形象，故"敬而远之"。

作为生长在淮阳的作家，又做过博物馆馆长和地方史志办公室主任，拥有较多的他人不知的汲黯在淮阳的史料和故事，看到他的形象一直停留在史籍和古迹里，感到有责任和义务让为国赤诚、为民赤心、为政清廉、敢讲真话的汲黯走出历史的"深宫"，成为当代人争相效仿的远隔时空的朋友，这不仅是历史的嘱托，民族的期待，也是时代的呼唤。于是，不顾因为写作造成的肩周炎之苦痛，不分昼夜地再次反复查阅和苦读史料，并先后到河南濮阳县、滑县以及汲黯被远放之地——东海郡郡治（今山东郯城县）等地的史志、档案及文物部门考察、收集文献资料和考古资料，历时半年，终于如愿以偿。虽然这是笔者写得最累的一部长篇小说，但在写作中多次被汲黯的事迹感动得流泪，完稿后禁不住生出一种无法言表的激动和喜悦。

由于汲黯与我们相隔久远，史料考证难度较大，加上水平所限，错误、疏漏和不足一定不少，期望读者不吝赐教。

小说在写作过程中，得到了中共淮阳县纪律检查委员会的大力支持，王之梦书记、沈炜副书记多次过问和鼓励："要通过这部小说，让更多的人'认识'汲黯，让每个领导干部都像汲黯那样一身正气，勤政为民。"纪委常委张丹、宣传部部长崔华多次主动协助查找资料。他们的支持，为此作的顺利完成提供了很大帮助，在此深表感谢。

2017 年 10 月